刑事检察官之

真凶

海剑 蓝莲 著

中国书籍出版社
China Book Press

图书在版编目（CIP）数据

刑事检察官之真凶 / 海剑, 蓝莲著. -- 北京：中国书籍出版社, 2022.6
ISBN 978-7-5068-9053-3

Ⅰ.①刑… Ⅱ.①海…②蓝… Ⅲ.①长篇小说—中国—当代 Ⅳ.①I247.5

中国版本图书馆CIP数据核字(2022)第104696号

刑事检察官之真凶

海剑 蓝莲 著

图书策划	孟怡平
责任编辑	卢安然
责任印制	孙马飞 马 芝
封面设计	程 跃
出版发行	中国书籍出版社
地 址	北京市丰台区三路居路 97 号（邮编：100073）
电 话	（010）52257143（总编室） （010）52257140（发行部）
电子邮箱	eo@chinabp.com.cn
经 销	全国新华书店
印 刷	河北省三河市顺兴印务有限公司
开 本	889毫米×1194毫米 1/32
字 数	346千字
印 张	15.375
版 次	2022年8月第1版
印 次	2022年8月第1次印刷
书 号	ISBN 978-7-5068-9053-3
定 价	68.00元

版权所有 翻印必究

写在前面的话

长篇小说《刑事检察官之真凶》是系列作品《刑事检察官》的第一部。这是一部关于反映检察院检察官公诉工作的文学作品。既要表现出力求"指控"的完美，也要表现出其人性、情感生活的鲜活，更要通过内容的推进表现检察官不同凡响的睿智。所展示的重点将放在诉前审查、检察引导侦查和法庭公诉上，也不排除因为检察官自身涉及案情，带来的重重矛盾冲突。

本系列长篇小说以汉江省副省级城市检察院第一检察部为主要表现对象。根据司法改革和检察体制改革后的实际，第一检察部承担普通刑事案件的侦监及公诉工作，其中侦监工作包括对犯罪嫌疑人的审查批捕、决定逮捕和立案监督、侦查活动监督工作的指导。还包括承办市人民检察院办理的审查批捕、决定批捕案件；承办下级人民检察院批捕部门工作中疑难问题的请示；研究审查逮捕业务规范化建设；制定全市侦查监督工作有关规定；结合办案参与社会治安综合治理工作。公诉工作包括对全市普通刑事案件的审查起诉、出庭公诉和抗诉工作的指导；负责对人民法院刑事审判活动实行监督工作的指导。承办应当由市人民检察院审查起诉、抗诉和提请省人民检察院抗诉的案件；对市人民检察院起诉和抗诉以及中级人民法院开庭审理的二审上诉、抗诉和再审案件出庭履行职务；承办下级人民检察院刑检工作中疑难问题的请示；研究审查公诉业务规范化建设；制定全市公诉工作有关规定。

从长篇小说创作的角度来说，要全面展示上述职责既无必要，也没有很强的可读性，故回到行业题材长篇小说、影视创作的基本规律上来，借鉴美剧、韩剧、港剧等律政、罪案题材电视剧的成熟模式，以一个基本办案组为载体，通过检察官及其助理等办案活动来展示检察机关最核心的职能。

每一个故事都具有相对的独立性。核心检察人员三四位，一位员额检察官，两位检察官助理，一位书记员。两男两女，是相对不变的主人公。案件中的涉案人是不断变化着的。

因为是反映检察官办案的作品，所以，智慧性要强。在保证"合情、合理、合法"的基础上，颠覆受众传统的办案视界，给人以全新的感觉。作品努力体现出检察官是为了维护法律的尊严在办案，是在真正意义上的依法办案。

在本部长篇小说中，由主诉检察官郑岩、挂职干部叶文婕、检察官助理林乔生、刚参加工作的书记员慕容曦四位主要角色，组成了一个重案组。因为工作房间号的缘故，称之为"803公诉组"。"803"谐音为"扒动山"，意思是再大的困难也难不倒郑岩办案组，即使是面对像大山一样的公诉案件，他们最终也能完美地完成公诉任务。在滨海市检察院，"郑岩803公诉组"是一面亮丽的旗帜，是一句精彩的口号性称呼，人们寄予了很大的希望。同时，我们也应该看到这种"1+1+1"或"1+2+1""三人组""四人组"的方式是司法改革和公诉制度改革的事物，承担着非常重的担子，在检察院现实的司法实践中有着非常重要的意义。

当然还有一些次要人物，如滨海市人民检察院党组书记、检察长、资深检察官许省身，郑岩的妻子叶菡、女儿郑晓菡，还有慕容曦的网友大刘等次要人物，随着单元故事的发展，依据出场秩序而设置。

这些人物汇聚在一起会产生怎样的故事呢？读者当然要看正文，这里我们就不"剧透"了。

目录 CONTENTS

写在前面的话 / 001

一　命案疑情　／　001
二　生死迷情　／　121
三　真相与正义　／　233
四　真凶难逃　／　373

创作后记　／　481

1

命案疑情

MING'AN YIQING

1

这是个夏天的夜晚，凌晨两点多钟，之前聚在村头老榕树下纳凉聊天吃西瓜的人们早已散开，各自回屋歇下，进入了酣甜的梦乡。

滨海市沐源区下辖的罗峰镇李家庄突然响起三声清脆尖利的巨响，空气中似乎还弥漫着一股火药味儿。

李天梁被老伴儿推醒了，他睡眼蒙胧地揉着眼睛，嘴里咕噜囫囵着，显然很不满被老伴儿打搅了美梦。

"快起来，你有没有听到刚才有几声好大的响声！"老伴儿摇着李天梁的身体，又嗅了嗅鼻子："你闻闻，好像还有股火药味儿！"

李天梁不情愿地一把坐起，摇了摇头，想让脑袋瓜变得清醒点。他也跟着老伴儿吸了吸鼻子："你别说，还真是有股火药味儿。好像就在咱家这屋子上头，别不是天柱家发生啥事儿了吧！那啥，我去看一眼去！"

说着他就下床穿上黑布鞋，摸黑拿起床边的黑布褂子披上身，就往门口走。老伴儿胆小，很不放心地跑下床去拉住他胳膊："我说当家的，你可要小心点，别是外头有什么坏人！"

李天梁有点不耐烦，他甩掉老伴儿的手，道："行了行了，上床睡你的觉去，我看看就回。"说着他就轻轻开门走了出去，嘴里还嘀咕道："这女人家真是胆小如鼠，有什么好怕的！"

他走出自家的院门，来到隔壁弟弟李天柱家，却发现李天柱家的大门是敞开着的，他心想，这莫不是贼上门了？

他狐疑地开口轻声叫道："天柱，天柱！"

回应他的是沉默。见到屋里没开灯，他更狐疑了，于是他又叫:"天柱他屋里的!秀芬,秀芬!"

还是没有任何回应。李天梁抬头看看月光,明晃晃的,空气中火药味依然浓烈,他又嗅了嗅,心想这是咋回事,怎么会有这么浓的火药味呢?

他走进大门,院子里一切如常,但李天柱家房门却是敞开着的,屋子里黑洞洞的,啥也看不清楚。

他嘴里又边喊着:"娘,娘,您睡着了吗?"边要走进房门。

正在这时,一支黑洞洞的枪管从房门伸出来,对准了他的脑门,他被这突如其来的枪管吓得魂飞魄散。他转身就想逃,这时一个声音,一个女人的声音在深夜漆黑的屋子里响起了,如同幽灵鬼魅一般。那个声音冷冷地说:"李天梁!"

李天梁对这个声音很熟悉,他一下就听出来这是同村的林慧英。此刻他的眼睛已经适应了黑暗,能看到屋子里东西的轮廓了。

他后背全是细密的冷汗。眼前站着的是并不高大的林慧英,只见她端着一杆比她矮不了多少的长铳,铳口对准他的眉心,她的一只眼睛闭着,另一只眼睛睁开,做出瞄准的姿势,她的右手食指扣在铳的扳机上。

他双腿发软,脑子里似乎都无法思考,嘴里也不知该说什么,此刻他只有一个念头,逃命!

"慧英妹子,你这是做什么……有什么话,好好说,啊?咱好好说!"他用求饶的软和语气试图劝解林慧英,希望她能赶紧放下铳。

林慧英依然像个复仇女斗士一般拿铳紧紧顶着他的眉心,冷笑着道"好好说?你们李家人给过我好好说的机会了吗?"她越说越激动,咬牙切齿地,李天梁又害怕又焦急,一股暖流从裤裆流到了地上。

他定了定神，仍然不想放过任何一线生机，继续劝解道："慧英妹子，咱还是坐下来好好谈，啊？有什么委屈伤心，你跟老哥我说，不要做傻事！"

林慧英鼻孔里重重地哼了一声，更加激动，冷笑道："怎么？李天梁，你李家干尽了伤天害理的事，自己倒是怕死了！告诉你，我要你李家断子绝孙，你来得正好，跟你的好弟弟和好老娘一起去见阎王爷吧！"

说着她就又更用力地顶住李天梁的脑门，放在扳机上的手指也更收紧了些，借着月光，李天梁看到林慧英眼里杀气腾腾的。李天梁简直不敢相信，这还是他认识的那个柔弱娇小的林慧英吗？眼前这个女人简直就是杀人不眨眼的女杀手啊！

"你……你杀了天柱一家？你……你怎么能这样……天柱啊，造孽啊……"李天梁这会儿是从惊恐万分转为悲痛万分了，巨大的打击像惊雷一样将他击倒了，他顾不得林慧英的枪管还顶着自己的眉心，瘫软地跌坐在房门口的地上痛哭流涕："天柱，你作了什么孽啊，老娘都跟着你搭上了性命啊，天柱啊，娘啊……"

林慧英上前继续用铳口对着李天梁："李天梁，跟你的好弟弟一并受死吧，你们去阴间相聚吧！"说着就要扣动扳机。

千钧一发之际，李天梁用双手撑着地面，往院子里挪着后退，惊恐万分地道："林慧英，我李天梁没有害你，你为什么要杀我？"

林慧英咬牙切齿地恶狠狠道："你弟弟李天柱强奸了我！我要杀你们李家满门，让你们李家从此在这个世界上消失！"

李天梁流着泪颤抖地边后退边说："林慧英，我弟弟强奸了你，这与我何干？你忘了？我救过你一命。如果没有我，你能活到现在吗？我李天梁哪一点对不起你了，你为什么还要杀我？"

此刻的林慧英怒火冲天，但她还是放下了手中的铳，叹了一口气道："好！你救我一命，我放你一条生路！"

说完，她突然举起铳，朝天开了一枪，伴随着"咚"的一声巨响，林慧英从李天梁身边疯跑了出去，吓得李天梁浑身松软地瘫倒在地。

足足两分钟，他才回过神来，赶紧爬起来跑进屋子里，拉开电灯，这才发现，李天柱夫妻都躺在床上，眉心都有一个枪口，枪口流着乌黑的血，他大声哭着叫着，"天柱，天柱啊……"他又跑到里间，发现老娘也是这样躺在床上，早已没了呼吸……

2

滨海市公安局看守所里，一个四五十岁的女犯罪嫌疑人端坐在床上，做出老僧入定的状态，闭着眼睛，不动不语。

她也不管周围其他犯罪嫌疑人怎么看她，笑她，跟她说话，她反正一概不予理会，每天兀自打坐，偶尔嘴里还念念有词，像是在念经一般。

起先她进来时，做出这般姿态，其他犯罪嫌疑人还笑笑她，后来日子长了些，其他人便也不理会她了，只当她是精神有问题。

这天，监室门打开了，两个女管教一前一后走了进来。走在前头的女管教冲正打坐的这女犯罪嫌疑人说："林慧英，提审！"

被称为林慧英的女犯罪嫌疑人一动不动,眼睛都不睁一下。

后进来的女管教见状大声对她说:"提审了,林慧英!"

可这女犯罪嫌疑人仍然是岿然不动,干裂的嘴唇还微微动着,似乎又开始在念叨着什么经。

两个女管教面露不悦神色,要知道再怎么顽劣的犯罪嫌疑人到了这儿都会懂得配合管教的,怎么眼前这个矮小干枯的女犯罪嫌疑人竟然每天修仙一般对管教爱答不理的呢。

两个管教几乎是异口同声地道:"提审了,林慧英,你听不见吗?"

被称为林慧英的女犯罪嫌疑人大概是从两位女管教极不耐烦的语气里感受到了点威胁,心想太得罪管教估计也不行,于是她微微睁开眼,扫了眼前两位有些健壮的女管教一眼,缓缓地漫不经心地说:"我不是林慧英,我叫朱秀萍。"

一个女管教瞥了她一眼,有点凶地说:"行了,朱秀萍就朱秀萍,配合提审不就完了,咋这么磨叽呢!"

这位女犯罪嫌疑人缓缓从床上下来,慢慢穿上红色拖鞋,跟着两位管教慢慢走出了监室。

第9号提审室内,早已有一男一女两名年轻的警察打开电脑在那等着她了。

依照惯例对她进行了一番告知后,自称朱秀萍的女子怎么都不开口,微闭着眼睛端坐在审讯椅上,这让两位看来刚参加工作不久的警察一头雾水。

两位警察问了一堆问题又得不到回应后,对视了一眼,女警察便把手提电脑合上,开始收拾东西。

男警察义正词严道:"林慧英,你就算不承认自己的身份,我们同样可以把你送上法庭!"

说着便起身和女警察准备走出提审室，两位等在一旁的女管教正要进来带她回监室，女犯罪嫌疑人突然冲动地用手铐猛烈敲击审讯椅上横着的铁栏杆，声嘶力竭地大喊道："我不是林慧英，我叫朱秀萍。你们抓错人了！你们抓错了！"

两名警察和两名女管教都被眼前这一幕吓到了，因为这个瘦小干枯的中年女人看上去病恹恹的，但此刻却如此激动，在审讯椅上剧烈的扭来动去想要挣脱束缚，她歇斯底里地用手铐敲击审讯椅发出巨大的声响，躁狂不已，愤怒使得她满面通红，脖子上青筋都鼓了起来。

午休完毕，滨海市人民检察院第一检察部的检察官助理林乔生和书记员慕容曦就开始在办公桌前忙碌着，他们在翻阅着同一份资料。

慕容曦翻了一阵，微微皱着眉头对林乔生说："我感觉这起案件没啥特殊的，不知为啥交给我们组？"

林乔生起身给自己倒了一杯水，微笑道："没啥特殊的？网上都吵翻天啦。公安机关花了22年才找到真凶。当年办案的警察都退休了，后来的几拨警察继续跟进，这22年警察兄弟们容易吗？"

慕容曦还想说什么，这时书记员陈志豪跑进来对他们俩说："主任通知开会，马上！"

此刻是下午2点50分，301会议室灯光明亮，林乔生和慕容曦赶紧跑进会议室。发现检察长许省身和政治部主任崔阳、第一检察部负责人郑岩一字排开地坐在圆形会议桌的一边，坐在对面的是一位他们没见过的女同志和陈志豪。

林乔生和慕容曦赶紧坐下，朝郑岩吐了下舌头，检察长许省身就开始讲话了:"根据省委政法委的统一安排,省公安厅的叶文婕同志到我院锻炼,为期两年。"

叶文婕站起来向大家点头致意,然后坐下。慕容曦打量着这位新来的同事,感觉她身上有种独特的气质,她看起来似乎很健壮,不瘦,属微胖界人士,中等个儿,面部线条倒是挺柔和的,圆眼睛,长眉毛,高鼻梁,天庭饱满,地阁方圆,是妈妈辈都会很喜欢的那种圆润有福气的长相。

许省身继续说:"我和其他党组成员研究了一下,决定安排在第一检察部郑岩重案组。"

叶文婕站起来,向大家微微笑了一下,然后敬礼。

郑岩对此决定显然感到有些意外,但他马上鼓掌以示欢迎。

许省身提高音量,用欣赏的语气笑着说:"叶文婕同志是省公安厅优秀侦查员,曾多次受到嘉奖。不过目前对于检察工作还不是很熟悉,你们这些老同志——"他望着郑岩,"一定要多支持、多帮助她啊!"

郑岩爽快地笑着表态:"没问题!"

许省身微笑着点头,然后又转向崔阳:"崔处长,叶文婕同志先从检察官助理工作开始吧。"

崔阳马上点头道:"好的,许检,我负责办理相关手续。还有吃住、制服等问题马上安排解决。"

随后许省身示意崔阳离开会议室,因为他事先跟崔阳打过招呼说接下来要跟郑岩他们组讨论案件。

许省身看了一下郑岩重案组的同志们,说:"林慧英案是一起影响极坏的恶性案件,公安方面花了二十多年的时间终于把涉案的犯罪嫌疑人抓获归案。这起案件所造成的社会舆论影响非常大,网上已经出现各种炒作的声音……根据上级要求,检察机关提前进入。文婕同志,你的交流工作就从这个案件开始吧……"

叶文婕微笑着点点头。

下了会后,郑岩和林乔生、慕容曦都走过来跟叶文婕握手,并热情地将她带到第一检察部的办案区,把她安排在慕容曦的办公室中靠窗的办公桌,这样她就跟慕容曦和陈志豪一起办公了。郑岩又嘱咐慕容曦带她在院里转一圈,告知她哪儿是饭堂,哪儿是厕所,哪儿是图书室等等。

有了慕容曦这只快乐愉悦的"小麻雀"在身边飞来飞去,叶文婕马上就对滨海市检察院和第一检察部有了归属感,丝毫不觉得陌生了。

叶文婕站着用抹布抹着自己的办公桌,笑着对坐在中间位的慕容曦说:"真的好开心,幸好遇见你们和郑主任,要不然我在这一个朋友都没有,都不知道要怎么办才好呢!"

慕容曦停下手头的摘卷工作,转过脸来一脸灿烂的笑说:"嗨,文婕姐姐,我这人嘛毛病一堆,但古道热肠,最喜欢打抱不平,也最喜欢结交新朋友,人称'江湖小飞侠'!以后姐姐你在这院里有啥生活或工作上的需要,尽管跟我小飞侠说,我一定尽力提供帮助!希望姐姐你在这儿交流的时光里能够工作和学习都开心安心!"

叶文婕抿着嘴笑道:"你还真是一个可爱又真诚的'小飞侠',我真是很幸运,一到这儿就遇到这么热心真诚的新同事,相信我在这儿的工作和生活一定会特别开心!"

3

这天快要下班时,林乔生换上运动服,正准备去单位附近的力美健身俱乐部锻炼锻炼。就在他快要换好行头时,手机突然响了,是女朋友丁一楠打过来的。

"喂?亲爱的,猜猜我在哪儿?"平素在法庭上总是一副咄咄逼人的女强人姿态的丁一楠此刻化身小女人,声音甜甜糯糯的,让林乔生爱得欲罢不能。

"亲爱的,你在哪儿啊?快告诉我!"林乔生边脱鞋边说。

"我在你们单位附近的Sara咖啡馆啊,刚从市中级人民法院办了一个案子,路过这儿,所以在咖啡馆坐一下,你要不要过来啊?"丁一楠摸着新烫的梨花头温柔俏笑着。

"啊,你咋不早跟我说呢,女王驾到,你说我能不去嘛?等我,我马上到!"林乔生说着就三下五除二地把运动服脱下,又换上便服,匆匆来到咖啡馆。

只见新烫了头、化着精致妆容、穿着一身黑色套装的丁一楠正低头看着桌面上的平板电脑。林乔生轻手轻脚地走过去,俯下身子一看,丁一楠正看的一篇文章的标题是"潜逃二十余年终被捉 灭门案真凶林慧英面临杀人指控"。

林乔生伸手蒙住了丁一楠的双眼,捏着嗓子故意变声说道:"猜猜我是谁呀?"

丁一楠伸手拍打了一下他的手,撒娇嗔怪道:"快拿开,别闹了,讨厌!"

林乔生便嬉皮笑脸地放开手,坐到她对面,要了一杯咖啡。丁一楠把正看的平板电脑递给林乔生,林乔生边搅拌咖啡边看了两分钟。

林乔生看完把平板电脑挪到一旁,对丁一楠说:"厉害了!这个林慧英一下子杀了三条人命,竟然还能在警方的层层追捕下潜逃二十余年!真是比小说和电视剧里的情节还要精彩啊!"

他满以为丁一楠会附和自己说点什么,可是他发现丁一楠就那么定定地望着自己,似乎很深情的样子。她漆黑的双眸像一湾深潭,让他看一眼就想沉醉其中。

他以为丁一楠有什么深情的话要跟他说才这样深情地望着自己呢,于是他伸手摸了摸她新烫的发型和脸颊,笑道:"亲爱的,你让我来,总不是只为了让我看这报道来的吧?你是不是有什么话要说?"

说完他就很认真很期待,同样也很深情地盯着丁一楠。

丁一楠也这么盯着他,两个人你望着我,我望着你,像是两小无猜青梅竹马的小儿女在相亲相爱。

盯了两分多钟,丁一楠"扑哧"一声笑了,轻轻抿了一口咖啡道:"好了,不玩儿了。说正经的,我还真是让你来看这报道的。"

林乔生抬了抬眉毛,不太相信的样子:"为什么?"

丁一楠指了指一旁的平板电脑道:"看到了吗?我前天刚刚接到了滨海市中级人民法院的通知,指派我担任这个林慧英的辩护律师。昨天记者就上门采访了!"

林乔生指了指屏幕上的新闻,问道:"你为她辩护?"他皱了皱眉,继续道:"这有什么可辩护的?"

丁一楠说:"你仔细看一下,林慧英一直不承认自己是林慧英,而是另外一个人,叫朱秀萍。"

林乔生来了兴致,仿佛自己此刻是在公诉席上发表公诉词似的:"她这是狡辩!你看,警方使用大数据系统,从二十多年现场留下的指纹、脚印等,从茫茫人海中找到了林慧英;法医使用颅骨复原技术锁定林慧英;林慧英的前夫李青峰等当年的知情者也对林慧英进行了指认……可以确认,朱秀萍就是杀害李天柱一家三口的林慧英!"

丁一楠看着眼前男友这番慷慨陈词,被他认真的样儿逗笑了,她说:"我却不这样认为,从现在警方的证据看,指证朱秀萍就是林慧英还是有瑕疵的。"

林乔生马上凑近前来,紧紧盯着她的眼睛:"那你准备怎么辩护?"

丁一楠抿嘴轻笑,平静而又无比坚定有力地回答:"我要让法庭宣告朱秀萍无罪,当庭释放!"说完,她就微笑着起身走了。

剩下林乔生坐在座位上目瞪口呆地目送她出门:"啊,不是……我说……"

郑岩正在敲着电脑键盘,他赶着诉一个案子,所以正忙着写一份案件审查报告。这时电话响了,他接起,是许省身打来的。

许省身在电话里说:"郑岩,忙吗?不忙的话过来我办公室一下。"

郑岩说:"好的,许检!"说完,他便起身去往许省身在三楼一侧的办公室。

许省身指着电脑屏幕对他说:"郑岩,你对林慧英这个案子怎么看?"

郑岩在许省身办公室的小沙发上坐下:"我今天上午在办

公室看了好几遍。正如您所说，社会影响很大呀！只是……"

看着郑岩欲言又止的样子，许省身便问："怎么？有困难？"

郑岩咬了一下下嘴唇道："我看了一下，发现法院已经指定丁一楠为林慧英的诉讼代理人。我们组的林乔生正在和丁一楠谈恋爱……"

许省身站起来，走过来坐到沙发的另一端，一只手叉腰，一只手撑在膝盖上，看着郑岩的眼睛朗声道："谈恋爱怎么了？谈恋爱就不能参加诉讼了？这恋爱是恋爱，诉讼是诉讼，两码事嘛！不是给你们公诉组出难题，这个案子，要的就是丁一楠这样爱较真的律师担任辩护律师。案子复杂嘛！大家好好地在法庭上辩一辩，议一议，才会起到更多的社会教育意义，让人们明白，在法治社会我们应该怎么保护自己的合法权益不受侵犯，以林慧英的这个案子为戒，在今后的工作、生活中避免走极端！"

郑岩还想说什么："可是……"

许省身朝他摆摆手，笑着不容置疑地说："不要可是了。我告诉你，法院不仅要请丁一楠担任林慧英的辩护律师，还要进行庭审的全程网络直播。你们要好好地准备一下，别到时候乱了阵脚。这样吧，明天下午两点半的检委会会议，你通知林乔生、慕容曦列席，讨论林慧英的案子。对了，叫上叶文婕，这是一位领悟能力很强的同志，你是老同志，要好好带她。"

郑岩起身回答道："是！"

4

慕容曦这会儿正拿着手机在跟人聊微信。

微信那一端是一个新近加她的网友，自称是滨海大学的一名大三学生，微信名字看着让人很无奈，叫"无奈的青春"。

慕容曦平时一般不主动加人，除非工作需要，但凡别人加她，她也一般不通过，因为她觉得无聊的人太多，聊天很浪费时间。这次这个叫"无奈的青春"的人加她，她本想不予理会，可是她看看这微信名字，又看看那头像——一个眼神忧郁的长发漫画男孩儿，她便鬼使神差地接受了对方的好友申请。她想，这人干嘛叫这么个名字，还弄这么个头像，一定是个有故事的人！

慕容曦的微信名叫"女飞侠"，她对无奈的青春说："你为什么叫这个名字呢？这个名字背后代表什么呢？可以告诉我吗？"

无奈的青春回复说："唉，说来话长，很复杂！"

慕容曦越发来了兴致："你可以把心中想说的说出来，我在倾听。"

无奈的青春回复："你告诉我，每一个孩子是不是都想见到母亲？"

慕容曦微笑着，手指飞快地打字发过去，"这还用问吗？母爱是天下大爱，沐浴在母爱阳光下，是天下最幸福的人！"

发完这一段，慕容曦就等待对方回复信息。可是无奈的青春好久都没有再回复。慕容曦急切地又发信息过去，"你怎么了，我是不是说错什么了？"

可是无奈的青春还是没有回复。慕容曦便一上午都心里记挂着这件事，猜测着对方是怎么了，是不是出什么事儿了。

心不在焉地胡乱扒拉了几口午饭，慕容曦就回到办公室，准备躺一躺。头刚挨着枕头，手机震动了一下，她立即从简易单人床上坐起，拿起手机，无奈的青春发过来一条信息："我是没有享受过母爱的人。"

慕容曦飞快地打字回复道："对不起，我不知道你是这样一个情况！"

随后她又马上打了一行字发过去："你上午为什么没及时回复啊？我一直都在等你的消息呢！"

无奈的青春回复道："对不起，上午你说沐浴在母爱阳光下是天下最幸福的人这话时，我那一下子感到特别特别心痛和难过，难过到没法呼吸，于是我关掉了手机，去学校图书馆顶楼坐了一上午，晒了一上午太阳。别人都说母亲的爱像温暖的太阳，我想好好感受一下太阳的温暖，母爱的温暖！"

慕容曦看到这段话，眼泪都差点滚落下来，她回复道："听你这样说，我真是很替你难过，我没有你那样的经历，无法想象到你内心有多么痛苦！"

无奈的青春回复："真是有妈的孩子像块宝，没妈的孩子像根草啊……对了，我问你，假如可以见到母亲一次，但会给母亲的声誉带来损害，你说，我是不是应该放弃这次机会？"

慕容曦思忖了半天："这个……我倒是没有想过。"

此后无奈的青春再没回复，慕容曦躺在小床上一直思索着这个问题，辗转反侧的，一中午都没怎么睡，头都痛了起来。

第二天一大早吃过早餐，慕容曦就跑去敲隔壁林乔生的门。

林乔生头发乱得像鸡窝，满面憔悴，因昨晚加班到很晚，今天早上实在太困了，他正趴在办公桌上短暂地补觉呢！睡得正香就被敲门声给弄醒了，他拉开门，见慕容曦正嘟着嘴巴一脸焦虑地站在门外，"大林，这两天，我已经被一个网友的故事弄得头晕脑胀的，时时刻刻都不由自主想和他聊上两句，怎么办嘛，我还有得救不？"

林乔生摇了摇脖子，打了一个哈欠道："那你可得小心点了！第一，网聊会上瘾的。第二，网聊会发展成网恋的。最主要的是，现在互联网上骗子可多了，如果我们未来的慕容检察官被骗了，那岂不成头条新闻了？"

慕容曦狠狠拍了他肩膀一下，道："去，去，去。我和你说正事呢！"

林乔生嬉皮笑脸地装出一副认真倾听的模样道："好，好，姑奶奶，你说，我听！"

慕容曦抱着胳膊站在门边，颇有代入感地皱着眉说："我这个网友说，他的父母是养父母。看到别人家的孩子在母爱的阳光下成长，他就会非常的羡慕，一直渴望能见到自己的亲生母亲。现在，他终于有了一次可以见到母亲的机会，却面临一个两难的选择。"

顶着鸡窝头的林乔生两手捧住脸，像是一朵花儿似的，看着天花板："怎么这么复杂呀！"

慕容曦叹了一口气道："是呀！他要见到母亲，就要面临两难选择。一是见母亲，但是会伤害母亲的名誉。二是不见母亲，让母亲清清白白地离开这个人间，但这样这辈子就从来没见过母亲，而且以后可能再也见不到母亲了！他问我，他应不应该去见他的母亲？"

林乔生继续看着天花板，但又很认真很严肃地道："呵，见，或是不见，这是个难题！"

慕容曦蹙着眉头杵在那儿："对呀！我也觉得这是个难题，正发愁不知道怎么回答他！"

这时郑岩走了进来，他把包放到办公桌上，随后就坐下打开电脑准备写一个案子的公诉意见。他侧着脸对慕容曦和林乔生说："慕容，我觉得他应该去见母亲。世事人情，恩情最大，名誉不过是过眼云烟，如果在母亲临终时还不能见上一面，那样的人生将会有多大的遗憾呀！"

慕容曦望着郑岩，欲和郑岩争辩："可是……"

郑岩朝她做了个暂停的手势："此事暂且不提，许检让我们大家今天下午列席检委会，讨论案子。"

慕容曦撅着嘴，快快不乐地道："又来大案了！这才消停几天呀！"

林乔生走出门去，经过她身边时用右手食指关节敲了她脑袋瓜一下："走吧！想休息呀，等天下再也没有罪恶出现！"

慕容曦嘟着嘴巴故作生气地离开了，身后传来郑岩的声音："对了，慕容，通知叶文婕也一起参加下午的会议。"

5

下午两点半，检察委员会准时在301会议室召开，一众检委会委员参会。

郑岩手持激光笔指着大屏幕上的一张照片说："大家眼前的这位就是犯罪嫌疑人，她的名字叫林慧英……"

参会人员随即交头接耳，议论纷纷，一个比较年长的检察官笑着说："郑主任，我原本还想着这个女人长有三头六臂呢！原来这么瘦弱呀！"

郑岩摇了摇头，神色严肃地继续介绍案情："别看林慧英长得瘦弱，却是李家庄灭门惨案的犯罪嫌疑人，李家庄灭门惨案中一家四口有三口被杀，仅仅留下了一个不满两周岁的小女孩儿，那个小女孩儿还是因为当天晚上去了亲戚家玩没有回家而侥幸逃过一劫的！"

听到这里，大家都十分惊讶，显然是很难将照片上如此弱不禁风的女人跟这令人心惊胆颤的灭门惨案牵扯到一块儿，众人脑海中都在想，怎么会这样？这个女人是怎么做到这样的？她为什么要这样做……

郑岩继续说："林慧英杀了人后，潜逃了22年，公安机关费尽九牛二虎之力才把她抓捕归案。但是因为时间久远，现在的林慧英与当年已经面目全非，她也有了自己的新身份，名叫朱秀萍……"

叶文婕、林乔生、慕容曦都很认真地听着，期间互相交换了一下眼神。

这时，郑岩已经换了另一张照片，是林慧英青年时的照片与现在照片的比对照。

郑岩用激光笔指着大屏幕："你们看，这是警方提取的林慧英青年时的照片，根据颅骨复原技术对现在的林慧英进行颅骨复原，结论是一致的；当年的指纹、脚印等证据与今天的林慧英吻合；林慧英出逃前的丈夫也对她进行了辨认，确认她就是林慧英。可以肯定，朱秀萍就是林慧英，林慧英就是朱秀萍。证据扎实，事实确凿，不容林慧英抵赖。但是，有个问题，林慧英从被捕至今，一直不承认自己是林慧英……"

慕容曦这时插嘴道："可以请司法鉴定部门给林慧英做DNA鉴定嘛！"

郑岩看了慕容曦一眼，说道："林慧英是独生女，在她逃亡的这近22年中，父母早已经不在人世，已经没有可对比的

DNA 源……"

听到这里，慕容曦皱了皱眉头，不再说话。

众人又交头接耳地议论了一番。

过了两分钟，一直在一旁静静观看和倾听的许省身发言了："公安局把案件移送到市检察院后，检委会研究决定，把这个案子交由你们郑岩公诉组起诉。"

他期许地望着郑岩、叶文婕、林乔生、慕容曦："现在我们是捕诉合一，检委会的要求只有一个，就是把案子做成铁案，不能有任何的疏忽之处，不仅要让受害人家属心服口服，也要让林慧英本人无法抵赖，更不能有任何的法律漏洞。"

听到许省身这样说后，郑岩的神情严肃起来，转而又有些凝重，他皱着眉，脑袋里在高速运转，想着要怎样才能办好这个难度高的大案，完成这高标准的工作要求。

下了检委会后，郑岩看到第一检察部的几个同志都面色沉郁，个个皱着眉头，显然大家都感觉到一股无形的沉重的压力。

郑岩决定临时组织大家开个小会。他等人齐后，召集大家聚到慕容曦、叶文婕所在的办公室。

郑岩拿着一卷林慧英案卷宗翻了翻，说："组织对我们压担子了，我知道大家压力都很大。怎么样？大家先说说对这案子的想法？"

林乔生靠在办公桌旁，两条大长腿杵着，抱着胳膊，语气有点沉重地说："刚才检委会上，你们听到没有，不仅要让受害人家属口服心服，还要让林慧英无法抵赖。这话说起来不难，办起来可没有那么容易了！"

坐在办公椅上的郑岩望着旁边半站着的林乔生微笑着道：

"怎么，大林有畏难情绪？"

林乔生这时确实带了一点埋怨的情绪道："主任，你想过没有？这个林慧英为什么不承认自己的身份？不就是想保自己的一条活命嘛！现在倒好，侦查环节也没有让林慧英服服帖帖，反倒要我们在审查起诉环节让林慧英无法抵赖，这能行吗？"

郑岩微微笑了一下，又望了林乔生一眼，对大家说："还有一个问题需要向大家通报一下。由于林慧英和其亲属没有聘请辩护律师，滨海市中级人民法院已经指派滨海律师事务所的丁一楠担任林慧英的辩护律师。"

林乔生垂头丧气地道："唉，昨天我们家一楠已经给我说了！"

慕容曦挤过来林乔生身边，凑近他嬉笑着说："哥们，要不透露点内幕消息？"

林乔生伸手把她脑袋轻轻一推，无奈地笑着说："唉，我家一楠说了，她决定为林慧英做无罪辩护！"

慕容曦冲林乔生翻了个白眼，怼道："切，你家那位吹牛吧！这林慧英杀人证据确凿，她丁一楠凭什么为林慧英做无罪辩护？"

林乔生说："别忘了，公安局转来的卷宗中，林慧英并没有承认自己的身份。"

慕容曦作出恍然大悟的样子道："啊，原来丁一楠要从这儿下手呀！"

郑岩看着一直在一旁没发言的叶文婕道："文婕，你的意见呢？"

叶文婕微微笑了一下，轻声说："郑主任，我刚到，还在熟悉情况。"

郑岩点点头,从椅子上站起,道:"各位,看来这个案子不容易呀!一定要把证据做扎实。"

6

王林兵当年从乡下高中是以第一名的成绩考进的滨海大学,成为王家坳中学有史以来第一个考上滨海大学的高考状元,学的还是法学专业。当地人人都知道王家坳出了个"文曲星",他也因此成为了王家坳所有家长教育自己孩子的楷模和榜样。

当年接到录取通知书时,王林兵的父母高兴得乐开了花,多年来省吃俭用供他上学,终于将他送进了汉江省最有名的大学之一,他真正成才了,做父母的哪能不高兴呢?甚至平时都不怎么待见他一家的那些邻居也都夸王林兵聪明有才华,夸王林兵的父母教子有方。

王林兵的父母乐了好几个月,但他们也听到一些不和谐的声音。那大概是王林兵收到大学录取通知书后的第二个月,一天晚上王母在村头晒谷场纳凉,晚上露水重了,夜也有些深了,她便搬起椅子往回走,经过邻居杨大婶家窗外时,忽然听得屋里面传出好几个妇女聊天的声音。

一个女人说:"有什么了不起的,哼,瞧他们一家那样儿!"

另一个女人附和着说:"就是呀,又不是清华北大,高兴个什么劲儿!"

还有个女人说:"是啊,更何况还是个没名没姓、来历不明的私生子!"

王母再也听不下去,原先一直愉悦的心情瞬间就跌落谷底,她拎着椅子的手无力地坠落下去,任由椅子在地上拖着,浑身变得有气无力，清冷的泪水簌簌滑落。

她回到家里时，王林兵还在灯下看书。王林兵见母亲有气无力地将椅子拖进堂屋，又有气无力地将门关上，然后一声不吭地进了里屋和衣躺下，他觉得有点奇怪，平时母亲可不是这样的，总是无论何时都会和蔼慈祥地冲他笑，关心他这个那个，家长里短地同他聊各种话题。

王林兵不放心母亲，于是他进了母亲的屋子，拉亮电灯，关切地问母亲："妈妈，您今天怎么了？发生什么事了吗？"

母亲转过身去，背对着他，良久不说话，只是默默流泪。其实母亲是很想开口对他说自己没事的，可是母亲害怕一开口就会让他知道自己在哭，母亲不想他知道自己流泪了。

王林兵见母亲不回答，便走过去坐到床头，把母亲的脸轻轻扳过来，他这才发现母亲满脸泪水，枕头上湿了一大片。

他惊讶地抱住母亲，问道："妈妈，您怎么了？快说啊，到底发生什么事了？"

母亲再也忍受不住了，抱住他哇的一声哭了出来。看着母亲如此伤心，王林兵的心都碎了，也跟着流了好一会儿泪。

他心里闪过一个念头，母亲一定是听到了什么，而这恰恰是他心里一直隐藏的伤！以前无论他在外面听到多难听的话，回到家里他都装作若无其事，对着父母绝口不提，因为太害怕他们伤心。对于自己的身世，从小到大他都隐隐感觉哪里不对劲，周围人看他的眼光也是怪怪的，似乎总能感觉到他们在他背后嘀嘀咕咕，但一旦他走过去面对他们，那些人又作鸟兽散。

他觉得自己身上一定隐藏着什么，这被掩盖被隐藏的秘密一定是会让父母很担心、伤心。他似乎隐隐约约能猜到点什么，可是他又非常害怕和抗拒秘密的真相。于是多年来尽管一直因为这些而无法真正开心起来，但他都在内心逃避着去向父母要一个真实的答案。他害怕揭开这个秘密，害怕这个秘密成真，害怕这个秘密揭开的那一天。

长这么大，他是第一次见到母亲哭得如此伤心，他多么爱母亲啊，母亲和父亲为了拉扯他长大，为了供他读书成才，付出了多少啊！

他不舍得让母亲伤心的，所以他话到嘴边又生生咽下了。他明确地感知到母亲那次的伤心哭泣跟他身上的秘密有关，可他还是选择了逃避，他想，真相迟一天揭开，他就可以和母亲父亲继续保持着从前那样平静、幸福的生活。

母亲第二天起来恢复了原样，她照样扛起锄头出去挖土，照样挑起水桶翻过一座山去挑水，照样拐个竹篮子出去扯猪草……见到邻居她照样热情地打招呼，谁都没有从她脸上看到任何异样。这事也就这么过去了，母亲也没有跟他解释和说起过任何关于那天晚上哭泣的原因。

就这样一晃过了三年，当年稚嫩懵懂的高中生也变成了现在玉树临风的小帅哥。

每当王林兵走在校园，尽管衣着朴素，但帅气的颜值和忧郁的气质却令他自带光环，加上他学习成绩又特别优秀，在滨海大学女生们心目中，他简直就是学神加校草一般的存在，也是男生们的头号情敌。

他忧郁，独特，高冷，不怎么喜欢跟人群聚集在一起，只喜欢埋头看书写文章。三年下来，他已经在国家核心期刊以第一作者身份发了五篇高质量的学术论文，甚至滨海大学法学院的某博导都已经主动向他伸出橄榄枝，希望他将来可以读自己的博士。

学业上的优异并不能掩盖他内心的苦楚。在王林兵自己看来，正是因为内心太痛苦，所以他选择逃避，把时间精力全放在学习上，埋头于学术研究，这样就没那么多时间专注于自己的痛苦了。

在他就读于滨海大学第二年，王家坳中学又有个男孩通过复读也考上了滨海大学法学院，而这个男孩正是他以前的同班同学。当年在王家坳中学两人总是争着第一名，实力不相上下。可是那男孩高考那年发挥失常，于是把自己关起来苦苦复读一年，说无论如何都要考上滨海大学，决不能让王林兵一个人独享了王家坳榜样的荣光！

这个男孩的母亲正是那晚在杨大姐家说王林兵是私生子的那个女人。她家跟王林兵家仅仅隔着一堵墙，男孩跟王林兵又年纪相仿，个头相仿，身材相仿，所以从小就被拿来比较。两人一直同班，总是你追我赶，互相较劲，但很多时候总是王林兵拿第一。这男孩便一直郁郁寡欢，觉得总是活在王林兵的阴影下。

他母亲也便很想不开，总是对王母和王林兵酸不溜丢的，总在背后跟旁人嘀咕王林兵是私生子，说王林兵一家有什么了不起的！这些话一传十十传百，到后来王家坳甚至方圆几十里的人都知道王家坳的这个"文曲星"是个来历不明的私生子了，于是王林兵就一直生活在他人的指指点点和唾沫星子里。他感觉自己的人生从一开始就是阴暗灰色的，没有一丝亮光，就算成绩再优秀，那也不过是他用来遮盖羞耻身世的遮羞布罢了。

自从家隔壁这个男孩考上滨海大学，看着过去优秀得发光的王林兵在滨海大学出落得更加出色，走到哪儿都被追捧，不仅被推荐为全省优秀学生，甚至还有知名博导对王林兵青睐有加……这个男孩心里的天平失衡了,于是他告诉很多人,王林兵其实是个私生子。这样的消息一出来,众人哗然,都在背后嘀嘀咕咕,真想不到王林兵这么优秀的人居然有个这样难堪耻辱的秘密!

王林兵原本还算平静的大学生活被打乱了,在学校无论他走到哪儿总是能感受到异样的目光,曾经那些崇拜他的女生也都拿异样的眼神看他。每当他远离他们的时候,他们就聚在一起说他的坏话,然后哈哈大笑,他朝他们走过去,那群人又"轰"的一下散开,装作若无其事一般。

这种感觉让他很不爽,心里憋着一股气。

7

大三这年暑假,王林兵没像以往一样选择留在学校学习和写作,而是选择去乡下做田野调查。名为做调查,实际上是为了逃避学校那些风言风语和指指点点。

去做田野调查的前几天,他回到乡下家里看望父母。其实他这趟回来也不只是为了看父母,而是想揭开那个秘密,想打开那个"潘多拉盒子",想知道事件的真相——他想,是时候面对这个压抑了他22年的秘密了!

王林兵晚上七点多才回到村里,走到村口时,他看到自家门开着,门外的打谷场上坐着几个邻居。大家见到他回来,都跟他打招呼,说:"呀,我们村的秀才,兵娃子回来啦!"

他微笑点头回应,"叔叔伯伯阿姨好,我回来了,回来看看爸爸妈妈。"

王母喜笑颜开地跑出来迎接他,紧紧地拉着他的手,抚着他的脑袋,像欣赏一件珍贵的宝贝。母亲将他拉坐到堂屋的长条凳上,跑进厨房端出来一大碗青椒炒腊肉——这是他最爱吃的菜。母亲又跑进去端来一碗黄灿灿的煎鸡蛋,笑着催他赶紧吃,他正准备吃呢,母亲又准备去厨房端菜……他赶紧拉住母亲的手。

"妈,你别忙了,来,坐下,我去端嘛!"

"宝贝儿子回来了,我喜欢。"说着就慈爱无比、幸福不已地望着他吃饭,不舍得挪眼。

王林兵一边吃着母亲做的饭一边说:"妈,我在学校可想念你做的饭菜了,在学校我每天都吃不好,就想着哪天赶紧回来吃你做的才好……对了,我爸呢?"

母亲微笑着看着他,手轻轻抚着他的后背,就像小时候那样在他吃饭时给他抚着背,母亲觉得这样做可以帮助他消化。母亲说:"你慢点吃,不着急。你爸听说你要回来,赶集去了,说要给你做好吃的呢!"

王林兵嘴里塞着一大口鸡蛋,边吃边咕噜不清地说:"妈,等我毕了业,就去挣钱,好好地养活你和我爸,让你们两个好好休息和安享晚年。"

母亲嗔怪地看着他笑道:"休息什么?咱乡下人没有享清福的命。我的乖崽崽呀,这次回来准备在家住几天?"

王林兵又夹起一大块腊肉说:"我们现在上社会实习课,老师让同学们自己选一个实习课题。我想研究一下乡村治安的发展方向,就和学校说好了,准备回咱们乡下调研呢!"

母亲慈爱地笑着说:"好,妈妈支持你!"

王林兵吃好了饭,放下筷子望着母亲:"妈,我想问你一件事。"

他欲言又止:"就是,就是……"

母亲轻轻拍了一下他的脑袋瓜,慈祥地轻声道:"行,你问吧。啥事?"

王林兵双手拉过母亲长满老茧的手,深情又认真地说:"妈,你先保证不会生气。"

母亲莞尔一笑,道:"这孩子,尽绕弯子……行,我答应你,我不生气!"

王林兵思忖了一下,下定了决心似地,"妈,我记得很清楚,小时候家里穷,过春节的时候,你和爸爸卖血割了一块肉,给我包饺子吃;妈,为了让我上大学,你和爸把家里值钱的东西全都卖了,才给我凑齐了学费,你和爸,比亲爸亲妈还要亲……"

王母愣在了那儿:"儿呀!你……你怎么说起这种话了?是不是听到什么了?"

王林兵紧紧地握住母亲的手,有些紧张:"是的,妈。有人告诉我说,你不是我的亲妈,爸也不是我的亲爸。这是真的吗?"

母亲挣开了他的手,没有接王林兵的话,而是怔怔地望着他,急切地摇头否定说:"不,不,我是你的亲妈妈,爸爸也是你的亲爸爸!"

王林兵转过身来,双手扶着母亲瘦削的肩膀,深情地望着妈妈饱经风霜的脸和沧桑不已的眼睛,"妈,我相信你是我的亲妈,爸爸也是我的亲爸,这一点永远不会改变。可是,妈,我想知道我的身世……我小的时候就有人说我是个野孩子,你是知道的。别说是一个人了,就是一棵小草,也要知道自己是哪儿飞来的草籽;就是一只羽毛,也想知道自己的出处呀!"

王母看着王林兵,一阵心酸涌上心头,她痛哭流涕……

外面几个乘凉的老人从外面走了进来，看王母正在痛哭，就批评王林兵："兵娃子，你这孩子，怎么这么不懂事呀！你爸你妈养你这么多年，还供你读了大学，你怎么还惹你妈生气呀？"

王林兵一下子抓住母亲的手，抱住母亲的腿，跪在了母亲面前，痛哭失声："妈……"

晚上九点多，王父才深一脚浅一脚地回到了家里。他肩上挑着的箩筐里装满了王林兵爱吃的东西，有米花、腊肉、麻花、猪血丸子、红薯粉条、凤爪等等。甚至他还特意绕了四五里路去一个堂兄弟家讨了两斤干笋和酱鸭。

王父实在太疼爱这个儿子，自从得了这个娃，他每天做梦都在笑。他多么感激上苍赐给他这样好的一个孩子啊，这是他的心头肉，对这个娃千般好万般好都不足以表达他对娃的爱，为娃牺牲一切他都在所不惜。这娃就是他全部的全部，谁也别想抢走！

王林兵看见黑瘦的父亲扛了满满两箩筐自己爱吃的东西回来，心疼得赶紧迎上去帮父亲卸下担子，王父见到他回来乐开了花，皱纹里都溢出幸福和喜悦，慈爱和怜惜挡都挡不住。王林兵面对这样深沉的父爱，再次犹豫了。

可是他转念又想，自己长这么大了，过去无数次想问都压抑下去了，现在再选择无视和逃避，这辈子都可能没有勇气和机会再来面对自己的真实身世了。再说了，了解自己那真实的一部分和与父母的亲子关系其实并没有什么很大的冲突嘛，无论如何，这辈子走到世界任何角落，自己都不可能割舍这么深爱自己的父亲和母亲的啊！

想到这里,他给父亲倒来一杯水,拿来热毛巾,又端来热好的饭菜,边招呼父亲吃晚饭,边帮父亲捶背,然后央着父亲说:"爸……把我想知道的那个秘密告诉我吧!"

沉浸在无边的幸福里的王父突然愣住了,手里的筷子都差点掉地上。他停止了咀嚼,腮帮子鼓得老大,浑浊的眼睛瞪得溜圆,那里面写满了惊恐和诧异,显然,王父从没想过他会如此直接直白地来问这个问题。甚至,王父都从没想过这辈子会有机会告诉他这个事实。在王父眼里,王林兵早就是自己的亲生儿子了!

这时王母走过来,挨着王父坐下,微笑着慈爱地望望王林兵,又对王父点了点头,王父便明白了,儿子已经做通老婆子的思想工作了,只是要由他来亲口告知儿子这个隐藏了22年的惊天大秘密。

一盏昏暗的日光灯挂在房屋的正中,灯下,王林兵和父母围坐在饭桌边,大家一言不发。

王父胡乱扒拉了几口饭便结束了晚餐。他拎着土烟筒,装了一把烟丝,对着烟筒狠狠吸了几大口,然后咳嗽了几声。又认真地端详了儿子一番,然后缓缓说道:"崽崽,你既然问起来过去的事儿了,我……我就给你实说了吧!"

王母坐在一旁低着头,两手交叉握着,看不清她的面容,也不知道她想些什么。

王父又起身去禾场的池塘边吐了两口痰,再又回来坐在饭桌边,说:"崽崽,你现在长大了,有些事也应该给你说清楚了!你明白了好,早晚这事也得告诉你呀!"

王林兵一手拉着父亲,一手拉着母亲,望望这个,又望望那个,无比动情地说:"爸,你放心,你是我的亲爸,妈是我的亲妈。只是，我想知道……"

王父望着漆黑的大门外，记忆拉回了22年前。

8

22年前的一个傍晚，风雨交加，电闪雷鸣。

王家的堂屋大门半掩着，王父和王母正在昏黄如豆的灯光下吃着简单的晚饭。

王母说："老头子，今儿这雨下老大了，咱快点吃了，早点上床歇着。"

王父嘴里嚼着米饭说："不行，我等下得去看看田里啥情况，别让这雨把咱家刚插下去的秧苗全败了！"

王母皱眉道："都下这老大了，还能怎么着，败是肯定败光了，去看能起啥作用！"

王父正要开口说话，这时半掩着的大门突然"吱呀"一声被猛地推开了，随即一个黑影扑过来跪在堂屋饭桌前。

王父王母被这突如其来的状况给吓蒙了，过了几秒钟才看清楚这黑影是个女人，她撑着一把大黑布伞，她怀里的黑布兜鼓鼓囊囊的，底下还露出一只小娃的脚丫子。

未等王父王母开口，这女人就哭开了，泪流满面，抱着怀里的娃儿不断地磕头跪拜，嘴里不断地说着，"大哥，大嫂，我求求你们了，求求你们收留这个孩子……"

王父王母都从饭桌上下来，赶紧过来搀扶起她，可是她不肯起来，还是抱着娃儿不断哭求："大哥，大嫂，我打听过，知道你们是好人家，所以求求你们帮帮我，收下这个可怜的娃，他很乖很好的。你们不答应我，我就永远跪着不起来！"

说着她便把娃儿往王母手上塞,王母没有接,而是抬头望着王父,似乎在向老头子讨主意。

王父惊讶地问这个女人:"你……你是哪个村子的?娃这么小,你为什么要把他送人?"

林慧英这时便站起来,把布兜从身上接下来,和着娃儿一同放在大饭桌的一角,用手扶着那熟睡的婴儿,怜爱无比地看着娃娃,流着泪无比伤心地说:"大哥,你也不要问我是哪的人。你放心,我这个孩子不是偷的,也不是抢的,是我身上的骨肉。但他是个孽种……"

王父更惊讶了,目瞪口呆地重复着:"孽种……"

林慧英泣不成声,用打了补丁的蓝的确良布料衣袖揩了一下眼泪,鼻头红红地说:"大哥,我是被人……被人强奸了……才有了这个孩子!"

王母听她这话,打量了她一下,又看了看王父的反应,然后她伸出手把孩子抱在怀中,怜爱地望着娃儿那漂亮的脸蛋和长长翘翘的睫毛。瞬间,这个软软的小东西就俘获了她的心。

王母仔细端详这娃儿,无比怜爱,脸上情不自禁地浮现出笑意,她啧啧称赞说:"这娃可真俊啊!可是……这娃儿没错!"

见到王母这样的表现,林慧英赶忙"扑通"一声跪在地上,不停地给王父、王母磕头跪拜,泪流满面地说:"我可怜这个孩子,他是个苦孩子,他没有罪呀……你们只要收下他,我给你们供长生牌位。"

说着她就站起来,从王母手里抱过娃,泪水涟涟的,把娃紧紧抱在怀里,又是用嘴亲,又是用脸挨着娃的脸,又是哭又是笑的,看着她那恋恋不舍、肝肠寸断的样子,王母王父都不由得跟着流下了眼泪,体会到她的那许多难舍的情感,那场面真是令人万分感慨!

就在二老感慨得心酸又万分同情她时,她把娃儿一把放在饭桌上,然后像一阵风一样捂着嘴大哭着跑进了倾盆大雨里,连带来的那把正湿淋淋躺在地下的黑布伞都没来得及拿!

她仿佛是逃走的,她一走,雨下得更大了,天像是破了个大洞似的,天昏地黑的,还伴随着又响又炸的雷声,仿佛也是在为这出人间悲剧感到难过……

王父说到这里,用食指点了点饭桌,说:"后来啊,她就把你放在了这儿,就再也没有回来过!"

王林兵一直很投入地听,完全沉浸在这个令人万般难过感伤的故事里,脑海里全是一个浑身湿透、披头散发的瘦弱女人在大风大雨里歇斯底里哀嚎悲鸣的画面,他不知道的是,他的脸上早已挂满泪珠。

王父说完故事后,王林兵好久没出声。过了好一会儿,他才回过神来,用手搭在父亲的肩头,抱着瘦弱佝偻的父亲声音低沉地问:"爸爸,你知道我的亲生母亲是哪儿的吗?"

王父抽着烟,吧嗒吧嗒的,还来不及回答呢,母亲轻轻地摇了摇头说:"我们怎么知道呢?她那么突然地出现在我们面前,把你丢在这饭桌上后,就离开了,再也没有来过了!"

王父又从烟盒子中拿出一搓烟丝,手哆嗦着准备放在烟筒里。就在这时,王林兵给父亲跪了下来,涕泗横流地说:"爸爸,我没有别的意思,我真的想知道,我是从哪儿来的?"

王父想了想,慢慢地点燃了烟丝,吸了一口,低沉而缓慢地说道:"这后有一天,我去乡里赶集,发现派出所门前围了好多的人……"

乡派出所门前，年轻的林慧英披头散发地坐在地上，愤愤不平地指着派出所的门："衙门口朝南开，有钱无理莫进来，他李天柱强奸了我，这事能算完吗？你们不管？好，你们不管，我杀了他们全家，看你们还管不管！"

说完，林慧英疯疯癫癫地离开了派出所。

在乡政府门前那条马路边店铺里买化肥的王父看到派出所门前人头攒动，隐隐听到骚乱声，他便往那边看去，只见一个头发乱成鸡窝、衣衫不整、邋里邋遢的年轻女人疯跑过来，那女人跑过他身边时，还望了他一眼，只见她满面怒容，怒目圆睁。

王父拦住了一个刚从派出所那边看完热闹的老汉："您好，前边发生什么事了，刚跑过去这女人是哪个？"

老汉惊讶地说："谁？你不认识？这是李家庄的林慧英啊。"

王父又问："林慧英？她，这是怎么了？"

老汉左右看了看，摆了摆手，神秘兮兮地说："这事不能说，不能说！"说着就离去了。

王父看了看四周，忙紧紧跟上那老汉。

两个人一前一后来到一处偏僻的角落，王父拦住那老汉："老哥，你就跟我说道说道这是怎么回事嘛！"

老汉一看又是他，便皱了皱眉头，紧张地看了看四周，发现四周无人，才悄声对他说："这个女人被人强奸了，到处告状，告了一年多，也没有告出个名堂来！"

王父感到很诧异，好奇地低声问："那……强奸她的那个人是干什么的呀？"

老汉瞪大了眼睛："你问这个干什么？说不得，说不得！"

说完，老汉这回加快了步伐离开，像是怕王父会追上自己似的。

王父手指老汉自言自语道:"嗨,你这个人,真是的!有什么不能说的?"

王父望着对面听得入神的王林兵说道:"也就是从那天起,我才知道你的亲娘叫林慧英。"

王林兵的鼻头发酸,他吸了吸鼻子,说:"后来……你知道林慧英、我的亲娘去哪了吗?"

王父没有马上回答,他叹了一口气,然后缓缓地说:"后来,听说她杀了人……然后,就没有人知道她跑哪儿去了。"

王林兵喉头艰涩地咽了一下口水,眉头紧锁,又深感震惊,眼睛都瞪大了:"她为什么杀人?杀了谁?"

王父说:"李家庄的李老虎!"

王林兵蹙着眉追问道:"李老虎是谁?"

王父回答:"李老虎叫李天柱,当时是李家庄的村长。"

王林兵又急着追问道:"她为什么要杀李天柱?"

王父抽了一口烟,望着那烟圈飘了飘,咳嗽了几声才道:"李天柱就是那个人……知道这件事后,我才给你起了个名字叫王林兵。这王呢,随我的姓,这林呢,对你来说将来也是个念想吧!"

9

一大早,郑岩办案组就来到了滨海市公安局刑侦支队,因为昨天开过检察官联席会议之后,大家觉得很有必要来找林慧英杀人案的侦查人员当面谈一谈。

接待他们的是刑侦支队长王海涛警官。在会议室里,王海涛将一张照片放在大屏幕上："这个人就叫李天柱。"

林乔生把玩着一支签字笔，思忖了一下，问："王队，我就弄不明白了，林慧英被李天柱强奸了，千真万确的事儿，当时为什么结不了案呢？"

王海涛解释说："是这样的。林慧英被李天柱强奸后，确实是到当地派出所报案了。但是，由于林慧英自己处理了案发现场，破坏了有用的证据痕迹，再加上李天柱死不承认，这案子就拖了下来。"

郑岩望着大屏幕上李天柱的照片出神，脑袋在高速运转着。

王海涛继续说道："你们知道，当时，李天柱是李家庄的村长、村民委员会主任，个人作风非常霸道，人称'李老虎'。考虑到当时的工作环境，公安机关没有马上动他，而是进行了秘密侦查，希望能从外围得到突破。可是，林慧英等不及了，她弄了一把猎枪，冲进李天柱家，把李天柱夫妻、李天柱的母亲都给杀了，李天柱不满两周岁的女儿则因当晚在亲戚家过夜而侥幸躲过一劫。"

郑岩这时说话了，他看了一眼王海涛："王队，林慧英杀人后呢？李天柱强奸林慧英的案子怎么说的？"

王海涛轻轻叹了一口气："人都杀了，一下子死了三口人。大家只顾了捉拿林慧英了，哪个还顾得上李天柱强奸她的案子。"

郑岩挠了挠后脑勺，眉头紧蹙："这么说，到现在……难道林慧英的案子也没有个结果？"

王海涛颇有点感慨地说："死了，死了，一死百了。李天柱死了，林慧英跑了，案子还怎么查？如果不是林慧英落网，李天柱强奸林慧英的案子早就被人忘到九霄云外了！"

郑岩又问道:"那当年承办李天柱强奸林慧英案子的人呢?"

王海涛站起来微微笑着说:"郑主任,人,我已经给你抓来了。这案子呢,也可以结了。至于李天柱强奸林慧英,那是另一个案子……我看呀,你就别费心了!"

郑岩苦笑着摇了摇头,又神情严肃地说:"我想给林慧英一个说法。"

王海涛耸了耸眉毛,右手摸了摸前额,又深深叹了一口气道:"难呀!当年的经办人,死的死了,没有死的也早已经调离了原来的工作岗位。现在,卷宗都没有了,还上哪儿找人调查呀!"

叶文婕望着大屏幕上李天柱的照片愣神,她喃喃自语道:"这么说……林慧英的冤屈再也没有澄清之日了?"

王海涛听了叶文婕这话,很诧异地看了郑岩一眼,很显然他对叶文婕的质问不满:"郑主任,林慧英的案子是故意杀人案,当年不仅有目击证人,所有的犯罪痕迹也都与林慧英有关。现在,林慧英归案,对我们公安机关来说已经完成了任务。具体到李天柱强奸林慧英的案子,不仅是时间已经过了22年,即使是发生在现在,李天柱强奸林慧英的案子查不清,也并不影响对杀人案的处理。"

郑岩看了一眼叶文婕,笑了笑,对王海涛说:"王队,叶文婕同志也是出于对工作的负责才这样提问的,并没有其他的意思。"

王海涛冲着郑岩抱了抱拳:"理解万岁,谢谢郑主任的理解!"

几个人鱼贯而出,向滨海市公安局办公大楼的停车场走去。

叶文婕紧赶两步追上了郑岩:"郑主任,按王支队的意思,李天柱强奸林慧英是一回事,林慧英杀李天柱一家又是一回事,一码论一码了?"

郑岩边走边说:"从理论说,应该这个样。"

叶文婕微微皱眉,思忖道:"可是……"

郑岩站了下来,望了望天空,叹了一口气道:"哎,时间太久远了!"

林乔生也停下来,望着远处的小学高高飘扬的国旗,感慨地说:"22年了……物是人非啊,再想弄清当年的事儿,难呀!"

慕容曦见郑岩和林乔生都这样说,急了,快言快语地说:"文婕姐说的对,不弄清当年的事儿,怎么让林慧英服气?是,按现在的证据,足可以把林慧英送进监狱。但是,你们想过没有,如果不把过去的事儿弄清楚,林慧英不会服气的!"

林乔生拍了她脑袋一下道:"嗨,那你说说……你说咋办?"

慕容曦摸着脑袋,撅着嘴道:"我也不知道怎么办……我要是知道怎么办还会问你吗?我是觉得……最起码,我们应该弄清楚当年到底发生了什么事儿吧?"

郑岩咬着嘴唇想了一下,然后吸了吸鼻子,下定决心似的说:"走!咱们去李家庄一趟!"

10

李家庄村外是一条有些弯弯曲曲的乡间小马路,铺着沙石,路大概两米宽,路上偶尔见到几堆全干或半干的牛屎。一个年轻男子从远处向村里走来,他肩上背着军绿色的行李包。

快走到村口时,他被眼前黑压压一群人给吸引住了,那堆人原本是气冲冲地往村外走的,这时也停下来看着他。

这群人大概有20多个,队伍最前面是个穿着水红色衬衣、白色西裤的漂亮女孩,一头笔直飘逸的披肩长发用黄绿色的丝带扎在脑后,唇红齿白,脸颊绯红,美若桃花。走在她身侧的是一个60多岁的老汉。

老汉走得很快,队伍后面几个妇女有点跟不上了,一个妇女喊:"天梁老叔,你慢点走。"

李天梁停下来,回头说:"你们看看天什么时候了,还磨磨蹭蹭的。再晚了,他们公安局的就下班了。"

那年轻男子看到漂亮女孩和一大帮人这么急匆匆地往村外走,有些惊讶,随后就朝她微微笑着,露出洁白的牙齿。

看到男子,漂亮女孩倒是真的惊讶:"林兵,你怎么来这儿了?"

王林兵看看漂亮女孩,又看看大家,不好意思地笑笑:"玉洁,我……我来你们村里搞调查。"

大家看看李玉洁,又看看王林兵,先前说话的那中年妇女对李天梁说:"天梁叔,怕是你们家的小女婿来了,恐怕你要待客了。你说,我们还进城吗?"

李玉洁不好意思地说:"这是我的校友,他叫王林兵。"

中年妇女笑着上下打量着:"好呀!小伙子蛮俊的!"

李玉洁的脸颊绯红,偷偷瞥了王林兵一眼,向李天梁介绍道:"大伯,这是王林兵,滨海大学法律系的。"

李天梁张着掉了好些牙的嘴呵呵笑着说:"好啊,法律系好。我们正需要找懂法律的人求教呢!"

王林兵微笑着恭敬地说:"我快要毕业了,现在正在农村实习、搞调研。如果说求教倒是不敢当,如果说和大家探讨一下有关的法律问题，还能凑合。"

李天梁抬头看了看王林兵，笑道："你和玉洁两个人是同学？那可太好了！小伙子，你要调研什么，尽管给我说，我可以帮你。"

王林兵闻言眼睛一亮道："我调研的是关于农村的治安问题……"

李天梁也眼前一亮，浑浊的老眼似乎都有了光芒："好，小伙子，你调研得对。现在这农村呀……不说了，给你说说俺们的事吧。俺弟弟被人杀了，凶手跑了22年，这不，被公安抓住了，不认账，到现在还没有枪毙。你说，还有没有公理？"

王林兵愣在了那儿："凶手跑了22年？你说的是……"

李天梁双手叉着有些佝偻的腰，朝侧边地上吐了一口唾沫道："哎，你呀，当年年龄小，没有听说过这件事。那个时候，这件事可轰动了。整整杀了三口，你说，这人该不该枪毙？"

王林兵若有所思，喃喃自语道："杀了三口？"

李天梁面色凝重又很气愤地说："对，杀了三口，跑了22年，你说……"

王林兵神色严峻，问道："这个人叫什么？"

李天梁有些咬牙切齿地说："林慧英！"

这时，一辆警车从远处开了过来，众人的注意力都被吸引过去，只有王林兵目瞪口呆地杵在路边，随即大家看到他眉头紧锁，脸上阴云密布，那种难过悲伤到极点的神色让周围的人们惊诧莫名，不明白他怎么会在听说了这个名字后如此悲痛难抑，难道他跟这个名字有着什么关系……

郑岩和大伙从警车上下来，他望了望村口站着的一群人，说："这些人在这干什么呢？对了，我过去找人问下路。"

说着他边朝人群走过来，边观察了一下这些人，他看到一个长相英俊、身材颀长的年轻男子紧紧皱着眉头愣在人群中，旁边一个老者和人群都在望着警车这边和走过来的他。

那年轻男子在他快走近人群时，似乎已经没像刚才那样悲伤了，也不发呆了，而是也打量了他一眼，两个人眼神交汇时，那年轻男子马上转移了视线，似乎在有意回避他的目光。

王林兵对李玉洁说："你先忙吧！我还有点事……先走了。"说完他就匆匆忙忙朝来时的路走。

李玉洁着急地跑步追了上去："哎，王林兵，你走什么呀？等等我！"

望着王林兵和李玉洁的背影，李天梁若有所思："这孩子……"

那个中年妇女看看李天梁，又望望王林兵远去的背影道："天梁叔，想什么呢？"

李天梁定定地盯着远处："我在想呀，这孩子，和当年天柱长得一模一样！"

中年妇女笑道："天梁叔，您这是想俺天柱叔了吧？"

李天梁愤愤地说："想他干什么？他就是个混蛋！没有他，我老娘会死得那么惨吗？没有他，我侄女会这样孤孤单单的吗？"

他们正聊着，郑岩过来问："老同志，请问这儿是李家庄吗？您知道李天梁同志家在哪儿住吗？"

李天梁没好气地白了郑岩一眼："我就是，有什么事吗？"

郑岩便自我介绍了一下，然后说是想了解一下有关林慧英案子的情况，他随后又好奇地问道："你们这是去哪儿啊？"

那中年妇女抢着说："我们是去公安局的，问公安局为什么不枪毙林慧英？！"

郑岩笑道："看来我们是来对了。这林慧英的案子已经转到了我们市检察院，进入审查起诉阶段了。"

那中年妇女不忿地说："公安局的没事找事，把林慧英崩了得了，为什么还要送到检察院。难道说林慧英是贪官？"

郑岩笑了，其他人也附和着这中年妇女的话。

李天梁向大家挥了挥手："今天咱们不去公安局了。走，回去，听检察院的同志给说道说道。"

大家来到了李天梁家。李天梁给大家搬来了板凳让他们坐下，中年妇女给他们端上来了茶水。

郑岩从公文包掏出了工作证和公函、介绍信让李天梁看："老同志，我们这次来呢，是例行审查起诉。根据公安机关转来的卷宗，我们知道您是当年林慧英杀李天柱一家的目击证人，请您再介绍一下当时的情况好吗？"

李天梁掏出卷烟点燃上一颗，慢慢地抽了一口，吐出了一个个烟圈。良久，才慢条斯理地说："那天，我看得非常清楚，是林慧英杀了李天柱两口子，和我的老母亲……"

11

李天梁给郑岩他们详细说了一遍自己当年亲眼见证的场面，最后他说道："我是亲眼看到林慧英杀了我弟弟李天柱两口子，和我的老母亲，这一点永远也改变不了！"

李天梁家前面的池塘水面铺满了睡莲，开着紫色或粉色或蓝色的花儿，那花香浓郁，被山野的风一吹，熏得人有点醉。坐在水泥洗衣台旁的叶文婕被这风送花香熏得有点晕乎乎的。

她想，若不是因为办案，她倒挺想带着公婆过来这山野住上几天。

她回了回神，沉思了一会儿，开口道："刚才您说到，林慧英说李天柱强奸了她，她才要杀你们李家满门的。这李天柱强奸林慧英是怎么回事呀？"

李天梁看了叶文婕一眼，又低下头去吧嗒吧嗒抽了几口烟，然后说："这事儿，是我们李家的丑事儿。不说也罢！"

林乔生急了，忙说："老先生，你没有听人们常说事出有因吗？没有林慧英被李天柱强奸，哪来的林慧英杀李天柱全家这个果？不弄清因果关系，这案子不好办呀！"

李天梁腾地从椅子上站了起来，额上青筋鼓起，火气冲天地吼："你这样说林慧英就该杀我弟弟全家了？！"

郑岩忙起身扶着老人家的胳膊安抚解释："不，不。我们的同志讲的不是这个意思。是这样的，我们审查起诉，就是要查清案子的来龙去脉。不然，即使是把林慧英杀了，她心中也不服是不是？把事情搞清楚了，对是对，错是错，各是各码事，林慧英也就没有话说了。"

李天梁缓缓落座，想了一下，又重重地抽了一口烟："这事呀！说起来，李天柱还真的有责任。那个时候，李天柱是我们李家庄的村长，有点浑。林慧英的男人叫李青峰，在外面的煤矿上工作，经常不在家。论辈分，林慧英应该叫李天柱叔叔的，没有想到，李天柱竟然对林慧英下了手……"

慕容曦皱眉问："这事儿您知道？

李天梁回答说："这事儿，刚开始我不知道。后来，李青峰从煤矿回来找到了我，我才知道李天柱又犯下了孽债……"

李天梁清楚地记得，那是一个阴天的晚上，大概七八点钟，他吃过晚饭，想早点歇息，刚躺在床上没几分钟就有人敲门。打开门，他看到畏畏缩缩的李青峰站在门外，脸上带着猥琐讨好的笑。

"青峰，你咋来了？"李天梁说着便把他引进屋里坐下，又给他递上烟。

李青峰戴着一顶帽檐瘪瘪旧旧的藏蓝色绒布帽子，上身穿着深蓝色的确良料子的中山装，下身一条起满球的黑布裤子，裤管一个卷起，一个及脚踝，脚上一双破洞露脚趾的解放鞋。他衣襟上有些脏兮兮的，还挂着几粒干了的饭黏子。整个人瘦小又佝偻，仿佛掰不直的一棵歪脖子病树。这会儿他接过李天梁的烟，抖抖索索地点了好几回才点着。

昏暗的灯光下，李天梁和李青峰两个人相对而坐，两个男人不停地抽着烟……

过了好一会儿，烟雾缭绕里，李青峰才犹犹疑疑说："天梁叔，你看慧英这事咋弄呢？"

李天梁重重地叹了一口气："青峰啊，这事儿，李天柱他不认账，我也没有办法呀！"

李青峰道："这个……慧英也告了这么多次，又没告赢，还弄得大家都知道了这事，慧英也觉得没有脸面……你是知道的，这事儿如果不给个说法，慧英她会算完吗？"

李天梁眉间挤出了一个川字，吧嗒吧嗒大口抽着烟："那你说怎么办？"

李青峰蜡黄的脸上浮现出一丝难为情又讨好的笑："叔，我这……嘿嘿，您，要不您老给李天柱说说，让他出200斤小麦，算是补偿慧英的，不然，慧英还会给他闹下去！"

听李天梁讲到这儿，慕容曦惊讶地叫了起来："什么？李青峰要200斤小麦就算完了？这也太不可思议了！"

李天梁喝口茶，放下茶杯，微微笑了笑："我们这儿都是这规矩……又不是什么大不了的事儿。既然发生了，怎么着也抹不了。都是经老少爷们说合，男方拿点钱，就算完事。"

慕容曦听了皱着眉惊诧莫名："嘿，这，这算什么规矩？"

郑岩不管慕容曦的质疑，他问李天梁："那李天柱拿200斤小麦了吗？"

李天梁长叹一声，站起来，拖长了声调道："哎，要是拿了就好了，就不会出人命了！"说着他就摇摇头，进里间去披了件藏青色袄子。

林乔生声调高了些："大叔，这么说李天柱不愿意出这200斤小麦了？"

李天梁从里间走出来，边拍打着外套上的灰和饭粒："哎，这个混蛋，他不仅不愿出200斤小麦，还把人家林慧英给得罪了……"

那是秋天的一个早晨，林慧英扛着锄头向村外走去，准备把村头自家那半块地除除草，松松土。当她快走到地头时，李天柱突然从树林中钻了出来，在水渠堤坝上拦住了林慧英的去路。林慧英左躲右躲躲不开李天柱的纠缠，就站住了，手里紧紧握着锄头把，愤怒地斥问李天柱："李老虎，你干什么？"

李天柱流里流气地笑着说："你男人要200斤小麦，行呀！我们再来一次，我给你400斤小麦！"

说着他就向娇小瘦弱的林慧英扑去，林慧英像个大力士一样高高举起锄头向李天柱砸去，却被身手敏捷的李天柱跳着闪开了。

见这个曾被自己征服的小女人真的拿锄头来砸自己,一贯目中无人的李天柱恼羞成怒了,他恶狠狠道:"好呀!今天不让你尝尝我李老虎的厉害,我就不姓李,看我怎么修理你!"

说完他再次狠狠向林慧英扑去。这次林慧英没能握紧锄头,那锄头咕噜噜从水渠堤坝上滚了下去。林慧英被高大强壮的李天柱一把压在了身下,她披头散发的,衣衫凌乱,但依然在顽强抵抗,无奈娇小的她实在不是对手,被李天柱死死压住了手脚身体,动荡不得。李天柱正要扒拉她的裤腰带,却感到后背突然一阵麻,接着是剧痛,他停下来,正要开骂,回头发现居然是自己的哥哥李天梁拿着根棍子,刚才那一阵麻和剧痛就是这棍子敲打的。

李天梁气得发抖地大骂道:"你个孽障,你想干什么?事儿闹到了这种地步,你还不罢手。你是不是想死?"

林慧英大口大口地喘着气,从无比惊恐和愤怒中回过神来,趁着李天柱不备,她立即挣脱了他的控制,从地上爬了起来,还狠狠给了李天柱胸口一拳,然后速速跑走。

李天梁喘着粗气,扔掉棍子,恶狠狠道:"看我不好好教训你这个不成器的孽障!"

林慧英跑到远处站定,继续大喘气,她无比愤怒地回头看了李天柱一眼,然后颓丧疲累、跟跟跄跄地回家了。

李天柱从地上爬了起来,抚着被林慧英砸痛的胸口,又摸了摸后背,鼻孔里发出哼的一声,转身就想离开。李天梁快速地伸出手揪着了他外套下摆,恨铁不成钢地大声喝问:"李天柱,你是不是嫌事儿闹得不大?"

李天柱甩开了李天梁的拉扯:"去,去,今后你少管我的事儿!狗拿耗子!"

说完他便转身离开了李天梁，向田野走去。

李天梁气得在水渠堤坝上直跺脚，呼天抢地地哀叹："孽障呀，孽障！"

12

听到这里，慕容曦气愤地说："李天柱也太霸道了，当时为什么没有人管这件事？难道说真的是无法无天了吗？"

李天梁叹气说："嗨，那个时候，不好说吧！当时，林慧英去派出所告过李天柱，没有用呀！派出所民警说没有证据，不好给李天柱定罪。"

说到这里，李天梁猛吸了一口气，把烟蒂狠狠地捺在了地上："同志，说实话，这事儿一开始我是向着林慧英的，天理嘛！可是，这林慧英不应该不分青红皂白，不仅杀了李天柱夫妻，还杀了我的母亲！她，简直是恶魔！"

坐在门外晒谷坪的一个妇女愤怒地大声应和道："是呀！林慧英杀李天柱，情有可原。可是，林慧英杀了我们李家的老奶奶，就太不应该了！过去，都说一命抵一命，即使是不让林慧英为李天柱夫妻两口抵命，俺们李家的老奶奶这条命，她林慧英总得抵了吧？"

几个妇女都附和着，语气严厉地道："对，这次一定要让林慧英抵命！"

慕容曦望望那几个妇女，又转回头来问李天梁："李天柱的女儿呢？她现在做什么？"

李天梁道："他的女儿叫李玉洁，现在滨海大学读书。"

说完，李天梁便转过脸在门外晒谷坪寻找李玉洁，发现李玉洁没在人群里，他就问那几个中年妇女："玉洁呢？"

一个中年妇女道："刚才追那个小伙子去了！"

听了中年妇女的话，郑岩回想起了村头的那一幕……

郑岩沉思了一忽儿，开口问道："李老先生，我想问您一个问题，当时林慧英既然把枪顶在了你脑袋上，那她为什么不杀你？"

李天梁哼了一声道："那呀，还算她有点人性！"

大家都惊讶地望着他，等着他讲下去。

李天梁弹了弹烟灰："林慧英的男人李青峰在煤矿工作，经常不在家。有一年的一天，林慧英得了急性阑尾炎，是我蹬着三轮车，赶了几十里的夜路把林慧英送进乡卫生院的。没有我，她那个时候就死了！"

门外的那中年妇女走进来坐在条石门槛上，随声附和道："是呢，我们天梁叔是个大好人！如果林慧英杀了天梁叔，那她才是坏了良心呢！"

郑岩又思忖了下，然后站起来对大家说："乡亲们，你们也不要去市公安局闹了。案子呢，已经转到了我们市检察院。你们放心，一定会给你们一个说法的。"

说着，郑岩就伸出手跟李天梁握手："老同志，谢谢你今天给我们提供了这么多的情况。你说的这些问题，我们一定会重视的。你再想一想，有没有没有想到的，如果有，欢迎你到市检察院来，把事儿给我们说清楚。"说着他对慕容曦说："把我们的联系方式留给乡亲们！"

回去的车上，叶文婕感触很深地说："郑主任，有人说农民没有文化，没有是非观念，我看农民清楚得很。对就是对，错就是错，不添油加醋，更不添枝加叶，你看人家李天梁说得多么客观。"

郑岩也感叹地说："是呀！这就促使我们必须把事情搞清楚。糊糊涂涂地办案子，他们心里都不会服呀！"

驾车的林乔生说："我第一次听到林慧英杀了李天柱一家人后，觉得林慧英这个人非常可憎。现在，听了李天梁的介绍，反而同情起林慧英了！"

慕容曦连连点头："我也是！这是在农村，一个妇女被人欺负了，怎么见人啊？"

郑岩望着远处的残阳，重重吸了一口气道："林慧英是值得同情，可是法律并不讲情面呀！她千不该万不该，一下子走了极端，杀了李天柱一家人。灭门惨案啊！手段、性质都是极其恶劣的，如果不严惩，难以维护法律的尊严！"

慕容曦望着车窗外水库上被太阳余晖照耀得波光粼粼的水面，颇为惋惜地感叹："林慧英……你怎么不相信法律呢？"

此刻，坐在李家庄后山山顶上的王林兵和李玉洁都望着远去的警车。落日的余晖照耀着警车的玻璃，反射出灿烂的金光。坐在旁边的李玉洁挽着他的胳膊，头靠在他肩上，闭着眼睛吹着山风，静默地享受着二人世界。可是她突然听到王林兵抽泣地吸着鼻子，她抬头惊讶地发现他哭了，满脸是泪！

"兵，你这是怎么了？你快告诉我，怎么回事呀？"李玉洁急切地问道。她又回想起他在村口跟伯伯李天梁对话时的那奇怪的神情，隐约觉得这两者有什么关联。

王林兵吸了一下鼻子说："我不知道怎么说……昨天，我爸爸告诉我，我亲生母亲是个杀人犯！"

李玉洁瞪圆了眼睛，眼里全是惊讶："什么？你的亲生母亲？杀人犯？！"

王林兵轻轻点点头，神色很是悲伤："是！那是二十年前的事了。我妈妈杀了你们村的一个恶棍。"

李玉洁惊得眼珠子都要掉地上，她愕然又木然，一时间不知所措，过了十几秒钟她才算回过神来，两手都是颤抖发麻的："你……你是林慧英的儿子？"

王林兵不明白李玉洁为什么如此表现，他低沉的声音缓缓道："对，我的母亲就是林慧英……对了，你怎么知道这个案子？难道……"

他突地顿住了，然后像是中了魔怔一样惊恐地直摇头，"不，不会的，不可能的……你，你真是李天柱的女儿？怎么会这样……"

李玉洁突然"嗖"地站起来，像是得了失心疯一般，她呼天抢地地大哭大喊道："为什么？为什么呀？你妈妈为什么要杀害我的父母？"

王林兵也僵立在那儿，魂魄出窍一般，一直不断地摇头说："不可能，这不是真的……"

李玉洁仰望着苍天，跪在那儿，双手抱着头突然匍匐在地上，随即嚎啕大哭："老天爷啊，为什么，为什么要这样对我啊，为什么……"

好久之后，她终于回过神来，泪眼婆娑地望向身旁，却发现王林兵不知何时已经走了。她睁着肿得像桃子一样的眼睛赶紧跑下山，她的心仿佛已经痛得不存在了，太多的悲伤使得她腿软得几乎走不了路，她感到一种将要永失我爱的巨大悲痛……

13

第二天中午，王林兵又来到李家庄，他在李家庄转了一圈，找村民打听，然后就来到了李青峰家门口。他在门外禾场上站定了，有点犹疑，但随即就深吸一口气，去敲了李青峰家的门。

门开了，王林兵瞥见院子里的木桌子旁，一家三口正吃饭。

李青峰诧异地问："你是谁，来干什么？"

王林兵定定地望着眼前这个黑瘦矮小的中年男人，声音低沉地说："你就是李青峰吧，我有点事想跟你谈谈！"

李青峰惊讶于眼前这后生居然知道自己的名字，他看了看王林兵，又看了看妻子。

李妻放下碗筷，扯着脖子望着门边的两个男人说："有什么事进屋说吧！"

王林兵对她摇了摇头："我们说的是男人之间的事儿。我想我跟他还是出去说比较好。"

李青峰为难地回头对妻子笑了一下，妻子不耐烦地朝他挥手，示意他赶紧出去。

于是李青峰和王林兵两个人来到门外的一排竹子前的石凳上坐着，李青峰从衣袋中掏出了香烟，抖抖索索地递给王林兵，王林兵拒绝了。

王林兵望着眼前猥琐邋遢的李青峰："李青峰，我问你一件事，林慧英被公安局的抓起来了，你知道吗？"

李青峰眨巴眨巴着两只小眼睛，蜡黄的脸上出现一丝说不清意味的笑，然后他又冷眼看了王林兵一眼："你给我说这个什么意思……我现在有自己的家庭，我不想再回忆过去！"

王林兵突然"噌"地站起来，愤怒地吼道："你不想回忆过去？可是，就是因为你，别人在痛苦！你明白吗？"

李青峰被他这突如其来的表现给吓到了，他瑟缩发抖地道："我……我不知道你在说……说什么！"

王林兵血红的眼睛逼视着他，那眼里似乎都要喷出愤怒的火苗来："李青峰，你还是个男人吗？如果你是个男人，你当年就不会让你的妻子独自承受屈辱，你就会站出来为你妻子撑腰做主。可是你呢？你当了缩头乌龟，让你的妻子独自在众人面前丢尽了脸面，最后，不得已才走上了绝路。现在，林慧英被公安机关逮捕归案，你却没有一点的触动，反说不愿回忆不愉快的往事……你敢说林慧英走到这一步，和你没有一点关系吗？！"

李青峰捏着劣质香烟的右手颤抖得厉害，他佝偻着腰缓缓站起来，唯唯诺诺道："我，我……"

王林兵没等他说完便斩钉截铁地说："你什么你？你如果是个男人，就要勇敢地站出来，把事情的真相告诉大家，林慧英即使离开了人间，也会含笑九泉的。不然，她这样不明不白地被判处死刑，你一辈子都会对她有愧！"

李青峰站在那儿像只孱弱的虾米，瘦弱矮小的他此刻只想缩成一团，像乌龟一样缩回壳子里去，在这年轻后生跟前他只感觉到巨大的压力和威胁，他再次唯唯诺诺地道："我，我……"

最终，他在王林兵的眼神逼视下，什么都没有说出来，只是从衣袋中掏出香烟，双手颤抖地打着了打火机，点燃香烟，慢慢蹲了下去……

他的记忆回到了二十多年前的一个晚上。

昏暗的灯光下，林慧英衣衫零乱地坐在板凳上，无神地望着悬挂着的日光灯。李青峰非常气愤地在屋内转来转去，突然他停下脚步，上前挥手就给了林慧英一个大耳光，他恶狠狠道："混账东西，一直让你注意点，不要穿得那么骚，可你……就是不听，穿得像个妖精！这下可好！你还有脸在这儿哭？全是你自己做的好事。你让我今后怎么有脸面面对全村的老少爷们？！"

林慧英捂着被打得通红的左脸颊，痛哭失声："青峰啊，青峰……"

李青峰面目狰狞地怒吼道："别叫我，你要是要脸，就跳河去死了，省得在这儿丢人现眼的！"

就在李青峰沉浸在回忆中时，后背上的一阵痛把他的记忆拉回了现实，原来眼前的后生见他蹲地上发呆半天不表态，而恨得牙根痒痒的，终于忍不住拍了他后背一下："说话啊，你说啊！"

李青峰懵懵懂懂地抬头瞥了一眼跟前这仿佛跟他不共戴天的后生，怯怯地问道："你……你是谁？"

王林兵轻蔑地看着他："不要问我是谁，我要你表个态，敢不敢把林慧英的事儿向公安作个交代？"

李青峰腿脚打颤地站起来，拍拍蹲麻了的腿，又可怜巴巴地望着王林兵："小兄弟，我已经这么大年纪了，现在……老婆孩子一家人过得好好的，为什么非要让我回到过去呀？"

王林兵冷笑道："你不想回去？难道说林慧英愿意回去吗？如果当初你像个男人一样为她撑腰做主，她还会走上杀人这一步吗？"

李青峰再次抽了一口烟，大呼一口气，酝酿思索了半天，终于松口道："好吧！我想一下看这事该怎么说。"

正在这时，一辆警车停在了胡同口，郑岩一行四人从警车上下来，他们向着李青峰家走来。

王林兵拍了一下李青峰的肩膀，语气坚定地说："我希望你能像男人一样站出来，为林慧英主持公道！"

说完，他就大步流星地往前走了，向着村外的池塘堤岸上走去，恰好与迎面而来的郑岩他们擦肩而过，郑岩跟他对视了一下，然后他便离开了李家庄。

14

郑岩几人走到李青峰面前，林乔生从衣袋中掏出工作证："你是李青峰吧，我们是滨海市检察院第一检察部的工作人员。"

李青峰有些讶异地张了张嘴，随后他便连连点头："我……我就是李青峰。"

郑岩看了李青峰一眼，用下巴示意了一下胡同口，问李青峰——"刚才，和你说话的那位年轻人是谁？"

李青峰结结巴巴道："一个……一个朋友。"

说完，李青峰忙把郑岩他们往家里让。

郑岩微微皱着眉头思索着什么，随大家往李青峰家大门里走去。

李妻非常的热情，忙着给大家沏茶。

慕容曦打开记录本："二位好，我们想问关于林慧英的一些情况……"

她话刚出口，李妻立即变了脸色，李青峰站在那儿更是尴尬，嘴中吭吭哧哧地说不出话来。

李妻不满地望着李青峰："你倒是说话呀，人家问林慧英呢！总不能让我说吧！啊？"

　　林乔生说："你是李青峰同志的妻子吧？你看，我们问林慧英的案子，你能不能回避一下？"

　　李妻明白了林乔生的意思，一边麻利地收拾起餐桌上的碗筷，一边呵斥正在吃饭的孩子回卧室看电视去。

　　李青峰依然站在那儿，对妻子的态度显然是不满意，但又不敢说出来，嘴中不停地说着："你看，你看，她就是这样的脾气……"

　　郑岩招呼他过来坐着，对他说："李青峰，林慧英的案子已经交到了我们市检察院起诉，你对林慧英的案子有什么不同看法，尽管向我们说出来，我们在向法院起诉的时候，会尽量考虑你的要求的。"

　　李青峰慌忙摆手："没，没，没，我什么意见也没有，你们该怎么判就怎么判！"

　　李妻从厨房冲了出来，站在李青峰面前，李青峰吓得从椅子上弹跳起来，胆怯地望着李妻。

　　李妻指着李青峰大骂道："李青峰，你还算不算个男人？你老婆被人强奸了，你应该和别人去拼命！你倒好，把责任推到了老婆身上，逼得老婆走上了杀人报仇的绝路。现在，人家检察院的来家访，你还是缩着头不敢吱声，你说，你是不是个男人？"

　　李青峰眼光躲躲闪闪地道："我，我不是怕你……"

　　李妻怒目圆睁，牙根痒痒地道："你怕我什么？检察院的同志来，就是要真凭实据的，你心里有什么就说什么，怕什么怕！"

　　李青峰看了看妻子，发现妻子正用期待的目光望着自己；

李青峰看了看郑岩，发现郑岩正在用鼓励的眼光望着自己。

李青峰突然流出了委屈的泪水："检察官同志，慧英她冤呀！"

说完这句话，李青峰抽泣起来，屋内顿时安静下来，男人的眼泪让大家都感觉到说不出的压抑。

郑岩站了起来，拍了拍李青峰的肩膀："林慧英有什么冤屈，你尽管说出来，我们会为你做主的……"

李青峰哭着说："慧英杀人，也是无奈呀！如果不是李天柱强奸她，她怎么会杀了李天柱全家！"

叶文婕道："她可以到公安机关告发李天柱呀！"

李青峰拍了一下大腿道："嗨，告了！怎么会不告？可是，李天柱上面有人，硬说证据不足，不给立案。我去找李天柱讨说法，还被李天柱给打了一顿……"

李天柱吊儿郎当地在李家庄村外的小道上走过，突然，他感到后脑勺一阵剧痛，他马上伸手捂着痛处，转过头发现矮小的李青峰拿着根木棍张牙舞爪地站在他身后，只见李青峰满脸怒容，气鼓鼓的，鼻孔剧烈地一张一合，拿着棍子的手剧烈地颤抖着。

李天柱气不打一处来，怒骂道："去你娘的，居然敢在老子头上动土，老子要给你点颜色瞧瞧！"说着伸手一把夺过李青峰手里的棍子，三下两下就把李青峰打倒在地，还用脚踩住了李青峰的头。

李青峰一边挣扎一边愤怒痛苦地喊叫："李天柱，你这个禽兽不如的东西，我李青峰跟你没完……"

李天柱轻蔑地看着被踩在脚下的李青峰，仿佛他踩着的是一只小蚂蚁，他嘲笑道："就你这小样，还敢跟我叫阵，小心我弄死你！"

说完，李天柱对李青峰又是一阵拳打脚踢。尔后，李天柱放开李青峰，得意的离去……

15

李青峰痛哭流涕地告诉郑岩他们："李天柱是个恶霸，我……惹不起他呀！"

慕容曦皱着眉头、撇着嘴巴，很是无奈："那……这事儿就算完了？"

李青峰撩起一个衣角擦了擦眼泪："我去找李天柱的哥哥李天梁，让李天梁当说和，包赔慧英200斤小麦。可是，李天柱不认账，还在慧英去除草的路上拦住了她，要再次霸占她，多亏了李天梁及时赶到。再后来村子里风言风语都对慧英指指点点的，还有骂她不要脸的。你说，这事放到谁身上能咽得下这口气？"

林乔生问："那后来呢？后来，案发之前，你有没有发现什么异常现象？"

李青峰想了一下说："慧英到派出所告李天柱没有告赢，回到家里像个疯子一样，后来逐渐变成了另外一个人似的，很少再说话。没过多久，她卖了家里的麦子，买了一杆铳……"

那是22年前的一天下午，在外面刚耕完田满身污泥地回到家的李青峰，一推开房门就被一个硬物给顶住了胸口，那硬物抵住他逼使他后退了几步，他这才看清这是一杆铳，那黑洞洞的枪口让他瞬间吓破了胆。

他这才看到身怀六甲的妻子林慧英端着铳，他颤抖地用手拨开铳，"慧英，你这是干什么？"

林慧英死死地盯住手中的铳，眼里喷着无比愤怒的火苗，她没有回答李青峰的话，而是端着铳来到了院中，对着正低头吃食的母鸡扣动了扳机。

一声巨响过后，那只老母鸡便倒在血泊中……

李青峰战战兢兢指着林慧英手中端着的铳："慧英，这……你是从哪儿弄来的？"

林慧英没有理会李青峰的话，而是自顾自地往铳中添加弹药。

李青峰看了看林慧英的大肚子："慧英，这事儿过去就过去了，算了。我们惹不过李天柱啊！人在屋檐下，不得不低头。再说，你肚子都这么大了，再也不能折腾了！"

林慧英突然转身，把铳对准了李青峰，大声吼道："你们姓李的一家子全欺负我！一个男人，不敢为老婆撑腰，还劝我罢手？你还是不是个男人？"

李青峰吓得连连后退，惊恐地不住摆手："慧英，不要，你……你想干什么？"

林慧英恶狠狠地："我……我要杀了李天柱！！"

说到这儿，李青峰停了下来，喝了几口浓茶，起身咕噜咕噜猛地吐到门外的池塘里，仿佛是想洗刷掉这理不清扯还乱的过去。

待他回来坐下，林乔生说："看来，林慧英杀李天柱一家，是早就预谋好的了！"

李青峰叹了一口气："唉，是啊，这个娘们心劲大着呢！平日里有什么，我们家都是她拿主意。说要杀李天柱一事，我还以为她是说着玩呢！没想，她真的杀了李天柱全家。唉，她是个很倔的女人，谁也说服不了她。"

郑岩想了一下："你说林慧英曾经怀孕了？那孩子呢？"

李青峰点点头说："当时我算着她快生产了，就从煤矿回到家里，发现她已经生过了。我问她孩子呢，她说死了！问她在哪个医院生的？孩子死后又扔哪儿了？她什么也不说，只是哭。后来，这事，我再也没问过她。"

郑岩瞪大眼睛问："孩子真的死了？"

李青峰眨巴眨巴眼说："或许是真的死了，如果孩子没有死……不，孩子一定死了。如果孩子没有死，慧英没理由把孩子扔掉不管。"

郑岩又道："孩子的问题我们将来再讨论。现在我问你，林慧英被公安机关抓获后，你去辨认了吗？"

李青峰回答说："去了！市公安局的王支队长通知我去的。到了看守所我才发现，慧英年纪大了，人都变样了，我不敢认了。王支队长问我，慧英身上有什么特殊的印记。我说，她背上有一个特别大的痦子。就这样认出来了！"

林乔生说："看来，你对这个林慧英是认定的了？她认你了吗？"

李青峰摇了摇头："没有。她就看了我一眼，再也没有看过我。"

又闲聊了几句，郑岩一行走出了李青峰家。

上车前，叶文婕回头望了望李青峰家黄色的旧木门和灰色的瓦楞，说："郑主任，如果林慧英的那个孩子还在就好了！"

慕容曦扯了路边的一根马尾草在手里绕着玩,听叶文婕这么说,她也马上点头附和道:"是呀,文婕姐说的对,林慧英不是不承认自己的身份吗?我们找到她的孩子做一个 DNA 鉴定,看她还有什么话说。"

林乔生掏出车钥匙插进锁孔里一扭,发动了车辆,边笑道:"慕容曦,别做白日梦了。如果有这好事,人家公安机关早就搞定了。案子也不会拖到今天了。"

慕容曦把狗尾巴草叼在嘴边,做出一副滑稽卖萌的样子,嘟嘴道:"可是,林慧英一直不承认自己的身份怎么办?"

林乔生踩下油门,警车在乡间小道上飞快前行。林乔生笑道:"颅骨复原、证人指证,还有她背上的那颗痣子,这可是她曾经的丈夫指认的。没有疑问,只有结果!"

车飞快地转过了几座村里的红砖房。郑岩看到一个年轻的小伙子站在村里的池塘边朝警车看,他来不及看清楚这小伙子的脸,但那身形感觉似曾相识。

王林兵从池塘边往后山上爬,他又站在了山顶,看着远处的水库,看着远去的警车,吹着山风,深深地叹了一口气。

突然,一双手环抱住了他的腰,一股温柔温暖的气息将他包绕。不用猜,他都知道这是李玉洁。不知她何时也跟着他来到了后山。应该说李玉洁的眼里只有他,他走到哪,她就跟到哪。

她静静地站在了王林兵身后,一句话也没有说,只是伸出胳膊轻轻地搂住了王林兵,头靠在了王林兵背上。

王林兵转过身,把李玉洁揽在怀中,轻轻地吻了一下她的额头:"玉洁,咱们两个,今世注定有缘无分!"

自从知道事件真相后,李玉洁哭了一晚上,为着这即将逝去的挚爱。没人知道她究竟承受了多么巨大的痛苦,那种痛得要无法呼吸的感觉真的很要人命,甚至,她宁愿丧失掉自己的生命,也不愿失去眼前这早就认定要跟随一辈子的此生最爱的人!

李玉洁不想再掉泪了,因为她知道眼泪在他们俩所面临的真相前毫无意义,可是不知为什么,眼泪还是情难自禁地流了出来,她想她那无言的巨大的痛楚在这世上无人能够感同身受和共情共鸣,她抬头用模糊的泪眼看着王林兵的轮廓。

王林兵紧紧握住她纤细的手臂:"玉洁,我们……我们两个中间隔着一条深深的沟壑,任何人都无法跨越的!"

李玉洁感到心被刺痛得无法呼吸,尽管早已知道结局,早已做好最坏的打算,可是她还是不死心:"我们……我们就不能一起努力,把这条沟填平吗?!"

王林兵突然放开李玉洁的手臂,大声喊道:"你知道这条沟中有什么吗?有血!全都是鲜红的血液呀!这血液中满载着仇恨,积蓄着怒火,时刻等待着爆发的那一刻。你说,这条沟壑能那么轻易地被填平吗?"

李玉洁也大声悲痛地说道:"王林兵,你是个男人吗?是男人就应该看到未来,而不是沉溺于过去不能自拔。难道说,我们上一代人的恩恩怨怨非要我们偿还不可吗?"

王林兵似乎冷静下来,他摇摇头,又哭又笑,像个疯子一样抱着头跪倒在地上:"对,我是不是男人?我刚才也问了李青峰同样一个问题……可是,我怎么知道我是不是男人?我没有办法从将要失去母亲的悲痛中解脱出来!"

说到这里,王林兵爬起来,朝李玉洁摆了摆手:"不,不,还有比这更严重的问题……我不知道怎么跟你说。对不起,我现在心里很乱，一时不知道说什么是好了。我们……我们等待吧！"

说完，王林兵踉跄地走下山去，李玉洁傻傻地愣在山顶望着他远去的背影，一动不动……

16

滨海市公安局看守所会见室里，丁一楠对林慧英说："由于你和你的家属没有能力聘请律师，根据最高人民法院的相关规定，滨海市中级人民法院指派我担任你的辩护律师。你有意见吗？"

林慧英看了一眼丁一楠："对不起，我不叫林慧英，我叫朱秀萍。我朱秀萍同意滨海市中级人民法院的指派，而不是林慧英。"

丁一楠微微笑了一下："好吧……我看了一下你的卷宗，发现你的户口是1999年办理身份证时才迁移到山东省东明县的。在此之前，你一直是流动人口，没有户口。你能告诉我，你的户口原来在哪儿吗？"

林慧英平静地回答："我们家是内蒙古自治区呼伦贝尔盟牙克石市郊区的，具体是哪个乡我也记不清楚了。小的时候，父母带我出来讨饭，一直在山东省流浪，父母死后，我就嫁给了东明县的韩大栓。1999年的时候，我才落户到山东省东明县。"

丁一楠："根据警方的调查，你是滨海市人，于1999年杀害李天柱一家人后，潜逃至山东省东明县。你对警方的指控有意见吗？"

林慧英："不对，他们说的不对。这是一件错案，我从来不认识李天柱，更不知道谁是林慧英，现在把这个罪名强加到我身上，我是冤枉的。我希望滨海市中级人民法院纠正这起错案，宣布我无罪并当庭释放。"

丁一楠不置可否，说："我看了一下卷宗，发现公安机关指控 22 年前你杀害李天柱一家三口还是有前因的。如果你要求我为你做罪轻辩护，这场诉讼可能会得到满意答复。如果做无罪辩护，你认为把握大吗？"

林慧英冷冷又坚定地回答说："我再次向你强调一下，我叫朱秀萍，不叫林慧英。林慧英杀人的案子和我没有任何关系。我没有罪，何来的罪轻罪重？你如果担任我的辩护律师，就请为我做无罪辩护。我有百分之百的信心打赢这场官司，因为，我是冤枉的，我是无罪的。"

林慧英刚被押回监室没过多久，郑岩办案组又来提审她了。

郑岩见到眼前这形容枯槁的女人，想着她的种种经历，不禁心生几丝怜悯，但很快理智就战胜了情感，他清清嗓子，正色道："希望你能配合好我们的审查，有什么说什么，把事实讲清楚。"

林慧英抬头看了郑岩一眼，面无表情。

林乔生见此状况，觉得讯问室里气氛颇是尴尬，他干咳了几声，望了望正表情严肃地盯着林慧英的郑岩，又看了看正把头扭向一边作事不关己状的林慧英，提高了音量："林慧英，说你呢？你听到没有？"

郑岩说："那好！如果你对我们提问的问题没有意见，可以不做任何答复，我们也视为你的认可。

林慧英突然抬起头说:"对不起,我不是林慧英,我是朱秀萍。我没有义务回答你们对林慧英的提问。"

林乔生拿起卷宗,翻开,指着其中一页:"林慧英,你看看,公安机关根据颅骨复原技术已经认定你就是林慧英,这是科学,即使是你不承认,依然不影响法律对你的惩罚!"

郑岩心里是有点生气的,他见过的犯罪嫌疑人和被告人何其之多,尽管这些人通常各种狡辩,但绝少有像林慧英这种睁着眼睛说瞎话不承认自己就是犯罪嫌疑人的,更何况是在证据充足充分的情况下。这着实有些考验办案人员的耐性,觉得她在浪费有限的司法资源。但无论如何,在她一口咬死就是不承认的情况下,郑岩唯一能做的就是找出更多更强的证据来让林慧英心服口服,主动承认她就是灭门惨案的制造者!

他紧跟着林乔生的话说:"你的前夫,李青峰,也对你进行了指认。所有的一切,都指向了你,你还有什么话说?告诉你,不要再顽抗了,只有坦白交代,你才会有出路!"

林慧英看了郑岩、林乔生一眼,冷冷地道:"我真的不知道你们想干什么?你们为什么非要指认我是林慧英?"

郑岩和叶文婕、林乔生相互看了一眼。

郑岩说:"你不用有什么顾忌,只要你说出来,我们帮助你的。"

林慧英道:"我已经告诉律师了,我不是林慧英,希望她在法庭上为我做无罪辩护。我知道我现在面临两个结果,一个是被判死刑,一个是无罪释放,无论是何种结果,对我来说都无所谓了。我最后跟你说一句,我是个女人,我想了很多,你不懂女人的心。所以,我们大家没有共同语言。我不想再回答你的问话了!"

郑岩正色道:"无论是男人或是女人,都有他人性的一面。作为法律工作者,我们也不是冷血动物,你放心,只要你配合检察机关的审查起诉,在法律许可内,我会考虑你的要求的。"

林慧英把头转向一边,再也不理会郑岩他们的问话。郑岩和林乔生又几次说让她回答问题,但她依然故我。

郑岩有些严厉地说:"林慧英,检察机关的审查起诉,就是为了甄别案中可能存在的隐情,给被告人一个辩解的机会。既然你不珍惜这个机会,我们也无话可谈了。有什么问题也只有到法庭上去说了!"

林慧英依然没有说话,并且看也不看郑岩一眼。

郑岩对慕容曦说:"记上,被告人林慧英拒绝配合滨海市人民检察院第一检察部公诉人依法讯问。"

办案组结束审讯,从提讯室走了出来。

慕容曦耸了耸肩说:"哎,看来,这一趟又是白来了!"

林乔生皱了皱眉,满脸疑惑地问郑岩:"主任,这个林慧英为什么不愿承认自己的身份呢?"

慕容曦抢着答道:"这还用问,怕死呗!"

林乔生瞪大了眼睛:"怕死?现在证据确凿,她就是不承认自己林慧英,同样可以判她的罪呀!"

慕容曦撇了撇嘴:"可是,对林慧英来说,不承认自己是林慧英,犹如临死前抓住了一根稻草,无论这个稻草能不能救她的命,总比没有稻草强呗。"

叶文婕转过头来望着慕容曦,很认真地问:"慕容,你真的认为林慧英怕死?"

慕容曦耸了耸眉毛:"是啊,如果她不怕死,她为什么不承认自己是林慧英?"

叶文婕嘴角露出一丝笑意:"我们提审的时候,你看到她害怕了吗?"

慕容曦耸耸肩膀道:"呃,这个倒是没有,一副天不怕地不怕的样子。"

叶文婕声音低沉地说:"你们想过没有,对林慧英来说,曾经的往事是那样不堪入目,她是再也不愿想起了。"

林乔生点了点头:"对林慧英来说,这是逼着她去回忆不愿回忆的往事。"

郑岩仰望着天空,发出一声慨叹:"这就是法律的无奈。常言说饮水思源,办案子也要追根溯源,一个没有源头的案件,是不能拿到法庭上讲的。"

17

清晨,一辆囚车缓缓开进了滨海市中级人民法院的大门,门外有个身穿白色连帽卫衣的高个青年男子一直跟着囚车。囚车里,一双女人的眼睛透过车窗玻璃有些紧张地望着窗外的一切,和那个一直跟着囚车跑的男子。

这个男人是王林兵,他早上六点多就站在法院大门外面,一直皱着眉头在那徘徊着,转着圈,心中很是忐忑矛盾,很期盼,但又有点害怕。他想着,今天对于他 22 年的人生来说是非常特别和非常重要的一天,所以昨天晚上他一整晚都失眠。

就在囚车刚开进去,而王林兵也要进入法院大门的当儿,他感觉后背被拍了一下,回头一看,是李玉洁。只见她眼睛还是红红的,肿肿的,但情绪还算平稳。

她穿着白色毛衣,外着黑色毛呢外套,下穿藏蓝色牛仔裤,脚上一双白得耀眼的休闲运动鞋。顺直的长发散在肩头，刘海用一个黑色发箍给围了上去，露出光洁的额头。看着晨阳里亭亭玉立的美丽女子，看着这自己曾深爱的女人，王林兵心头一颤，瞬间觉得心太痛，痛到他差点站立不稳。

他转身欲往法院大门里走，李玉洁拽住了他的胳膊："王林兵，你不能躲避！"

王林兵闻言痛苦地闭上了眼睛，一行泪滑落下来。

李玉洁的鼻头和眼睛冻得红红的，她急切地说："事情既然走到了这一步，我们何妨看开一点！"

王林兵指着审判庭的门，激动地说道："刚才过去的那辆车，你知道车上是谁吗？那是我的亲生母亲，杀害你亲生父亲的凶手林慧英。我也想看开一点，如果不是当年你父亲造下孽债，我母亲会走到这一步吗？如果不是我母亲杀了你的父母，你会成为一个无依无靠的孤儿吗？这一切,我们怎么能看开？"

李玉洁突地抓住了王林兵的胳膊："王林兵，我父亲怎么了？我父亲做什么了？"

王林兵紧紧地抿着嘴，闭着眼睛痛苦地摇了摇头。

李玉洁的泪水顺着光洁的面庞滑落下来："我们不想这些好吗？我们向前看，过去的，全当过去了，不去想他，不行吗？"

王林兵睁开血红的眼睛，大喊道："我做不到！我一闭上眼睛，就看到妈妈在呼唤我，这一切我怎么能不去想？！"

李玉洁上前紧紧拉着王林兵的手臂，把头靠在他肩膀上，两个人就这样默默地站着，默默地抽泣着……

这时，一辆警车开进了法院，停在了审判庭前，郑岩、慕容曦、叶文婕从警车中走了出来，沿着审判庭高高的台阶向上走去。

郑岩回头看了看站在法院大门外的王林兵，不由得停顿了一下脚步，向王林兵看去……

王林兵发现了郑岩射过来的眼神，拉着李玉洁快快离开。

慕容曦停住脚步，又走回来郑岩跟前问："主任，看什么呢？"

郑岩回过味来，忙说："没什么，没什么。"

一行人鱼贯进入庄严肃穆的法庭，身着法袍的几位法官已经就位，辩护席上坐着的是丁一楠和她的助手章文颖，只见今天穿着一套剪裁非常得体的灰色短裙套装的丁一楠神采奕奕，看起来胸有成竹。

丁一楠望了一眼对面公诉席上的郑岩他们几个，清了清嗓子，在章文颖耳边低声而有力地说："我要做无罪辩护！记住，或许，这是一件错案。"

审讯开始，法官问林慧英："被告人，你有没有回避的要求？"

被告席上的林慧英面无表情，眼神虚无而空洞，表情是漠然而又带着一丝不屑的。

法官继续道："被告人，你有没有回避的要求？"

林慧英依然不回答。

法院大门外，一个四十多岁、皮肤黝黑、身形有些魁梧的中年男子跪在马路边，他双手举起了一条白底黑字的大纸板，上面写着"错案、冤枉"四个黑色的大字，非常的醒目。

有一群好事者围拢过来，议论纷纷，指指点点着。一个看起来古道热肠的中年妇女上前关切地问这男子："你是为谁喊冤？"

众人静了下来，纷纷等着这男子揭秘似的，只见这男子道：

"为我的妻子朱秀萍,她是冤枉的,她不是林慧英。"

中年女子蹲下来,眼里满含着关切,一看就是社区居委会的工作人员架势,她问道:"那你叫什么名字呀?"

韩大栓巴不得有人能倾听自己的心声,于是他一五一十把话全告诉这中年妇女:"我叫韩大栓,是朱秀萍的丈夫。滨海市公安局把我妻子抓来了,硬说她是杀人犯,今天就要判决,我不服。"

说到这里,韩大栓再次举起了手中的纸板向众人展示着。

那中年女子问道:"你有什么证据可以证明朱秀萍不是林慧英吗?"

韩大栓放下纸板,掏出怀里的绿漆都快掉光了的不锈钢军用水壶,仰着脖子咕咚咕咚喝了几口水,用灰色卡其布上衣袖子狠狠揩了一下嘴和脸上的汗和灰尘:"我的老婆,我们同床共枕二十多年,我不能证明吗?朱秀萍是朱秀萍,不是林慧英。希望法庭能主持正义,把我的老婆还给我。"

就在这时,两位法警走了过来,其中一个法警指着韩大栓说:"让你等一下,我们院长会出来接见你,你怎么闹开了?"

另一个法警上前拉起韩大栓说:"走吧!有什么事咱们去信访接待室说。"

韩大栓不肯站起来,他挣脱法警,再次举起手中的大纸板,"我不去,有什么事咱就在这儿说,让大家伙都听听谁的理儿对!"

法庭上,郑岩正在宣读起诉书:"……本院认为,被告人林慧英目无法律,因为矛盾纠纷,残忍杀害了李天柱一家三口,情节恶劣,后果严重,社会危害性大,其行为触犯了《中华人民共和国刑法》第×××条之规定,构成故意杀人罪……"

他宣读完毕坐下后，法官问林慧英："被告人，你对公诉人指控的犯罪行为有何认识？"

林慧英面朝天望着法庭的天花板，根本不理会法官的询问。

法官又问了一遍，林慧英依然不说话。

丁一楠这时发言说："朱秀萍，我是滨海律师事务所律师丁一楠，现在受法庭指派担任你的辩护律师。现在请你回答法庭的提问，你对公诉人指控的犯罪行为有何认识？"

林慧英撇着嘴不屑地道："他指控的是林慧英，与我朱秀萍何干？"

她这话一出口，法庭旁听席上顿时一片哗然……

法官举起法槌敲了一下严肃地道："肃静，肃静……"

法院大门外，韩大栓伸手从外套内口袋掏出一张身份证给众人看："你们看，这是我老婆的身份证，这上面清清白白地写着她叫朱秀萍，怎么会成了林慧英呢？"

法警不耐烦地拉着韩大栓："走吧！我们院长在信访室等你呢！"

韩大栓挣扎着就是不肯起来，黝黑的脸因为激动而红了："我不去，我要和大家伙说清楚，让天下人都知道，我老婆叫朱秀萍，不是杀人犯林慧英！"

法警有点生气地说："韩大栓，如果你觉得他们能解决你的问题，你就和他们说吧！告诉你，我们院长一直在信访室等待。如果你不去，我就去汇报，说你不愿见我们院长。"

韩大栓一听这话立马爬起来，因为用力太猛，他还差点摔了个跟头："我去，我去见你们院长还不行吗？"

围观的人见他这模样便都被逗笑了起来。王林兵就站在法院大门外不远处，望着韩大栓跟着法警走进了滨海市中级人民法院。

18

天很热，法院门外街道上的树上知了没命地叫唤。法庭内穿着法袍的法官们热得有点面红耳赤的，尽管法庭里有空调，但似乎不太给力，连带着公诉席上的几位检察人员都感觉到焦躁。

此刻法庭内已经进行到辩论阶段。丁一楠对林慧英说："请你向法庭说明，你叫什么名字？"

林慧英很淡定地答道："我叫朱秀萍。"

丁一楠问："你认识林慧英吗？"

林慧英摇了摇头："不认识。"

丁一楠又问："公诉人指控你犯有杀人罪，你有何认识？"

林慧英回答说："对不起，公诉人指控的是林慧英杀了人，与我朱秀萍何干？我什么认识也没有！"

丁一楠转过身来望着法庭，自信沉着地发言："尊敬的法官、人民陪审员，你们都听到了。我查阅所有的卷宗，没有发现一处我的当事人承认是林慧英的供述，至今，在法庭上，我的当事人依然没有承认自己叫林慧英。认为自己和杀人犯林慧英没有任何关系。因此，我认为这个案子是个错案，错把一个良家妇女当成了杀人犯来审理。我希望法庭能驳回公诉方对我的当事人朱秀萍的指控，当庭释放朱秀萍。"

郑岩在公诉席上站起来中气十足地反驳道："尊敬的法庭，在公诉方刚刚的质证中你们已经看到，法定的检验机构通过颅骨复原法对这个所谓的朱秀萍进行了鉴定，林慧英过去的照片和这个朱秀萍极度吻合。可以认定朱秀萍就是林慧英，林慧英就是朱秀萍！"

丁一楠也毫不示弱："我们知道，颅骨复原技术是在颅骨的基础上进行人像复原，通过这种技术是可以复原一个骷髅的原貌。但是，在本案中，我们不排除这样一个可能，朱秀萍和林慧英的颅骨非常相似，所以才得出了这个不可思议的结果。在这里，我想提醒法官的是，一个人无论她长什么样子，她本人是做不了主的，这是父母给予的，是老天造化的。因此，朱秀萍与林慧英长得相似并不是错误，法庭并不应该以此作为认定朱秀萍就是林慧英的证据。"

郑岩说："我提请法庭注意，李家庄的村民们，都一致认为这个自称为朱秀萍的女人就是林慧英。"

丁一楠有点咄咄逼人地说："请问公诉人，李家庄的村民们指证朱秀萍就是林慧英，有什么证据？"

郑岩笑了一下："尽管这么多年过去了，大家还是认出了她。"

丁一楠也笑了："尊敬的法官，听到了吗？公诉人说，'大家还是认出了她'这说明了什么呢？再一次说明朱秀萍和林慧英长得非常相像。人们凭一张面相可以确定一个人的身份吗？不能。因为，比如现在的美容技术，很多人可以轻易地修饰自己原有的面貌，从而达到自己追求的目标。同样的道理，凭相貌对一个人进行指证是一种不严肃的行为。我希望公诉方拿出物证。不然，就请撤销对我的当事人的指证。"

郑岩对法官说："尊敬的法官，人民审判员，我提请我的证人李青峰出庭作证。"

李青峰便从法庭的侧门走了出来，站在证人席上。

林慧英轻蔑地看了李青峰一眼，就转过头去。

郑岩对李青峰说："李青峰，你把在公安机关作证的情况向法庭做一个陈述。"

李青峰目光躲闪地看了一眼林慧英，颤颤巍巍地说："公安局问我林慧英身上有什么特征，我告诉他们说，林慧英背上有一个痦子。"

郑岩转向法庭说："尊敬的法官，你们听到了吧？李青峰指证林慧英背部长有一只痦子，经公安机关验证，确实如斯，林慧英背上长有一个痦子。这个，辩护人不会说是巧合了吧？"

丁一楠闻言笑了一下，问李青峰："证人李青峰，我问你，你知道我背上长没长痦子吗？"

面对着看上去很是强势的丁一楠，本就自卑的李青峰瞬间更胆小了，他双腿有点发抖，只见他摇了摇头："不……不知道。"

丁一楠继续逼视着他，笑着问："如果我背上也长了一颗痦子，你会认为我是林慧英吗？"

李青峰觉得自己很想上厕所，他特别想赶紧离开这个地方，他再次摇头："不……不会。"

丁一楠转过身来面对法庭，朗声发言道："尊敬的法官，人民陪审员，你们都听到了，李青峰并不敢以痦子来确定林慧英的身份，确定林慧英身份的，恰恰是公安机关。如公诉人反问我的一样，我要回答，我依然认为我的当事人背后长痦子，是一种巧合。我的当事人背上长了只痦子，能证明什么？法律重视的是证据，不是众口一词的指认，更不是一只痦子就能解决的问题。刚才我已经讲过了，朱秀萍和林慧英长得相像不是朱秀萍的错，包括她背上的那只痦子，都是父母的给予和老天的造化。希望法庭驳回公诉人对我的当事人的指控,当庭释放朱秀萍,还朱秀萍自由。"

就在这时,一个年轻的法警走了过来,趴在主审法官身上耳语了几句,主审法官用法槌擂了一下法庭桌案道:"由于证据发生变化,现在,本法庭宣布休庭!"

旁听席上一片哗然。

郑岩、慕容曦、叶文婕从审判庭中走了出来,恰好遇到过来开另一个庭的林乔生。他今天是出于回避缘故而无法与郑岩他们站在丁一楠的对面指控林慧英。

他在审判庭门口拉住慕容曦问案件进展如何,慕容曦便长话短说介绍了一下。

随后慕容曦就对郑岩说:"主任,你说今天法庭是怎么回事?开了半截,突然宣布休庭不审了。"

一旁的林乔生道:"这个案子,颅骨复原、证人证词,这哪一样的证据不是响当当的硬?咱们赢定了!如果他们不宣布休庭,我保证能当场判决林慧英有罪,让她承担应有的法律责任。"

慕容曦不满地说:"你看看你那对象,伶牙俐齿,非要把白的描成黑的,把黑的说成白的。这不是强词夺理嘛!"

林乔生正要说话,突然就听到丁一楠在身后对郑岩他们几个打招呼。

她胸有成竹地笑着对郑岩说:"郑检察官,这个案子我还是要为朱秀萍做无罪辩护。"

郑岩充满信心地对丁一楠笑说:"那你一定会输的!"

丁一楠很淡定地微笑着说:"我希望我会输,输给法律,是我的荣幸。凭借法律我取得胜诉,更是我的追求!"

19

郑岩一回到单位就被检察长许省身叫到了办公室。他进门才发现市中级人民法院的李院长也在。想来，许省身是早已从李院长那儿听说了林慧英案件的庭审经过了。

郑岩皱着眉说："李院，这案子还没有完，诉讼还没有结束，怎么突然宣布休庭了？"

李院长笑道："郑主任，不好意思呀！没有让你们把公诉工作进行完。你们在法庭开庭，我们审委会接待了林慧英现在的丈夫韩大栓。人家韩大栓对我们有意见了，说他的妻子叫朱秀萍，不是林慧英，这不，到法院上访来了，要我们释放他的妻子。"

郑岩没料到半路还杀出韩大栓这么一号程咬金来，他表情严肃语气坚决地说："李院，朱秀萍就是林慧英，林慧英就是朱秀萍，这个绝对没有错。这在公安侦查程序已经做出鉴定了的，不会错。颅骨复原技术，是刑事科学，请你们相信科学，不要相信韩大栓的一面之词，更不要相信丁一楠的辩护，她是无理搅三分。"

李院长有点无奈地道："但韩大栓认定老婆不是林慧英，朱秀萍和林慧英是两回事，到处上访，你说怎么办？"

郑岩定定地说："我们是搞司法工作的，在法律面前一点也不能含糊。韩大栓到处上访是胡搅蛮缠，不能信他的。"

李院长道："你说的有道理，但是韩大栓上访的问题怎么解决？他胡搅蛮缠，抓他？抓了他是不是还要放？放了，他依然到处上访怎么办？"

郑岩神情严肃地坐在那说不出话来了："那……"

李院长喝了一口茶,道:"我们能不能在下判决前给韩大栓一个合理的解释?不仅要把林慧英的案子顺顺当当地判决了,还要做好韩大栓的息访工作,找出一个两全其美的方案,怎么样?"

许省身看了郑岩一眼:"李院长的意见还是可行的。早两天判决和晚两天判决,和法定的时间没有什么冲突嘛!郑主任,你是市检察院的老同志了,要有全局观念,不仅要实现完美指控,还要取得良好的社会效应,这才显得出你郑岩的能力嘛!"

郑岩想了一下,说:"好,我们接触一下韩大栓,看一看从哪儿找突破口做工作。"

许省身拍了拍郑岩的肩膀:"郑主任,林慧英的案子时间长,牵涉的人员多,我们首先要把它办成铁案,同时,也要让所有的当事人服气,这样才能更好地维护法律的尊严啊!"

郑岩语气坚定地说:"许检,你放心,我一定完成任务!"

他立即回到办公室,对正在写审查报告的林乔生说:"大林,准备一下,我们马上去找韩大栓,跟他谈谈。"

林乔生立即收拾手提包说:"好的!"

郑岩转身欲出门,突然转过身来问道:"慕容曦呢?"

林乔生有点尴尬地道:"她……她去会见网友了!"

郑岩闻言怒道:"什么?会见网友?简直是乱弹琴!这么大的人了,检察院的干部,会见什么网友?你马上通知她回来,咱们去会见韩大栓!"

林乔生犹犹疑疑地说:"主任,慕容曦会见的网友非常重要。"

郑岩因为很担心慕容曦,气急攻心地说:"胡说,工作重要,还是会见网友重要?"

林乔生解释道:"主任,慕容曦的网友说,他陷入了一场命案中不能自拔。听慕容曦说自己是检察院的,就想约见一下慕容曦,把心中的苦处都吐出来。"

郑岩一听说是命案,精神就有些紧张起来,他立即问:"慕容曦去哪儿见网友了?"

林乔生想了一下:"好像是说滨海大学校区公园。"

郑岩急切地责备道:"你……你竟然让慕容曦去会见一个陷入命案中的网友!出了危险怎么办?你怎么不陪她一块儿去?你呀……"

林乔生也急道:"我,我这不是手头还有好几个案子马上要到期了嘛。案子过期很要命啊!我这是实在实在腾不出时间啊!"

郑岩急急地边往外走边对林乔生说:"行了,你什么也别给我解释了,我们马上去滨海大学!"

20

郑岩几乎是拽着林乔生的胳膊飞速跑下检察院大楼前的台阶的,他心中万分焦急,不知道慕容曦正面临着怎样难以预测的境况。作为一个办理过诸多凶杀案、大要案的资深检察官来说,他无法不去揣测。依他的办案经验,被害人要是真落入犯罪分子的魔爪,想要侥幸逃脱,希望是很渺茫的,更何况他对约见慕容曦的那个据说是卷入凶杀案的网友的真实情况一无所知!只记得之前从慕容曦嘴里得知过这网友在找妈妈,但谁知道他说的是真还是假呢?这年头网络上的骗子多了去了,网络上打着恋爱幌子约见网友却干着罪恶勾当的也多得很,作为慕容曦的师傅和领导，他对她肩负着双重责任，要是因为此次见网友而导致她出事……他不敢再想下去，只是急火攻心地和林乔生驱车前往滨海大学。

当他俩赶到滨海大学的蓝星广场时，远远地就看见身穿检察制服、高挑苗条的慕容曦正跟一位身材颀长的小年轻并肩在广场上遛弯儿，两人边走边交谈着什么，真别说，这画面还是挺美挺和谐的。虽然看不清那小年轻的面容，但从身形气质和衣着打扮上看，压根想象不到这样斯文儒雅的年轻人会卷入凶杀案。

林乔生正欲近前去跟慕容曦打招呼，被郑岩一把拉住了，他竖起一根食指在嘴边，对林乔生说："嘘，咱俩就先在这观察会儿再说，别去打扰他们，看样子慕容好像在跟这年轻人很认真地说着啥呢！"

林乔生想了几秒钟，点点头低声说："姜还是老的辣！我咋没想到呢，差点就做了电灯泡！"

郑岩在他脑袋上拍了一下，嗔怪道："哎哎哎，小年轻想啥呢，满脑子风花雪月，别忘了，我们来的目的一是为了保护慕容曦，二是搞清楚这位网友卷入了什么样的凶杀案，三是搞清楚他约见咱们慕容同志的真实目的是什么！"

林乔生朝郑岩做了个鬼脸，轻笑道："是是是，主任说得都对，是我想多了，也想歪了，还以为是咱慕容搞网恋呢，嘿嘿！"

郑岩拉着林乔生躲在一排女贞树后，目不转睛地朝慕容曦和那小伙子看着。

王林兵对慕容曦说："慕容姐姐，你记得我曾经问过你的话吗？我小的时候就失去了母亲，现在，我终于有机会见到母亲了。但是，因为一起命案，我深深地陷入其中，如果我去见母亲，会给母亲的名誉带来损害。之前在微信里我也给你提过此事，但我还是想当面让你再帮我好好分析一下，我是应该实现见到母亲的心愿呢？还是为了母亲的名誉，放弃这次机会不去见母亲？

慕容曦停下脚步，闪亮的眸子盯着王林兵的清澈透亮的丹凤眼，像个大姐姐一样很真诚也很深情地道："在这个世界是，母爱是人间大爱。如果你去见了母亲，会给你母亲的名誉带来损害，如果你敬爱着你的母亲，你就不应该去见她。在心中为她默默地祈祷，祈祷她好运！"

郑岩自言自语道："我咋感觉这个小伙子很面熟！"

林乔生伸直了脖子看向慕容曦二人，口里问："是吗？"

只见王林兵面色很是凝重，他原本是两手插在裤兜的，这会儿他两手交握着，使劲地搓着。他眉头紧皱地说："可是，如果我这次不去见母亲，或许今生再也没有见到母亲的机会了！"

慕容曦吃惊地问："为什么？"

王林兵的表情一瞬间又从焦急变成了忧伤，是那种无比深切的悲伤，慕容曦有着一颗敏感的心，再加上职业敏感度，她猜测眼前这小伙子一定是遭受了世间最悲伤的打击，她不禁有些心疼眼前这风神俊秀的小伙子，她想，他看上去是个多么美好的年轻人啊，可是却承载着常人无法理解和承受的疼痛，上苍真是太不开眼了！

她心中暗暗忖度着，又急切地想要知道他究竟遇到了这样的世纪难题。王林兵漆黑如深潭的眼眸里涌起了一丝水雾，他无限悲伤地说："刚才我已经告诉你了，我陷进了一起命案中，就是母亲。她杀了人，估计不久法院要判她死刑了。如果我这个时候不去认她，或许就再也没有机会了！"

慕容曦听后也被他的悲伤所感染，她此刻是真心疼起他来："你把我弄糊涂了。你去见母亲，怎么会给你母亲的名誉带来损害呢？你是不是因为怕母亲即将临刑会使自己的名誉受到损害？对一个年轻人来说，有这种想法不是错误。你应该勇敢担当，如果需要，我可以陪你去！"

王林兵急急地摆手道："不，不，不！你误会了，为了见到母亲，我可以承受任何的屈辱。真的，请你相信我，我说的是实话，如果见到母亲，我会给母亲的名誉带来损害。"

慕容曦非常着急地说："那你也得见你的母亲呀！我可以断定，一个女人，无论她犯下多大的罪恶，临刑前，最大的愿望就是见到她的儿子，她不会在乎什么名誉，因为这个时候，人生对她最重要的，是亲情，而不是名誉了！"

王林兵激动起来，他喉头哽咽着说不出话，鼻子和眼睛通红，泪水滚落出来："可是，你想过没有，这种伤害对母亲来说是致命的，比要她的命还沉重。你说，我还能去见她吗？不，我不能在她临死前，再在她心头插上一把刀子！"

王林兵不想在旁人面前哭，这让他觉得自己很没出息，又尤其他发现自己居然在一个第一次见面的女网友面前流泪，真是丢脸丢到家了。他转过脸去，想要极力忍住即将爆发的悲伤情绪，但他居然发现了躲在不远处女贞树丛后面的两个男人，他立即转过身来对慕容曦说："那边，你看到没，我发现那两个人鬼鬼祟祟……"

慕容曦顺着王林兵手指的方向看去，看到了郑岩和林乔生。

慕容曦正欲给王林兵解释，却发现王林兵已经快步离开了。慕容曦着急地追上去："你听我说……"

可是王林兵头也不回地大步流星朝前走了，剩下慕容曦呆呆地站在原地，怅惘不已……

郑岩和林乔生迎了上去，望着王林兵远去的背影，郑岩眼前闪过在李家庄村和一个小伙子相遇的一幕又一幕……

慕容曦看到郑岩和林乔生，很是愤怒，"你们……你们居然跟踪我！"

林乔生笑着解释道："哪儿跟哪儿啊，我们是害怕你出事啊！真是狗咬吕洞宾，不识好人心！哼！"

慕容曦气得狠狠在他后背擂了一拳，林乔生故意装作很疼的样子求饶："姑奶奶，小的求放过……"

郑岩则完全不理会这俩嘻嘻哈哈打打闹闹的小年轻，他大步流星地朝蓝星广场边的学校大门走去，警车就停在那儿。平素不苟言笑的他此刻脚步都变轻快了，哼着小曲"我正在城楼观山景……"

原本在嬉笑打闹的林乔生很认真地看了看慕容曦："嘿，你说……主任这是怎么了？心情跟坐过山车似的！"

慕容曦撅着嘴巴甩着马尾辫，把路边一个矿泉水瓶子一脚踹开，生气地道："谁知道，神经病！"

21

丁一楠开完庭就回了家，正上楼掏钥匙开门时，接到同样在滨海市做律师的老同学打来的电话。

老同学说："一楠，你知道我今儿去中院开庭时看到啥了？"

"啥呀？一惊一乍的，快说呀！"丁一楠一手拎着包，一手开门，耳朵和肩膀夹着手机。

"你不是被指定做林慧英的辩护人嘛，所以我觉得我有必要把这消息告诉你。今儿你们在里面开庭，法院外头可热闹得很，一个自称是林慧英丈夫的男人，叫啥来着……好像叫韩大栓，对，就是叫这名儿，他说他老婆叫朱秀萍，压根不是什么林慧英……"老同学叽里咕噜说了一大通。

丁一楠一听到说林慧英的现任老公来了滨海市，瞬间就走神了，脑海里一个劲想着也许可以从这个叫韩大栓的男人这里获得些有利证据！

老同学还在电话里不停地喂喂喂，丁一楠兴奋得都把他给忘到脑后，兀自进了衣帽间去换了一身素雅舒适的宝蓝色连衣裙。

然后她赶紧打电话给助理章文颖，让她开车过来接上自己一起去找韩大栓。

依据她多年的职业经验，检察院不可能不知道韩大栓来了滨海，她必须抢在他们前面行动。胜诉，就是她多年来当律师的目标，事实上靠着扎实的刑法学功底和实践经验，加上要强的个性，这些年来她确实赢了很多官司，经她手被判罪轻、无罪的不计其数，可谓是滨海律界的女强人一枚。

出发前，章文颖已打听清楚韩大栓就住在滨海市公安局看守所附近的惠客来宾馆。

这惠客来宾馆还真是简陋得可以，黑漆漆的墙，渗着黄色的水渍和霉斑，油腻腻的地板，陈年老旧的木楼梯，踩一下似乎都要粉碎，穿着高跟鞋的丁一楠每走一步都有点担心会把木板踩出大洞来。上了二楼，狭窄的过道里居然还铺了条浅蓝色的脏脏旧旧的地毯，墙壁倒是比一楼好看点，至少算得上洁白，每一门泛黄泛旧的木门都小小的，丁一楠想这老板可真是精明得很，一间房经过他这样一隔都能弄出四间房来！

章文颖问过前台，说韩大栓住在207，靠窗的一间。丁一楠踩着高跟鞋小心翼翼地走到207房门前，敲了敲门，门开了，一个身形魁梧、面色黑红的四五十岁的中年男子从打开的小木门里伸出脑袋，诧异地问："您二位找谁？"

丁一楠道："我是滨海市中级人民法院为林慧英指定的辩护律师，负责为林慧英出庭辩护。听说你来到滨海市，我看看你，希望你能提供一点林慧英的情况。"

韩大栓一听是林慧英的辩护律师，瞬间热情洋溢地将两位女士迎进逼仄的房间，丁一楠和他就在简陋的木椅子上坐着，章文颖只得坐在窄窄的单人床边。

韩大栓很认真很诚恳地道："丁律师，我真的不知道该怎么说。朱秀萍真的不是林慧英，是他们弄错了。"

说着他就从衣袋中掏出了一张身份证让丁一楠和章文颖看："你看，这是朱秀萍的身份证，公安局发的，这可作不了假。可是，怎么一眨眼的功夫，朱秀萍就变成了林慧英呢？"

丁一楠把朱秀萍的身份证接了过来，仔细地看了一下，又递给了韩大栓，说："能谈一谈你们两个是怎么认识的吗？"

韩大栓深吸一口气道："那呀，都是22年前的事了……"

那天中午，年轻的韩大栓正蹲在院子里石凳桌前喝粥，还边嚼着生大葱呢，突然隔壁曾大妈迈着一双小脚风一般闯了进来，未见其人先闻其笑："大栓子，告诉你一个好消息，老婶子保管你爱听！"

眼见着曾大妈就站在他跟前,只见她双手擦着黑色围裙布,布满皱纹的下巴上还有几道黑烟灰痕,显然她刚还在煮饭。

韩大栓放下手里的粥碗,使劲嚼着嘴里的大葱,想赶紧吞咽下去。他边嚼着边站起来笑,这神情怪逗人笑的,把曾大妈和他自己都逗乐了。

曾大妈笑道:"老婶子刚才正烧火做饭呢,听俺家媳妇串门回来说,咱村里今天来了个女要饭的,年轻着呢!我儿媳妇说还算标致,这不,我饭还没煮熟就跑你这儿来了,就想着你不是还没娶媳妇儿吗,这可不老天爷就给你送媳妇儿来了,老婶子可不得赶紧告诉你,可别让旁人抢了先!"

曾大妈一口气说完,就邀功似地看着韩大栓,还别说,韩大栓的眼里都放出了亮光:"大婶子,您说的这女要饭的,她在哪儿?她会同意跟俺吗?"

曾大妈越发觉得这韩大栓可笑可爱,她就像看自己的儿子一般,用怜爱的眼光看着他:"别急,别急,你看看,老婶这一说,就马上急着娶媳妇了?"

韩大栓嘿嘿地笑了,又蹲在了石桌子边,端起粥碗呼噜了一圈,又挠了挠头不再说话。

曾大妈知他是害羞,便说:"我听我儿媳妇一比划,寻思着我得赶紧去看一看才行,于是就跑去村头看了,我跟这女要饭的说,你这么着要饭也不是个长法呀,干脆我给你找个家算了.你说怎么着?她马上答应了,说找个男人只要知道疼她,就是做牛做马,这一辈子她也认了。多好的媒呀!老婶子就想到你了!"

韩大栓兴奋地站起来,咧开嘴笑,一嘴的大葱叶子粘在牙齿上,他搓着手笑着满口答应:"行,麻烦婶子您跟她说,她只要跟了俺，俺就是做牛做马也能养活她！"

曾大妈像是得着了皇帝的圣旨一般，喜不自胜地就跑去传话去了。

韩大栓对丁一楠和章文颖说："也是我们两个有缘分，朱秀萍讨饭到了我们村，要找个家把自己嫁了。我们村呢，那会儿就我一个人是光棍，歪打正着，我们两个就成了一家人。"

丁一楠听着这故事有点入迷了，只怪这韩大栓讲得太精彩。别说这韩大栓没啥文化，但却是讲故事的高手。

丁一楠笑问道："后来你们结婚了？"

韩大栓有点肥胖的脸上浮现出一丝红晕，那是幸福，抑或是害羞？丁一楠不得而知，只听韩大栓说："是呀！我们两个结婚了。第二年朱秀萍就给我生了个胖丫头。我们两个，她在家里干活，我出去打工，现在的日子呀！比过去强多了！"

说起往事，韩大栓非常自豪，可以看得出，韩大栓非常爱朱秀萍。

丁一楠问："那……你知道朱秀萍娘家是哪儿的吗？"

韩大栓连连点头："知道，知道。是内蒙的。"

丁一楠又问："你去过朱秀萍的娘家吗？"

韩大栓摇了摇头："没有，这个倒是没有。你知道，内蒙，远着呢！她娘家已经没有亲戚了，父母不在，也没有兄弟姐妹。朱秀萍是自小讨饭长大，早已经找不到娘家了！"

章文颖指了指放在简陋的床头柜的身份证："那这个身份证是怎么来的？"

韩大栓掏出纸烟来抽着，满屋子瞬间烟味浓烈，两位女士不停咳嗽，可是韩大栓心思全在案子上，完全没顾及两位女士为什么会咳嗽得这么厉害。他继续道:"那个时候,村里换身份证,我把朱秀萍的情况向村里说了一下,村里就给开证明办了。怎么?这还有错吗?"

一向对烟味反应特别厉害的丁一楠终于耐不住这满屋子的劣质烟味儿了,她几乎是逃也似的跑出了这简陋的小屋。一直到旅馆楼下,她站在外头的榕树下咳了好一阵儿,才和章文颖上车走了。

22

她们前脚刚走,郑岩一行就驱车驾到。

韩大栓正关门想躺会儿,突然就听到楼下前台大姐扯着粗嗓门喊:"207,又有人找!"

那大姐喊完还翻着白眼小声嘟嘟囔囔道:"今儿咋回事,咋都来找 207,别不是犯什么事了吧……"

郑岩明明听见了大姐的嘟囔,但他和慕容曦他们都装没听到,一个个尴尬地笑了笑。韩大栓见到他们一行人介绍说是检察院的,他便像是见到了救星般,瞬间黑红的脸上就堆满了憨厚又热情的笑。

他急切地将之前对丁一楠说过的话又说了一遍,把故事讲述了一遍,再然后就是眨巴着两只大牛眼无比真诚地望着眼前这几位检察人员,期望他们能帮他弄清真相,释放他的老婆,他很担心老婆呢,毕竟老婆年纪大了,身体又不好,这在看守所里一关就是好几个月,也不知道她习不习惯里头的生活,他在外头每天因为担心她而受的煎熬可一点不亚于在里头受苦的她啊。

几位检察人员的表情似乎都是将信将疑，看来并未完全相信他说的这一切，他急急忙忙将身份证掏出来给大家看，"郑主任，你们说朱秀萍就是林慧英，林慧英就是朱秀萍，有什么理由？你们看看，这是朱秀萍的身份证，可以充分说明朱秀萍的身份，这和林慧英没有牵连嘛！"

林乔生接过那张身份证仔细看了看，很严肃地告诉韩大栓："公安机关已经调查过了，你们在为林慧英登记身份的时候，并没有到林慧英的出生地调查，凭的仅是你一面之词。别看你妻子和你生活了二十年，估计到现在你也不知道她到底是什么地方的人！"

韩大栓听了脸色登时大变，他浓浓的眉毛挑了几挑，嘴里嘟嘟囔囔的就是说不出话来。

郑岩见状，猜想韩大栓确实对林慧英之前杀人的事一概不知，虽知他得知真相会受不了，但还是得让他面对真相不是？所以他补充道："公安机关对林慧英的行踪调查得非常清楚。她是在杀了李天柱一家后潜逃的。后来，她潜逃到你们山东省东明县，因为没有生活来源，沦落为乞丐。是你收留了她，并和她成为一家人……"

韩大栓此时已经将他那颗夹杂着许多灰色头发的半秃脑袋深深地勾下了，看不清他的表情，但那佝偻的身形让人有些心疼和唏嘘，郑岩他们几个彼此交换了下眼神，又都很同情地望着他。良久，他嘟囔着："反正，朱秀萍就是朱秀萍，不是林慧英，你们办了错案，不能杀她。杀了她，我，还有我们的孩子，一家人的天全塌了，再也没法活了！"

郑岩一听说孩子便连忙问："你说到孩子，我倒想起了一件事。据说林慧英杀李天柱、离开滨海之前，曾经怀过一个孩子,你知道这个孩子在哪儿吗?"

韩大栓这时抬起头来,瞪着牛眼疑惑地看着郑岩问:"这……这孩子和案子有什么关系吗?

郑岩严肃地道:"对我们来说,任何一个证据的出现,都有可能让案子的性质发生变化。"

韩大栓想了想,下定了决心似的把两手拳头一握,道:"她给我说过这件事。我们结婚后,朱秀萍告诉我她曾经生过一个孩子……"

慕容曦三人脸上出现了惊喜的表情,林乔生忙问:"孩子呢?孩子现在哪儿?"

韩大栓叹口气说:"朱秀萍说,她被别人强奸过,孩子,就是那个人的孽种,生下来后,她就送给了别人。这几年,她想起来这个孩子就哭,说如果现在还活着,估计已经成为一个大小伙子了!"

郑岩慨叹道:"我也希望这个孩子活着呀!"

他语音刚落,只听到"嗵"的一声响,韩大栓给跪在他面前了:"郑主任,你们知道吗?朱秀萍患了肝癌,已经到了晚期……"

郑岩四人都出人意料地瞪大了眼睛,看着韩大栓。

韩大栓带着哭腔,双手拉着郑岩的胳膊肘,眼眶都红起来:"求求你们了,你们就不能晚点儿判决,不枪毙她?就是让她死在监狱里,也算落个全尸呀!"

郑岩忙把韩大栓拉了起来:"有什么事尽管说,不要这样。林慧英患癌症的事儿,你给公安说了吗?"

韩大栓摇了摇头,眼角流出泪来:"我想着她被抓走得很快就能被放了,就没有给公安说。谁想,这事越来越大,现在,朱秀萍要丢命了！"

郑岩拍了拍韩大栓的肩膀："老韩，你放心，朱秀萍也罢，林慧英也罢，如果她真的患有肝癌，我想，法庭会给你一个说法的。"

韩大栓用衣袖揩了揩眼角，鼻头红红的，不断鞠着躬将郑岩他们几个送到旅馆楼下。

回去路上，郑岩对慕容曦说："我听大林说，你的那个什么网友陷入了什么命案之中，这事你可得上点心。这样吧，这两天放你的假，你和你的网友好好谈谈，有什么难题尽管说，争取让他从这起人命案中脱出身来。"说完，郑岩脸上露出一丝在慕容曦看来是和蔼慈祥的姨妈笑。

慕容曦觉得不可思议地望着郑岩："主任，你怎么突然变得这么开明起来了？我可是听说，因为我去会见网友你批了大林一顿。你说，是不是有什么不良企图？"

林乔生想起当初郑岩得知慕容曦去见网友了，那愤怒的神情简直是要把他给吃了，现在想想都后怕，他便也奇怪地问："是呀！郑主任，我记得你是反对慕容见网友的，今天是怎么了？"

郑岩仍是神秘地笑笑，对慕容曦道："这见网友呢吗，它也是工作。你把这个工作做好了，我给你请功！"

慕容曦听了脸笑成一朵花："真的吗？那我可得好好表现，要把这工作做好了！"

叶文婕一脸宠溺地望着眼前这可爱的小妹妹，心想，年轻可真好，青春可真好！

23

自从上次在滨海大学蓝星广场第一次见面，王林兵误会慕容曦是带着人来跟踪他之后，就再也没理会过慕容曦了，慕容曦发了很多信息解释这件事，王林兵都不回复。

王林兵确实是很生气的，他觉得自己那么信任一个人，却生生被辜负了。后来接到"小飞侠"好多好多解释的信息，他还是生气，但随着时间的推移，他又觉得她的解释是很有诚意的，这么想着又觉得是自己多心了，是自己误解了她。但他还是抹不开面子，一直不好意思主动联系她。就在他一时冲动想要重新联系她时，嘿，没想到她倒是又发信息来了，说是约他这天下午三点在蓝星广场见。他兴奋得来不及多想就连发了几个"好"过去。

慕容曦赶到蓝星广场时，远远地就看见那个熟悉的顾长的身影——在蓝星广场的一尊青春美少女雕像前站着，他的对面是一个同样身材高挑苗条的姑娘，虽然看不到那姑娘的正脸，但那姑娘的一头如瀑布般乌黑的秀发很吸引人，无法不让人想到窈窕淑女君子好逑这样的美好诗句来，她的秀发顺滑地铺陈在后背上，散发着光泽。她上身穿着粉紫色毛衣，下穿天蓝色牛仔裤，脚上一双小白鞋。这两个人站一起让人想到男才女貌、金童玉女，远远看着很是般配。慕容曦心中也发出了叶文婕曾看着她发出的感慨，青春正美好啊！

她心情愉悦地朝那两人快速走去。王林兵看到她来很是高兴，平常忧郁的眉眼一瞬间亮了起来，就仿佛星星照亮了夜空，身旁的李玉洁看着他少见的笑容，心里便莫名的醋意翻滚。

等慕容曦走到跟前，王林兵对李玉洁说："玉洁，你先回宿舍吧,我和慕容姐姐还有点事有说。"

本来因为吃醋就已经很难过的李玉洁这会儿更失落了,但她深知这情绪是无厘头的,此刻也理论不出个所以然来,只得望着慕容曦悻悻地道:"好吧!再见。"

慕容曦和王林兵两个人在校区公园内一边散步一边聊着天。

慕容曦望着远去的李玉洁的背影,感觉似曾相识,但她却又怎么都想不起来,便只得开玩笑地问:"女朋友啊?"

王林兵尴尬地笑笑:"曾经的。"

慕容曦露出一脸八卦笑,眼见着王林兵脸都红了,便知道不能再拿这事打趣了,她也想起今儿来的目的,于是便关切地问:"现在怎么样?心情调整过来了吗?"

王林兵原本还算阳光的脸一瞬间就阴郁起来:"当我母亲的生命离开这个世界的日子越来越近的时候,我的心中就越来越难受,我真的不知道怎么面对那些残酷的结果。"

慕容曦心里也在打着鼓,因为她其实并不擅长做思想工作,更何况这网友面临的问题还真是挺复杂的。但她想着郑岩说的这是工作任务,便不得不赶鸭子上架过来做知心姐姐。她微笑着安慰他:"你没有说听说吗?有痛苦就哭出来,有沮丧就说出来。面对残酷的结局,既要有心理面对,更多的是找到倾听者,原原本本地说出来。"

王林兵站了下来,眼里布满血丝,激动地道:"可是……慕容姐姐,你知道吗,如果让我说出来,会是多么的尴尬呀!"

慕容曦猜他可能就要说出埋藏在他心中的秘密了,她一下子变得很兴奋,又很紧张,很期待,又有点害怕。但她不得不强装镇定地道:"怎么,你不相信你慕容姐姐?"

王林兵立在那，低着头，犹疑着，过了几十秒钟，仿佛时间都静止了，突然他捏紧了拳头，呼出一口气，仿佛是下定了一个好大的决心，道："好吧！我告诉你。我是一个私生子，不，我不是一个私生子，事实上，我连私生子也不如，而是一段错误的结果！"

慕容曦心里是感觉到很惊讶的，但她知道她不能表现出来，因为那样很可能会伤害眼前这大男孩，会让他感觉到信错了她。她用鼓励的眼光望着王林兵，鼓励王林兵说下去。

王林兵从她的眼神里感受到了温暖的力量，他有了勇气把他面临的困境和隐秘和盘托出："22年前，母亲被人强奸了，我就是那次暴力行为的产物。母亲把我生来后，就杀了那个人的全家……"

慕容曦望着王林兵，眼睛瞪得老大老大，这一瞬间她已经完全忘记要做表情管理了，她吃惊地问道："什么？你……你母亲……她叫什么名字？"

王林兵却丝毫无法顾及慕容曦的表情，他完全沉浸在自己的情绪里，他只想倾诉个够，只想把这压抑了许久的秘密全都倾泻出去。他告诉慕容曦："我母亲叫林慧英。"

慕容曦呆住了，脑袋一瞬间是空白的，但几秒钟后她的思绪就回来了，她也总算明白了郑岩为啥派她来当知心姐姐的用心了。

王林兵没有留意到慕容曦的惊讶表情，他自顾自地说："为了报仇，母亲把我生下来后，就送给了我的养父母，果断地处理了自己的后事。她持一杆铳闯入了那个人家中，杀了他们一家。此后她浪迹江湖，整整22年再也没有回过滨海市。三个月前，滨海市公安局才找到我的母亲，把我母亲从山东抓了回来，眼看着法院就要判母亲死刑了。我从没有见过母亲的面容，多么希望在最后一刻能和母亲相认呀！"

慕容曦面色凝重，脑海里各种思绪念头缠绕在一起，像一团乱乱的理不出头绪的毛线，她听见自己的声音喃喃道："那……为什么不能相认呢？"

王林兵抬头望了望蓝星广场后面的那座自己经常爬上去想心事和逃避纷纷扰扰的山，山上的枫叶都红了，颇有诗词中"层林尽染"的美感，只是秋日的寒意还是有些逼人，他不禁打了个寒颤，鼻子都有点塞了。他长叹了一口气，语气很沉重地说："据我所知，母亲到了公安局后，一直不愿承认自己是林慧英，我知道，她是不愿回忆那个痛苦的过去。如果我去和母亲相认，那么，过去所有的一切都将在法庭上翻来覆去地重现一遍，我的母亲也将背上不贞的名声，声誉扫地。"

24

慕容曦眼里满含关切和鼓励地望着王林兵："我非常尊重你的想法。但是，你想过没有，过去曾经有过这样一句话，叫作'儿行千里母担忧'，更何况是22年没有相见的儿子！或许，你母亲和你的想法恰恰相反，在离开这个世界之前，她最大的期望就是见到22年没有谋面的儿子。"

王林兵坚决地摇了摇头，眼里的血丝更多了，眼眶红红的："不，每一个女人都会为自己的脸面活着，母亲更是这样一个女人。她一定非常顾及自己的尊严，如果不是为了自己的尊严，母亲就不会用猎枪杀了那个人一家。因为，只有杀了那个人一家，她才能在这个社会获得尊严。"

慕容曦的脑海里浮现出自己的妈妈站在寒风中送她上学的场景，她上大学时妈妈在车站追着她坐的火车跑的场景，她参加高考时妈妈每天陪她做题到半夜只为给她炖上一锅老母鸡汤的场景……她深情而又笃定地说："见自己儿子一面和女人的尊严无关。母爱重如山，在母爱面前，一切的顾虑和质疑都显得那样多余，只有母爱才是人间至真！"

王林兵看了看灰蒙蒙的天，那上头居然有几只风筝在飘着，远处传来男孩子们打篮球的吆喝声加油声，还有女生们跳健美操的音乐声，周遭的人们都过得热气腾腾的，只有自己心里如此冰凉，人生如此凄凉。

想到这些，他不免又长叹一声："唉，咱们两个这都是空谈呀！谁也不知道我母亲的真实想法。"

慕容曦肯定地说："不，我知道。"

王林兵惊讶地转过身来望着她。

慕容曦带着一丝笑意说："对，我知道。我就是负责起诉林慧英杀人案的书记员。"

王林兵惊讶得下巴都快掉了，这状况实在够他好好在脑海里捋一捋了。

慕容曦继续说："昨天，我们走访了林慧英的现任丈夫韩大栓。据韩大栓说，林慧英曾经向他多次提起，今生今世最大的遗憾就是不知道你是否长大成人，最大的愿望就是能见你一次。林兵，你应该知道的，老人们常说，孩子是母亲身上掉下来的肉，母亲不疼儿子、不想儿子，还有谁会疼儿子会想儿子？"

说到这里，她觉得她都快要被刚才自己说的这段话给深深感动了！她感慨万端地对王林兵说："现在，她就要离开这个世界了，对，她确实要离开这个世界了，即使是法律不判处她死刑,她在这个人世间也没有多长的日子了。"

王林兵瞪大眼睛死死望着慕容曦,眼神里写满了问号:"为什么?"

慕容曦语气更加沉重:"林慧英已经到了肝癌晚期,已经没有多少时间了!"

王林兵瞬间呜咽着蹲在了地上,头深深地埋在双臂间,悲痛得哭了起来,肩膀胳膊不停地抖:"可是……如果我出面认母亲,母亲会认我吗?会伤害她吗?"

慕容曦也蹲下来,深情地道:"恰恰相反。如果你出面认下林慧英,不仅不会伤害她,还会了却她多年的心病。你或许不知道,22年前,因为李天柱不承认强奸了林慧英,才让林慧英动了杀心的。这个案子到现在依然是个悬而未决的案子。现在,刑事科学技术已经发达,通过DNA鉴定足可以认定事实。你身上的父体基因,就可以让林慧英的案子真相大白。你想一下,如果在林慧英离开人世之前,她能得到儿子长大成人的消息,对她来说,应该是最大的安慰了!"

王林兵泪眼蒙眬地抬起头来望着眼前慕容曦那温暖的目光,他点了点头:"好!我想一下。"

25

慕容曦回到单位,觉得整个身体累得都要散架了,心想,这知心姐姐的活儿可真是不好干,一般人还真干不来这个!她这才想起大学同学小琳就是后来去读了应用心理学研究生,经常接心理咨询,有时也跟她在微信上抱怨说当心理咨询师多累多难,以前她还嘲笑过小琳,说心理咨询师有什么难和累的,不就是陪人聊聊天，开导开导就完事吗？这下她可算是充分体会到了。她还想着，要是下次郑岩再派她去给哪个受害者或犯罪嫌疑人做思想工作，她可能还真不敢像这次这样一口应承下来。要想真正做好这类工作，她觉得自己除了耐心、爱心和真诚外，还真得去学点谈判学、心理学之类的学问才行。

刚进到办公室，叶文婕就过来给她倒水，见她累得不断捶背捶腰，叶文婕也是很心疼这个小妹妹，赶紧跑过来给她一番按摩。

"文婕姐，你是不是专业学过这按摩啊，咋按得这么舒服呢！"慕容曦半开玩笑半认真地说，同时闭上眼睛靠在办公椅上继续享受着。

"我以前学散打等，大量运动过后，就要学会按摩放松，要不然肌肉就会酸痛。所以我们队员之间都会相互给对方按摩，可不就学会了一套专业的技术嘛！"叶文婕笑着解释。

"哇，那姐夫岂不是很有福气！我要是个男的，就娶你做老婆，天天给我按摩，那该多美！"慕容曦继续闭着眼开玩笑说。

可是叶文婕却半天没接话，慕容曦觉得奇怪，便睁开眼偷偷看了一下叶文婕的脸，发现她的眼眶一瞬间红红的，眼角湿湿的，很显然她刚才流泪了。

慕容曦立即捉住叶文婕的双手，从椅子上站起来，很是惊讶又很是关切地问："姐姐，你怎么了，我是不是说错话了？"

叶文婕立即抽回手擦了擦眼角，尴尬地笑道："哪里话，傻妹妹，我有迎风流泪的毛病，这年纪大了吧就各种毛病，你别多想，来，我接着给你按摩！"

说着，叶文婕就把慕容曦按在椅背上靠着，继续很温柔地给她按摩着。慕容曦虽然满心狐疑，可叶文婕不说，自己也不便多问。她想着，从此后得更多些关注和照顾这文婕姐姐，看来她身上也一定隐藏着什么伤心的故事。看来她也跟王林兵一样啊，很可能是个苦命的孩子吧，躺在那胡思乱想着。

叶文婕按了一会儿就回到自己座位上，从桌子底下拿出一包干菜和一瓶剁辣椒来。叶文婕说："这是我公婆自己晒的干豆角干刀豆，还有这剁辣椒也是他们自己做的，我想着你能吃辣，所以这周末回去看他们时，就给你捎了些，你拿回去看看合不合口味！"说着，她就将这些放到慕容曦桌上。

慕容曦这吃货见到这等纯手工、无添加、无污染的绿色食品就两眼放光，尤其是见到剁辣椒，她口水都要流出来了，她兴奋地说道："哇塞，文婕姐，你可真是太懂我了，你咋知道我最爱吃了，而且最爱吃辣椒！"

叶文婕像个大姐姐一样宠溺地笑着看她，"你爱吃就好，以后我经常给你带，我公公婆婆没啥别的爱好，就好自己种个菜，弄些吃的，所以我家都不怎么需要买菜，全是公婆自己捣饬的各种好吃的。"

"哇塞，姐姐，你真是太幸福了，有这么好的公公婆婆，上哪儿找去呀。我也希望我将来运气好，能嫁个脾气好的男人，更重要的是遇到这么疼我又这么会弄吃的公公婆婆呢，那还不得美死去！"慕容曦满脸羡慕，也无限憧憬地笑着道。

看着她那犯花痴的样儿，叶文婕笑着摇摇头，打趣道："哎，你连相亲都那么抗拒，嘴巴又这么厉害能说，哪个男人敢娶这么厉害的老婆哟！"

"哎呀，我的好姐姐，在我找对象这件事情上，你咋跟林乔生一样一样儿的，光会打击我，不会给点建设性意见！"慕容曦故作忧伤地说。

叶文婕乐不可支，知她只是开玩笑，于是便不再接话，打开电脑继续学习如何写起诉书和审查报告。

下班后林乔生开车回家，在车上他的手机响了，望着手机屏幕上那个熟悉的电话号码，他皱着眉头，满腹心事，满脸不耐烦，任凭手机不屈不挠地响够三分钟，那边的人终于不再打了。

等车内都安静下来时，林乔生的眼眶渐渐湿了，泪水汹涌澎湃，他终于看不清前面的路了，于是他将车停在路边一棵大树底下，趴在方向盘上呜咽着，随即嚎啕大哭。他记不清自己哭了多久，反正停车时天还是傍晚，但这会儿车外面的世界全黑了，只有前方的红绿灯在不停闪烁和变换。

回到家都已是晚上八点半，他懒得去外面吃饭了，甚至连外卖都懒得叫了，胃里尽管空荡荡的，中午就没吃多少，可此刻他居然感觉不到饿。

手机又在响，是短信提示的声响，他没有理会，手机又响了好几下，还是信息。不用看，他都知道是谁发来的，想到那个人，他就心烦意乱，就思绪混乱，就难过悲痛，就勾起他过去的很多不好的记忆。他特别痛恨那个人，压根不想理会她，可是她为什么还总是隔三岔五骚扰他，电话打不通，就是发短信。最刚开始时他还看一看，可后来剩下的都只有厌烦。

他躺在沙发上头痛欲裂，想给丁一楠打电话，拨过去发现拨不通，他才记起她此刻在去海南出差的飞机上。算了，还是不要打扰丁一楠了吧，她一个女人家忙活自己的事业就已经够累的了，哪还有时间精力来管他的这些陈芝麻烂谷子的事儿呢，别给女朋友添堵了！

这么想着他就觉得累极了，然后沉沉睡去了。

夜里两点多，林乔生又醒了，是冻醒的。他坐起来，发觉肚子咕咕叫，于是去厨房翻箱倒柜，总算翻到了一包以前丁一楠给他买的方便面，他把方便面泡了，坐在沙发上吃了几口。又鬼使神差地拿起手机，那个人发来的一些信息就出现在他眼前，搅得他心绪难安，不知到底该怎么办才好。

"乔乔，妈妈很想你，很想很想你，求求你接一下电话好不好？"

"乔乔，你怎么这么狠心，这么多年过去了，就算你再怎么恨我，你也长大了，懂事了，你要学会站在一个大人的视角去看待这事，妈妈这么多年也过得很不容易！"

"乔乔，妈妈确实当时不该一走了之，但妈妈是有苦衷的，希望你能理解一下妈妈，看在妈妈这么多年很不容易的份上，原谅妈妈，妈妈只有你了，妈妈一直都是很爱你的啊！"

……

26

慕容曦那天走了后，王林兵急匆匆地就来到了李玉洁位于乐江边的宿舍楼下，他给她发了短信，告诉她自己在楼下等她。

她原本是一个人独自在宿舍生闷气的，心里一直翻滚着各种醋意，心想不知这家伙是不是跟网友见面呢，最近她经常见到他埋头用手机聊天，甚至上课也在偷偷聊天，在教室自习时也在聊天，这不是网恋是什么嘛！

再想着夹杂在他和她之间的那个特别烦心狗血的案件，自己和他那么曾经那么美好的爱情被这陈年旧案给彻底毁了，这辈子都不可能再跟那么爱的人在一起了。想到这些,她就愈发悲伤,终至于悲痛难抑,趴在书桌上痛哭流涕,好在宿舍姐妹们都出去上课或自习或谈恋爱去了,没人会来过问她身上压着的这些难堪又痛苦的事儿。

她甚至有一瞬间是很痛恨王林兵的,心想自己是不是看走了眼,自己从前那般爱他,心甘情愿为他付出一切,可他倒好,说不爱就不爱了,转头就立马移情别恋了。

这么胡思乱想一通后,她打定主意,最近都不再主动联系他了,就算他来联系自己,自己也要矜持,不要理他,晾着他!

可是当她接到他的信息时,她却丝毫来不及多想便飞速跑下楼去见他,甚至都忘记了自己脚上此刻穿着的是拖鞋,头上还戴着敷面膜时用的卡通发箍呢。

变天了,先前热气腾腾的,此刻阴风肃杀,风卷起地上的黄色绿叶四处飞舞,那风还发出怪叫,学校后山上的那些树木都摇摆舞蹈起来。不一会儿,天开始下起蒙蒙细雨。

王林兵和李玉洁都没有带伞,两个人走出滨海大学校门,朝校外的乐江边走去。

在江边,两个人站定,王林兵看着水雾氤氲的江岸,然后侧过头问:"如果案子有需要,你会同意做 DNA 鉴定吗?"

李玉洁红着眼睛,诧异地望着他问道:"你怎么会想到这个问题?"

王林兵坚定地说:"我想了,即使是我母亲被判了死刑,我也不能让她带有遗憾,我要让她死得清清白白,光明正大!"

李玉洁瞪大眼睛望着他,觉得他的话太不可思议了:"你……"

王林兵转过身来,双手搭在她肩膀上:"玉洁,现在,只有你才能实现我的这个梦想,才能让二十年前的那场案子真相大白!"

李玉洁有些慌乱地望着他,说不出话来。

王林兵两只眼睛紧紧地盯着李玉洁:"对。如果我身上的DNA父本基因和你一样,就可以证明二十年前是你的父亲伤害了我母亲。"

一声惊雷响在天际,慢慢地滚过,雨越下越大。

雨中,李玉洁两只眼睛看着王林兵,好久好久,突然,李玉洁大声叫喊起来:"不,不,不是这样的!我父母都因为这场荒唐的孽债失去了生命,我不能再在他们痛苦的灵魂上再扎上一刀!"

王林兵任由雨丝打湿他的头发、他的眼睛、他的脸颊,他双眼红红地近乎咆哮地说:"我不想让事实永远地沉没下去!"

李玉洁突然甩开他的手,悲愤又无比痛苦地流着泪大喊道:"那我们呢?"

王林兵这会儿倒是冷静了,他冷静地说:"我只想还原历史。"

李玉洁见他如此冷静,像一尊雕像,像没心的冷血人,她在那个时刻感觉到特别心寒,过去甜蜜相恋的一幕幕在脑海中不断回放,过去有多甜蜜,此刻就有多残酷!她不敢相信,曾经视她为生命的这个男人,怎么转眼间就可以把他们两人之间那么甜蜜而深沉的爱完全抛却脑后,忘得一干二净,仿佛他们从不曾相爱过,他们之间从来没有过什么炽热的相恋一般,这对于任何一个视爱情若生命的女孩来说,都是致命的酷刑啊!

她能很清楚地听到自己的心破碎了,碎成了一地渣,她感觉到这漫天的雨都是她的眼泪,她感觉到她整个人生的天空都

101

黑了,似乎永远都不会再看到光亮了。

她疯狂地哭喊着:"还原什么历史?不,如果这一切成立,我跟你怎么办?"

王林兵异常冷静地看着李玉洁那秀美的大眼睛,雨雾中的她显得那样楚楚可怜:"我们……我们重新做回姐弟,我们还是亲人!"

李玉洁仰望苍天,痛苦地闭上眼睛,泪水汹涌澎湃,搞不清她脸上究竟是泪水还是雨水,反正簌簌落下,一大颗一大颗的,晶莹透亮,她大喊一声:"天啊……不……"

又一声惊雷响彻天际,两人浑身都湿透了,就这么面对面呆呆地伫立雨中。

不知过了多久,李玉洁突然发疯似的跑进了雨雾里,王林兵立即狂奔追上去:"玉洁,你听我说!"

李玉洁不管不顾地跑着,雨水和泪水混合在一起从李玉洁脸上流淌下来。她的眼前一片朦朦胧胧,她的脑海一片空白,太过的痛苦已经彻底击晕了她,她完全不能思想了,只是机械麻木的在混沌成一团的天地间晕晕乎乎地奔跑着……突然,一辆大货车从对面疾驰而来,李玉洁躲闪不及,被大货车刮倒在地……

一直追着李玉洁的王林兵此刻离她大概七八米,眼见李玉洁倒在积满了水的马路上,一动不动,他吓得三魂丢了两魂,愣了那么一瞬间,然后没命地跑了过来,把李玉洁抱在怀中,紧张发抖地不停替她擦去脸上的雨水,摇晃着她,紧张又悲痛地喊道:"玉洁,你怎么样了,你醒醒啊,你没事吧,你不能死啊……"

李玉洁嘴角不断流着血,她悠悠地睁开双眼,仿佛一个沉沉睡了好久的婴孩,她苍白憔悴的脸上浮现出一丝笑意来,虽然无比虚弱,但她的样子很恬静很幸福,她就那么安安静静地躺在王林兵的怀抱中,雨水不断地打在二人的身上,两人湿成了落汤鸡。

她伸出一只手哆哆嗦嗦地抚着王林兵的脸,苍白的嘴唇发出微弱的声音,微笑着说:"没事,我没事!"

说完,她晕了过去。

王林兵吓得抱着她的身体不断摇晃,哭着大喊:"救命呀!救命呀!快来人啊……"

27

在饭堂吃饭时,慕容曦打好自己的一份饭菜后,还给郑岩端了一份汤来。

林乔生故作吃醋道:"嘿,我说,有没有我的汤啊,别光想着拍领导的彩虹屁哈!"

慕容曦捶了他后背一拳,说道:"我还真就只拍咱师傅的彩虹屁,怎么着,你自己有手有脚,干嘛要我给你端,我又不是你家丁一楠,要喝汤找她去!"

郑岩埋头喝汤,听着他们俩斗嘴,笑着摇头。

林乔生装作很痛的样子,摸着后背,笑着道:"行,得嘞,我这是汤没喝着,还惹得一身骚,怪不得人家说女检察官不能娶,女公诉人更不能娶,我说一句你就顶十句,哪个男人敢娶你这类型的女人咯!"

慕容曦杏眼圆睁,故作生气,又伸出拳头在林乔生跟前晃了晃,说道:"嘿,大哥,我没得罪你吧,总拿我的人生大事开涮，告诉你，我还真就不信邪，赶明儿大姐我一定找个比你还高还帅还有才的，气死你！"

"行了，行了，你俩别斗嘴了，都多大的人了，还跟小孩似的！"郑岩笑着制止了这俩人的继续抬杠，两人又冲对方做了个鬼脸，这才消停了。

慕容曦嘻嘻笑着道："主任，你真的神了，你是怎么知道这个王林兵身份的？"

林乔生一脸懵："什么王林兵的身份？"

慕容曦很得意地笑着道："告诉你吧，这个王林兵，就是林慧英那个送人的儿子。"

林乔生听了眼睛瞪得老大，随即脸上露出无比欣喜的神色："真的？主任，那你快说说，你是怎么发现这个真相的？"

郑岩停下手里的筷子，笑着说道："当慕容第一次和王林兵见面的时候，我就确定王林兵就是林慧英的儿子了！"

慕容曦和林乔生都停住了咀嚼，惊讶得异口同声问："啊，为什么？这么神呀！"

郑岩笑道："你们还记得吗？我们去李家庄的时候，遇到了这个王林兵；走访李青峰的时候，同样遇到了王林兵；在审判庭前，我们又遇到了王林兵。这个王林兵是干什么的呢？为什么他总是和我们的路径一致？后来，慕容给我讲了王林兵的故事，他不愿去见他的母亲，因为怕见了母亲后，会让母亲的声誉受到损害。我仔细分析了他的这一段话，自然就想到了林慧英身上，一定是他，他一定是林慧英的儿子。"

林乔生恍然大悟道："所以，你就给了慕容一个任务，让慕容去找王林兵核实，看看王林兵到底是不是林慧英的儿子？"

郑岩笑着点头："对。找到林慧英的儿子，所有的谜底就到了揭开的时刻。"

说到这里,郑岩对林乔生和慕容曦严肃地说:"赶紧吃,等下我们马上去看守所,这个好消息第一时间就最该告诉林慧英,好让她高兴下。"

林乔生和慕容曦一听要去把这消息告知林慧英,两人就来劲了,兴奋得扒拉扒拉几口就解决了午餐。然后三个人开着车飞速赶到滨海市公安局看守所提审林慧英。

林慧英仍然坚称自己是朱秀萍,对于郑岩他们的问话爱答不理的。

郑岩他们不急不恼,而是显得胸有成竹的样子,林慧英狐疑地望着这三个检察人员,觉得今天这几位检察人员跟以往不一样,以往她不承认自己就是林慧英时,这几个检察人员都是皱着眉的,今儿倒好了,他们不但不皱眉,反而一直冲自己微笑着。

郑岩不紧不慢地把林慧英之前如何被李天柱强奸,又是如何杀害李天柱一家,又是怎样逃到山东嫁给韩大栓的过程仔细讲了一遍,末了说:"你没有想到吧?尽管你当时盘算得非常周密,我们还是顺藤摸瓜找到了你的儿子。"

林慧英突然转过脸来无比急切地道:"儿子?他,他在哪儿?"说完这话她突然意识到自己这反应导致自己的身份露馅了,于是她立即又转过头去,做出一副爱理不理的冷漠样儿说:"我没有什么你说的儿子。"

郑岩微笑着,继续用低沉而深情的语气讲述道:"林慧英,你知道吗?这个孩子自小就被人叫做'野孩子',受尽了人间的屈辱;长大了,他无时无刻不在思念自己的母亲。尽管养父养母爱他如珍宝一般，可是，寻找亲生母亲的愿望是那样的强烈，多少次梦中相见，他总是要叫一声妈妈，到头来都是一场空。现在，母亲在他面前，他也不敢相认。因为什么？因为她的母亲不敢承认自己的身份，不敢承认自己叫林慧英！"

林慧英流出了眼泪，她吸着鼻子，压抑地抽泣着，却依然固执地扭过头去不肯正视郑岩他们。

郑岩继续说道："我们见到了这个孩子，他刚刚22岁，可是，他比同龄的孩子更善解人意。他对我们说，他非常想见妈妈一次，可是，见到妈妈会给妈妈的声誉带来损害，法院开庭，他只能在法庭外偷偷地张望，望着载着妈妈的囚车在他面前一晃而过……"

林慧英转过脸来，低着头，不住地抽泣着，泪水大颗大颗砸在手铐上，她不停地摇着头说："不，不，你不要说了！"

郑岩继续说："据我们所知，你现在患了肝癌，并且已经到了晚期，时间对你来说为之不多。你想到过吗？如果你现在还不承认自己是林慧英，孩子只能眼巴巴地等待着，等待着母亲的召唤。难道说孩子没有权利享受母亲的抚爱，只能面对绝望？"

林慧英突然神经质地用戴着手铐的双手艰难地捂住了耳朵，嘟囔着："不，我什么也不想听。"

林乔生见状，心想这林慧英还真是倔得可以，难怪李青峰说她心劲大。也难怪，她要是不心劲大的话，她也不会制造出灭门惨案，也就不至于有今天了。他正色道："林慧英，难道说你是铁石心肠，这辈子都不想见到你的儿子吗？"

林慧英披头散发地哭喊着："我是得了肝癌，也如你们所说的确到了肝癌晚期，我也希望看到我的孩子。可是，你们想过没有,哪个母亲愿意在孩子心中留下不洁的印象?没有!你们不要白费心机了,我是朱秀萍,不是林慧英,也没有你们说的什么儿子。我在这个世界上已经留下了过多的遗憾,现在,我不想再重蹈覆辙了!我愿意孤独地走完我的人生之路,不想让任何人陪伴我!"

林乔生急得站起来想要再努力说服林慧英,郑岩伸手拍了下他的肩膀制止了他,结束了这次提讯。

28

林乔生有些垂头丧气地走出市公安局看守所,外面的天阴阴冷冷的,还下着小雨,这天气让林乔生心情更郁闷了。

在看守所门口,他皱着眉头问郑岩:"主任,您说,这一切我们都向林慧英说明白了。我们找到了她的儿子,就意味着她再也不能隐瞒自己的身份。可是,林慧英为什么还这样固执呢?"

郑岩微微笑了一下,正色道:"为什么?她想抹掉过去那些不堪屈辱的经历呀,她想换一个身份活在这世上呀,你们以为她怕死吗?没有尊严的人生,难道不更加生不如死吗?林慧英,在她眼里,早就死了……"说到这,他长长地叹了一口气,颇有感触地总结道:"人哪,总是朝着最美好的愿望努力,可是,结果总是事与愿违啊!"感慨完毕,他转过头来问也有些闷闷不乐的慕容曦:"王林兵那儿怎么样了?"

慕容曦理解打起精神道:"估计没有问题。可是,即使王林兵同意做DNA鉴定,那只能证明林慧英的身份。怎么才能证明二十年前发生的那罪恶一幕呢?"

郑岩笑着笃定地说："这个好办。我们只要找到李天柱的女儿进行 DNA 鉴定，王林兵的父本基因和李天柱女儿的父本基因一致，说明二十年前发生的那桩罪恶就是李天柱干的。"

林乔生："可是，我们去哪儿找到李天柱的女儿呢？"

慕容曦突然想到了滨海大学校园蓝星广场上见到的王林兵的前女友，难怪那时她觉得这女孩似曾相识呢，她又回想起当初在李家庄村口见到跟王林兵站在一起的那女孩，在李天梁家谈话时，他们不是说李玉洁当时追王林兵去了么，对了，这两个女孩原本就是同一个人，这个人应该就是李玉洁！况且，好像在林慧英案开庭时，这个女孩也跟王林兵一起出现在法院大门口过……

她激动地拍了一下手，高兴地说："有了，我知道上哪儿去找李天柱的女儿了！"

第二天上午，阳光明媚，天气出奇的好，慕容曦早早起来练了会儿瑜伽，然后就在衣帽间翻找衣服，最后她挑了件粉色卫衣，扎了个丸子头，穿了一条白色紧身牛仔裤，脚上是运动鞋，尽量让自己看起来像个大学生，事实上她这么打扮确实很像个时髦的大学女生。她这样装扮是为了拉近跟李玉洁的心理距离。

滨海大学附属医院住院部的小花园里，几只白色蝴蝶在草丛中飞舞，几只蜜蜂地在不知名的花儿间嗡嗡，王林兵扶着李玉洁挑了一个长条石凳坐下来晒太阳。他爱怜地抚了抚李玉洁打着石膏包着纱布吊在肩膀上的右手，说："玉洁，我已经做了 DNA 鉴定，经过检验，可以认定林慧英就是我的母亲，再有一个申请程序，我马上就可以见到母亲了。"

李玉洁对此感到惊讶，又不惊讶，她既支持他做这个鉴定，内心里又反对他做这个鉴定，她既为他高兴，又为自己无比难过。此刻，她不知该说什么，最后只得轻轻点了点头。

王林兵扶着她的胳膊，很深情而真诚地说："我希望你也去做一下鉴定，就此了却22年前那一段孽缘。如果有幸成为你的弟弟，我会好好地待你！"

李玉洁突地站了起来，情绪激动得很，不断摇头说："不，我不做。你有你的母亲，可我呢？我的母亲在哪儿？难道说非要我出面证实我父亲的罪恶吗？"

说完，她就拖着虚弱的身子就要离开小花园，王林兵忙上前扶住了她，用哀求的口吻说："玉洁，我的好姐姐，这世界上现在能帮我的，就只有你了……"

李玉洁突地停下了脚步，半晌沉默无言，泪水委屈地流了下来，打湿了她身上的病号服……

就在王林兵和李玉洁相对沉默无言之际，身后响起了清脆悦耳的声音："林兵，玉洁，原来你们在这儿啊！"

两人速速回头，原来是慕容曦。只见一身粉嫩青春打扮的她手里抱着一大束康乃馨，在花儿的映衬下，原本就好看的她显得更光彩照人了。她的身后还站着李天梁、郑岩和林乔生。王林兵一见她，眼里亮堂起来，马上扶着李玉洁朝他们几个人走过去。

看到李天梁，李玉洁泣不成声，她朝李天梁快步走过去，扑进了李天梁的怀抱之中："伯伯……"

慕容曦把花儿送给李玉洁："玉洁妹妹，祝你早日康复！"

林乔生笑着说："玉洁，过去的一切都过去了，我们应该向前看！"

李天梁怜爱地拍着李玉洁的后背："对，孩子，我们向前看。

109

我也想通了，如果不是你爸爸那个样，怎么也不会有22年前的事。咳，无论是什么样，现在都不讲了，我们大家向前看！"

说到这里，李天梁把王林兵拉了过来："是吧？小伙子。"王林兵腼腆地但重重地点了点头。

一旁的郑岩微笑着对大伙说："对，李老先生说得很对。老一代人造下的恩恩怨怨，不能再在我们这一代人身上重蹈覆辙，大家最需要的是相互谅解，有什么问题解决什么问题，只有携手向前，才是正理。"

李玉洁泪眼矇眬的，但此刻她又笑着，她看了看李天梁，又看了看慕容曦、林乔生、郑岩，最后，她把目光投向了王林兵，王林兵冲着李玉洁郑重地点了点头，眼神中充满了信任、鼓励，她脸上浮现出温暖的笑意，真诚地对王林兵说："弟弟，我听你的！"

29

下午林慧英案要开庭，上午丁一楠趁有空来到汉江大学的心馨咖啡馆，她是应导师乔欣的邀约而来。

她到得早了些，选了一个角落坐下，从咖啡馆靠墙的书架上随意挑了一本时尚杂志翻着。大概五分钟后，一身灰色连衣裙配着大红披肩的乔欣姗姗而来。丁一楠恭敬地站起来迎接。

在内心底里，乔欣是丁一楠为数不多真心佩服的女人。论学问，她年轻时就做了著名大学的博导，还曾去藤校做过访问学者。论才华，她著作无数。论成就，她桃李天下。论样貌，五十好几了还能保养得这般皮肤细腻白皙，气质高雅，身材苗条，心态年轻。论生活，她懂得琴棋书画，侍弄花草，烹煮煎炸，颇富情调。但遗憾的是，乔欣却一直过着单身生活。也许，她太优秀出众了吧，以至于能入她法眼的男人太少。丁一楠这么思忖着。

乔欣要了一杯咖啡，从肩膀上解下精致美丽的披肩："一楠，林慧英案没什么悬念。公安、市检察院都没有什么问题，你能做的很有限。"

丁一楠搅着咖啡，笑着道："老师，我知道。我也是期望这起案件经得起法律和历史的检验，毕竟人命关天啊。"

乔欣微微笑着点了点头，一时无话，她喝了几口咖啡后，又问："乔生怎么样？这孩子就是倔啊。当年我和他爸离婚也是迫不得已。到现在他都不肯原谅我。哎，我给予他的母爱确实太少了。一转眼，22年过去了，我每天都好想他！"说到这儿，乔欣眼眶湿了，鼻头红红的，丁一楠立即递给一张纸巾。

她很想开口安慰一下导师，可是平时法庭上伶牙俐齿的她此刻却想不到一句合适的话来，看来，学心理学的同学说得没错，自己就是头脑太过强大、缺乏共情能力的那类高知女性啊。

乔欣用纸巾揩了揩鼻子，继续动情地说："我给他打了无数电话，他几乎没接过，我给他发了无数条短信，他也几乎不回复……作为一个职场女性，我算是成功的，但作为一个母亲，我太失败了啊……我多么希望他能明白，妈妈其实特别特别爱他啊……"

面对真情流露的导师，丁一楠几次想开口安慰，却苦于找不到合适的话语，她在那儿如坐针毡。乔欣流了一阵泪之后，才有点后悔刚才情绪刹不住，在学生以及未来的儿媳面前流眼泪，这多尴尬呀，以前的乔欣在旁人眼中格外优秀和光彩夺目，哪会让旁人轻易看到自己的眼泪和脆弱呢。

111

随后她又在心底对自己说，没关系，这是自己未来的儿媳呀，是自己的家人啊，婆婆跟媳妇吐吐槽，求个安慰，有什么可丢脸的呢！再说了，丁一楠可是自己跟儿子林乔生之间唯一和最重要的联系纽带呀，若是能通过她让儿子知道自己多么想他，多么爱他，这对于恢复母子关系来说不失为一桩好事啊。

这么想着后，乔欣又默默流了好久泪，丁一楠全看在眼里，也挺心疼未来婆婆的，但对于从小生活在单亲家庭、从小格外独立的她来说，安慰人这种事着实有点难为她。

所以她能做的就是不断递纸巾给乔欣，嘴里词汇匮乏得可怜地不断说："没事的，一切都会好起来的！"

下午两点十五分，王林兵和李玉洁乘坐一辆滴滴前往滨海市中级人民法院。在法院门口，他们恰好看到郑岩带慕容曦、叶文婕走进了审判庭，李玉洁紧紧地抱着王林兵的胳膊说："弟弟，我真的好害怕，不知道这个案子结局究竟会是怎样？"

王林兵两只眼睛紧紧地盯着法院上空的国徽："我相信法律。法律会给这件事一个公正的评判！"

法官敲响了法槌，丁一楠从辩护席上站了起来，朗声道："尊敬的法官、人民陪审员，因为中止审判，我的当事人已经在看守所等待了半个月的时间。现在，我们终于迎来了再次开庭。我希望公诉人能拿出不同于上一次的证据，证明我的当事人就是杀害李天柱一家的凶手林慧英。如果没有新的证据，我提议采证我的辩护，确认朱秀萍不是林慧英，当庭释放朱秀萍！"

长得高大但略微有些胖的男法官转向公诉席问："公诉人，你们有没有新的证据提交法庭？"

郑岩便对被告席上的林慧英说:"林慧英,通过这一阶段的思考,你现在承认自己是林慧英吗?"

他想着这么长时间过去了,上次在看守所又跟林慧英谈了一次,她这回应该没什么好逃避的了吧,可谁知,这林慧英林慧英非常坚定地摇了摇头。

见此情景,丁一楠马上说:"我再次提醒公诉人提出新的证据,如果没有新的证据,请撤回对我的当事人的指控。"

郑岩看了丁一楠一眼,微笑着道:"好!既然辩护人要公诉人提出新的证据,可以。不过,我有个条件,请大家先听一下本案的发生的详细经过。可以说,这是一个非常悲伤的故事……"

丁一楠不乐意了,立即表示反对:"法庭上不是讲故事的地方,公诉人应该拿出证据,让证据说话!"

郑岩继续微笑着,"我讲的是本案的发生经过。"

他的神情给人的感觉是,这个故事非讲不可,如果不让他讲,人们将错过一个精彩的惨案背后的故事,法庭在最终定性量刑时将缺乏最关键的信息。由于他如此笃定的神情,主审法官用鼓励的眼神望着他:"既然公诉人说是本案发生经过,法庭同意公诉人把这个故事讲下去。"

于是郑岩便把林慧英作案前后的故事讲了一遍,不愧是国家优秀公诉人,口齿伶俐,思维清晰,逻辑缜密,丁一楠在心底这么评价她的对手。

但丁一楠是绝不会因为对对手的欣赏而就放弃自己的立场,她颇有气势地道:"这和证据有什么关系?我再次请公诉人出示证据。"

郑岩看了丁一楠一眼,继续说:"这当然和证据有关系。

我在这里需要告诉大家的是，在林慧英杀害李天柱一家三口之前，她生下了一个孩子。她的丈夫李青峰认为是自己的骨肉，其实不然，只有林慧英自己心中清楚，这个孩子是那场孽债的后果。"

郑岩说完，旁听席上一片哗然，连丁一楠脸上都露出了惊讶的表情。

30

郑岩望着旁听席上的人们说："现在，我们已经找到了这个孩子，并且做了 DNA 鉴定，我手中拿着的这份鉴定来自省高级法院技术鉴定中心。这份报告中可以看出，林慧英和这个孩子的亲子概率为 99.99%。据此，可以充分证明被告就是林慧英。"

丁一楠立即为林慧英辩护道："即使这个 DNA 鉴定成立，那么，谁来证明这个孩子不是林慧英生养在山东省的孩子呢？"

郑岩微微笑了一下，成竹在胸一般，向法庭举起了另一张 DNA 鉴定表，"为了保护证人的隐私，我们特意申请了法院同意，林慧英的儿子可以不出庭作证。但是，我们还有另外一份证据来证明这个孩子和林慧英。这，是一个女孩子的 DNA 鉴定，通过 DNA 鉴定可以发现，这个女孩子的父本基因和林慧英儿子的父本基因相似率为 99%，也就是说，这两个孩子在生物学上是同一个父亲。"

旁听席上，人们交头接耳，议论纷纷。

郑岩对大家说："大家或许想知道这个女孩子是谁？我在这里可以告诉大家，这个女孩子是李天柱的女儿，而李天柱就是当年强暴林慧英的凶手,后来,林慧英又杀了李天柱夫妻和李天柱的母亲。"

丁一楠的脸上露出一种难以言说的表情,那是对对手的称赞和欣赏,也带有一丝不可思议的惊讶感觉,还有一丝丝害怕,原来对手做了这么多工作!她不由得用尊重和欣赏的眼光望向郑岩。

只几秒钟,丁一楠便调整好了自己的表情和心态:"林慧英,你对公诉方向法庭提供的证据有没有意见?"

面对丁一楠的询问,林慧英什么也没有说,只是倔强地昂着头,泪水不停地从脸颊上流了下来。

旁听席上的韩大栓急得浑身直哆嗦,反复地搓手。

丁一楠发言道:"尊敬的法官,人民审判员,由于证据发生变化,本辩护人决定改变辩护内容,由无罪辩护改为罪轻辩护。从公诉方出示的证据可以看出,我的当事人因为被李天柱强奸,求告无门才动了杀机。当然,在法治社会这种处理方法不妥,但是,没有这个李天柱强奸林慧英的前因,不会引来林慧英故意杀人他人的后果。现在,林慧英身患重病,已经是癌症晚期,希望法庭从轻处罚……"

庭审结束后,丁一楠穿着高跟鞋几乎是跑着追出了法庭,差点扭到脚才追上了郑岩,她由衷地对郑岩夸赞道:"郑主任,祝贺你赢了这场诉讼!"

郑岩笑着伸出手跟丁一楠握手道:"是我们大家赢了!从当前的情况看,结合司法实践,我相信法庭会从轻判决林慧英的。这样,你的罪轻辩护就达到了目的。"

丁一楠说:"这得感谢你们,是你们证实了22年前的那场孽债，林慧英也是受害人。"

郑岩笑说："客套的话都别说了，我们的目的都是为了司法的正义。"

丁一楠明白了："看来，不仅是你赢了，我也赢了。更重要的，是林慧英也赢了！"

郑岩仰面长叹说："可惜，我们大家赢得都不轻松呀！"

庭审过后的第二个周六，丁一楠一早起来就将自己捯饬得美美的，然后驱车前往位于郊区的林乔生所住的别墅，这间独栋别墅位于滨海市风景最美的阳泉山脚下，周围风光格外秀丽，是个养生居住的好地方。林乔生平时都住市区，周末才回这里小住一下，只为了他种在房前屋后的一些蔬菜水果，谁叫他内心里一直有个田园梦呢。

两人坐在院子里的秋千架上，手里都端着一杯现榨的果汁，晒着懒懒的太阳发呆。

丁一楠伸手抚了一下林乔生的侧脸，然后靠在他厚实的肩膀上喃喃说："法院一审判决后，林慧英没有提出上诉，那晚她睡得很香。"

林乔生紧紧搂着女友的肩膀，不断抚摸着，像是抚着一个可爱的小婴儿，他感叹道："这么多年，不知林慧英怎么过来的？"

丁一楠听他这样说，立即坐直身体，望着他的眼睛，很认真地道："肯定很难很难……对了，开庭前，我去见乔教授了。"

林乔生闻言一愣，他转过脸去望着远方的山峦和山间如飘带的白雾，久久没有说话。

丁一楠知道他此刻内心一定起伏不定，思绪万千，她多希望能帮未来婆婆一把，让男友能够敞开心扉，与未来婆婆化干戈为玉帛，而不是继续老死不相往来。她把果汁放在一旁的石头桌子上，然后双手捧着男友的脸，深情地道："亲爱的，你知道吗，乔教授她很爱你，也很想你。其实，她偷偷来滨海看过你很多次，很多次。她怕你不认她，不敢见面。"

林乔生捏住她的双手，把头埋在她的秀发间，紧紧抱着她，仿佛想从她那寻求到更多的信息，寻求更多的勇气和力量，以确定自己究竟要如何来应对这样的局面，他良久没有出声，很久之后，他在她耳边深深地叹了一口气道："这些年，她……过得好吗？"

丁一楠更紧地拥抱着他，此刻她多么怜悯和同情从小就缺乏母爱的男友啊："乔教授至今都没有再婚，一个人，还好，只是，只是，她老了……"

林乔生的脑海此刻莫名的浮现林慧英那苍老憔悴的容颜，还有王林兵那深情的目光，在那一瞬间，他仿佛找到了如何处理自己与母亲之间关系的答案，他眼里泛着晶莹的泪花，激动地道："楠楠，如果你……告诉她，我不恨她……大人之间的事情是大人之间的，我没有权利评判……她毕竟是我妈。我希望她好！"

丁一楠听到男友这样说，简直觉得不可思议，她有那么一刻怀疑自己幻听，毕竟她从前可是见识过男友对于乔教授的来电来信是有多反感和抗拒！她再次惊喜地确认道："亲爱的，你说的是真的吗？"

"嗯，是真的，我想通了，是林慧英这件案子让我明白了这些！"林乔生深情地微笑着说，泪水在他眼眶里打转。

"啵"，丁一楠抱着男友的头，在他光洁的额头上重重亲了一口，然后无比欣喜和感动地道："太好了，好样的，你能这么想就最好了，你们家，哦不，我们家一家人今后肯定会想处的特别融洽和幸福！你说是吗？"

"嗯"林乔生重重地点头。

病房内，林慧英躺在病床上，身上插满了各种各样的营养管，奄奄一息。

林慧英的丈夫韩大栓守在床的一侧，正在无神地望着病房的天花板。

听到郑岩等人走了进来，韩大栓忙站了起来。

星期天上午，郑岩和林乔生、叶文婕、慕容曦驱车来到滨海市第一人民医院，他们还提前通知了王林兵。林慧英肝癌晚期发病，庭审过后就被送进了医院住院。

当他们走进病房时，王林兵把一大捧鲜花放在林慧英的床头，然后他轻轻地俯下身去望着睡眠中的林慧英，目光中布满了关爱。

郑岩关切地问坐在一旁倒开水的韩大栓："老韩，现在情况怎么样？"

韩大栓长叹了一口气，轻轻摇了摇头。

郑岩拉着王林兵的胳膊对韩大栓说："来，我给你介绍一下，这位，就是林慧英的儿子，王林兵……"

韩大栓停下手中的动作，抬起头来非常惊异地望着王林兵："你，你是林慧英的儿子？"

王林兵从床头站起了身，冲着韩大栓点了点头。

郑岩对韩大栓说："你曾经告诉我，林慧英非常挂念的就是她的这个儿子。现在，我们把他领来了，也算是圆了林慧英的一桩心愿吧！"

韩大栓俯下身来，趴在林慧英的耳边呢喃："秀萍，你经常念叨的儿子来看你了，你睁开眼看看吧，多俊的小伙子呀！"

王林兵的泪水流了下来，他再次俯下身，轻轻地叫了一声："妈！"

林慧英艰难地睁开眼，望着王林兵，脸上露出了欣慰的笑容……

2

生死迷情

HENGSI MIQING

1

上午十点多，窗外的阳光透过绛色的纱质窗帘布照射在墙壁上。陆正强头发蓬乱，睡眼惺忪，脑袋剧痛。

房间里有股很浓重的烟酒味，昨夜聚会玩得太嗨，大家都喝了不少酒，以至于陆正强一觉睡到大天亮。他摇晃了几下沉重的脑袋，眯着眼发了一会儿呆。随即他伸出一只手去摸摸未婚妻崔慧琳，摸了好几下都没摸着，他睁开眼，一把掀开被子，才发现床上根本没有崔慧琳。他一骨碌从床上爬起来，有些踉跄地跑到各个屋子寻找崔慧琳。

当他来到卫生间时，眼前的一幕吓得他魂魄出窍，只见崔慧琳倒在血泊中。他吓得尖叫了一声，随即感觉全身血液都往头顶涌，有那么一刻他的大脑一片空白。

几分钟后，后背、额头全是冷汗的他才哭出了声，满眼的血丝和泪水。他扑过去，察看着崔慧琳左颈部恐怖的伤口，乌红的血液早已凝固。他轻轻摇晃着她冰冷的身体，把她抱在怀里，泪水如断线的珠子，和着鼻涕一起流在崔慧琳的衣服上。

他不敢相信，昨晚还活蹦乱跳的未婚妻崔慧琳就这样突然死了，"慧琳，慧琳，你怎么就这样离开我了？慧琳，你不能死啊，是谁要这样伤害你的啊？……"

几分钟后，陆正强才神智清醒了些，他找到手机拨打了120。

没过多久，救护车就将崔慧琳送到了医院。

同时，刑警和法医、技术人员也来到了陆正强的家，在案发现场进行现场勘验、调查。

客厅墙上还挂着陆正强与崔慧琳的婚纱照，俩人都笑得很灿烂，给人很幸福甜蜜的感觉。

陆正强浑浑噩噩地在电话中通知了昨晚一起聚会的慕容曦和韩眉这个噩耗。慕容曦和韩眉在电话里都被吓得倒抽一口冷气，要知道就在昨晚她们跟崔慧琳还推杯换盏，嬉笑打闹！

在滨海市第一人民医院的病房里，三人见到了蒙着白布的崔慧琳的尸体。

韩眉眼里满是惊恐，泪水从她精致白皙的脸颊滚落。她扑过去，伸出手颤抖着掀开白布，带着哭腔喊道："慧琳，你怎么就这样离开了我们啊？"

她身后站着一位年长的护士，那护士一脸惋惜地说："韩医生，我们尽力了！"

陆正强的腿直发软，好几次他都差点要跪倒在地上，幸好慕容曦搀扶着他。他扑过去抱住崔慧琳的身体，浑身颤抖，哭喊着："慧琳！慧琳！你不能就这样走了啊！"

随即，崔慧琳的尸体被送往太平间。太平间的大门关上的那一刻，韩眉抽泣起来，慕容曦轻轻地拍了拍韩眉的肩膀以示安慰。

韩眉突然转过身去，扑进了一旁的陆正强怀中，痛哭失声……

悲伤过度的陆正强神思恍惚，他愣了一下后，也紧紧地抱住了韩眉，俩人抱头痛哭。

慕容曦也非常悲痛，为老同学陆正强的悲惨遭遇，她也流了不少眼泪。可此刻看着韩眉和陆正强两个人的这番举动，她眼里闪过一丝疑惑……

三人从医院走廊出来后，发现医院大厅前台站着两位检察官和几位警官。陆正强定了定神，抿着嘴，闭了一下眼睛，他此刻有点想赶紧逃离这个地方。

走在他后面的韩眉见到这几个检察官和警官，吓得后退了一步，但她马上调整好了状态，只是略略退到了慕容曦的身后。

慕容曦看着同事叶文婕和林乔生，眼中充满疑惑，不明白他们俩此刻怎么会出现在这里。

两位警察上前对陆正强说："请您配合我们调查。"

陆正强神情悲伤忧郁，似乎没有办法再思考什么问题，他漠然地望望那两位警察，然后木然地跟着他们朝医院大门外走去。

慕容曦见此情形感到很是惊讶，快步跑到林乔生身边，低声问："大林，这……这是怎么一回事儿呀？"

林乔生却并不回答她的问题，只是冷冷地盯着陆正强远去的背影。

正当困惑不已的慕容曦想从叶文婕处获得答案时，一个很年轻的警察靠近了她，低声说："你是慕容曦吧？请跟我们去趟公安局，希望你能配合我们公安机关的工作。"

慕容曦闻言深感诧异，她瞪大眼睛目不转睛地望着那警察好几十秒钟，这才回过神来。她望望林乔生和叶文婕，那两人一脸同情地望着她，她只得对那年轻警察缓缓点头说好。于是她深一脚浅一脚地跟着那个警察走了。一路上她都心有忐忑，脑子里苦苦思索着这一切到底是怎么回事。

穿着白色细高跟凉鞋、月白色连衣裙的韩眉此刻看到陆正强和慕容曦相继被警察带走，她感到很是害怕，她感觉此刻的自己像急了波浪滔天的大海上的一艘孤独的小木船，不知道一个大浪打来，自己将会去向何处。那种格外孤独和苍凉甚而绝望的感觉一点一点吞噬着她。她局促不安地用右手大拇指和食指捏着左手大拇指。

正当她陷入自己的悲凉心境不可自拔时，两位身形高大魁梧的警察走到她身边，其中一个年长些的警察说："韩女士，也烦请您跟我们走一趟吧。"

叶文婕、林乔生和刑侦支队支队长耿勇三人对视一眼，然后颇有默契地回到各自的警车里。

警方的警车关上车门的一瞬间，车窗里传来陆正强的挣扎叫喊声，"不，我没有杀她，我没有杀她，你们不能抓我……"

2

不久后，崔慧琳被杀案由警方移送到了滨海市检察院，检察长许省身指定该案由郑岩办案组承办。

郑岩看了看案卷，觉得这个案件似乎没那么简单。于是他召集部门的检察官、检察官助理一起召开检察官联席会议。

联席会议开始后，郑岩用会议室里的大投影播放着一份PPT，用教棍指着，对列席的各位检察官介绍说："7月5号晚上，我市丰硕小区发生了一起杀人案，被害人崔慧琳被人割颈。接到报警后，公安机关迅速展开侦查，通过现场勘验、法医鉴定、调取监控、走访调查等工作，目前掌握的证据全部指向崔慧琳的男友陆正强是犯罪嫌疑人，昨天上午，公安机关已经把卷宗移送到了第一检察部。"

众位参加联席会议的检察官交头接耳地讨论起来，郑岩见他们对这个案件兴致似乎都比较高，毕竟崔慧琳的父亲是滨海市副市长，光这身份就已经足够引起人们探寻的兴趣了，更何况还很可能是情杀呢！

郑岩赶紧又翻了下一页PPT，展示的是崔慧琳被害的现场图片。郑岩依旧用教棍指着大屏幕说："大家请看，这是崔慧琳被害现场图。犯罪嫌疑人陆正强家中共有两间卧室，这儿是卫生间。当时，犯罪嫌疑人陆正强睡在这儿，被害人崔慧琳就死在这儿，卫生间。据犯罪嫌疑人陆正强交代，7月6日早晨，他起来上卫生间的时候，发现崔慧琳已经死亡。"

一位检察官问："崔慧琳具体的死亡的时间是什么时候？"

叶文婕补充说："崔慧琳死前的晚饭吃得很丰富，法医根据崔慧琳的胃内食物腐败程度，推断出死亡时间是7月5日晚上22点到22点10分这个时间段内。"

郑岩端起茶杯喝了一口水后，继续翻下一张幻灯片，继续说道："这是从犯罪嫌疑人厨房里提取的证据。经过化验，上面的血迹是被害人崔慧琳的，切菜长刀上面也只有陆正强一个人的指纹。"

马上有一位女检察官问："崔慧琳被杀死在陆正强家中，凶器上的指纹也是陆正强的。那还有没有其他证据？而且我感兴趣的是，他的杀人动机是什么呢？"

叶文婕清了清嗓子，站起来介绍道："根据警方的走访调查，崔慧琳与陆正强一年前经人介绍相识，已经到谈婚论嫁的地步。其间，两人发生过争执，一度闹到要分手的地步。这一点，邻居的证言证词可以佐证。"

这时，又有人发问："当时在场的不只是陆正强、崔慧琳吧？"

127

这回轮到林乔生发言了，他早已按捺不住要说话了："还有陆正强的中学同学韩眉、慕容曦。警方已经排除了两人的嫌疑——她们没有作案时间。"

众人惊讶地问："慕容曦？我们院的慕容曦吗？"

郑岩、叶文婕和林乔生都微微点头。

林乔生继续说："她和韩眉是校友加好朋友，和犯罪嫌疑人陆正强、死者崔慧琳是同学。"

案情介绍到这里，按照检察官联席会议的程序，现在该大家发表意见了。

一个年长些的男检察官认为从目前的证据来看，他倾向于是陆正强杀害了崔慧琳。另一个年轻些的男检察官认为公安机关已经把证据做得很扎实了，检方直接批捕就行，不明白郑岩为什么还犹豫。

郑岩说："陆正强一直不承认是他杀了崔慧琳，这就是让我一直犹豫的地方啊！"

一个女检察官说："由不得陆正强不承认啊，这刀上的血迹和指纹可就是他杀人的最直接证据！"

听到众人众说纷纭，最终也无法得出比较一致的结论，叶文婕便补充说："陆正强说不知道切菜长刀上为什么有崔慧琳的血迹。关于刀上的指纹，陆正强说，这是他家的厨房用刀，经常使用，不可能没有他的指纹。"

坐在一边的检察长许省身一直不动声色地听着大家讨论。看这会儿大家讨论得差不多了，他问郑岩他们几个："你们学得这个陆正强的杀人动机是什么？"

叶文婕说："陆正强拒不承认杀害了崔慧琳，杀人动机也只是根据警方的推理。警方认为，陆正强和崔慧琳正在谈恋爱，可能陆正强要甩掉崔慧琳，崔慧琳不同意，所以，陆正强才动了杀机。"

许省身眉头皱了一下，若有所思一下，他接着问："陆正强为什么要甩掉崔慧琳？甩掉崔慧琳后陆正强会选择谁做他的恋爱对象？"

叶文婕可没想到这个问题，她迟疑了一下回答："这个，警方的卷宗材料中没有体现。"

许省身右手握拳轻轻敲了一下桌子，说道："那就查一下！犯罪总是要有动机的，犯罪动机没有查清楚，判断很有可能出现失误。"

郑岩马上接口说："对，我赞成许检的意见。对了，要跟大伙说明一点，这个案子的卷宗转到第一检察部后，慕容曦向我汇报了一个情况。她说，陆正强和崔慧琳两个人正处在热恋期，而且就要结婚了，陆正强不可能杀害崔慧琳……"

3

滨海市是个旅游城市，为了吸引游客，市政府可是下了大力气，各种地标性建筑拔地而起，各种网红打卡圣地吸引着来自全国各地的时髦小年轻前来留影纪念。

滨海市政府七年前将滨海市的一块荒废的盐碱地整修再利用，把它建成了一个非常漂亮大气的公园，当时的市委书记还亲自取名，亲笔题字，这便是在汉江省都排名第一位的流芳公园。

流芳公园名副其实，面积大，风景美，亭台水榭，游乐设施，怡人精致，吸引了大批的滨海市民来此休闲娱乐。每天这里都是人流如织，络绎不绝。

韩眉一起床就打电话给周大伟，约他十点来流芳公园见面。这天天气晴好，公园里到处都是人，上空飘着孩子们的欢声笑语。

面对流芳公园的绝美景致，面对着这熙熙攘攘、烟火喧嚣的世俗场景，韩眉却无心欣赏，孤独清高如她，感觉融不进这烟火气息浓烈的人群间。无论如何，她都感觉自己是一个局外人，冷眼看着这世上的人们或打或闹或哭或笑，她有羡慕，也有鄙夷，甚至还有那么一点愤怒，愤怒于他们为何都活得那么肆意，哪怕是为柴米油盐酱醋茶每天奔波，似乎也比她这样总是飘在云端要好。她好奇为何他们都能这样安心脚踏实地地生活，而自己为何就不能像他们一样呢？她疑惑，更愤怒，也感觉特别悲哀和凄凉，但同时她又鄙夷和唾弃，骂这些人都是俗不可耐的贩夫走卒，自己是高贵冷艳的白天鹅，世界里只有阳春白雪，诗情画意，琴棋书画，梅兰竹菊，鸿儒知己，哪会自降身份与这群凡夫俗子相交？

想到这里，她冷笑了一声，却又紧紧抱住自己纤细修长的两条胳膊，感觉虽然大太阳照着，人身上却发冷。她沿着公园的人工湖慢慢走着，一双如烟的柳叶眉微微蹙着，美丽的大眼睛里写满焦急，她问："大伟，我护照的事儿怎么样了？"

周大伟笑了笑，又狡黠地偷偷看了一眼韩眉，说："我朋友说，办护照这事儿，你直接就可以办呀。为什么要托他们办理？"

韩眉并不马上答话，轻轻叹了一口气道："你没看到我很少抛头露面吗？滨海这个城市已经让我彻底失望了！"

周大伟继续说:"我朋友他们去公安局续签护照时,公安局查了一下资料,发现你涉及崔慧琳被害案,现在你处于被限制出境状态。"

韩眉闻言柳眉倒竖,大怒道:"胡说,崔慧琳被害案已经查清了,凶手都抓到了,怎么能限制我出境?你告诉我,是哪个部门?我去投诉他们!"

周大伟可是被冷美人韩眉这发怒的样子给吓到了,平时相处中韩眉总是一副冰山脸,对什么都冷淡得很,对什么人都看不上眼一样,他还真是很少见她发火。这回没想到惹她发火了,而且她这发火盛怒的样子真是把他吓得不轻。他吞吞吐吐地说:"是……是……是公安局出入境管理处。"

韩眉更来气了,简直暴跳如雷,她的声音尖利起来,仿佛要把所有的火气和不顺都发泄到周大伟身上。她大声斥道:"滨海的事儿真是怪了!崔慧琳被陆正强害了,案子也查清楚了,却要限制证人出境,这是什么道理?大伟,你把身份证给我,我去找他们说道说道。"

周大伟暗暗叫苦,不知该怎么应对才好。见她这样暴躁和焦急,他只得硬着头皮上了,他赶紧笑着安抚她:"别,别,宝贝,不要着急,这不是正办着的嘛!这事儿你就别操心了,美丽的女人操心多了就容易变老和变丑,那可就损失大了……我认识的人多,交给我办就好了!"

为了不让韩眉继续陷入暴怒的情绪里,平时纨绔花心的周大伟也算是使出了浑身解数,他赶紧伸手揽住了韩眉纤细的腰肢,用力把她往自己身上拉了一把,嘴巴像是抹了蜜似的甜,他笑着说:"宝贝,我真舍不得让你走!你这一走,不知道什么时候我才能再见到你?"

韩眉却不为所动，她像是一个没有生命、没有思想、没有温度的木偶似的，任由周大伟搂着。周大伟拉她那一下子让她心里起了反感，不过她没表现出来，毕竟周大伟这个人在她眼里只是个金玉其外的绣花枕头，只是个权宜之时的工具罢了。

她眼神迷离地望着远方的一栋很高的建筑物说："我也不想走。可是，滨海给我的是太多的伤心和失望啊！"

从前一向是花心大少的周大伟自从遇见韩眉之后，居然转性了，变成痴心的情种了！他自己也说不上来到底喜欢韩眉啥，要说美貌吧，他从前交往过的比韩眉更美的女孩子也算数不清了。他想了想，大概是韩眉比较特别吧，毕竟其他的女孩子都是主动倒贴要追着他的，而韩眉却从头到尾对他冷若冰霜，这越发激起了他的征服欲。

此刻他搂着韩眉，无比深情地看着她精致的面庞，说："眉，你真美，你都不知道我到底有多喜欢你，你不走我就娶你，我老爹有钱，我们什么都有，你根本不用这么辛苦啊！还出什么国，留什么学。"

韩眉皱着眉，厌恶地一把推开周大伟："嫁给你？你就知道钱！你已经很让我失望了！"

周大伟放在韩眉腰间的手抖了一下，他心有点痛，疑惑不解地道："为什么啊？咱俩在一起以来我可是什么都听你的……"

韩眉却突然用力推了推他的腰，急促地打断他："不要说了，你赶紧走，慕容曦来了！"

周大伟还没反应过来，就被韩眉推开了。他定了定神，几秒钟后才回过神来，于是他便速速往公园门口方向走。

而慕容曦则刚从公园正门那儿远远朝韩眉走来。她穿着一身白色运动服,马尾辫甩得老高,看着可青春朝气了,韩眉看着心底竟然浮现出一丝嫉妒的情绪来,要知道她韩眉从前可是鼎鼎有名的校花啊,从来只有别人嫉妒她的份,哪来的她嫉妒别人啊!

可是韩眉知道,自己就是嫉妒慕容曦了,说不上嫉妒她什么,也许是嫉妒她能安然地享受这烟火人间的生活和工作吧,不像自己,永远跟真实的生活和人们隔了一层,永远融不进任何人群,似乎自己从来都没来过这人间似的,这可真是悲哀至极啊。

慕容曦跟周大伟擦肩而过,不过她毫无察觉,毕竟她不认识周大伟,公园里此时人也多得很,跟谁擦肩而过都不奇怪。

4

自从崔慧琳被害案发生以来,慕容曦一直深感郁闷和无奈。按照相关法律规定,她这个检察的书记员成了本案的证人,不得不回避,虽说是回避,但她觉得自己像是被办案组给开除了!

她虽然还只是个书记员,可她当时本科学法律的动力就是来自邻居大哥哥,那个大哥哥非常优秀,她一直把他当自己的楷模和榜样,后来那个大哥哥考上了滨海大学的法律系,毕业之后就考了国家公务员,成为汉江省检察院的一名公诉人,据说后来还得了"全国十佳公诉人"的荣誉称号!

从那以后,她的梦想就是也成为一名非常优秀的公诉人,她也一直朝着这个目标努力和前进着。可眼下遇到这个案子,她却成了局外人了,怎能不叫她郁闷至极呢?

好在许省身及时关注到了她的情绪，把她叫到办公室，苦口婆心地给她做思想工作："慕容啊，回避是法定的程序。作为一名检察人员，不仅要严格遵守纪律，还要有敏锐的嗅觉。尽管现在要求你回避这个案子，是法律的要求。可是，积极配合郑岩、林乔生他们了解事实的真相，还是可以的嘛！"

听到这里，慕容曦舒了口气，脸上原本严肃的表情也放松了不少。

许检接着说："我相信每一个同志。崔慧琳的这个案子，毕竟公安方面是有初步意见的。你是本案的关键证人，法律规定作为证人你是要回避的，并没有说你有犯罪嫌疑嘛！我为什么不能相信你？"

听到许检这样说，慕容曦感到很惊喜，一下子便卸下了沉重的思想包袱，她想，自己是因被许检信任而深受感动的吧。

离开许检的办公室，她简直像是一只欢快的兔子，蹦蹦跳跳地来到郑岩的办公室，春风满面地说："主任，许检说，我可以继续配合你们的工作了哟！"

郑岩一贯严肃的脸上浮现出在慕容曦看来是慈母般的微笑："许检同意你配合我们工作，那就行了嘛！对了，慕容，我看了一下卷宗，发现你在本案中的情况非常特殊，关于你的情况也很多……"

慕容曦撅起嘴巴道："我和刑侦支队的耿支队长谈过一次。他说，他相信我。怎么？你却不相信我？"

郑岩感到些许尴尬，不知该咋解释自己想表达的意思："慕容……你这是怎么了？根据警方的调查，你和韩眉、陆正强三个人，是被害人崔慧琳最后见到的人。"

慕容曦马上说道："对，7月5号，是崔慧琳生日，陆正强给崔慧琳办了个生日Party，我和韩眉都参加了。那天晚上，陆正强和崔慧琳都玩得很嗨，两个人都喝多了……"

慕容曦接着便向郑岩仔细说起7月5日当晚的情形。

7月5日晚，喝完酒后，陆正强和崔慧琳两个人站在楼门前送别慕容曦和韩眉。喝得有些醉的慕容曦搀扶着同样喝高了的韩眉，两人跟跟跄跄地下了楼梯。

来到楼下小区草坪上时，俩人相互搀扶着跌跌撞撞往前走了十几米远，韩眉突然挣脱慕容曦的搀扶，回到陆正强家楼门口，她满面潮红，走路东倒西歪，那感觉大有发酒疯的趋势。她醉眼迷离地对同样醉眼蒙眬的崔慧琳说："慧琳，你可要好好待正强……我可不许你欺负他哟！"

听了韩眉的话，喝高了的陆正强贼兮兮色迷迷地望着崔慧琳因醉酒而绯红若桃花般的脸颊，笑嘻嘻地说："没事，你担心个啥……我今天晚上就欺负慧琳！"

有些站立不稳的崔慧琳差点摔到，幸亏她及时抓住了同样东倒西歪的陆正强的手臂，她拧了一下陆正强的脸娇嗔地说："讨厌！"

随后两个醉鬼在韩眉面前甜蜜地胡乱KISS起来。

韩眉嘴角露出一丝不易察觉的苦笑，她摇了摇头，赶紧转过身来，望着不远处醉得蹲在路边犯恶心的慕容曦，苦笑道："慕容，你看到了吗？人家小夫妻俩秀恩爱呢，我们可是多余的啊，咱们啊，就不当这瓦数超大的电灯泡啦！"

慕容曦扶着自己蹲地有些酸痛的膝盖，慢慢起身，然后趔趄着走上前来拽韩眉："那个……你还知道咱俩是电灯泡啊，那还不快撤！"

说完，慕容曦就拉着韩眉离开了陆正强家。

俩人相互搀扶着，七扭八拐地往前走去，像是随时都要一起倒地爬不起来的阵势。

当走到丰硕小区门口时，醉眼蒙胧间，慕容曦看到俩保安正伏在保安亭的桌上打瞌睡。一辆出租车刚好停在门外不远处。

慕容曦冲着那辆出租车挥了挥手，出租车开过来，停在两人面前。

幽暗昏黄的路灯下，出租车司机速速摇下车窗，问："美女们，去哪儿？"

由于头顶就是一棵大树，路灯又不是很亮，再加上慕容曦喝了不少，所以她看不太清楚这司机的面容。

她回答司机的问题说："我们去华林小区。"

说着她便把韩眉推进出租车后座，让韩眉半躺着，自己则在出租车前排副驾驶位坐了下来。

她一坐下，出租车司机便发动了车辆，车刚要走，却突然听见后门传来"啪"的一声，她猛地回头一看，发现韩眉一阵风一般跑下车去了。慕容曦虽然醉得有点厉害，但头脑却很清醒，她赶紧摸索着车门开关，摸索了好几秒钟才找到，于是她速速拉开车门，跌跌撞撞、气喘吁吁地追了上去。

慕容曦追得上气不接下气，一直追了两百多米，她实在没力气了，只得站在马路中间望着黑暗处大口喘气，然后大喊道："韩眉！韩眉……你去哪儿呀？"

谁知韩眉头也不回地自顾自向前跑，压根不理会慕容曦，很快她就消失在黑暗中了，清冷寂静的街道上只剩下斑驳迷离的光影。远处一只狗不知咋回事，突然汪汪汪地叫唤起来，马路上偶尔一两辆车疾驰而过，除此以外，再无别的声音。

慕容曦抬头望了望天空，发现天空除了天际幽暗的一点亮，什么都没有，没有月亮，没有星星，漆黑一片。

她觉得头很痛，用手猛拍了拍，脸红得像发烧，后背出了好多汗，浑身都很难受。想起这韩眉这般诡异行事作风，一向不说脏话的慕容曦心里骂了一句："去她的，神经病！"

那出租车司机并未离开，他开得靠近点，从车窗伸出头来道："美女，你还坐不坐呀？"

慕容曦回头看了一眼出租车，又看了看韩眉离开的方向，最后，她无奈又有点气恼地跺了一下脚，便坐上出租车回家去了。

5

慕容曦告诉郑岩，她是 21 点 40 分左右离开陆正强家的。坐出租车回到家时她担心有电话或信息找她，所以特意看了一下手机，时间是 22 点 20 分。

郑岩说："崔慧琳是在 22 点 10 分左右被害的……这么说，警方可以排除你的作案时间了？"

慕容曦撅撅嘴巴，紧皱眉头，说："谢谢你的判断。刑侦支队耿支队也这么说，说我没有作案时间！"

郑岩低着头，双手交叉抱着，在不大的办公室里来回踱了几圈，看着他一直在那转圈，慕容曦蹙着眉苦笑道："主任，您倒是说话呀，可别再转圈了，把我头都转晕了，眼都花了！"

郑岩抬起头来笑了一下，坐在办公椅上问："听说陆正强和崔慧琳两个人正同居？"

慕容曦的眉头舒展了一点，说："对，据我所知，陆正强和崔慧琳正在谈婚论嫁，准备今年十一结婚。他们现在住的房子就是崔慧琳爸爸给买的新房，房本都写了陆正强名字呢……想来崔慧琳应该是深爱陆正强的。"

听了慕容曦这话，郑岩心里更多了些疑惑，他一手托着下巴沉思了一会儿，然后说："两个人正在谈婚论假，准备结婚，可是，这个时候，陆正强却把崔慧琳给杀了……警方推测陆正强是想甩掉崔慧琳，但遭到崔慧琳反对，所以陆正强把她给杀了……这逻辑也真是绝了！两个人是准备结婚的呀！"

他这话像是对慕容曦说，又像是自言自语。

突然，他抬起头来，定定地望着慕容曦，语气非常严肃地问："你回家后没再出门？"

慕容曦初时一脸茫然，随即又马上意识到他这问话别有深意似的，于是她马上反驳道："我就睡觉了啊！噢，你这是要问个清楚呀！告诉你，我已经和耿支队说清楚了，他们根据我提供的出租车发票，刑侦支队找到了那位出租车司机，证明我没有说谎！"

慕容曦说完这番话，心里便涌起来一股悲伤又愤怒的情绪，她委屈得眼泪都差点要落下来，别人不信任自己就罢了，连她最信任最亲近的师傅郑岩都怀疑她！这怎么能不叫人无比伤心难过呢？尽管她知道郑岩这是出于职业本能，换做自己是他，也会这样去怀疑的。可是眼下当这情景真的发生时，她还是忍不住难过伤心。

可惜郑岩完全沉浸在思考中，对慕容曦的情绪变化毫无察觉。他正一只手托着下巴，另一只手食指点着桌子，自言自语道："这么看来慕容是没什么问题了？可是，韩眉呢，谁能证明韩眉也没有问题？"

回答他的是一片寂静，慕容曦早已离开他办公室了，因为她再也忍不住眼泪了，她自尊心强，从小到大遇到任何事任何委屈，她都绝不肯在人前掉眼泪的。但一进到自己办公室，她"啪"地关上门，趴在桌上狂掉眼泪，这伤心的感觉真是比她大学毕业时跟男朋友分手还更难过难受呢。

为了还原案件真相，郑岩让叶文婕和林乔生去韩眉家调查。

一进到韩眉住的东悦小区，林乔生就禁不住感叹："哇，这个小区可真漂亮，我敢肯定，这应该算滨海最漂亮最高端最大气的小区之一了！"

叶文婕笑笑，平素一贯情绪不怎么外露的她这会儿倒是想逗逗林乔生："哟，大林，以你的身家背景啥高端的没见过？这小区就让你这么惊叹了啊，可不像是鼎鼎大名的林公子的作风哟！"

林乔生被她这玩笑话给噎到了，他苦笑着说："文婕姐，你是不知道啊，虽说外人都传我那老爹有钱，但那是早些年的时候，现在也不行了，他公司生产的那些机器都快要被市场给淘汰了，再不转型我看离倒闭不远了……销路不好，所以紧张的时候听说连工资都发不出来，光欠银行的贷款就有几千万……就说我家那郊区别墅吧，得亏买得早，那时候多便宜啊，一百万都不到。我现在住的那小区也是早年买的，总共也就50多万……所以，你说我能不羡慕人家韩眉住的这高端小区吗？"

叶文婕抿嘴笑了笑，感受到林乔生的坦诚和坦荡，也意识到虽然她新来不久，但林乔生没拿她当外人，才会跟她竹筒倒豆子一般把家底都亮出来了。她越发觉得眼前这大男孩可爱了，便像个大姐姐一样半开玩笑半认真地道:"大林,不用羡慕,等你结婚时,我估计你的存款加上你女朋友的存款,再按揭下,买这个小区的房也不是那么难的事儿!"

林乔生笑了,说:"好啊,谢谢文婕姐,借你吉言,要是到时候真能住进这里呀,我一定请你和大家过来暖房!"

说着话,两人就来到了韩眉家门外。

林乔生摁响了门铃,韩眉打开门一看是两位检察院的人,她心里"咯噔"一下,脸上露出诧异的表情,不过她还是礼貌地请他们进来。

林乔生一进门就开门见山地说:"韩眉,今天我们来找你是了解崔慧琳被害案的一些情况,希望你配合我们的调查。据我们所了解,当天晚上,出现在陆正强家的,有你、慕容曦、陆正强、崔慧琳四个人。现在,崔慧琳被害,其余的三个人就都有犯罪嫌疑。你必须说明自己在案发时间的去向,以证明自己没有作案时间。"

听了林乔生这噼里啪啦的一番话,想着要怎么证明自己不在现场,韩眉白皙的脸颊绯红起来,她两只手在膝盖上不停地绞着搓着。沉吟半晌,她急切而又愤怒地说:"这案子已经很清楚了,所有的证据都指向了陆正强,公安机关的侦查已经结案,这还有什么疑问?你们怎么还怀疑起我来了?你们……你们怎么能这样办案?!"

林乔生并不理会她的质疑,耸了耸肩,笑道:"对不起,我们现在所进行的是例行调查工作,要追诉真正的犯罪分子,不放过真正的坏人,不冤枉好人,不办错案件,检察机关办案人员就必须把所有涉案人员都走访一遍,对相关证词进行复核。希望你能理解!"

这番话让韩眉意识到自己的失态,她感到有些紧张和羞愧,毕竟她一向自视甚高,大学时她还选修过法律,自认为没有什么法律问题能难倒自己。可刚才自己的那番失态的话无异于表示自己是个法盲,而且还是个无理取闹的法盲!这让一向以高智商学霸自居的她怎么接受?

她只得清了清嗓子,定了定神,说道:"那……好吧!我再和你们说一遍。7月5号晚上,吃过饭后,我和慕容曦两个人就离开了陆正强家,对陆正强家后来所发生的一切,我真的是一无所知。"

6

听了韩眉的叙述,林乔生耸了耸眉毛,朗声道:"非常凑巧,崔慧琳就死在你和慕容曦两个人回家的这段时间里。所以,你们必须讲清楚自己当时所处的位置。"

韩眉柳眉紧蹙,着急地问:"那慕容曦呢?她也需要重新审查吗?"

林乔生答道:"当然,任何与案子有关的细节,都要重新审核一遍!"

韩眉无奈,秀气而笔挺的鼻子里轻轻哼了一声,说:"好吧!我再向你们说一遍过程。7月5号晚上,我和慕容曦从陆正强家出来,走了一段路,就和慕容曦分了手,沿着河边公路向前走,没过多久,我就走累了,坐在路边的石头长凳上休息……"

说到这儿,韩眉突然觉得喉头干涩,她顿了下,赶紧端起茶几上的茶杯喝了几口水,接着说:"突然,一把伞遮过来,接着一只手拍了拍我的肩膀,一个声音问:'这位女士,请问你有什么需要我们帮忙的吗?'我抬头一看,原来是两个巡警。那天晚上就是巡警送我回家的。"

叶文婕这时却站了起来,她走到韩眉身侧,双手撑在桌上,俯视着韩眉,问道:"韩眉,据我所知,陆正强和崔慧琳两个人正在谈婚论嫁,准备在十一长假的时候结婚。你知道吗?"

韩眉慑于她的气势,感到些许气短:"知道。陆正强和我说过。"

叶文婕紧接着问:"那你告诉我,案发当晚,你为什么要离开慕容曦?"

韩眉双手揉了揉太阳穴,摇了摇头:"我已经记不清了。那天我确实喝得有点多……"

叶文婕语气里显露出一丝揭露真相的快感:"是,那天你是喝了酒,但是,据我所知,你并没有喝到不省人事的地步。所有的一切,你应该能记得清楚的!"

说着她又拍了拍手中的卷宗:"韩眉,在公安机关的卷宗中,你同样说你忘记了。可是,我经过询问慕容曦得知,你当天晚上只喝了不到二两的白酒。尽管你喝多了,但还不至于到断片的地步。"

韩眉一脸无辜状地看着叶文婕。那楚楚可怜的样子像极了一只受伤的猫咪,给人一种我见犹怜的感觉,加上她精致秀美的外表,对男人来说确实很具有欺骗性。叶文婕想,若是自己是个男人,说不定就会被她蒙骗过去,相信她是无辜的。

可林乔生不是那种怜香惜玉的主,他继续追问道:"我们在滨海市人民医院了解到,在护理科,你是比较有酒量的一个,曾经有两次因为喝酒误事,受到了医院的通报批评。这个,你不否认吧？"

叶文婕俯下身子，离韩眉更近了，她紧紧地盯着韩眉那双写满无辜的大眼睛，那里面饱含着幽怨，像是一湾深潭，藏着许多幽深曲折的故事与秘密。叶文婕觉得，此刻的韩眉不像猫咪，更像一只狐狸。

叶文婕说："据你的同事介绍，你可以喝半斤白酒。这个不会错吧？你想一下，就会回想起来的。我们也希望你是清白的，但你必须给出证明。"

韩眉突然站起来，椅子因为她起身太急而趔趄了一下，发出很大声响，把叶文婕和林乔生吓了一跳。她愤怒到近乎咆哮："我已经告诉你们了。我喝多了，是警察把我送回家的！"

7

此刻，陆正强坐在监室的床上，痛苦地闭着眼睛，一言不发。自从崔慧琳被害后他被关进看守所以来，他没有睡过一个好觉。只要静下来，崔慧琳惨死的状态就会在他脑海里像放电影一般浮现。为此，他只能拼命在脑子里默念各种别的东西，有小时候读过的课本，有诗词歌赋，有流行歌曲……

这天，他的脑子又静了下来，那些令他无比痛苦的画面又浮了上来。突然，一个民警进来监室给他戴上手铐说："检察院来提讯了，有什么事儿你给他们说去。"

前来提审的正是郑岩、叶文婕和林乔生。

林乔生说："陆正强，把你杀害崔慧琳的过程详细说一遍！"

陆正强立即激动的高声辩驳道："我没有杀人，崔慧琳是我未婚妻，我怎么可能杀她？我冤枉啊！"

和郑岩两人对视了一眼后，林乔生道："陆正强，目前所有的证据都指向了你，即使你仍然不承认，我们同样可以把你送上法庭。你现在唯一的出路就是配合我们做好调查，争取宽大处理！"

陆正强急得双眼都红了，泪水慢慢溢出眼眶，他一字一顿而又斩钉截铁地说："我真的没有杀人，老天可以作证。如果是我杀了崔慧琳，天打五雷轰顶，让我不得好死！"

郑岩看了一眼如此激动的陆正强，他用低沉的语调缓慢地说道："陆正强，你必须向我们说实话，不要隐瞒，你把事情的过程详细地说一下。"

郑岩的话语和语气让陆正强安静了下来，他把案发前天晚上和案发现场的状况细细说了一遍。最后，他说道："当我看到慕容曦扶着醉醺醺的韩眉走了，我就转过身来找崔慧琳，发现她已经不见了，我就冲屋里喊了声慧琳，然后我就走回屋里了。"

林乔生问："你记得当时你关门了吗？"

陆正强想了一会儿，说："应该没有，当时只想着找慧琳，喝多了，也就不记得要关门了。"

郑岩他们继续就案件问了陆正强不少问题。

林乔生问："刀上的血迹和你的指纹，怎么解释？"

陆正强说："我也不知道刀上血迹是从哪儿来的？至于指纹嘛！你们知道，那是我家厨房的切菜长刀，不可能没有我的指纹。"

郑岩看了一眼陆正强："陆正强，你和韩眉、慕容曦是什么关系？"

陆正强咬了一下下嘴唇，几秒钟后才慢慢说道："韩眉是我的高中同学。慕容曦是韩眉的朋友，也是我大学同一个学校的同学。"

郑岩追问："你和她们两个，韩眉、慕容曦有没有别的关系？"

陆正强的鼻孔重重地呼出一口气来："大学毕业后，我和慕容曦很少往来，和韩眉嘛……就是同学关系，大家关系很好，平日里有什么事都互相照应着。"

叶文婕悠悠开口道："你和韩眉有没有特殊的关系？"

陆正强咽了一下口水，喉头发涩，戴着手铐的两只手相互抠着指甲："这……这和案子有什么关系吗？"

叶文婕紧紧盯着他："当然有！我希望你向我们说实话。"

陆正强不再抠手指甲了，他低头沉思了一下，坚定地说："我和韩眉是同学关系。"

叶文婕非常严肃地看了看陆正强："陆正强，我再次问你，你和韩眉有没有别的关系？"

陆正强肯定地摇头："没有！"

叶文婕语气更严厉了："陆正强，这关系到你的案子能不能说清的问题，希望你能正确对待这个问题。"

陆正强坚定地说："我们几个就是同学一场，经常一起聚聚嗨一下而已。"

听到这里，郑岩有点按捺不住了，他站起来，语气严厉地说："陆正强，你好好想一下，还有什么没有说的，还有没有隐瞒的？什么时候想起来，就什么时候向我们说。"

说完他便向叶文婕、林乔生使了个眼色，叶文婕将讯问笔录打印出来，递给陆正强阅读和签字。

当陆正强从头到尾认真仔细地读完讯问笔录，签字时，郑岩、叶文婕有了个惊人的发现——陆正强是个左撇子！

提审结束，三人从市公安局看守所出来，遇见了刑侦支队支队长耿勇。

一番打趣寒暄后，耿勇说："陆正强这个案子证据可以说是扎实的，检察院能不能尽快批捕？"

郑岩闻言有些诧异，警惕地问："为什么？"

耿勇看看叶文杰和林乔生和，忙将郑岩拉到一旁，悄悄私语："刚才我听到消息，有人催着尽快到审查起诉阶段。你还不知道吗？"

郑岩大为不解："扯？！我们这还没有决定批捕呢，为什么不征求我们的意见？"

耿勇凑近些道："你难道不知道崔慧琳的父亲是谁吗？"

郑岩说："我能不知道吗？咱们滨海市的副市长崔浩宇嘛！是他的意见？"

耿勇点了点头，"他的宝贝女儿被人害了。他巴不得快点让凶手伏法，以解他心头之恨。"

郑岩抱着胳膊，右脚将路边的一颗小石子踢了出去，朗声道："那也不能干扰正常的司法活动呀！"

耿勇无奈地笑了笑，说："我知道，老郑你一定会有意见的。现在，无论是扯淡还是淡扯，副市长大人要求你们审查起诉的决定已经做出了。毕竟，陆正强的案子证据扎实，没有什么可疑之处嘛……你呀，别磨叽了！"

说完，他拍了拍郑岩的肩膀就走了。

郑岩愣愣地站在那儿，看着耿勇离开的背影，一时不知道说什么好。

8

就在陆正强每日在看守所为自己身陷囹圄和未婚妻身遭不测而悲伤痛苦恼恨得无以复加时，他年迈的父母也每日过着提心吊胆的生活，他们很担心独生子陆正强会被判死刑，要是儿子真就这么去了，可叫二老怎么活？

两位老人家平时住在滨海市沐源区射湾镇乡下一个叫陆家坡的村里。陆父是陆家坡中学的退休教师，陆母没读过什么书，只识得一些很简单的字。由于当地教育资源缺乏，陆父便教了陆家坡中学的好几个科目。退休后，陆父就跟陆母两个人在房前屋后开辟了几片菜地，种些白萝卜、胡萝卜、芥蓝、辣椒、大蒜叶等。

二老平时很少进城来，即使陆正强说要他们过来，他们也不肯，毕竟住惯了乡下，就很难适应大城市里的生活，他们觉得吃不惯，不自由，没朋友，车多又吵，物价又贵。

再说陆正强又特别忙，经常到处出差。即使住城里，两位老人家也像是空巢老人似的。所以即便陆正强邀请多次，两位老人家仍旧是不肯去城里，想儿子了就用智能手机跟儿子视频下。

陆母还对陆正强说："你要是早点找女朋友，早点结婚，早点给我们生几个大胖孙子，我们一定过去给你带娃！"

在父母的催促下，陆正强在单身几年后，终于重视起找对象这大事来。最后兜兜转转，他跟崔慧琳走到了一起。崔慧琳也去乡下见过陆父陆母，两位老人家对她很满意，毕竟这姑娘人漂亮，学历高，事业好，懂礼貌，关键是这么优秀性格还特别好，一点不嫌弃两位老人家是农村人。每次到乡下陆家，崔慧琳就挽起衣袖跟着陆母在灶台间忙活开了，一点没当自己是城里千金大小姐！

陆正强没敢跟父母说崔慧琳是副市长的女儿，他知道他一说这个，父母必定会反对，毕竟门不当户不对，父母肯定会很担心他们俩将来因为这门第问题而闹别扭。

陆母喜笑颜开，逢人必夸自己的未来儿媳，说自家真是几辈子修来的福分，遇到这么好的城里姑娘肯做陆家的儿媳妇！两位老人家自从跟未来儿媳打了照面后，就隔三岔五打电话来问儿子，两个人感情咋样，有没有吵架，不许欺负儿媳妇，要好好珍惜和对待人家姑娘，早点结婚，早点给他们生个大胖孙子……

可是两位老人家哪知道会发生这种事情？好好的准儿媳成了冤死鬼，自家儿子成了杀人犯！

两位老人怎么都想不开啊。他们分明记得，儿子带准儿媳回乡下老家时，儿子看准儿媳的眼光都是火辣辣的，充满了爱意，对准儿媳那是百般宠爱，唯命是从，就差把月亮给她摘下来了！

两个人都确定今年十一就要结婚了，而且他们跟陆父陆母说好要去欧洲度蜜月的，机票和酒店都提前订好了。这可把两位老人家给开心坏了，盼星星盼月亮一般地盼着十一早点到来呢。可谁知就在这节骨眼上命运居然跟他们开了这样残酷的玩笑！

自从儿子被关进看守所，两位老人家每日以泪洗面，尤其陆母，经常气得急得好几天水米不进，病得奄奄一息，老头子一看这样下去不行，就赶紧强打起精神来安慰陆母说："老婆子，你放心，只要我还在，我就不会让咱儿子这么不明不白地蒙冤受屈！咱们的娃儿咱自己清楚，他从小乖巧孝顺，心地善良，绝不会干出这种杀人遭天谴的事儿来！你一定要相信我，我好歹算个读书人，也算桃李满天下，一定能找到人去搭救咱儿子！"

第二天陆父就不再整日哀叹伤心流泪了，他翻出电话本，打了无数个电话，找到了不少在滨海市和汉江省政法系统工作的学生，他们提供的意见都是建议老师请个滨海当地比较有名的刑辩律师，都说这种事只有律师能帮得上忙。至于请哪个律师，在滨海市公检法系统工作的几个学生都建议他找滨海市大名鼎鼎的刑辩女律师丁一楠。

陆父自从得知滨海还有个这样出色的女律师可以帮上忙后，就变了一个人一般，不光积极地与丁一楠取得联系，还抽空练起了太极拳，他说自己一定要保重身体，只有好好保重身体，才能有足够的时间把儿子搭救出来。看老头子这么积极，陆母便也不那么心急如焚了，她似乎也看到了希望的曙光，身体渐渐好了起来，也跟着老头子学起了太极拳。

这天，陆正强的父母亲从乡下先坐拖拉机，再坐汽车，进城后再坐摩托车，几经辗转，四处打听，总算找到了丁一楠的办公室。二老颤巍巍地把一沓用白色手帕包裹的钱递给丁一楠。

白发苍苍的陆父见到丁一楠就情绪激动得很，差点都要下跪了，他说："丁律师，这是定金，我把我一辈子的积蓄都拿来了！请你一定要救救我儿子，他不可能杀人啊！"

丁一楠赶紧扶起陆父，让他和陆母在沙发上坐下，然后给他们各倒了一杯水。陆母喝了两口水，禁不住悲从中来，又开始哭起来，老泪纵横，陆父也不禁伤心难过起来，跟着流了不少泪。望着两个鬓苍白的老人家丁一楠的心软了。原本她是不打算接的，毕竟她手头的案子够多够让她操心的。

她让助理章文颖拿过来一份委托协议，让陆父签了。二老看这大律师肯接这个案子了，两老的悬着的心终于放了下来，忍不住又抱头痛哭了一阵。

9

送走二老之后，丁一楠马上带着章文颖去看守所提审了陆正强。她关注的重点是慕容曦是什么时候到陆正强家的。

陆正强得知父母花重金给他请了滨海市最好的刑辩律师，内心涌起来的感情和情绪复杂得很，不知是该喜还是该悲还是该忧。一方面他为父母如此舍得为他付出而感动，又愧疚不已，毕竟这是父母亲辛苦一辈子的所有积蓄。在他们辛劳一辈子后，自己非但不能床前侍奉汤药，不能给他们安享天伦之乐的晚年，反而让他们跟着自己担惊受怕，让他们承受无尽煎熬，自己真是一个不孝子啊！

在对父母深感愧疚之外，他的内心深处还潜藏着更深更彻骨的痛，那是比对父母的愧疚更加让他难以面对和承受的一种痛楚。他不知道究竟要怎样面对，他始终在犹豫，在挣扎，在无助的彷徨和反复，时刻徘徊在心理崩溃的边缘。他想，大概这世间像他这样承受极致痛苦的人也没几个吧！

在丁一楠问他案件细节时，他不想再那么痛苦了，他给自己那无尽的心理煎熬和折磨按了暂停键，因此他毫不抗拒地一五一十地把自己经历的、知道的一切全都说了。他不想再去考虑后果了,他管不了那么多,他觉得自己受到的煎熬已经接近人类极致了。这个案件最终的走向他已经不想再去想了,是死是活,是关押一辈子,还是关押一阵子,他都不想再去管了,由它去吧!

问话结束后,章文颖把打印出来的询问笔录拿给他签字。丁一楠说:"你再从头到尾看一遍吧,看看有没有什么需要修改的?"

他苦笑了一下,淡淡地说:"不用了。"

丁一楠和章文颖带他到会见室走廊上的一张小木桌那里,让他签字摁手印。

在他猫着腰签字时,丁一楠发现他居然是用左手写字的!

当丁一楠发现这一点时,她的眼中放出亮光,她面露喜悦之色,胸有成竹地对陆正强说:"你的案子,你放心吧!"

说完她便带着章文颖离开了看守所,两个人的高跟鞋敲击着会见室外走廊的水泥地板,别的会见室里的人都禁不住朝窗外看了看。

目送着两位"律政俏佳人"离开,陆正强愣在原地,他感觉眼前朦朦胧胧的,那大概是高度近视的他现在每天很少见阳光,所以一遇到强光眼睛就很难受,视线更模糊,现在就连脑袋瓜子都跟着懵了,像是生锈得快要停止了运转一般。管教在他身后催他回仓催了好几次,他才回过神来,脑海里浮现出丁一楠说的"你的案子,你放心吧"这话,他这才明白这几个简简单单的字对于他未来的人生意味着什么!

他泪眼矇眬地望着空旷的会见室外,心里喊道:"丁律师,谢谢你!"

10

郑岩、叶文婕、林乔生在滨海市检察院也展开了对慕容曦的再次询问，他们关注的重点与丁一楠不谋而合。

慕容曦问："我到陆正强家的时间和崔慧琳被害有什么关系吗？"

郑岩回答道："我感觉这里面有些什么问题没有弄清楚，我要一点点地从头查起。"

经过前一次交谈后，慕容曦在家痛苦地思索了好些天，慢慢接受了自己现在的身份和所处的尴尬境地，也接受了同事郑岩把一贯深挖细究案情细节的工作方式用在她身上。

这回她毫无思想包袱和情绪地配合着。面对郑岩的问话，她点点头，再次回忆起到陆正强家聚会的前后经过。

她记得那天当她应邀来到陆正强所住的丰硕小区。居民楼外的小路上，慕容曦正要走进陆正强家所在的门洞时，一辆宝马车停在了她身后。她转身便看到了韩眉正下车。

韩眉冲着她挥了挥手，转过身对坐在驾驶员位置上的男子说："你走吧！"

韩眉看到慕容曦正在看着远去的宝马车，便赶紧靠近慕容曦，还用手捅了一下她的腰，笑着说道："看什么呢？这可是我男朋友，你可不许觊觎啊！"

慕容曦望着远去的宝马车出神，觉得这男子好面熟，总感觉在哪儿见过，可是到底在哪儿见过的呢？她的脑袋在高速运转，皱着眉头苦苦思索，韩眉奇怪地望着她，不知她在想什么。韩眉正要开口问她，她便突然想了起来，这不就是上回在流芳公园跟自己擦肩而过的那男子么？

她赶紧打趣韩眉说："人长得帅，还有豪车，看来家境不错，你上哪儿找去呀！"

韩眉便开玩笑说："要不，我也给你介绍一个？"

她笑说："得，打住，我呀现在最怕听到相亲和介绍这样的字眼啦，我只想自由恋爱！"

韩眉耸了耸肩，笑了笑，不再说话。两个人便向陆正强家所在的门洞走去。

进屋时，崔慧琳正在厨房做菜，陆正强在一旁高高挽着衣袖要帮忙处理一条鱼，崔慧琳笑着说："得了，强子，你别在这笨手笨脚地碍我的事儿啦，赶紧洗手去陪客人聊天哈！"

说着就把他推出了厨房门。陆正强笑笑，果真听话地去洗手间认真洗了手，然后到客厅沙发上坐着陪韩眉和慕容曦聊天和吃水果、嗑瓜子。

没过多久，崔慧琳就做好了一桌子菜，大概有七八个菜，都是硬菜，看着色香味俱全的样子。慕容曦还打趣说："哇，陆正强，瞧你多有福气，遇到个田螺姑娘，今后你这口福可是不浅啊！"

韩眉在一旁还挺酸地说："是呀，老陆，你真的多有福气呀，这可是能享一辈子的福呢，打着灯笼都难找到这样的七仙女啊！老陆你说你上辈子是不是拯救了银河系啊？"

陆正强尴尬地笑了，慕容曦望望这个，又望望那个，空气中满是尴尬的味道，幸好崔慧琳去洗手间洗手去了。慕容曦赶紧打圆场说："不说了，不说了，赶紧吃饭，瞧这么一桌子好菜，我都流口水啦！"

大家就开始吃饭。席间陆正强为了活跃气氛，还开了一瓶

153

珍藏多年的白酒，慕容曦还打趣说："哟，这么好的酒呀，强子，你可真是看得起我们这些老同学，不错不错，以后作为单身贵族的我可要经常上你们家来蹭饭蹭酒！"

崔慧琳特别热情，笑着代陆正强说："欢迎，欢迎，我们家大门随时为你们敞开！"

韩眉不知咋的，在席间显得特别活跃，她一个劲地和陆正强碰杯，找各种理由，一会儿说为了庆祝你找到这么好的老婆，一会儿说为了庆祝咱们毕业后重聚，一会儿说为了庆祝能吃到这么好的饭菜，一会儿说为了感谢陆正强拿这么好的酒招待大家……

陆正强没办法，只能由着她闹腾。但一旁的崔慧琳不乐意了，她想着陆正强过两天可要出国参加一个重要的会议，出发前还得好好准备会议资料呢，她担心陆正强喝多了会影响到后面那些重要的事情，就说替他喝，陆正强却又舍不得让崔慧琳替他遭罪，结果就是他们三个人都喝多了。

说到这里，林乔生紧追着问："你们每个人喝了多少？"

慕容曦很不满地反问道："林乔生，你什么意思啊？！"

当她看到林乔生一脸严肃和一本正经，想想林乔生这问题也算合理怀疑，只得回答说："我不知道他们喝多少，我当时反正也觉着毕业后重聚挺开心的,崔慧琳做的菜也确实很好吃，所以我也喝了不少，估计喝了有七八两吧。"

林乔生又问："你当时喝醉了？"

慕容曦点点头："是有点多，脑子反应慢了。"

林乔生点了点头，思索了一下，然后说："后来，你就和韩眉离开了陆正强家。结果在你们走后，陆正强家发生了命案，崔慧琳被人杀害了。"

慕容曦说:"是的,我已经和你们说过了。还需要什么补充的吗?"

郑岩这时发问了:"慕容,你也经历过不少的案子。你想一想,在你们喝酒的过程中,陆正强、崔慧琳、韩眉,三个人,有没有反常的表现?"

慕容曦歪着头想了想,摇了摇头,说:"没有。就感觉韩眉挺活跃的,不过她那个人性情反复无常,让人捉摸不透,我跟她其实来往也不是很多,所以她心里到底咋想的,她的活跃到底算不算反常表现,我也不确定。再说了,当时大家只顾着Happy了,哪会注意谁有什么反常表现?"

林乔生听了这话感觉非常泄气:"难道说陆正强真的是贼喊捉贼?他不承认杀害崔慧琳是要顽抗到底了?所有的证据都指向他,他不承认也不行。这小子属鸭子的吧,怎么煮都煮不烂,就是嘴硬!"

郑岩面色凝重起来:"崔副市长给滨海市检察院、法院施压了,要求尽快进入庭审程序!不知道这个丁一楠又要在法庭上给我们出什么样的难题!"

林乔生惊讶道:"什么?丁一楠是陆正强的代理律师?"

郑岩点头说:"对,我刚刚得到消息,陆正强的父亲已经委托丁一楠担任陆正强的律师,估计她这会儿正在看守所会见陆正强!"

慕容曦讪笑道:"丁一楠不是你家那位吗?瞧这夫妻店开的,啧啧!"

林乔生耸了耸肩,苦笑着说:"慕容大小姐,我给你纠正一下,她是她,我是我!"

坐在一旁一直没出声的叶文婕这时问:"慕容,你有没有听说过,陆正强和韩眉之间有什么问题?"

　　慕容曦双手托腮想了一下:"我想起来了,韩眉好像给我讲过,他们读高中的时候,陆正强就追韩眉,后来,韩眉考上了大学,不知道怎么回事,后来就不再联系了!"

　　郑岩三人听着慕容曦这话都陷入了沉思,不再说话了。

　　谈话室里的空气一瞬间似乎凝固了,一根针掉地上都能听得见,平时咋咋呼呼惯了、爱热闹的慕容曦可受不了眼前这般安静得有些沉重的情形,她不解道:"这都是些陈芝麻烂谷子的事儿,多少年了!如果你们不提起来,我早就忘了!还想着陆正强和崔慧琳两个人都是初恋呢!"

　　林乔生突然打了个响指,眉飞色舞道:"OMG!韩眉,陆正强,崔慧琳,这三个人是三角关系呀?郑主任,这里面会不会有问题?"

　　慕容曦更不解了:"大林,你这可是越说越玄了!这案子整的我跟失业似的,你别在这儿搅和了行不行?即便韩眉和陆正强有感情,那也是多年前的事了,况且韩眉现在也有男朋友!"

11

　　丁一楠带着章文颖来滨海市检察院进一步了解案件情况。在这里她们遇到了正从谈话室出来的郑岩和慕容曦。

　　丁一楠看了一眼慕容曦,微笑道:"慕容,不要有压力啊!"
　　慕容曦讪讪地笑了笑,点了点头,就赶紧走开了。
　　她不喜欢丁一楠,觉得丁一楠太强势了。对于同组搭档林乔生找个这么强势的女朋友,她这个做搭档的一直都不看好,但又觉得自己太多管闲事了。所以当她得知林乔生跟丁一楠分手了,居然替林乔生开心了一下下呢。

郑岩则呵呵一笑,替慕容曦回答说:"丁律师,你多虑了!作为关键证人,慕容曦必须回避,这是法律规定的。"

丁一楠道:"那么说,慕容曦要出庭作证了!"

郑岩点了点头:"对!"

丁一楠摇了摇头,笃定地说:"本案不需要证人!"

郑岩和还在谈话室里收拾讨论资料的林乔生、叶文婕三人都愣了,不知她葫芦里卖的什么药。

丁一楠见这几个人都愣愣地望着她,便微微笑道:"郑主任,我们是过来想跟你们好好探讨一下这个案子的。"

郑岩好像才回过神来一般,马上热情地把她请进谈话室,并打开了投影仪,把激光笔递给了丁一楠。林乔生见到丁一楠,尴尬地望着空气笑了笑,然后埋头装作看起资料来。

丁一楠可没在意林乔生的表现和反应。她把一个U盘插进笔记本电脑里,调出来一张图片,大屏幕上便显示一张PPT,那上面是一张图片,图片上写着"检样袋,袋子中装着切菜长刀",她用激光笔示意给郑岩几个人看:"警方从这把切菜长刀上提取到了被害人崔慧琳的血迹,还提取到了陆正强的指纹。"

郑岩说道:"这个,我们都知道。警方也正在进一步调查。"

郑岩说完便回想起自己在滨海市公安局法医室时的经过。

法医陈朗告诉他们被害人崔慧琳是被人切颈而死的。被害人颈部有一个深5毫米、长25毫米的切口,从左侧颈后切开向前延伸,将被害人的左侧动脉血管切断,造成被害人失血过

157

多死亡。死者仰面朝天，尸体没有移动痕迹。

叶文婕用自己的手做了一下切颈动作示意给陈朗看："我是不是可以这样认为，通过法医的检验，犯罪嫌疑人是和被害人崔慧琳面对面，用切菜长刀切割了被害人崔慧琳的大动脉，造成失血死亡。"

陈朗点了点头："对，通过检验可以这样认为。"

叶文婕又说："请您说一下切割时刀锋的走向。"

陈朗点了点头，说："我们知道，刀锋的走向和创口的深浅有着密切的关系。一般情况下，刀锋起处的创口较深，刀锋收处的创口较浅。根据死者的血流方向以及侧卧位置，可以确定行为人和被害人是以面对面形式形成的切割。刀锋是从被害人左侧颈后部起刀，向前划动，在被害人左侧颈前部收刀。"

叶文婕对陈朗说："谢谢陈主任的专业解释。更主要的，是您的解释使我开始怀疑陆正强也许不是杀人凶手，凶手也许另有他人。"

郑岩当时还郑重地说："陈主任，还望慎重，陆正强，他是一个左撇子！"

郑岩便把当日在法医室的这些对话转述给丁一楠听。

丁一楠说："从法医的解释可以得出这样一个结论，凶手在行凶时是和被害人崔慧琳面对面的。也就是说，当时崔慧琳仰面躺在地上，凶手用利刃切割了崔慧琳的左动脉。如果是右手，崔慧琳被切割的应该是左动脉。可是，被害人崔慧琳恰恰被人切割了左动脉……"

丁一楠继续推理道："这说明一个问题，被害人崔慧琳是被右手持刀的人杀害的，与我的当事人左撇子陆正强无关！"

12

韩眉一直是非常纠结的,她内心的痛苦如海一般深,那种痛楚像食蚁兽一般,一点一点啃噬着她,让她辗转难眠,让她愁肠百结。

这天午饭后,她心事重重地对男友周大伟说:"大伟,其实……我真的不想陆正强成为杀人犯!"

周大伟本来躺在沙发上玩手机游戏,闻言突然跳了起来,冲着韩眉愤怒地大喊大叫:"韩眉,你这个蠢女人,你怎么还不明白?到这种时候,你还在为陆正强着想?我知道,你爱陆正强,可是他爱你吗?我劝你醒醒,别再做白日梦了!"

韩眉突然哭了起来,呜咽道:"大伟,我求你了,你不要再说了!"

见她这副模样,周大伟气得眼睛都红了,泪水瞬间湿了眼眶:"我就说,我不服!别看我周大伟没什么文化,但是我心里有爱,有对你韩眉的一颗忠贞不二的心,我比他们中的任何一个人都有情有义!他们能为你做什么?……什么也做不了!什么他们也不愿意做!这天下,只有我周大伟可以为了你韩眉,赴汤蹈火,在所不惜!"

韩眉瑟缩着跌坐在地板上,头深深地埋在双臂间,她哭得很压抑,身体不停抽动着。半响,她缓缓抬起头,周大伟看到她满脸泪痕,头发凌乱地披散着,一瞬间美丽的她仿佛老了十几岁。

她问他:"可是……难道就这样让陆正强送掉性命吗?"

周大伟只管望着落地窗外默默抹泪,不愿意再听到陆正强这三个字。

韩眉见状，更觉得痛苦万分了，那痛苦之兽追着她狂咬，她痛得撕心裂肺，让她想要发疯，想要从这高楼一跃而下，彻底结束这锥心刺骨的巨大痛楚。

现在，连一向对自己唯命是从的周大伟都不理会自己了，她仿佛被全世界抛弃了，好孤独！好无助！好绝望！好凄惨！想到这里，她泪水肆意奔流、无比痛苦地望着落地窗外灰蒙蒙的天空，大喊道："陆正强……我对不起你呀！"

周大伟自从前几天看韩眉还那样在乎陆正强后，就痛苦得想要逃离算了，他内心同样经历着噬骨的疼痛，还有着无尽的委屈、愤怒和不甘。这几天他都没理会韩眉，平时爱做饭的他饭也不做了，都是叫外卖，吃完他就躲在卫生间打手游，整日抽烟，弄得屋子里乌烟瘴气。韩眉则像个行尸走肉一般，整日以泪洗面，披头散发，毫无往日趾高气扬、光鲜靓丽的女神范儿了。

几天后，人脉广、消息灵通的周大伟得知丁一楠因陆正强是左撇子而很可能为他做无罪辩护，他尽管不想理会韩眉，可还是觉得很有必要赶紧把这事告知韩眉。

韩眉得知后，在感到无比痛苦的同时，更感到万分懊恼和万分恐惧，前方仿佛有个幽深的黑洞，自己随时都会掉进这个无底黑洞中。

她在客厅中坐立不安。

周大伟这时也完全没心思打手游和抽烟了，他的思绪一下又回到了现实中，因为他深知他跟韩眉是一条船上的蚂蚱，一荣俱荣，一损俱损。

他来到客厅，望着一直在客厅手足无措的韩眉，很是沮丧地像是说给韩眉听,又像是自言自语道:"完了!我怎么没想到陆正强是个左撇子呢!"

韩眉此时也暂时忘记了心中那诸多交织如麻的痛苦和矛盾,她在沙发旁站定,望着胡子拉碴、满面油光的周大伟,哭丧着脸道:"这样一来,估计陆正强就要解脱了。那我们可就麻烦大了!这个可恨的丁一楠!"

周大伟从茶几上的一堆没及时丢掉的外卖餐盒里找出一包烟,掏出一支来点着了,一口接一口地抽了起来,不一会儿便满屋子烟熏火燎。韩眉头发散乱、衣冠不整地坐在沙发上唉声叹气。此刻的他们已经无心再保持昔日光鲜的形象了,也不去想什么精致的生活和高雅的情趣了。

韩眉突然跑过来跪在周大伟身旁,她紧紧地抓住周大伟的手,语气坚定而又焦急:"大伟,没办法了,我们只有启动第二套方案了!"

周大伟赶紧扔掉香烟,连连摆手,眼神里充满了恐惧:"第二套方案?不,不,我不想陷得更深了!"

韩眉紧紧盯着他的眼睛,她秀气的面庞上满布忧郁又很不甘心的神色:"你不想陷得更深?难道我想陷得更深吗?论文化,我是硕士研究生,论工作,我是滨海市人民医院最有前途的医生。我哪一点不如你?可是,我同样走到了今天这个地步。这是个坑,谁掉进来,就别想跳出去!"

周大伟抱着头,不断捶打着头,好半晌他才垂头丧气地带着哭腔说:"好吧!这坑,掉进来了,再想洗净身子,是不可能了!"

13

许省身接到滨海市副市长崔浩宇的电话。在电话中，崔浩宇用沙哑而低沉的声音对许省身说："许检，我想麻烦你来一趟市政府这边，来我办公室，有些话我想当面跟你说一说。"

许省身想着崔浩宇刚承受丧女之痛，又是滨海市的父母官，就是他不主动打电话邀请自己去他那，自己也应该去问候一下，毕竟之前自己当选为滨海市检察院检察长，崔浩宇也是支持过他的。

崔浩宇仿佛一夜之间老了几十岁，两鬓斑白，满脸沧桑，许省声都差点认不出他，在他身上再也找不出往日意气风发的那种感觉。

许省身刚落座，就见崔浩宇从办公桌上拿起一封信，递给了他："你看看这个……这个人在信中说，你们滨海市人民检察院的慕容曦和凶手陆正强是老同学，很有可能拖延办案，我才催促你们尽早进入审查起诉阶段。"

许省身看了下信的内容，把信交还给了崔浩宇，说道："崔市长，经过调查，慕容曦确实和陆正强是老同学，也是好朋友。但是，我们已经按照法律规定让她回避了。"

崔浩宇接着说："看来我是上了这封信的当了。这事全怪我。当公安局的同志说杀害慧琳的凶手落网，我就恨不得……你知道我就慧琳这么一个女儿……唉，不说了，是我急得昏了头了。今后，这案子，还拜托你们努力呀！"

许省身安慰他说："崔市长，您放心，查找事实真相，惩罚犯罪分子，这是我们做检察官的职责，我们一定会尽快查明事实，还慧琳一个公道！"

许省身和崔浩宇心中都有个疑问，这封信是谁写的呢，他为什么这么急着要通过崔市长催促早日开庭呢？

许省身心中现在确定这案子不像表面呈现出来的那么简单，他觉得这里面大有文章，还是得更慎重一些。

他脑海中冒出一个想法，丁一楠对这个案子很有见地，他想请她到滨海市检察院跟检察官们交流一下，给大家换换脑子。

接到许省身的电话，丁一楠很爽快地就答应了，毕竟滨海市政法系统像郑岩这样的高手不多，她挺喜欢跟郑岩过招。再说知己知彼，百战不殆嘛。

没过几天，丁一楠就出现在了许省身牵头的交流会上。

林乔生这回也不管和丁一楠的关系的尴尬了，他更关注的是案子。他对丁一楠说："尽管你推翻了陆正强右手杀人的可能，可是，那切菜长刀上的血迹和指纹还是没有办法排除嘛！"

丁一楠点了点头："的确，我现在也没有证据来推翻公安局的侦查结果，但是，有一点应该引起大家的注意。"

众人都望着她，很期待她赶紧讲下去。

穿着白色职业套装，留着齐耳短发的丁一楠看起来就是一个典型的律政俏佳人，她环视会议室一圈，朗声说道："就是那把切菜长刀。我和法医交流了一下意见，他对伤口的形成与切菜长刀的关系，不敢持肯定意见。如果切菜长刀不是杀人凶器呢？"

郑岩点了点头："丁律师，见了陈法医之后，我们也有这种怀疑。"

说着他转向对许省身说："许检，我们办案组应该去刑侦支队一趟。"

许省身点点头。

交流会上又探讨了些其他与案件相关的问题。会后，郑岩送丁一楠下楼，然后就马上带着林乔生、叶文婕驱车赶往滨海市公安局刑侦支队会议室。

耿勇很重视这个会议，一听说郑岩他们要来，他就立即叮嘱法医陈朗等带上相关物件来参加会议。

此刻，大家都坐在会议桌后看着郑岩举着证物袋包裹着的切菜长刀。

陈朗说："我对这把切菜长刀一直持怀疑态度。我感觉……崔慧琳脖颈上的创口，不像是……切菜长刀形成的。"

郑岩仔细看了看手里的长刀，又看了看陈朗："你怀疑伤口和切菜长刀的关系？"

陈朗说："从理论上说，切菜长刀也可以形成这样的创口。但是，我仔细地观察了一下崔慧琳脖颈上的创口，发现她的脊骨并没有砍击的痕迹，所以，不敢肯定。"

见大家的眼里都写满了疑问，陈朗接着说道："如果行为人是持切菜长刀行凶，在行凶时，多半会有一个砍的动作，被害人的脊椎上很容易留下砍击的痕迹。可是，本案被害人身上没有这种痕迹的存在。"

郑岩放下刀，紧接着问："如果行为人怕惊醒被害人，而是快速切割呢？"

陈朗吸了吸鼻子："是，这可能是快速切割形成的。所以，我也不能排除行为人持切菜长刀作案。"

陈朗的话让大家的表情都凝重起来。

办理刑事案件经验丰富的耿勇这时发话了："丁一楠的话并不完全可靠。你们想一下，当时，崔慧琳已经因酒醉沉睡，毫无知觉。在这种情况下，陆正强有着很大的作案选择，他很有可能用左手行凶，在崔慧琳的脖颈上形成右手伤害的创口。

耿勇做了一下左手行凶的手势，说："比如这样，我们不能说创口在左边，就是对方右手持刀作的案。这不能排除例外情况。"

郑岩看了一眼耿勇，很严肃地问："你现在依然认为是陆正强作的案？"

耿勇很肯定地回答："在没有拿到新的证据之前，陆正强的嫌疑没有办法排除。"

14

从市公安局回来，林乔生正要进办公室，发现慕容曦正站在走廊上，她双手搭在护栏上，眼睛望着院子里的一棵长得高高壮壮的竹子发呆。林乔生轻轻走到她身后，拍了一下她的肩膀，慕容曦侧脸过来发现是他，给了他一个微笑。

林乔生感觉慕容曦瘦了不少，这个昔日叽叽喳喳、蹦蹦跳跳的小姑娘现在变了，变得有些沉默寡言，郁郁寡欢。也难怪，任谁遇到这种事情，心情都会很受影响的，更何况是个刚从大学毕业参加工作没多久的小姑娘呢。

作为共事的同事，林乔生挺心疼她的，他感觉自己有义务有责任开导和帮助慕容曦，于是他跟她聊了起来，想着兴许有人陪她聊天能让她感觉好一点。

在聊天的过程中，慕容曦灰暗已久的脸突然生动起来，她惊讶地望着林乔生："你们意思是说陆正强可能是无辜的？"

林乔生点了点头："对！从现在的情况看是这样的。"

慕容曦又皱着眉头急急地说:"可是,切菜长刀上的指纹,还有血迹,这所有的一切都指向陆正强呀!他,怎么能排除嫌疑?"

林乔生突然想起:"我在想那天你告诉我的话……7月5号晚上,你和陆正强、韩眉三个人在客厅聊天,后来陆正强好像起身去帮着崔慧琳切菜,崔慧琳过来陪你们聊天……"

慕容曦急切地道:"对,对。这,有什么问题吗?"

林乔生问:"你再想一下,陆正强在厨房帮着切菜,发生什么事了吗?"

慕容曦手肘搭在护栏上,托着腮帮子,思忖了一下,她突然叫了起来:"对了,那天陆正强在厨房帮忙切菜的时候,不小心被切菜长刀划破了手……"

慕容曦回想起来——

聚会那天,崔慧琳、慕容曦、韩眉三个人正在客厅闲聊,突然厨房内传出了一声让人感到些微惊恐的"哎呀"……

崔慧琳站了起来,向厨房跑去。慕容曦和韩眉两个人愣了一下,也站了起来,向厨房方向望去,只见陆正强和崔慧琳在厨房门前,崔慧琳无比紧张地捧着陆正强的右手左看右看,还时不时吹吹,脸上是焦急而怜惜的表情。

崔慧琳急急地喊道:"慕容,快到书房抽屉里拿一只创可贴,陆正强的手划破了!"

慕容曦记得,陆正强的手指流了好多血,那场景把她都吓晕了,说要送陆正强去医院。陆正强说没有问题,是小事,不让去医院,贴一只创可贴就行了。她拉开了陆正强家书房的抽屉,从里面找到了一只创可贴给陆正强贴上,陆正强的手指这才止住了流血。

当时,崔慧琳还举着自己也贴着创可贴的手指说:"刚才是我,这不才一会就轮到我们家正强了……哎,看来我们俩的刀工还得加强啊!"

听到这里,林乔生突然明白过来:"如果陆正强的手指割破了,切菜长刀上必然会留下陆正强的血迹。而崔慧琳呢,手指也被切菜长刀……我们搞清楚了切菜长刀上崔慧琳血迹的来历就好说了!陆正强家的切菜长刀,上面有陆正强的指纹、血迹,不足以指证陆正强涉嫌杀害崔慧琳!"

经过林乔生的一番推理,慕容曦这才恍然大悟:"那你的意思……陆正强真是冤枉的?"

林乔生双手一直插在裤兜里,这时他抽出右手来竖起食指,说:"陆正强是不是冤枉的,还需要一个证据来证明。"

慕容曦有些兴奋,谜底似乎很快就要揭开了,老同学陆正强即将洗清嫌疑,这是一件值得开心的事情。她赶紧问:"什么证据?"

林乔生吹了一下刘海,微笑着说:"我们去看一下崔慧琳的尸体不就行了。如果真的如你所说,崔慧琳的手指被割破了,那么,所有指证陆正强犯罪的证据链就轰然倒塌了!"

慕容曦既欣喜又发愁,说:"如果不是陆正强杀害了崔慧琳,那么,我,韩眉,我们两个人都有可能是犯罪嫌疑人。"

林乔生冲着慕容曦微微笑着,那笑容在慕容曦看来暖暖的,是同志间的那种默契与关怀,信任与支持,只见他轻轻地点了点头:"我相信你!"

慕容曦告诉林乔生:"韩眉说,她已经接到了美国贝勒医学院的邀请,可是,因为陆正强的案子没有结束,滨海市公安局不给她办出境手续。希望我促进一下案子的起诉,她也可以尽快拿到签证手续。"

林乔生摇了摇头:"这不可能,法律没有这种规定。目前,已经确定陆正强是犯罪嫌疑人,韩眉不过是本案的证人,滨海市公安局是没有权力对证人的出入境做出限制的。"

15

跟林乔生聊完,慕容曦感觉心里好过了很多,就好像一直堵在心口的一团东西给消失了,轻松畅快了不少。

况且跟林乔生的谈话还让她想到了对于发现真凶那么关键的细节来,她现在就寄希望于这个细节能真的对于案件走向发挥作用。

林乔生在结束跟慕容曦的谈话后,马上跟郑岩打了电话,在电话里他把跟慕容曦聊天的内容一一转述。

郑岩也很兴奋,立即就给耿勇打了电话,说想去看看崔慧琳的尸体。

第二天一大早,郑岩和叶文婕、林乔生三人就赶到市公安局司法鉴定中心存放尸体的房间里,耿勇和陈朗早已等在这儿。

耿勇一上来就拉着郑岩的胳膊问:"老郑,你之前的猜测是对的,陆正强很可能是无辜的。"

郑岩倒是喜怒不形于色,他非常沉着冷静地问:"发现了什么?"

陈朗拿起白布下崔慧琳的手示意给大家看:"郑主任,你们看,崔慧琳的手受过伤……我怀疑切菜长刀上的血迹和这个伤口有关。"

耿勇非常遗憾地摇了摇头："如果陈主任的推断成立……"

郑岩很淡定地说："林乔生昨天下午跟慕容曦聊了下，据她说，崔慧琳手指上的伤口确实是聚会当天晚上做饭时所留……"

耿勇很吃惊，更非常沮丧，说："如果凶手真的不是陆正强……"

林乔生接话道："这就意味着杀害崔慧琳的另有他人。现在，如果排除陆正强的作案嫌疑，那么，我们就不能再忽视在现场出现的慕容曦和韩眉了。"

耿勇双手叉着腰，长长地从鼻孔呼出一口气："韩眉？不可能！在河边巡逻的巡警可以作证，他们确实在河边见到了韩眉，并把韩眉送回了家。从时间上可以排除韩眉的作案嫌疑。"

陈朗点点头表示赞同："那……慕容曦呢？慕容曦会不会是犯罪嫌疑人？"

耿勇背着手在屋子里踱了一圈，在陈朗身旁站定，道："慕容曦有出租车司机证明，司机开车把慕容曦送回了家，慕容曦不可能再跑回案发现场杀害崔慧琳。别说慕容曦没有犯罪动机，就是有犯罪动机，她这么来来回回地跑，时间也不够呀！"

大家都沉默了。就在大伙短暂沉思间，林乔生突然想起一个问题："韩眉告诉慕容曦说，她接到了美国贝勒医学院邀请，准备到美国读书。可是，因为陆正强的案子没有结束，公安局不给她办出境手续。我印象中，公安不应该对证人的出入境进行限制呀！是不是有别的考虑？"

耿勇连忙摆了摆手以示否定，"这不可能。根据我们刑侦支队的规定，对涉嫌刑事犯罪人员的限制出境，应该到我这儿报批的。据我所知，我们市局并没有做出限制韩眉出境的决定。"

郑岩在一旁听得一脸诧异，皱着眉问耿勇："这么说来，是韩眉撒谎了？可是她为什么要撒谎呢？"

耿勇撅着嘴，眨巴着眼，沉思了好一阵，然后对郑岩耸耸肩。

然后，他像是想起了什么来似的，对身边一个警察同事说："你联系一下那个周大伟，让他马上到刑侦支队来一趟。"

四十多分钟后，表面一脸懵圈实则满心忐忑的周大伟坐在了预审椅上。

周大伟赔着笑脸问道："警官，不知你们找我来是为了什么事？"

耿勇严肃地说："是为了什么事，等会儿你不就知道了！"

说着，耿勇就从预审桌上拿起证物袋——里面装着出租车票，出示给周大伟看："周大伟，你看好了，这是慕容曦提供给我们的出租车发票，你当时也承认了拉着慕容曦送她回的家。"

周大伟帅气的面孔上五官都有点扭曲了，挤眉弄眼的，满是为难与委屈，他连连摆手道："不，这不是我的。是我案发后的第二天给慕容曦找来的。我不是出租司机，也没有拉过慕容曦。"

耿勇语气严厉地问："周大伟，我问你，这张票是从哪儿找来的？"

周大伟可没想到眼前威严的警官会真的冲他发火，他从小都是朝别人发火，哪儿被别人这么凶过呀？公子哥的习气眼看就要冒头，他的拳头捏得紧紧的，额上青筋都鼓起老大根，但马上他就认清了自己此刻的身份和形势，不由得冒出一身冷汗来，他抬手擦了擦额头冒出的冷汗，嘴巴都有点紧张得打哆嗦地说："慕容曦找到我的女朋友韩眉，说要一张案发那晚的出租车票，我就托一个朋友找了一张给了慕容曦。"

周大伟的回答让耿勇大吃一惊，他实在没想到这个看似简单的案子个中各种弯弯绕绕，他一直看好的检察院的小妹妹慕容曦现在居然成了疑点很大的对象了！

案情变得更加扑朔迷离了，耿勇觉得这里面的疑团越来越多了。

在给周大伟录了笔录后，耿勇马上就带着人去了韩眉家调查出租车车票的事儿。

韩眉告诉耿勇说："好吧！既然周大伟说了，这事儿也瞒不住了。我就全给你们说了吧！崔慧琳被害的第二天早上，慕容曦找到了我，向我要一张事发当晚的出租车票，我就把大伟叫了来，让他想办法给慕容曦弄一张出租车票。大伟家有钱有势的，搞到这个很容易。"

耿勇诧异道："很有钱？周大伟家那么有钱还去开出租？"

韩眉摇摇头说："他不是开出租的啊。发票好像是从他一个朋友那搞来的。"

耿勇又问："那你当时知道慕容曦要出租车发票有什么用途吗？"

韩眉清了清嗓子，淡定从容地道："刚开始的时候我不知道，后来，听说她拿这张出租车票作证明，证明那天晚上她打车回了家，我心中就怀疑，慕容曦这样做到底是为了什么？"

16

耿勇对周大伟和韩眉的话都半信半疑的，总觉得哪里不对劲，但一时又找不出这二人话里的破绽，他想来想去，觉得得赶紧到滨海市检察院走一趟。

郑岩上次跟他说过，检察长许省身现在特别关心慕容曦的思想变化和情绪波动，于是出租车发票这事儿他想先跟许省身说一说。

耿勇来到许省身的办公室里，许省身表示很欢迎警方多来交流。一番寒暄过后，他将对周大伟和韩眉的询问过程一一告知了许省身。

许省声听后，觉得这些问题事关重大，他当即打电话叫来了郑岩等三人。

耿勇告诉郑岩他们仨："从现在的情况看，慕容曦显然在本案中撒了谎。"

郑岩等三人闻听耿勇此言，吓得面面相觑，惊得眼珠子都快要掉出来。

郑岩连连摇头："不可能，不可能。慕容曦为什么撒谎？如果是她作的案，她没有必要用讨要出租车发票这种方法来逃避法律的惩罚呀！对一个学刑法的硕士研究生来说，逃避法律惩罚的方法很多，这样做，岂不是告诉韩眉和周大伟底牌了吗？"

林乔生也赶紧接口道："我知道慕容曦的为人，她不会去杀人，更不会无缘无故去杀人的！"

许省身这时发话了："大家不要再争了。既然慕容曦有涉案嫌疑，就更要查下去，这也是对慕容曦本人负责嘛！这个案子不能再拖了，一定要弄清楚。同志们，别忘了看守所里还关着一个陆正强。尽快把案子搞清楚，是别人，就把陆正强给放了；如果是陆正强，就要把证据做扎实！"

回到单位，耿勇赶紧对嫌疑人慕容曦进行讯问。面对这阵势，慕容曦内心虽然知道这是警方办案所需，但委屈的感觉还是挥之不去，想着如果不能证明自己没有作案时间，那么自己就要背负罪名了，尽管对法律和办案人员查清事实真相还是有信心的，但因事关重大，她内心还是有些忐忑的。

耿勇两眼炯炯有神，他单刀直入地问道："慕容曦，你能不能把7月5号那天晚上的事儿再说一遍？"

慕容曦警惕而又不解地回答道："我不是全给你们说了吗？"

耿勇语气稍微严厉了些："7月5号晚上，你到底在哪儿？"

慕容曦有点惊讶他会用这种语气，于是她有些赌气地道："我在家呀！从出租车上下来，进了家门，一觉睡到早上七点。洗漱一遍，到街头的早餐点买了份豆浆，边走边喝。把豆浆盒扔在滨海市人民检察院大门外的垃圾箱里，一看表，刚好八点差七分。气喘吁吁跑到咱们办公室，差两分不到八点。"

耿勇双眼发光，他紧紧盯着慕容曦，很严肃地强调："我问的是7月5号晚上发生的事儿！"

慕容曦真的有些生气了，被当成犯罪嫌疑人的感觉真的很让人受不了，尽管自己是个检察人员，曾成百上千次地讯问过犯罪嫌疑人。真正轮到自己坐在了被审讯的位置上，她还是很接受不了，感觉自己的尊严受到了挑衅。她尽管生气，却不想过多表露，只装出满不在乎的样子说："这个，耿支队，你不是已经查清楚了，还用问吗？出租车司机可以作证我回了家。"

耿勇听她这么言之凿凿，便有些咄咄逼人了，直顶过去说："问题是现在出租车司机说，他根本就没有送你回家！"

慕容曦闻言非常气愤，脸涨得绯红，胸膛剧烈起伏着，她气得差点从座椅上跳起来："什么？他说没有送我回家！……那我去哪儿了？我的出租车发票又是从哪儿来的？"

耿勇嘴角露出一丝不易察觉的笑意，然后他非常严肃地一字一顿道："出租车司机周大伟说，那是后来他给你的，他也没开出租，是从别人手里找的一张发票给你的。"

慕容曦又气又急，面颊通红，好似喝多了酒一般，她高声道："他胡说！我是亲眼看着他从票机上打印出来的，怎么变成后来给我的了？你们告诉我这出租车司机是哪儿的？我去找他说个清楚。问他是不是脑子进水了。"

耿勇敲了敲桌子："慕容曦，你再好好想想……你最好跟我们说实话！"

慕容曦不理会他的问话，此刻她的大脑高速运转，数个曾经忽略的画面和声音在她脑海耳边交替呈现。她低着头一边沉思，一边喃喃自语："周大伟，韩眉……"

耿勇见她这副神情，便不再打扰她，想来她应该是在回忆跟案情有关的东西，没准这一回忆她就能想起一些对于查找真凶至关重要的细节来，就好比崔慧琳手指被切菜长刀伤过这个关键细节不也是慕容曦后来跟林乔生聊天时才想起来的么。

果不其然，沉思了好半天后，慕容曦突然重重地拍了一下大腿，一副恍然大悟的样子，说："怪不得韩眉的那个男朋友我这么眼熟！原来，什么出租车司机，明明是个开宝马的富二代。我明白了，我被下套了，没想到韩眉心机这么深！"

原本靠坐着抽烟的耿勇立即来了兴致，他挺直腰杆对慕容曦说："你是想起了一些什么细节来吧，不过我要告诉你的是，你这仅仅是推测，没有证据。"

慕容曦问："那个出租车司机叫什么名字？"

耿勇回答说："周大伟！"

慕容曦立即起身就怒气冲冲地要往外走："我要去找韩眉，问她到底是怎么回事？！"

耿勇立即喝住了她："慕容曦，你给我坐下！你是学法律的，大道理我就不讲了，现在你要积极配合我们调查！"

他还想多跟慕容曦说点什么，做做她的思想工作，这时一个同事走进来，在他耳边低声说了两句，他便起身离开了讯问室。

原来是郑岩办案组三人来找他。

17

耿勇把放在桌子上的装在证物袋里电子打印的出租车发票推到郑岩三人面前。

郑岩拿起发票正面反面仔细看了一下，有点欣慰地说："这上面记载得非常清楚。车票打印时间是7月5号22点10分。这个时候，崔慧琳在陆正强家被害，而慕容曦呢，刚刚从出租车上下来回到家中。由此，可以证明慕容曦不是犯罪嫌疑人。"

耿勇语气里满是遗憾地说："可惜，这张车票已经被周大伟否认了。"

林乔生皱着眉问："这上面没有周大伟的指纹？"

耿勇摇摇头。

林乔生很不甘心，又问："行车记录仪总有吧？"

耿勇道："我们查了，那台车的确没装行车记录仪。"

林乔生深吸一口气，又吐了出来，像是带着最后一丝希望般，问道："那么慕容曦上下车的附近总有监控吧？"

耿勇耸耸肩，答道："这个我们肯定查了，那晚因为大雨，加上施工，大面积停电，没有监控。"

听到这话，林乔生低下头，懊丧地嘀咕道："这慕容曦真他妈的背！"

郑岩仍然紧紧盯着发票，仔细研究："从出租车发票上来看，司机……"

耿勇说："我们调查了这张发票上的信息，司机确实不是周大伟，但是这个司机也无法说清楚当天那个时间拉过谁，毕竟过去这么久了。"

郑岩又看了看发票的背面，又再看看正面："但是，这张出租车发票和慕容曦回家的时间非常吻合。难道说慕容曦知道周大伟手中有这张时间完全吻合的发票，才向周大伟要的？"

耿勇问道："你的意思是？"

郑岩放下发票，环视众人，笃定地说："我感觉周大伟这个人有问题！"

一直在边听他们讨论边做记录的叶文婕突然抬起头："对，我也感觉这个周大伟肯定有问题！"

耿勇双手交叉，两个大拇指一直不断交叠绕圈圈，他叹了一口气说："如果真是这样，这案子可就真的复杂了！"

郑岩也皱紧了眉头，陷入了短暂的沉思中。他又抬头来望了耿勇一眼，问："老耿，你有啥想法？"

耿勇喝了一口茶，有些无奈地道："想法？很多呀！你们别忘了周大伟根本不是什么出租车司机，慕容曦去哪坐他的车子啊？这样慕容曦还是不能证明自己的清白呀！"

叶文婕把玩着手中的黑色签字笔，这时突然停住转笔，神情严肃地说："如果……周大伟和韩眉联手栽赃陷害慕容曦呢？"

听了叶文婕的这个猜测性的想法后，耿勇抬手在没多少头发的后脑勺上摸了摸："问题是，他们没有理由去栽赃陷害慕容曦呀？"

林乔生朗声道："怎么没有理由？别忘了7月5号的那场晚宴，韩眉也在场。周大伟说他们两个曾经是恋人，她很有可能是犯罪嫌疑人。周大伟受韩眉的指使，诬陷慕容曦，从而实现转移侦查视线的目的。"

耿勇立即摇摇头，说："不，不，不，韩眉应该是可以排除的。"

林乔生不解地问："为什么？"

耿勇伸出右手两根手指笃定地说："别忘了，我之前告诉过你们，有两个巡警是可以为韩眉作证的，证明韩眉当晚没有作案时间。"

林乔生一时语塞，他眉头皱得更紧了，坐在椅子上陷入了沉思。

郑岩没有发言，他只是在一旁不停地苦苦思索着，想着一定要搞清楚这个案件的每一个细节，要尽快找到真凶，帮徒弟慕容曦洗刷嫌疑。

大家沉思了好几分钟，林乔生突然叫了起来："周大伟，一定是周大伟作的案！"

众人都莫名惊诧地望着他，想从他阳光俊朗的脸上看出答案。

林乔生激动得站起来说："慕容曦坐了周大伟的出租车，周大伟反说慕容曦没有坐，意图陷害慕容曦；而韩眉呢，巡警可以证明她没有作案时间。这两个人排除了，还有一个人到过现场，那就是周大伟！"

耿勇道："即便抛开周大伟不是出租车司机这个事实，即便是他租了一辆出租车去拉慕容曦，那么如果周大伟有作案时间，慕容曦也同样有作案时间，周大伟不可能有分身之术，一面去送慕容曦回家，一面回到陆正强家作案。"

听了耿勇的话，林乔生觉得很扫兴，像是坐过山车突然从高峰来到了低谷，情绪从亢奋中松懈下来，有些沮丧地说："那，陆正强的嫌疑排除了，慕容曦的嫌疑排除了，韩眉的嫌疑排除了，现在，周大伟的嫌疑也排除了。就这么四个人进入了我们的视线，难道说这个案子要成无头案了？"

这个时候，郑岩说了话："我看大家先不要下定论，还是再走访一下目击证人……我想见一下巡警队的那两个同志。"

耿勇立即起身说："行，我带你们去！"

18

林乔生专注地驾着警车载着耿勇、郑岩和叶文婕。

郑岩摇下车窗，仔细观察着通往案发现场丰硕小区的这条路上的风景和建筑物，不想放过任何一个细节和景物。他多希望此刻的自己拥有孙悟空那般的火眼金睛，能够在这里发现崔慧琳被害案的真凶作案留下的纰漏！

他脑海里又浮现出慕容曦刚毕业时考进单位见他的第一眼，那孩子直楞楞来这么一句："郑老师，今后我就拜您为师了，请收下我这个徒弟，不要嫌弃徒弟我笨呀！"

一贯严肃的郑岩可被她这话给逗乐了，毕竟他在机关单位这么多年很少见到有这样开朗和天真、直来直去的类型，一般刚进机关的年轻人都会表现得很沉稳、低调、内敛，生怕过分张扬高调会给老同事留下不好的印象。可这慕容曦倒好，好似这职场"潜规则"对她完全不管用似的，无论她走到哪儿，哪儿就像是点着了一把热情的火，就像是来了一个小太阳，郑岩和林乔生背地里都叫她"小宇宙"。

即便是她已经工作了四五年，可她这个开朗乐观、直来直去、风风火火的性子还是没被改变多少。郑岩曾替她担心，担心她会融不进机关，担心她这样的性格会不被其他同事接受。但从目前看来，她这个"另类"倒是起到了正面积极的作用，像是一潭平静的水里扔进了一块石头，荡起层层旖旎的涟漪，使得这潭水显得生动、多彩。

因着她这很不一样的个性，郑岩慢慢喜欢上了这个小姑娘，是那种长辈对晚辈的喜欢，而非男女之情的那种，更准确地说是欣赏吧。而现在眼看这个活泼开朗的小姑娘变得那样沉默、忧伤，他这个师傅看在眼里，心疼在心里。所以他特别想赶紧找出真凶，还好徒弟慕容曦清白！

正思忖着，坐在副驾驶位置的耿勇指着公路两边的柳树说："老郑，你看，案发现场丰硕小区就在前面不远处，再过一段，就到了7月5号晚上韩眉醉坐的路边。那两个警察负责这一段路的巡逻，我们到那儿等他们。"

正说着，大伙便透过车窗玻璃看到前方公路上一辆标有"巡警"字样的警车远远地开了过来。

耿勇指着前方那辆警车对郑岩说："就是他们。"

林乔生把警车停在路边，伸出手去，示意远处驶来的警车停下来。

郑岩下车来,看了远处的小区一眼,对也下了车站在一旁的林乔生说:"大林,跑步到丰硕小区。"

林乔生愣了一下,一时间没弄清楚郑岩的意思。

郑岩轻轻搡了他肩膀一下:"看什么看?还不快去!"

林乔生猛地拍了一下自己的脑门,恍然大悟般:"哦,是!"接着就马上跑步离开了耿勇和郑岩。

耿勇丈二和尚摸不着头脑,他看了看郑岩,又望了望叶文婕,想从叶文婕脸上看出答案,结果叶文婕朝他笑笑,耸了耸肩。

耿勇只得无奈地笑着道:"我说老郑,你葫芦里卖的啥药啊,大林干什么去了?"

郑岩神秘地一笑,道:"等一会儿你就明白了。"

这时,远处的警车停在了郑岩他们面前,两位巡警从警车里走了下来。看到耿勇,两位巡警立正向耿勇敬礼,其中一个个子高些、比较黑瘦的巡警叫张晋成,他说道:"报告,滨海市巡警支队五大队七中队巡警张晋成、何晓明正在巡逻,请指示!"

耿勇回了个礼,用很严肃的口气说:"二位辛苦了!这几位是市人民检察院的同志,要调查一下7月5号晚上你们送韩眉回家的事儿。"

张晋成说:"好的。是这样的,7月5号那天晚上,也是我们两个巡逻,就是在这儿见到了韩眉……"

张晋成清楚地记得——

那天下着大雨,他和同事何晓明冒雨开着警车巡逻至这儿的马路边时,隔着雨幕发现马路边的长椅上坐着一个人。他俩便下车撑着雨伞走过去,发现这长椅上坐着的是一个年轻的长发女子，只见她呆呆地坐在那儿，低着头，似乎在想着什么，似乎又什么都没想，大雨冲刷着她，从头到脚，她被淋成了落汤鸡，浑身发抖。

张晋成想不明白为何这么大雨天这个女人会这样坐在这地方淋雨，他心想莫非这个女人脑子有毛病，或者她遇到什么难题了，或者她想自杀？

一想到这最后一个可能性，张晋成有些紧张，真害怕她会突然做出什么傻事来。

这么想着，他就赶紧将雨伞伸过去替她遮住雨水，同时，伸出另一只手轻轻地拍了拍女子的肩膀："这位女士，请问您有什么需要我们帮忙的吗？"

女子木然地抬起头，此刻张晋成看到她被雨水淋得乱七八糟的脸上表情有些阴郁。当她看清楚面前站着的是两个警察时，她显得很是茫然无措，随后她对两位警察舌头打结地说："我……我喝多了。"

张晋成转过头去和何晓明两个人交换了一下眼神，苦笑着摇了摇头。他心里的担心减轻了很多，心想只要不是想要自杀就好办。

何晓明上前一步，也将雨伞伸了过去，关切地问："你家住在哪儿？"

女子的衣服紧紧地贴在她身上，她觉得浑身发冷，肩膀突然剧烈地颤抖着，她紧紧地咬着牙关。面对警察的提问，她显然是犹豫了一下，然后有些磕巴地答道："华林……小区……"

张晋成见她这副凄惶又可怜的样子，不由得心里生出一种怜悯加怜香惜玉的感觉来，毕竟这么美丽的一个女子在这样漆黑的雨夜里淋着大雨，还淋得这样全身透骨寒凉，任哪个男人见了都会很不解，更会很怜惜。他赶紧温和地说："走吧！我们送你回去！"

女子缓缓起身来，正欲挪动脚步，却突然猫着腰打了好几个响亮的喷嚏，她不好意思地轻轻颤声说："对不起，谢谢！"

张晋成和何晓明两个人便一左一右架起湿透了的她往警车方向走去。雨还是很大，女子在他们二人簇拥下抖得厉害，这颤抖仿佛是能传染似的，让张晋成都忍不住打了一个哆嗦。他们赶紧将她推进了警车后座中。

郑岩问道："那后来呢？"

张晋成说："……后来，我们就把她送回了家。"

郑岩又问："具体时间是什么时候？"

张晋成与何晓明对视了一眼，摇摇头。

耿勇不甘心地问："两位兄弟，拜托再想想，到底10点多少？"

张晋成想了想："我们两个在巡警中队交接班的时候，时间是10点。从巡警队值班室出来，上车，再出大门，还要叫醒门岗，再到这儿……估计也就是22点20左右。"

郑岩惊喜地道："22点20？"

张晋成点了点头："嗯，差不多！"

耿勇谢过两位巡警，目送他们离开，然后掏出一根烟来用打火机打着了，狂吸了几口，脸上都是笑，他吐着烟雾，回头笑着望向郑岩："老郑，看来还是老弟你工作细心呀！"

郑岩弯腰从车里掏出一张纸巾来擦了擦刚流出来的鼻水。最近一直忙这个案子，起早贪黑的，他感觉身体抵抗力有些下降，都有点要感冒的迹象了。他对耿勇说："出了这种事，谁也不会预料到。现在，只有一分钟一分钟地细抠，才能抠出真正的犯罪分子来。"

就在这时,林乔生也从丰硕小区方向跑了过来,他气喘吁吁地对郑岩说:"按我的速度跑……也就是三四分钟的时间。"

19

耿勇望望林乔生,又望望郑岩,伸出右手食指指着郑岩笑说:"行啊,我说老郑,你都可以来干我这活儿了,赶明儿哥们给你腾地方!"

郑岩抿嘴笑道:"老耿啊,你说笑了,我是检察官,只想干好分内事,岂敢僭越抢老兄您饭碗啊!"

耿勇和林乔生、叶文婕都被他这话给逗笑了。

郑岩转过身望着远处的丰硕小区的楼顶。那高高的楼房连成一大片,每栋楼的楼顶都有着一个彩色的尖尖的类似于城堡那样的装饰建筑物,远远看去,真像是把欧洲古堡都搬来了丰硕小区,让这个小区成为滨海市独一无二的存在。

郑岩心里很是感慨,这个丰硕小区的外观如此像童话里的那些五彩缤纷的城堡,可是崔慧琳被害案却是那样的血腥残酷和刺痛人心!童话与现实,反差竟是如此大!

他突然想起女儿郑晓芸小的时候,每当他要给她读童话故事,她总是捂着耳朵说:"不听,我不要听,童话故事都是骗人的!"

他那时还觉得诧异,觉得自家闺女跟别的孩子相比是异类,那段时间特别困惑为何孩子不肯听童话故事,现在他想起这一幕笑了,心想孩子们其实看得比大人透彻。

他望望远方巡逻的张晋成他们的警车,蹙着眉说:"看来,案子不像我们想得这么简单呀！"

他回头看了一眼大伙，接着说："根据法医的检验，可以判断崔慧琳死于 22 点 10 分左右，而韩眉见到巡警的时间是 22 点 20，这 10 多分钟的时间，足可以让韩眉作案后来到这里。"

林乔生擦了擦额头和脸上的汗，又用手扇扇风，道："这点，也掐得太准了吧！"

郑岩又拿纸巾用力擤了一次鼻涕，说："别忘了，韩眉离开慕容曦的时间是 21 点 40。从 21 点 40 再到 22 点 20，整整 40 分钟的时间……足够了！"

听了郑岩的话，耿勇赶紧深吸一口烟，然后扔掉烟头，非常激动地道："我们应该马上抓捕韩眉！"

郑岩却摇了摇头："不，不，现在抓捕韩眉，证据还不足。老耿，常言说，就现场说现场，我们在这儿谈案子……是不是应该再到现场去看看？"

耿勇明白了郑岩的意思，呵呵一笑："行呀！既然老郑你有兴趣，那咱们就去现场看看！"

说完，郑岩、耿勇、林乔生、叶文婕都坐上了警车，警车向前方开去……

彼时是下午三点多，滨海市的上空阳光灿烂而温暖，照耀得人直想打瞌睡。可郑岩他们却精神振奋，都迫不及待想赶紧去到现场，能否成功抓捕韩眉，指控犯罪，仿佛成败就在此一举了！

郑岩的内心有着隐隐约约的一种雀跃，好似胸有成竹一般。他有一种感觉，觉得自己能在案发现场找到些什么关键证据，他也隐约感觉似乎真凶就要浮出水面了。想到这里，他轻轻地呼出一口气。

曾经跟一帮后生仔组过赛车队的林乔生此刻充分发挥他的驾驶特长,把车开得飞快。郑岩看得出来,这个年轻的小伙子也很激动,他也想赶紧飞奔案发现场为"战友"慕容曦尽快洗刷嫌疑。

没过几分钟,一行人就来到了陆正强家的客厅内,陈朗等也赶到了现场。

耿勇环顾了一圈,然后指着卧室对郑岩等人说:"这儿是陆正强的卧室,案发时,陆正强就睡在这儿。"他又指了指卫生间,"早上起来,陆正强在床上没看到崔慧琳,于是他各个房间里找,在卫生间里发现崔慧琳躺在地上。"

郑岩看到卫生间的地面上,用白色粉笔画着一个人形,标明这是崔慧琳尸体所在的位置。他仔细察看卫生间内各种各样的摆设。突然,洗漱台前一套散落的剃须刀架引起了他的注意,他戴上手套,轻轻地拿起了刀架,放在眼前仔细观察。

五分钟后,郑岩冲着耿勇招了招手:"老耿,你来……"

耿勇望了一眼郑岩手中举着的刀架,瞬间明白郑岩叫他过来的目的,他转头便朝陈朗道:"陈主任,这,剃须刀的刀片呢?"

站在卫生间外、带着橡胶手套的陈朗走过来,把刀架接在手中观看,接着他眉头紧蹙,严肃又有些沮丧和歉然地说:"我……对不起,当时我们没有注意到这个细节。"

郑岩仍然紧紧盯着刀架:"陈主任,我记得你说过,不敢肯定崔慧琳的创口和切菜长刀的关系。如果……如果是剃须刀片,有可能吗?"

说着他又紧紧盯着陈朗的眼睛。陈朗手握剃须刀架,比画了一下，然后点了点头，说："可能，很有可能！"

耿勇在一旁听了陈朗这话，很是焦急地说："如果是这样的话……咱们得马上把剃须刀架的事儿弄清楚！"

郑岩吸了口气，朝耿勇点了点头，说："老耿，如果犯罪嫌疑人是从这个刀架上取下的刀片，那么，他极有可能在上面留下了指纹或别的痕迹。或许，我们能从这剃须刀架上做些文章。"

耿勇思考了几秒钟，然后立即对陈朗说："你马上和技术部门行动起来，争取从这个剃须刀架上提取到犯罪嫌疑人的指纹。"

陈朗朗声道："是！"

郑岩等人又在案发现场仔细察看了半个多小时。之后，他们走出陆正强家，来到小区的花园里透透气。

20

小区的绿化做得很好，好些高大的棕榈树直插云天，道路两旁都种着绿化芒，白色粉色红色的无名花儿在棵棵大树底下绽开笑脸。

耿勇无心欣赏眼前的美景，他的内心生出百般感慨。作为一名办案经验丰富的老刑警，他可谓见惯人间疾苦和种种惨淡，按道理他就像外科医生成日看到各种重疾恶疾死人等事件早已麻木一般，但这个案子里一点点挖出的一些曲里拐弯的细节却依然叫他感慨万端。他掏出一根烟点燃，狠狠吸了一口，说："看来，这个案子要发生变化呀！"

郑岩双手抱着胳膊，抬头望着瓦蓝明净的天空上的卷云。

这天气真是太好了，原本陆正强和崔慧琳可以坐在这里每天看云起云落，笑望云卷云舒的，慕容曦也本应该跟着他跑东跑西办理案件忙得欢的，韩眉也应该在滨海医疗界继续做高大上的"白富美"的，周大伟也可以继续过着他风流逍遥的富二代生活，陆正强的父母也应该继续在乡下过着怡然自得的晚年生活，崔副市长应该继续在滨海市官场叱咤风云和等着看掌上明珠般的女儿结婚成家的……可此刻卷入这个案件的每一个人都过着如此凄惶的生活！

郑岩脑海中闪过一句话——"我们办的不只是案子，我们办的是别人的人生啊！"想到这里，他内心更坚定了一个想法，那就是一定要找出真正的凶手，不冤枉一个好人，不放过一个坏人！

他转过脸来看了耿勇一眼。

耿勇弹了弹烟灰，叹了口气说："老郑，你想过没有，如果确定凶器不是切菜长刀的话，陆正强很有可能是被冤枉的。"

郑岩用舌头舔舔有些干燥脱皮的下嘴唇说："我现在还有一个问题没有弄明白。既然韩眉已经承认她和陆正强曾经有恋爱关系，陆正强为什么不承认呢？"

他的问题提醒了耿勇，给耿勇打开了新的思路。

耿勇思索了一会儿，皱着眉头问道："你是说陆正强在袒护韩眉？"

郑岩说："这个……很有可能……"

耿勇缓缓地点了点头，表情很是严肃，道："这要看陈朗的检验报告。"

郑岩伸出手去和耿勇握手，"那好吧！老耿，今儿就这样吧，我们等着陈朗主任的报告好了。再见！"

说完，郑岩和林乔生、叶文婕一起驾车离开了丰硕小区。

看着他们远去的背影，耿勇陷入了沉思。良久，耿勇挥了一下手，把站在不远处的一个警官叫过来问道："王队长，那个韩眉，你们盯得怎么样了？"

王队长说："我们从出入境管理局了解到，周大伟为韩眉续签了出境护照。"

耿勇叹了口气，道："看来，韩眉这是要跑的节奏呀！……知道她要去哪儿吗？"

王队长有些担忧地说："据说她要到美国贝勒医学院读书。她手中持有美国贝勒医学院的录取手续，现在她的护照已经在咱们滨海市出入境管理局续签，估计到美国大使馆办签证是没有问题的。"

耿勇似乎是自言自语地说："这个韩眉，到处散布说我们限制她出境，是有目的呀！"

王队长说："从目前的情况看，我们没有理由限制她出境。"

耿勇似乎没听到王队长的话，他陷在自己的思绪里，随后他问："她，什么时候走？"

王队长摇了摇头："现在还没掌握。"

耿勇一下子语速变得快起来："你马上和外事部门联系一下，一定要立即掌握韩眉的签证情况。同时，还要预防万一……去美国嘛！韩眉只有坐飞机了。你们马上和民航部门联系，时刻掌握韩眉的动向！"

21

在陈朗的检验报告出来之前，郑岩也没闲着。他觉得自己必须做些什么，不能这么干等着。

从案发现场回来的第二天，郑岩就带着林乔生和叶文婕奔赴滨海市公安局看守所提审陆正强。

经过这么些时日的煎熬，原本身形颀长匀称的陆正强明显消瘦了不少，两边肩胛骨在黄色囚衣里高高耸起，黑色的发丝间夹杂着很多白发，白净秀气的面孔上有着深深的法令纹和抬头纹。郑岩回想起在陆正强家客厅墙上看到的陆正强和崔慧琳拍的婚纱照，那照片中的陆正强风神俊秀，儒雅斯文，妥妥的一个青年才俊，现如今这般模样跟照片上的他简直判若两人！郑岩内心颇多感慨，隐隐替眼前原本有着大好前程的年轻人感到惋惜。

郑岩单刀直入地问："陆正强，这几天有什么感想？"

陆正强慢慢抬起头，面孔灰暗而阴郁，他望着郑岩，缓缓道："我是冤枉的。"

在郑岩看来，此刻的陆正强像极了阴暗墙角下的一株狗尾巴草，而且是马上快要枯萎了的那种，生命的热情和希望似乎在他身上渐渐褪去。

郑岩点点头，语气严肃又略带激动地说："对，我现在也感觉你是冤枉的了！可惜，你错过了一个可以证明自己的机会，才会弄到现在也没有机会脱离苦海！"

陆正强灰暗的眼神中闪现出了希望的火苗，他惊讶而又不太相信似地问："真的？……什么机会？"

郑岩双手撑着桌面，俯过身去紧紧盯着陆正强的眼睛，语气严肃地问："陆正强，还记得我第一次提审你时，叶检察官提问的问题吗？"

陆正强望了望郑岩，又低头望着地面，他思索了一阵，然后缓缓摇了摇头，虚弱地说："当时头都大了，谁还记得这些。"

做记录的叶文婕停下敲键盘的手，抬头望着对面这个眼神又有些呆滞晦暗的年轻人，严肃地说："我曾经问到你和韩眉的关系，你拒绝了我的提问。据我们所知，你们两个曾经是恋人。可是，你一直拒绝回答我的问题。"

陆正强的情绪此刻有些起伏，但他似乎马上意识到了什么，他赶紧克制调整了下道："这和案子有什么关系吗？"

叶文婕平素就挺伶牙俐齿的，此刻的她见陆正强如此反应，心底不禁涌起来一股怒气和恨铁不成钢的感觉，她有些咄咄逼人地道："当时你是这样问的，我回答你说有关系。现在，你又一次这样问，我还是回答你，有关系！"

陆正强有些微惊讶于这个女检察官语气里的怒气和一些别的情绪，他也感觉到些微紧张，于是他低着头，不再看郑岩，也不看叶文婕。叶文婕虽然一向喜怒不形于色，可此刻的她有些按捺不住了，因为她不知道陆正强葫芦里到底卖的什么药，一方面他觉得自己冤枉，一方面又企图隐瞒事实真相和关键细节。她的怒气隔着屏幕都能被郑岩和陆正强感知到，她也有点惊讶于一贯理性的自己居然会如此生气呢。

陆正强低着头想了好一会儿，当他抬起头时，叶文婕和郑岩、林乔生都用无比期待的眼神望着他。可是，让大家特别失望的是，他再次缓缓摇了摇头，语气平静而又坚决地道："这是个人隐私。"

老公诉郑岩都有点憋不住要生气了，但他捏了捏拳头，然后在心里默念几遍"我不生气，我不生气，我干嘛要生气"，这还是慕容曦从前"传授"给他的"不生气法宝"，当时他还嗤之以鼻，笑话慕容曦神神叨叨。这会儿他突然想起慕容曦的这"法宝"来，赶紧试试，嘿，还真别说，也不知是真管用还是心理暗示，反正他心底的怒气确实消解了不少。

他严厉而又语气平静地说："我现在告诉你，如果你不向我们讲清你和韩眉之间的关系，你的案子很有可能拖下去。我想，晴朗天空下的自由，对你来说，比隐私更珍贵吧。"

坐在一旁一直没发问的林乔生此刻也憋不住了，他赶紧趁热打铁地说："陆正强，说吧！我们尊重你的隐私，也会保护你的隐私。即使这隐私和案情有关系，我们也会尊重你的隐私权。前提是你如实说出来，我们尽快让案子大白天下。"

22

时间倒退回两天前。

陆正强待在看守所里已经好一段时间了。这段时间里，他的内心经受着巨大的煎熬，但表面上他却已然神色自如，因为不想周围的管教和同监的人拿审视的眼光看他。

每每夜深人静的时候，周围响起此起彼伏的鼾声，散发出各种难闻的体味，在这样的状况下，陆正强毫无睡意。他静静地躺在拥挤的水泥床板上，一双眼望着监室小小的窗口里透进来的清冷月辉，脑海里百转千回的都是两张秀美的脸蛋，以及父母那日渐苍老的容颜。记不清有多少次，冰凉的泪水悄声滑落在耳畔。

又一个不眠之夜过后，清晨，天刚微亮，第五监室就传出大喊声。

"来人啊，来人啊，我要见郑主任，我是凶手，崔慧琳是我杀的，我认罪……"

两个看守的民警原本正在值班室打瞌睡,这下突然被喊叫声给惊醒了,他们赶紧循着声音跑到第五监室。只见陆正强抱着头狂躁而又无比悲伤地叫喊:"来人啊,来人啊,我要见郑检察官,我是凶手,崔慧琳是我杀的,我认罪……"

周围是一群从睡梦中惊醒的犯罪嫌疑人,他们睡眼惺忪,莫名其妙地望着正发狂的陆正强。

两个民警吃惊地互相对视了一下,赶紧打电话将情况汇报给了看守所领导。

这天上午十点,郑岩和叶文婕、林乔生就来到了看守所第12提审室,一脸憔悴、胡子拉碴的陆正强坐在提审椅上,叶文婕打开电脑快速记录着审讯对话。

只见陆正强目光呆滞,喃喃自语道:"我就是凶手,崔慧琳是我杀的,我该死,你们枪毙了我吧。"

郑岩抱着胳膊,审视地望着黑眼圈很重的陆正强:"那你解释下为什么要杀害崔慧琳,她可是你的爱人啊,你们就要结婚了啊!"

陆正强抬起头,有气无力地答:"没什么为什么,我喝多了。"

林乔生闻言愤怒站起身,大力地拍了一下桌子:"陆正强,你这是戏弄法律,还是耍我们呢?"

郑岩赶紧站起来拉他,并大声制止:"林乔生!"

双手戴着手铐的陆正强此刻将头趴在审讯椅的铁栏杆上,两只手紧紧抱着头,不断地摇头,低声抽泣着,整个身子都在颤抖着。

这次提审就这么结束了,因为陆正强一直控制不住自己的情绪，一直在喃喃自语说"我就是凶手，崔慧琳是我杀的，我该死"，要不就是抱着头悲伤哭泣，对于郑岩他们的问话不作任何回应。

回到单位，郑岩把外套一脱，狂喝了两大杯水，然后就半躺在办公椅里闭目沉思。

林乔生颇不甘心，把崔慧琳被害案的案件材料来回翻了无数遍，边翻边皱着眉头思考，但看这样子是一筹莫展。

叶文婕也来到郑岩和林乔生的办公室，埋头整理着卷宗。

翻着翻着，林乔生突然带着很大火气地说了一句："这个陆正强真不是个爷们，转了一大圈，才认罪！我看不是他醉了，是我醉了！"

郑岩这时睁开眼，起身走到窗前，窗外已经是深秋了，金黄的银杏叶落了一地，秋风萧瑟，吹进窗内，让人忍不住打了个寒颤。郑岩望着窗外，淡淡地道："他不是凶手，他只是不想活了，想赎罪。"

林乔生和叶文婕闻言手头都停住了，惊讶得下巴都要掉了："赎罪？"

郑岩并未转过身来，他望着远处雾霭朦胧里的一大片建筑物，道："万事俱备，只欠悔过。明天我们再去趟看守所，我给你们解惑。"

第二天一大早在单位吃过早餐后，三个人又风风火火地开着警车再次来到了看守所。

本以为过了一个晚上陆正强的精神状态会好点，但没想到再次出现在郑岩三人面前的陆正强比昨天显得更颓丧了，这回

193

他那秀气特别的丹凤眼除了黑眼圈外，更是红肿得厉害，显然他哭了一晚上。

看着眼前这个曾经风神俊秀、前程大好的年轻人这副模样，郑岩心里涌起一股难过和惋惜之情。他清了清嗓子说："陆正强，尽管我不清楚你和韩眉、崔慧琳之间到底发生过什么，但是我知道是你造成了她们两个人今天的悲剧，法律不会放过一个真正的罪人，也不会冤枉一个好人！如果你真的想赎罪，那就用你的后半生为她们两人的父母尽孝吧！"

陆正强吸了吸鼻子，低头不语，泪水大颗大颗地砸在手铐上。突然他就趴在了审讯椅前面的钢板上恸哭。那哭声里的情绪复杂万分，种种痛苦、纠结、压抑都流露无遗，让郑岩他们都似乎能感同身受。郑岩他们三人都悬着一颗心，脸上满是沉痛和沉重。一时间提审室里显得特别静默，只剩下陆正强的哭泣声。

大概十几分钟后，陆正强终于抬起头，他用黄色囚衣的衣袖擦了擦泪水，稳了稳情绪，开始正常回应郑岩他们的讯问，他终于向郑岩、林乔生道出了他和韩眉、崔慧琳之间的一切。

陆正强用有些沙哑的嗓音说："我和韩眉是初恋情人，读高中的时候，我们就立下誓约，今生今世永不分离。后来，韩眉考上了北京的一所名牌大学，而我，因为高考发挥失常而进了滨海市金融专科学校。在去学校报到的前一天晚上，我们两个在韩眉家发生了关系……韩眉说，无论我到哪儿工作，她都会想办法和我在一起，让我等她读书归来。

23

陆正强记得,那时候成绩优秀的他以全校第一名的成绩考进了滨海市最好的高中,在这里,他遇见了韩眉,而且韩眉是他的同桌。

从见到韩眉的第一天起,他就深深地喜欢上了这个秀美高傲的姑娘。起初,韩眉是不待见他的,把他当成其他那些爱慕她、暗恋她的追求者。

他眼看着这个漂亮的姑娘在自己身旁坐了好几个月了,自己却大气也不敢出。直到有一天考数学,陆正强的手微微碰了下韩眉的手肘,低声说:"你最后一道题答案是不是错了,如果信我的话,改一下吧!"

韩眉的视力可是极好的,她赶紧趁着监考老师巡视后排去了,偷偷瞄了一眼陆正强的试卷,再仔细算了算,发现自己漏了个小数点。她赶紧改正过来。这次考试她又拿了全年级第一,可要是没有陆正强冒着作弊的风险提醒她,她就会因这道做错的题而少十分,名次就会落后很多。

从那以后,她开始主动跟陆正强说话,陆正强本来很腼腆,渐渐地,他发现韩眉跟他说话的次数越来越多,他便不再那么腼腆了,笑容越来越多地浮现在他秀气的脸庞上。

随着时间的推移,陆正强发现自己真的爱上了这个女孩,而这个女孩看他的眼神里也多了很多东西,而且她现在一跟他说话就会脸红呢,那绯红若桃花的娇羞面容更加令他动心。他仔细比较过,她跟任何男生说话都不会脸红,唯独对他说话会这样。而且她现在不像以前那样随时随地想跟他说话就说了,她现在经常是好像有很多话想跟他说却又欲言又止。他后来才听她说，是因为她也爱上了他，却又出于一个女孩子的害羞和矜持，所以不好意思主动跟他说话。可是他那时候多木讷啊，爱上了一个姑娘也不懂得主动点。

时光荏苒，一晃都高三了。有一天他放学回宿舍后，想着要去买套模拟题，于是从宿舍出来又往学校后门的一条小街上去，正要走出学校通往小街的那扇小门，韩眉突然从小门侧边闪了出来，她堵住他，一脸倔强，还有着娇羞，更多的是生气，她壮着胆子问："陆正强，你到底想什么时候说？"

他惊诧莫名地望着她那羞涩美丽的脸，觉得此刻的她比平时更加迷人，他总算理解了徐志摩笔下的"不胜凉风的娇羞"是怎样动人心魄、震撼人心！

他惊讶而又喃喃地问："说……说什么呀？"

没想到韩眉漆黑如潭的大眼窝一下子就涌起来一窝泪水，那泪水迅即在她光洁的面庞上簌簌滑落："说你喜欢我啊！"

他突然僵住了，然后全身止不住地发抖，牙关都咬得咯咯发颤，仿佛一股电流从头到脚电麻了他全身每一个细胞。他后来才知道那就是被爱神丘比特射中了的感觉，那就是深爱一个人的感觉！

只是他的爱一直是昏睡着的，木讷、青涩、稚嫩的他对于爱还了解不多，只是一种朦胧的感觉，而比他成熟的韩眉那少女怀春的愁思和忧郁、辗转反侧、几度难眠，终于迫使她抛却少女的娇羞和矜持，不得不主动来捅破这爱的窗户纸了！

他紧张得手心、脚心、后背、额头全是汗，热烘烘的，愣在那里不知所措。韩眉突然跑上来拉起了他的手，他一瞬间回过神来，紧紧地回握住她柔软白皙纤长的手指，生怕她会从他身边飞走似的，他们十指交缠，在夜色的掩盖下，迅速朝小街尽头的一片荒废的空地走去。

在空地上的一棵很大的榕树下,他平生第一次对一个女孩说出了那句珍贵的"我爱你!"

早慧又早熟的少女韩眉泪如雨下,紧紧地搂住了他的脖子,她柔软的身躯就像一条蛇一样缠绕着他,他长这么大第一次这么近距离地接触一个女人的身体,他感觉那股奇异的电流又将他从头到脚狠狠地电了一把,他感觉全身都酥麻麻、软绵绵的,似乎马上就要窒息地瘫倒在地。

他笨拙地搂住她,笨拙地吻了他心爱的姑娘。

韩眉说:"你知道我多么早以前就爱上你了吗?可你为什么现在才肯告诉我你也爱我?"

他觉得自己像个蠢猪一般,喃喃地羞涩辩解道:"其实我早就喜欢上你了,只是我那时不知道你喜不喜欢我,所以我不好意思……"

韩眉狠狠捶了他胸口几拳,娇羞无比,娇嗔道:"都是你,太坏了,我是女生啊,这种事居然要我一个这么要面子的女生先主动,我真是没脸见人了!"

说着她就假装生气地别过脸去不理他。爱情这回事就好像学习一样,他擅长学习,有韩眉在前面引领着,他对恋爱这回事就一通百通了。这回他抛却了青涩和稚嫩,在她脸上轻啜了一下,她就又转过脸来更加羞涩地笑了,脉脉含情地望着他,对他回以更加浓烈的吻。

韩眉突然眼里燃烧着熊熊火光似的,她特别严肃庄重地举起了右手,伸出三根手指,对着漫天繁星起誓说:"我韩眉发誓,今生今世永不背叛陆正强!"

他像是中了魔怔一般,在那样月色如水的夜晚,在那样静谧温馨的气氛里，他也无比庄重严肃地举起了右手，伸出三根手指，望着头顶深邃悠远的夜空起誓说："我陆正强发誓，今生今世永不背叛韩眉！"

从那以后，他感觉他再也没这样深切地爱过其他人，再也没有这样激情澎湃地吻过一个其他人。

24

陆正强和韩眉约定要一起考到北京同一所著名高校去，可惜陆正强发挥太失常，最后只上了滨海市的一个金融专科学校，这让所有认识他的人都大跌眼镜。而尖子生韩眉发挥一如既往地稳，最后如愿以偿进入了北京这所全国数一数二的名校，成为一名医学生。

读大学期间，韩眉原本就并不太好的家境因为父亲患胃癌去世而更加雪上加霜。母亲身体也并不太好，在一家民办工厂做着会计工作，工资勉强够娘俩吃饭和开支。至于学费，韩眉想尽一切办法，她申请了助学贷款，下课后去给人做英语家教，周末则去培训机构当老师，或者去书店当兼职店员……为了赚够学费，她几乎什么都干过。

她家乡的人们在教育孩子时，都以她为榜样，动不动就会对孩子说："你看人家韩眉，发奋读书就是有好结果，多厉害，这辈子都不用发愁了！"

可是他们谁也不知道，众人眼中天之骄女的她过着如此凄惶的日子。偏偏她又死要面子，不想让同学们看出她的窘迫，所以她宁愿多花点钱搬出去住地下室，也不愿被同学们知道她每天的行踪和生活。

在不见天日的地下室住了四年后,她终于迎来了毕业,在盛大隆重的毕业典礼上,校长为她戴上了学士帽,那一刻她哭了,心里默默地对逝去的父亲和为了节约车费而没有前来祝贺她的母亲说:"我没有辜负你们的期望,我拿到了学士学位,你们该感到很欣慰吧!"

大学期间她也经常跟陆正强打电话、发短信,甚至有些时候她还会把自己对他绵绵不绝的思念写长信告诉他,无论她打工回来多晚、多累,她都会在睡觉前发一些自己一天来的感受和思念给他。

陆正强此时也在滨海努力发奋学习呢,他想着自己的女朋友远在北京那么牛的高校,他可不能让她和旁人瞧不起,他想着一定要考本科和考研究生,这样才能在学历上配得上如此优秀的女朋友!

韩眉也不断鼓励他继续深造,通过学习彻底改写自己的命运。韩眉是如此要强和要面子,父亲去世这样的大事她都没有告诉陆正强,因为她一是不想陆正强替她操心,二是不想影响陆正强的学习,三是不想陆正强因为她的家境而瞧不起她。

所以对于女朋友韩眉在北京读大学期间的生活状况,远在滨海发奋的陆正强一无所知,他想着女朋友如此优秀,能力又很强,她一定会过得很好,所以他从不这多担心她。

倒是韩眉,隔三岔五地给他买好考本科和考研的各种书籍、资料给他寄过来。只要上网或听同学们说有啥好的关于金融科目考研的资料,她想方设法都要弄来寄给他。甚至,为了提前掌握陆正强备考的目标学校考研方面的情况,韩眉在繁忙的打工生活之余,隔三岔五都要倒几趟地铁坐两个多小时车去到那所学校的研究生部,去那儿的自习室跟那些备考本校研究生的男生套近乎，就为了从他们嘴里打听些导师出题的偏好，看看能不能得到一些内部消息啥的。

这期间，有好些优秀的或家境好的男生追求韩眉，可都被她一一拒绝了，因为她始终记得高中时那个特别的夜晚，记得满天星光下她和陆正强许下的动人誓言。在她心里，那个誓言并不是临时起意，而是"蓄谋已久"，那个誓言也并不是一时冲动，而是她对他的一生承诺！

韩眉是个很特别的女子，特别坚持，甚至坚持到了固执和偏执的地步，只要是她认定的目标，哪怕是付出一切也要达成。所以当她在高中那场数学考试过后，她发现自己爱上了陆正强，从那以后她眼里、心里、脑海里全都是他，她认定了他就是一辈子的伴侣。所以无论如何她都要追随他，她曾对他说，你在哪，我就在哪，家就在哪，一生一世，不离不弃！

更加让她难以忘怀的是去大学报到的前一晚，陆正强来送她，帮她收拾行李。陆正强在她家待到很晚，恰好那天晚上她母亲因为看望生病的外婆而没有回家。他帮她收拾好后，流着泪笑着抚着她光洁美润的脸，对她说："以后你就要一个人去那边了，没有我在你身边，今后你要好好照顾自己！"

在这么说着这些话的时候，陆正强心里特别难过，准确地说，从高考成绩出来那一刻，他内心就已经对这段感情的归宿打上了一个问号，只是他一直不敢真正去面对，他总是糊弄自己，让自己不要去想，可是这个问题是个残忍又缠人的魔鬼，总是会悄无声息地跑出来骚扰他，让他痛苦不堪。

他会这样想，也是人之常情。韩眉是全国数一数二的名校医学生，自己却只考上个十八线的专科学校！面对这样巨大的差距和鸿沟，任谁都无法不多想，都无法去用别的借口去安慰自己说没关系，说这个不会影响到两人的感情，那只是自欺欺人、自我安慰的谎言。

陆正强知道韩眉是特别执着的女孩子，他仔细观察过了，他发现韩眉丝毫没有因为他考的是个这样差劲的专科学校而嫌弃他，反而她时时处处都鼓励他，安慰他，说没关系，你努力考个名校研究生就逆袭了，就洗牌了，我在北京等你，你一定能成功的！

尽管她如此豁达大度，如此真诚鼓励，陆正强却早已在心中给这段感情判了死刑。他其实是带着诀别的意味来跟韩眉告别的，他想，过了今晚，自己就要退出韩眉的人生了，自己不能无耻地拖韩眉的后腿，她的人生将来前程无限广阔，有着无限的可能，没准她将来还能去藤校读研读博，去世界上或国内最厉害的医学机构或科研机构任职。而自己是什么呢，自己顶多也就只能在滨海读完专科后，出来随便找个工厂或公司打打工罢了。两个人之间的鸿沟之大也许比得上地球到太阳的距离。

如果说韩眉是个理想主义者，陆正强则是个不折不扣的现实主义者。韩眉总有满腔热血，她认为这世上无难事，只怕有心人。可到了陆正强这儿完全不是这么回事，他深知自己能力和实力的极限在哪儿，他会仔细计算在一件事情上的投入产出比，如果投入和产出比太难看，性价比太低，他是会早早放弃的，考研如此，恋爱也是如此。不像韩眉，她属于那种只管满腔激情地去投入的人，后果如何她可是不想的，因为她从不给自己留退路，她也从来不认为自己会失手！

他跟她说完那句"今后你要好好照顾自己"的话后，就放开她的手，泪眼蒙眬地打算离开。可就在这档儿，韩眉却立马起身抱住了他的胳膊，随即像一条蛇一样攀上了他的整个身体，她香甜的吻如狂风暴雨一般落在他额上、脸上、脖颈上……

25

那一刻他已经失去了理智，脑袋里一片空白，无法呼吸，更无法思考，只觉得自己全身火热，像是孙悟空置身太上老君的炼丹炉一般。

他眼里喷出的火光熊熊燃烧着，那股灼热的岩浆似乎马上就要喷涌而出，他已经无法按捺自己了，头脑一热，他死命地把她搂住，使出吃奶的力气把她往自己的胸膛里挤压，他想把她整个地吞下去，想完完全全占有她，想把她揉扁了塞进自己的肚子里，这样就能跟她彻底地合二为一了！

在这股无比强大的激情推促下，他已经完全忘记了他其实是来跟她诀别的，他的脑袋里此刻已经完全不能思考，他的心里只有唯一的一个想法，那就是彻彻底底地占有她，彻彻底底地与她融合在一起，而且他无比迫切地、血脉偾张地想要这么做，不这么做他宁愿去死，当然，他宁愿去死也是要这么做的。

当一切结束后，他伏在她身上大口地喘息着，她温柔地抚摸着他的后背，心疼满头大汗的他。他的脑海依然一片空白。但他彻底感受到了她的炽热和纯真，她对他无比执着和真挚热烈的爱。在他恢复思考能力的一瞬，他发觉自己无比感动，却也特别难过，感动于她如此忘情地投入和痴情，难过于他注定要辜负她的一片痴心。

在她那，甜蜜爱情的未来似乎刚刚拉开帷幕，可是她不知道的是，在他那，这甜蜜爱情早已变得苦涩，他心里就已经掐灭了这爱情的火焰！

天真纯洁的少女带着满脑子的甜蜜爱意去北京的学校报到了，而陆正强则已经在思考着接下来的人生规划了。只是这规划里已经没有了韩眉的存在。

对于考本科考研，他当然是想要考的，毕竟他也是个好强之人，曾经也是个学霸。经过一番努力后，他取得了本科学历。接下来他报考了北京一所名校的研究生，但考了两次都因为英语成绩而败北，最后韩眉让他再试一次，他在内心里拒绝了，他知道自己已经尽力了，两次考研已经耗费了他太多时间、精力和心血，他不想再因为考研失败而把自己仅剩的一点尊严和精力给耗没了！

所以当面对韩眉再次辛辛苦苦、省吃俭用收集、购买并寄过来的考研资料，他默默地把它们都束之高阁，韩眉问他看了没，好不好用，他敷衍地答道，看了，好用呢！他不忍心告诉她自己的真实想法，毕竟韩眉对他期望如此之大，对他们未来的感情期望如此之大！

他从韩眉去上大学后就一直想跟她明确提出分手，可是他无论如何说不出分手这两个字，他内心一直矛盾、纠结和痛苦得很。他知道自己是深深爱着她的，也难怪，这样优秀、美丽而又痴情的姑娘，谁会不爱呢。可恰恰是因为她如此之好，她的期望如此之高，给他的压力太大了，大到他无法承受。

一个师兄是高干子弟，典型的高富帅，家境优渥，在北京住四合院，父母都是高官，一心一意追求韩眉，隔三岔五开着豪车来堵韩眉，对韩眉嘘寒问暖，情真意切，可韩眉就是不为所动。那师兄追了一年半，见韩眉心如磐石，最终知难而退，没过多久就跟韩眉班上的另一个女生结婚了。

韩眉在本科毕业后选择了继续深造。本校研究生报考人数很多，竞争特别激烈，那段时间韩眉没有再打工，而是全副身心都用于考研。她每天骑着一辆除了铃铛不响其余哪儿都响的破单车穿梭在偌大的校园，就为了找到一个清静的空位来复习备考，备考的人实在太多了，很多时候早早去抢位都抢不到。

备考的那一年，韩眉在没有暖气的地下室里盖着薄薄的棉被过冬，她遇到过在学校复习到深夜后发现自行车被偷而不得不走路回来的时候，她度过了无数个洗了头没干就出门头发被冻成冰碴子的日子，她的隔壁住着各种来路不明的三教九流的人物，环境嘈杂脏污不堪，甚至她的住处门锁被撬开东西被盗过，每次回来都要经过学校外面那条长长的黑黑的偏僻的路然后拐进没有路灯的城中村那条巷子的地下室，那段时间物价飞涨，猪肉贵得离谱，韩眉只得顿顿吃素菜……因为上火、也因为睡眠严重不足、营养不够，她原本美丽光洁的脸上爆了一脸的痘痘，腿上和背上长了湿疹……北京的红墙绿瓦外的垂柳叶儿绿了又黄，黄了又绿，皇天不负有心人，终于，一年后她考上了本校的研究生。

陆正强第三次考研只是报了名，他没去参加考试，他最后只得坦白告诉她，自己没有复习，一早就放弃了。韩眉得知特别伤心难过，她发了无数条信息想要说服他，可他却告诉她自己已经在着手找工作了，不想再考了。韩眉觉得自己尽力了，便想着，既然不能在北京团聚，那么自己就毕业后回滨海去吧！

毕业时，导师见她能力很强，便推荐她到一家特别有名的医院任职，而且那家医院很看重她这种名校毕业的高学历人才，提出给她解决北京户口。这些条件很诱人，但韩眉经过再三思考，还是放弃了这个别人求之不得的职位，毅然决然选择了回滨海发展。

这个时候的陆正强通过招考进入了滨海的一家银行做柜台，他听信自己也在银行系统工作的远房表哥的意见，在这位表哥的牵线搭桥下，曲里拐弯地结识了滨海市副市长的女儿崔慧琳，崔慧琳见他第一面就被他儒雅俊朗的外表给深深吸引了，再加上他斯文不俗的谈吐，就更是轻易俘获了她的芳心。

他也对各方面条件都不错的崔慧琳很满意，觉得她身上没有富家子弟那些纨绔浮浪气息，反而很踏实和接地气，再加上父母也特别喜欢这姑娘，这可真是打着灯笼也找不到的婚姻绝佳配偶啊！因此他心中决定了，这辈子就认定崔慧琳了。

可是韩眉却突然回来了，她回来时没告诉他，她放弃北京那些优厚的条件时也没有跟他商量过，因为她心里以为他也如同她一样，始终记得两个人曾经对月对天许下的誓言和承诺，她以为他也跟自己一样对这段感情特别执着呢。

当韩眉突然出现在陆正强上班的银行外面，碰到陆正强下班后搂着来接他下班的崔慧琳有说有笑地走向地下停车场的画面时，韩眉彻底疯了，她觉得天旋地转，觉得整个世界都黑了，大都塌了，她差点就栽倒在路边了！

她不知那天自己是怎么回到租住在滨海市第一人民医院附近的临时公寓的，她心里那一刻涌起的不是对陆正强的爱意，而是彻骨的恨意。过往有多甜蜜，这一刻就有多痛楚！她恨，恨不得马上杀了陆正强和崔慧琳，她恨得要噬陆正强的骨和吸他的血，她恨得想要彻底毁了他，作为他的背叛这段感情的报应！

26

一直听得聚精会神的郑岩说:"为了你,韩眉放弃了在北京的工作机会,甚至放弃了北京户口,回到了滨海市人民医院?"

陆正强点了点头:"是的!韩眉很优秀,她硕士毕业后,我已经到滨海市银行上了班,为了和我团聚,她主动放弃了在北京的工作机会,回到了滨海市。可是,这个时候的我……我已经和崔慧琳在一起了,我们已经订婚了……"

说到这里,陆正强痛苦地紧紧地咬着下嘴唇,似乎都要咬出血来,半响他才道:"我……我对不起韩眉,真的对不起呀!"

一直埋头打字做笔录的叶文婕抬起头问:"既然和韩眉有了誓约,既然知道对不起韩眉,为什么还同意和崔慧琳订婚?"

陆正强觉得喉头艰涩,他艰难地咽了一口口水,回答道:"我毕业后在工作上也很努力,可是升迁处处遇到阻碍,事事都要靠关系,这让我一度很沮丧、很不甘心。我的一个同样在滨海银行系统工作的远房表哥在一次聚会上对我说,崔慧琳的父亲是市里的领导,对于我这样普通的出身,如果和崔慧琳结了婚,就有了靠山,今后在仕途上好发展!而那时候崔慧琳也很喜欢我……"

林乔生侧着脑袋,眼睛紧盯着陆正强有着深深法令纹的灰色面孔:"仕途?为了仕途,你就可以背叛韩眉了?"

陆正强这时抬起头来了,他也盯着林乔生,似乎想要很认真地说服林乔生:"我也没有办法呀!你知道吗?在滨海,一个没有任何背景的孩子,要想出人头地,是多么的难呀!"

林乔生不满甚至是有点轻蔑地看了陆正强一眼,鼻孔里轻轻但又让人感觉是重重地发出一声："哼！"

郑岩又问："陆正强，据我所知，你和崔慧琳订了婚，但是，你心里并没有放下韩眉。"

陆正强语气突然有些急切地道："是！尽管我订婚了，在我心中，韩眉依然是那么的神圣，我真的没有办法放下她，那可是我的初恋呀！7月2号，我找到韩眉，告诉她，我要和崔慧琳结婚了……"

陆正强现在还无比清晰地记得7月2日那天发生的点点滴滴。

韩眉成了他心口的朱砂痣，那个为自己付出和放弃了人生中太多太多东西的姑娘，那个一直傻傻地追随自己的姑娘，那个陪着自己走过人生中最青涩美好年华的姑娘，那个自己人生中第一个爱上的姑娘，无论如何，他都无法放下她，无法忘却她。谁也无法体会和理解他内心的那种痛苦、纠结和煎熬。

尽管就要跟崔慧琳走进婚姻殿堂了，他还是想在结婚前跟韩眉见上一面。可见面该怎么开口呢，该跟她说点什么呢？他没想好，但，就是想见见她，而且必须要见到她！陆正强这么想着。

雕刻时光咖啡厅外，灯火辉煌，三三两两的情人甜蜜地勾着肩，搭着背，从咖啡厅前招摇而过；璀璨缤纷的霓虹灯下，咖啡厅门前停满了各种各样的高档轿车……

咖啡厅内包间，陆正强给韩眉和自己都点了咖啡，这是他们俩从前约会时最喜欢喝的饮品。

今晚的韩眉似乎有某种预感似的。

出门前她仔细地梳洗打扮了一番，甚至，她还去楼下的发廊做了个新发型，将一头黑长直烫成了大波浪卷发。然后平时喜欢淡妆的她这次给自己白净精致的脸化上了浓妆，还把前不久在滨海最高档的时代年华商场买的一条昂贵的红色长裙穿上了。

当她望着镜子里那个妩媚的女子，她那被红裙包裹得恰到好处的窈窕身段放射着性感迷人的气息，她那长长的大波浪卷发温柔地铺在背后，两只闪亮的心型耳环一晃一晃的。镜子里的女人浓艳如一杯玫瑰酿的酒，周身都散发着勾人魂魄的魅力，连她自己都不禁要为这样美的人儿陶醉了！

当她出现在雕刻时光咖啡厅，引起了一阵骚动，人们的目光纷纷转向了她。陆正强看到她的那一刻惊呆了，他仿佛看到的是一轮明晃晃的太阳！她是那么夺目，是那么耀眼，她的出现令周围的一切都黯然失色！

当她迈着优雅的步子从容走向他时，他能明显地感受到周围男人们那嫉妒而火辣的目光，他骄傲，但又无比难过。骄傲的是这个这么美好的女人曾经属于自己过，难过的是她只是曾经属于自己，现在和以后的以后，她都终将与自己形同陌路，此生不再有任何交集！这难过的感觉是那样地强大，让他的心脏疼痛得厉害，以至于他差点眩晕而跌坐在座位上。

她款款来到他对面，缓缓落座，随意撩了一下那大波浪长卷发，美目流盼，巧笑倩兮，她那随意的笑让他的心脏更痛了，他感觉眼睛被刺痛得都睁不开了，头晕得更厉害了。

可她却不管不顾，像是对自己的美丽和魅力毫无自知一般地继续散发着她的超强电力。

此刻的她端起咖啡杯，那红唇欲滴的样子看得陆正强心魂一阵荡漾。有那么一瞬间，陆正强几乎差点想放弃与崔慧琳的婚姻，放弃那似乎唾手可得的大好前程。这犹豫，这煎熬，使得他的两只手无措地来回在大腿上擦了又擦，他的手心像是有两团火在熊熊燃烧着，他的周身都热烘烘的，额头也冒出了细密的汗珠。

韩眉却什么话也没有说，只是默默地喝着咖啡，两只大大的杏眼紧盯着陆正强，媚眼如丝，看得陆正强心里发毛。

他低下了头，神情紧张，唯唯诺诺地艰难开口道："韩眉，对……对不起！"

韩眉轻启朱唇喝了一口咖啡，慢条斯理却又咄咄逼人地道："一句对不起，所有的风花雪月、山盟海誓就都没有了？"

陆正强的后背此刻更热了，热得直像是有把火在烤，衬衫内裤全汗湿了。他咽了咽口水道："韩眉，我知道，你为我付出了很多……我，从心里感觉到很对不起你……这些年来，所有的一切都是我的错，我愿接受上天的惩罚！"

一直优雅端庄、一脸不在乎的韩眉闻言却突然变了脸色，她把手中的咖啡杯重重地放在桌上，腾地一下站起来，她柳眉倒竖，眼里布满红血丝，像是要喷火一般死死盯着他："陆正强，你一句对不起就可以了却你我之间的一切了吗？你想没想过，为了你，我坚守了那么多年；为了你，我放弃了在北京的工作，回到了滨海；为了你，我忍受了常人不能忍受的痛苦……可你，却为了攀附富贵，轻轻地用一句对不起，就要把我打发了！"

陆正强几乎是被盛怒的韩眉给吓着了，有那么一瞬间他是被吓得目瞪口呆的，但几秒钟过后他就清醒了过来，他强迫自己镇定，并赶紧调整好自己。他为难地看着发怒的韩眉，待韩眉发完怒，他伸出手去抓住了韩眉的手，让她坐下。他流泪道："韩眉……我没有办法呀！"

此刻的韩眉已然伤心欲绝，先前强装的淡定全然不见了，她绷不住了，泪水瞬间夺眶而出，把她的妆容弄得脏乱不堪，发丝纷乱的她抹了一下眼角的泪水，咬着牙说："好吧！我祝你们幸福……"

　　说完她甩开陆正强的手，拿起自己的手包疯一般地转身跑出了咖啡馆，只剩下陆正强一个人呆呆地瘫坐在那里。

　　说到这里，陆正强抬起头来，他灰暗的面孔上有两道快干未干的泪痕："韩眉走后发了条信息给我：我们两个从此恩断情绝！后来慧琳被害了，我知道……我猜……可能是她杀害的慧琳。她一定对我恨之入骨了！"

　　郑岩语气严厉地道："韩眉是不是凶手还不敢完全确定，但是，我可以告诉你，你的行为确实已经严重地伤害了韩眉！现在，真的如她所说，你们两个已经恩断情绝了！"

　　陆正强仰面朝天，发出一声长叹，无限悲哀地说："无论怎么说，是我对不起韩眉呀！"

　　叶文婕停下敲键盘，隔着电脑屏幕侧着脑袋盯着陆正强严肃地问道："你知道韩眉会杀害崔慧琳？"

　　陆正强表情突然变得很紧张和着急，他赶紧抬起右手连连摆手道："不，不，不！"

　　叶文婕面色一沉，她逼视着陆正强，不容他的眼神游离逃避，她说："你的眼神已经告诉我了，你一开始就知道是她！……可是，你心中又是那样的不情愿！"

　　陆正强半晌没作声，他低头望着地面，过了好久才长叹一声，他流着泪，缓缓道："这一切，都是我作的孽啊！"

　　叶文婕面无表情但语气严厉，说："所以，你在我们后来提审你的时候说了谎，试图掩饰韩眉的犯罪嫌疑，替她顶罪，也是替自己赎罪！"

陆正强痛苦地抱着头，他用求饶的语气说："别说了，别说了，求求你别说了……我对不起她们呀！都是我的错，我有罪！"

27

这次提审总算是取得了郑岩他们一直想要的结果，陆正强的供述让他们几个既有些欢欣，又很是难过。欢欣是为办案进展，难过是为人世情意。

结束了提审，回单位路上，林乔生沉默半天才吐出一句："真没想到这个陆正强还是个有情有义的男人！"

副驾驶位上的郑岩诧异地看着开车的林乔生的侧脸，说道："有情有义？崔慧琳马上要和陆正强举行婚礼了。这个时候，崔慧琳被杀，陆正强竟然隐瞒实情。他对韩眉有情有义了，对崔慧琳呢？这也算有情有义？"

林乔生闻言耸了下眉毛道："嗯，这个陆正强……他是罪有应得。"

郑岩望着前方正色道："他没有杀人，也没有犯罪。可是，所有的一切都是因他而起。这段牢狱之灾，也算是上天对他的惩戒。"

后排的叶文婕这时出声了："主任，那这个案件的真凶就是韩眉了。女人的嫉妒心让她走上绝路！"

郑岩轻轻点了点头，长叹口气说："爱情之火，会让人狂热啊！"

郑岩将案件进展向许省身等党组成员做了详细汇报。许省身决定召集公安局的同志开个碰头会。

出席会议的有许省身、公安局长李克，郑岩、叶文婕、林乔生、慕容曦、耿勇、陈朗等人。

许省身看了一眼李克，李克点了点头，示意许省身先说。

许省身慈爱而又略带歉意地看了一眼慕容曦，说："在对崔慧琳被害案的办理中，慕容曦同志受了不少的委屈。没办法呀！这是法律规定的，既然你涉案了，你就必须回避。"

慕容曦抿了抿嘴，微微笑了一下，那笑容里似乎有着太多难言的东西，当然，更多的是一种云开雾散后的云朗风清。

李克接着说："崔慧琳被害案一波三折，不仅是滨海市检察院检委会高度重视，我们公安局领导班子也同样重视。首先，我们请市检察院第一检察部的同志提前介入对案件的调查，这对固定证据、打击犯罪非常重要。现在，案子已经基本明了，可以确定犯罪嫌疑人就是韩眉。下面，请法医鉴定中心的陈朗同志介绍一下具体情况。"

陈朗朝李克点了点头，就起身来到大屏幕前站定，他手里拿着激光笔。

屏幕上出现了崔慧琳脖颈处伤口的照片，陈朗用激光笔指着照片上伤口的位置，对大家说："为了弄清楚伤口形成的情况，我们请来了公安部法医鉴定中心的专家，对崔慧琳的伤口进行了研究，大家的意见倾向一致，认为是比较锋利且超薄的刃具形成的。通过对案发现场的勘查，基本可以认定是类似于剃须刀片这种类型的凶器切割而成的。但我们在案发现场并没有发现这种刀片。"

说到这里，陈朗从桌上拿起一枚刀片，向大家示意，"当时，被害人崔慧琳因为喝酒过多倒在地上，犯罪嫌疑人进入卫生间后，从剃须刀架上取下刀片……就这样，犯罪嫌疑人用剃须刀片切割断了崔慧琳的颈动脉，致使崔慧琳失血死亡。"

大家都聚精会神地听陈朗讲解。他咳嗽了一声，停顿了一下，再次更换幻灯片，屏幕上立即出现了两枚指纹的图片。他用激光笔指着屏幕上的指纹继续介绍说："大家请看，左边的这枚是从案发现场剃须刀架上提取的指纹，右边的这枚是韩眉的样本指纹。经过比对，可以肯定韩眉接触到了剃须刀架。"

听到这里，郑岩举手发言道："问题是行凶的工具，也是关键的物证——刀片并没有找到。再说，"他伸出右手模拟了一下拿刀片割东西的姿势，"假如韩眉杀人，血迹会不会溅到她身上，她的衣物会不会留下痕迹？"

听了郑岩的疑问，耿勇补充说："我们走访调查时，就这个细节进行了专门的调查。那天韩眉穿了紫色长裙，我们在她家找到了那件紫色长裙，没有在这条裙子上发现异常。"

郑岩皱了皱眉头，低着头沉吟了一小会儿，继续说："这……在接手崔慧琳被害案后，我就对犯罪嫌疑人的作案手法产生了疑问。犯罪嫌疑人非常准确、也非常利索地切割断了崔慧琳的颈动脉，首先可以肯定，犯罪嫌疑人懂得医学常识，并且还要有一定的实践经验。如果没有一定的医学实践经验，很难这么准确地一刀致命！"

耿勇说："对，对郑主任的意见，我们非常重视，对案件进行了仔细研究，在案件涉及的所有人中，也只有韩眉具有充分的医学实践经验，所以，我们把视线锁定韩眉，并通过技术手段提取了韩眉的指纹进行比对，现在，可以肯定，韩眉犯罪

213

嫌疑最大。"

叶文婕一直在边听大家的发言,边翻看着之前对陆正强的审讯笔录和对韩眉的调查笔录,这时她合上笔录,环视一圈,接过耿勇的话补充道:"而且,这个韩眉也有犯罪动机。据陆正强介绍,韩眉非常爱陆正强,为了陆正强,韩眉放弃了在大城市发展的机会回到了滨海市。可是,陆正强因为想攀高枝而抛弃了韩眉,和崔慧琳订了婚,并准备在近期内结婚。所以,韩眉很有可能是激情杀人,走向了极端。"

这时,耿勇从公文包中掏出一纸证明展示给大家看:"这是刑侦支队重案队刚刚获得的消息,民航方面传来的消息说,韩眉已经拿到了赴美国求学的机票,时间是明天下午3点的航班。"

许省身皱了皱眉,望着李克说:"看来,这个韩眉要跑呀!"

李克点了点头,严肃地说:"坚决不能让她走!她这一走,再想把她弄回来,可就费劲了!"

许省身微微颔首表示赞同,继续说:"我提请大家主意,周大伟在这个案子中扮演了什么角色?"

耿勇说:"对,我正要向各位领导汇报这样一件事!经过检验,我们从崔副市长交过来的信纸上提取到了周大伟的指纹。后来,又对周大伟的笔迹进行了鉴定,现在,可以肯定,是周大伟写了这封信。"

郑岩顺着耿勇的话说:"这封信也说明了一个问题,周大伟非常希望我们尽快审结陆正强的案子。"

许省身听了耿勇和郑岩的话后,转向李克,右手食指点了点会议桌,说:"看来,这个周大伟也是个关键人物呀!"

李克点点头,并转头问耿勇:"耿支队,刚才这些证据能让韩眉服服帖帖地认罪吗？"

耿勇说："现在，最直接的证据就是剃须刀架上的那枚指纹。如果韩眉说她在案发时间外接触过这只剃须刀架，留下了指纹，还不足以让韩眉归案。"

李克正色道："这次，一定要把证据取扎实，不能有任何的漏洞！"

耿勇道："是！"

28

慕容曦最近心情好了很多，随着案情的进展，她的心理压力也小了很多。这天中饭后，她搬了一把办公椅坐在办公室靠窗的位置眯着眼睛晒太阳。这时办公室门被推开了，她睁眼一看，是郑岩他们仨回来了。

林乔生放下提包，咕咚咕咚喝了一大杯水，然后对大家说："公检两家单位领导要求我们把证据弄扎实，可是，去哪儿弄证据？这事儿我看玄！韩眉这个女人，硕士研究生，高智商犯罪，会给我们留下什么把柄吗？"

慕容曦从窗边站了起来，她用手指不断拨弄着红色围巾下摆的流苏，冲林乔生点了点头："你说的也是，韩眉这个人从来都是非常谨慎细心，没有把握的事儿，她很少去做；即使有把握的事儿，做前也会再三地思量！"

林乔生斜靠着办公桌，耸耸肩，撇撇嘴道："这女人，很狂妄嘛！"

叶文婕打开电脑正要忙活什么，这会儿她停住手，抬头对大伙说："我们能不能利用她的狂妄做点儿什么？"

郑岩转头不解又好奇地看着叶文婕："做点什么？"

叶文婕微笑着看了一眼慕容曦，郑岩心领神会，马上点了点头，他走到慕容曦的办公桌前，靠近她的耳朵说："慕容曦，我和你商量一件事。"

随即他在慕容曦耳边悄声说了一通，慕容曦边听边点头。

两三分钟后，慕容曦神采飞扬地大声说："主任，您放心，我保证完成任务！"

叶文婕抿嘴笑，林乔生一脸懵，不知道他们三人捣鼓啥把戏。

但让大家开心且放心的是，曾经那个一天到晚风风火火、咋咋呼呼的慕容曦又满血复活了！大伙都悄悄地松了口气，郑岩和叶文婕、林乔生对望了一眼，三个人偷偷笑了。

这天下午，慕容曦就按照郑岩的指示驾车来到韩眉家楼下。

就在她熄灭发动机，拔下车钥匙准备下车的瞬间，透过车窗玻璃，她发现韩眉从居民楼里走了出来。

她眼珠一转，又在车上坐了下来，她看到韩眉坐上了停在不远处的轿车，那轿车一溜烟开出了华林小区。

她赶紧把钥匙插进轿车锁孔中，启动车子紧紧地跟了上去。

她不敢跟得太紧，生怕被韩眉发现，毕竟韩眉是认识她的车的。就这么紧跟慢跟的，大概二十多分钟后，她跟着韩眉的轿车来到了一个高档住宅区。等韩眉坐的轿车停进了居民小区，她才从车上下来，并偷偷跟了上去。

她一路警惕地四处看，一边打量看周围环境，这是滨海市有名的华光海悦小区，这可是富豪居住区，房价据说三万多一平米。

她看到一楼电梯显示屏的数字是 16，便进了电梯，按下数字 16，来到 16 层。

韩眉此时怒气冲冲地跑进了周大伟的家，门没关紧，周大伟正懒懒地斜靠在沙发上看电视，他的脚搭在茶几边缘，茶几上的烟灰缸里一堆烟头，车厘子、草莓、橙子等水果散乱地堆在茶几的一角。还有几个泡面桶加一些外卖盒，里面都是汤汤水水和实物残渣，显然是周大伟这几天的伙食。屋子里烟味和饭菜馊味浓重，韩眉正欲开口，却被烟味呛得咳嗽了好几声。

韩眉气愤地大声说："周大伟，你害我！"

周大伟见韩眉不打招呼就突然闯进来，他直起身，很是诧异地道："怎么了？你说这话是什么意思，我怎么害你了？"

韩眉双手紧握着拳头，恨得牙根痒痒的，说："我已经打听清楚了，滨海市公安局根本就没有限制我出境，可是，你……你却骗我，说我被公安局限制出境了，根本没有这回事……你说，你为什么这样做？"

周大伟讪讪地笑着站了起来，伸出两只手走上前去搂韩眉："亲爱的……"

韩眉猛地推开周大伟，怒目圆睁，厉声呵斥道："别碰我，我嫌你脏！"

周大伟被她推得猛地一趔趄，差点撞到沙发，他惊愕于韩眉会这样对自己，但他还是笑着涎着脸说："我……我这不是想让你多陪我几天嘛！"

韩眉闻言气得头发都要竖起来，胸膛剧烈地起伏着："什么？就为了让我多陪你几天，你就可以说谎了？你知道吗？如果不是你说谎，我现在早已经在大洋彼岸了！"

周大伟再次上前伸出手搂住了韩眉的腰，亲吻着韩眉的耳垂："对不起，亲爱的……"

韩眉纹丝不动，也不躲避，此刻的她异常冷静和冷漠："周大伟，你把身份证给我，我自己去办！"

周大伟却变戏法一样，突然亮出了手里的签证和机票："不用啦！我已经给你办好了！"

韩眉把签证和机票接在手中，脸色瞬间变了，从盛怒到冷漠到此刻的欣喜万分："你什么时候办好的？"

周大伟难得看到自己喜欢的女人这副欢喜得要上天的模样，他就像讨好了褒姒的周幽王一般，心里瞬间涌起无限的成就感，他眼里放着光，喜悦地说："昨天。我想给你个惊喜！"

韩眉把签证和机票放在胸口，闭上了眼睛，满脑子都是大洋彼岸的灿烂阳光和洁白沙滩，各式特色建筑和碧绿森林，她满脸都是兴奋和幸福的笑容："滨海，我要跟你说再见了！"

周大伟更加用力地搂住了韩眉的腰，欣喜地笑着问："亲爱的，你怎么感谢我？"

韩眉修长的双臂像藤蔓一样搂住周大伟的脖子，她闭上眼睛，凑上微微张开的性感红唇。

望着眼前这个让自己欲罢不能的美丽女人第一次主动献吻，周大伟感觉魂魄都已经出窍，浑身软绵绵的，此刻他只想幸福地和韩眉飞奔，飞奔去无人打扰的地方。

他抚着韩眉光洁的脸庞，正欲吻上心目中女神的火热红唇，这时门却不合时宜地响了，"咚、咚、咚！"

见没人开门，那敲门的人又敲了几声。

周大伟终于很不耐烦地放开了韩眉，一股莫名的火气直冲脑顶，他大声斥问："谁呀？真他妈的扫兴！"

说完，周大伟上前去拉开了家门。

29

周大伟看到慕容曦怒气冲冲地站在自家门外，本来盛怒的他瞬间被吓得连连后退，只想赶紧关上房门。

慕容曦却不想轻易放过她，她步步跟进，直进了屋子里。

周大伟惊恐地问："你……你怎么找到了这儿？"

慕容曦却不理会周大伟，径直来到客厅里，冲着韩眉大声斥问："韩眉，你为什么陷害我？！"

韩眉也被眼前的一幕给惊到了，她绝没想到慕容曦竟然跟踪自己找到了周大伟的家！但她是何等聪明的女人，怎么可能在慕容曦跟前显现下风，她从小到大可都是高贵的白天鹅，慕容曦等女人在她眼里从来都是丑小鸭。

她赶紧强装镇定，摆出一副大感莫名的样子："什么？慕容曦你说什么？我陷害你？这，从哪儿说起呀？"

慕容曦恨不得冲上去抽她两巴掌："别装了！市公安局的人已经找我了，你还在这儿装！"

韩眉原本强势嚣张的态度瞬间又转变为楚楚可怜的模样，一副我见犹怜的感觉颇具迷惑性，假如此刻有不明真相的旁观者在，一定会被她蒙蔽过去，只以为是慕容曦胡搅蛮缠呢。只见韩眉睁着一双无辜的大眼睛娇弱地道："我，我真的不知道是怎么回事！"

一贯追寻公平正义的慕容曦最见不得韩眉这副虚伪的嘴脸，她气得肺都要炸了，她提高嗓门大声质问："韩眉，你给我说清楚，为什么要陷害我？是不是你杀害了崔慧琳？"

韩眉此刻又调整了表情和态度,不再是扮可怜扮无辜了,而是换上另一副面孔,她心想既然你慕容曦非要就这事儿掰扯明白,我也不能在气势上让你占了上风。于是她冷笑着:"你是为这事儿而跟踪我的?!我和崔慧琳被害有什么关系?是陆正强杀的崔慧琳,怎么会怀疑到我身上?真是莫名其妙,哼!"

慕容曦见她这副神情,再听她这些话语,气不打一处来:"你没有杀害崔慧琳,为什么还要陷害我?"

韩眉把长发用力朝背后甩,双手在胸前交叉抱着,继续冷笑道:"慕容曦,我真的没听明白你在说什么?我们姐妹一场,我怎么会做出陷害你的事?你是不是误会了?要知道崔慧琳被害一案我也是无辜牵连者!因为这个案子,我迟迟不能出国,贝勒医学院报到的时间马上就到了,也许这辈子我就这一次留学的机会!你说,耽误了我报到,我找谁说理去啊?"

慕容曦缓了缓,清清嗓子,继续开战:"你不是已经办好签证手续了么?别装了韩眉,你不承认,那我就来给你讲述一段美丽的爱情故事。你和陆正强,10年前读高中时就在一起了,那时候你们青梅竹马,被大家公认为是才子佳人天造地设的一对。你考上北京的大学后也始终坚守这段感情,恋爱10年,异地9年,你们一路走来很不容易……"

韩眉不作声了,从前的嚣张气焰不见了,此刻的她就像一只斗败的公鸡,瞬间偃旗息鼓。她颓丧地退后坐到身后的沙发边缘,面部抽动着,尽管她极力掩饰着自己的情绪,可还是忍不住眼眶湿润地低声哀求道:"慕容曦,别说了!"

慕容曦不理会,继续说道:"一年前你硕士毕业本来已经在北京找到了一份人人羡慕的工作,并且取得了北京户口。可是你为了陆正强放弃了在北京发展的机会,回到了滨海这个三线城市，不幸的是，当你回到滨海的时候，发现一切都变了，陆正强已经和崔慧琳在一起了，于是你心生仇恨……"

韩眉紧紧用手抱住头，又堵住耳朵在地上蹲了下来，痛哭流涕地说："不要说了！不要说了！慕容曦，我求你不要再说了！"

慕容曦停了一下，看着韩眉这副模样，她接着说："韩眉，我知道你很痛苦，哪个女人都无法原谅一个背叛自己的男人，况且你为他付出了十几年的光阴。可是韩眉，陆正强毁了你十几年，你却自己把自己的整个人生都毁了啊！你要知道，崔慧琳是无辜的啊！你不该把账算到她的头上，慧琳是个好人……"

听到慕容曦这话，韩眉猛地站了起来，只见她满面泪痕，鼻头、眼睛、嘴唇和脸全都红红的。她歇斯底里地冲慕容曦大喊："错了，崔慧琳该死！如果她不是有一个当副市长的老爸，陆正强会抛弃我和她订婚吗？不会！是她摧毁了我的爱情梦，让我流落在这个荒凉的人间，她呢，却要和我最爱的人走上红毯了。你说，我能放过她吗？没错，人是我杀的又怎么着？你们有证据吗？"

慕容曦平静却又无比有力地道："看来你陷害我是真的了。你杀了崔慧琳，先是嫁祸陆正强，让陆正强成为你的替死鬼，解了你对他的恨。出人意料的是，在我们郑岩主任、丁一楠律师等的积极努力下，陆正强的不白之冤马上就洗清了；你一计不成，二计又生，又通过这位山寨出租车司机的指控，把我套了进来，我现在俨然成了杀害崔慧琳的犯罪嫌疑人。这一切，都是你事先设计好的，对吗？"

韩眉不再哭泣大喊，她稳了稳情绪，说："对不起，慕容曦，我也是没有办法。"

慕容曦淡然又笃定地说："你有办法！"

韩眉惊愕地望着慕容曦，像是望着救命稻草一般，急切地问："什么办法？"

慕容曦说："你有办法，但你就是不应该杀人！你杀了崔慧琳，不仅把我和陆正强一步步逼进了死胡同，也把你自己逼进了死胡同。别忘了，天网恢恢，疏而不漏。即使你一时得逞，最终能逃脱得了法律的惩罚吗？"

韩眉打断她："好了，慕容曦。你不要给我上课了。我知道你们检察院的厉害，人人都有三寸不烂之舌。可是，现在纵使你再是铁嘴钢牙，也没有办法洗清身上的污点了！"

说到这里，韩眉转过身去，指着周大伟对慕容曦说："你唯一能证明自己没有作案嫌疑的，就是周大伟送你回了家。周大伟反证你没有坐他的出租车，出租车票也是你后来向我们讨要的。现在，你还拿什么证明自己没有作案时间？没有！接下来，恐怕就是法庭上的辩论了。想一想吧，曾经在法庭上起诉别人的检察官，现在也要站在被告席上了！"

说到这里，韩眉原本秀美的脸庞上露出一丝得意的狞笑，她脑海里浮现出昔日象征正义的检察官慕容曦站在法庭的被告席上的狼狈样子，她觉得那很滑稽和可笑，想到这里她轻蔑地看了一眼慕容曦。

慕容曦也冷笑了一声，也轻蔑地看了韩眉一眼，道："韩眉，你不要狂。你想过没有，你身上也同样疑云重重。你认为自己做得干净利落，设计得天衣无缝，可是，你想过没有，人过留名，雁过留声，蚊子过了还要嗡三嗡呢！别高兴得太早了！"

韩眉哼了一声，皮笑肉不笑地道："慕容曦，别虚张声势了，我劝你还为自己想想退路吧！"

慕容曦平静地道:"第一,你和陆正强感情纠纷,杀害崔慧琳,你有犯罪动机;第二,我离开丰硕小区后,你并没有离开,你有充分的时间杀害崔慧琳;第三,也是最主要的,你是个非常有经验的外科大夫,你应该明白崔慧琳的薄弱之处在哪儿。"

说到这里,慕容曦拿手在自己的脖颈处比划了一下:"你进了陆正强家的卫生间,从卫生间拿出了剃须刀片,就这么轻轻地一划,你就割断了崔慧琳的颈动脉血管!"

听到慕容曦这番分析,韩眉被吓到了,她惊讶地后退了一步:"你……你怎么知道得这么清楚?"

30

慕容曦笑道:"我劝你啊,还是赶紧投案自首,争取法律的宽恕吧!别再这么执迷不悟了,这样下去你只是在自掘坟墓,对你没有任何好处!"

韩眉声嘶力竭地大喊道:"不,你们没有证据!等到你们拿到证据了,我已经飞到大洋彼岸了!"

说到这里,韩眉还不忘向慕容曦展示自己的护照和机票,她好看的面孔扭曲了,那上面写满了惊恐,也写满了心虚,还有一丝侥幸,一丝狡猾,她阴笑着叫嚣道:"看到了吗?明天,我就要飞往大洋彼岸了。在风景怡人的美国贝勒医学院校园里,我将会渡过我人生中一段非常特别和格外精彩的时光!"

慕容曦听着韩眉这狂妄不已的话,只当她是做白日梦呢。

慕容曦冷笑着从怀里拿出了一部迷你录音机让韩眉看:"韩眉,什么叫不打自招?你这才叫不打自招呢。明白吗?我的这个录音机，将会把你送进监狱，你还想飞往美国去享受你人生中的精彩时光吗？"

说完，慕容曦推开了周大伟家的房门，回过头来优雅地冲韩眉挥手笑着说："再见！"

此刻的韩眉后背冷汗直冒，愤怒和恐惧占满了她的头脑，她追上去："慕容曦你……周大伟，快给我拦住她……"

一直在一旁"观战"而被眼前这两个女人交涉中各种纷至沓来的信息搅扰得脑海中一团乱麻进而有些发蒙的周大伟，他此刻被韩眉的叫喊惊醒了，他赶紧拔脚欲替韩眉出头向慕容曦扑上去，慕容曦却猛地转身，一个抬脚，踹在了周大伟肚子上，把周大伟踹倒在地。

韩眉颓然地跌坐在冰冷的地板上，望着慕容曦走后门外空荡荡的走廊，她轻轻地长叹一声道："算了，该来的总会来。"

几分钟后，王队长和郑岩、林乔生等人带着众刑警从外面冲了进来，把韩眉和周大伟团团围住。

王队长举起手中的刑事拘留证让韩眉看："韩眉，你涉嫌杀害崔慧琳，你被刑事拘留了！"

慕容曦从人群里往前挤了挤。

周大伟此刻不敢相信眼前发生的所有事情一般，他疑惑地一会儿看看颓丧不已的韩眉，一会儿又看着慕容曦。

慕容曦伸出手故作夸张地拍打了几下左右手腕，似乎要拍打掉身上的灰尘。

尔后，慕容曦两只手掌又拍打了一下，轻蔑地对周大伟说："周大伟，就你那两下子还想和我斗？还差得远呢！"

这时几个刑警走过来分别给韩眉和周大伟戴上了手铐，把他们两个推出门去。

王队长上下打量了一下慕容曦道:"行啊!小姑娘,利索呀!"

慕容曦俏皮地笑笑,冲着自己骄傲地竖起个大拇指说:"你可以把啊去掉,单留一个行字。别忘了,我是跆拳道黑带八段,对付一个普通大老爷们,还不是小菜一碟!"

林乔生讪笑道:"嘿,我说你这丫头,说你胖你就喘上了是吧,吹吧你!"

慕容曦的马尾辫高高地飞扬起来,她"唰"地摆出了个李小龙的经典造型,对林乔生说:"这位小哥,怎么,不服来战啊,试试?"

大家都哈哈地笑了起来……

公安局这边厢,王队长和一男一女两名刑警坐在预审桌后,对面的预审椅上坐着戴着手铐垂头丧气的韩眉。

王队长翻了一下桌上的一下卷宗,抬起头来对发丝纷乱、满面阴郁恐惧的韩眉说:"韩眉,证据扎实,你还有什么话说?"

韩眉抬起头看了王队长一眼,平静地说:"我要问你们一件事儿,你们是什么时候注意上我的?"

王队长问:"这和你杀害崔慧琳有关系吗?"

韩眉嘴角露出一丝不易察觉的笑:"不,有关系。如果不是丁一楠提出案中疑点,解脱了陆正强的嫌疑,这杀人犯罪的,就不是我韩眉,而是陆正强!"

王队长也淡淡地笑道:"你以为,只有一个丁一楠对本案有疑问,滨海市人民检察院、公安局都是吃素的?!"

韩眉不说话了,一张惨白的脸上血色殆尽,素颜看起来有些憔悴,但依然掩饰不住她的美貌。

望着眼前这个高智商、高学历、高个子、高收入的美丽女子，看着她即将身陷囹圄，王队长和两个配合审讯的刑警心中都流露出一丝惋惜和不解。

王队长打破沉默，继续说："韩眉，人在做，天在看。百密终有一疏。"

韩眉感慨道："棋是一步错就步步错……如果没有周大伟拖着不给我办签证，现在，我早已经到美国贝勒医学院读书了！"

王队长说："既然你对犯罪事实没有什么异议，你就交代一下是怎么杀害崔慧琳的吧！"

韩眉长长地舒了一口气道："好吧！这事儿也没有什么可说的了。我全说给你们。7月5号那天晚上，根据事前的设计，我让周大伟租了一辆出租车拉走了慕容曦，我则偷偷地溜回了陆正强家。到了陆正强家，发现门没有上锁，陆正强躺在卧室的床上酣睡，而崔慧琳却因为喝多了而躺在卫生间的地板上……"

韩眉用手比画了一下割颈动作："我在卫生间里四处看了看，发现一个剃须刀架，于是我从洗漱台上拿出剃须刀架，从剃须刀架中取下了剃须刀片，对着崔慧琳的脖子就这么轻轻一划……"

王队长眉头紧蹙，他很难将眼前这美丽秀气的女子跟杀人不眨眼的犯罪分子画上等号。他追问道："后来呢？"

韩眉淡淡地讲述着，此刻她仿佛是在讲述着别人的故事，仿佛这些血淋淋的案件细节与她无关似的。她继续说着："后来，我就回到路边等周大伟回来接我。就在我等周大伟的时候，一辆警车过来了，问我是怎么回事，我说喝多了，他们就把我送回了家。"

王队长有一会儿没说话,有个问题在他脑海里打转,讯问室里只有噼里啪啦打字记录的声音。过了几分钟,王队长才提出自己的疑惑:"韩眉,你为什么要杀害崔慧琳?"

韩眉惨然一笑,似乎是这个问题勾起了她的情绪涟漪:"你听说过青苹果的故事吗?在我认识陆正强之前,陆正强还是只又青又涩的青苹果,是我辛辛苦苦、付出一切把他培养成了香甜熟透的红苹果。可是,这枚红苹果却最终与我无缘,而是让崔慧琳白白地夺了去,你说,我会甘心吗?如果你是我,你会甘心吗?"

王队长皱着眉头思索了几秒钟,然后说:"所以,你就杀了崔慧琳?!"

王队长他们几个人都发现韩眉此刻像变了个人,她从小红帽突然就变成了狼外婆。只见她恶狠狠地冷笑说:"对,我吃不到的红苹果,她崔慧琳也别想吃到。大不了,大家同归于尽!"

讯问室的门突然被大风吹开,一阵冷风灌了进来,久经战场、见多识广的王队长都禁不住打了个寒颤,也不知是被韩眉的表现吓到的,还是真被这冷风给吹的。

31

在王队长对韩眉进行审讯的同时,郑岩等人也在另一间屋子看审讯监控。

郑岩用赞赏的目光看着丁一楠:"丁律师,作为刑事辩护律师,你是杰出的!"

坐在椅子上穿着一袭藏蓝色职业套装的丁一楠浅笑道:

"和你们一样,我只不过是想还原事实的真相!"

两只手一直交叉抱在怀里的耿勇道:"这个韩眉,真是很狡猾!"

同样坐着的慕容曦转过脸来问丁一楠:"丁律师,你是什么时候发现陆正强是左撇子的?"

丁一楠笑着回答:"那天会见结束,我让他签字的时候,发现了他是个左撇子。就想到了作案方式上应该有区别的。"

郑岩说:"我和叶文婕、林乔生提讯时,也注意到了他是个左撇子,可是,时间很紧的情况下,对这一细节没放在心上。"

丁一楠笑笑,露出两个好看的酒窝:"作为一个律师,我必须为我的当事人考虑!"

她又指着屏幕说:"韩眉无疑是个聪明的女子。可惜,她的聪明没有用到正确的地方。这个案子,真可谓是设计得天衣无缝呀!"

众人都没作声,但都默默点了点头表示赞同。

耿勇看了郑岩一眼,突然想起来一件事,他便转过头来看着丁一楠:"丁律师,经过我们公安机关的重新侦查,现在已经解除了陆正强的犯罪嫌疑。今天,陆正强就可以离开看守所了!"

对韩眉的审讯告一段落后,郑岩等人开着两辆警车押着一辆囚车开进了滨海市看守所。两名女警押着韩眉从囚车中走了下来。韩眉此刻抬起头,她仰望着那碧蓝的天空,高大的椰子树直指云天,有些冷的风吹得树叶微微晃动着,还有不知名的花儿在初秋里开得红艳艳的。这世上的一切原来都是那么美好啊,可是下一秒,自己就要跟这些平常不曾关注过的美好告别了,不知这一别,将是何年何月能再拥有这些啊!

想到这儿,韩眉闭上眼睛,两行清冷的泪水无声的涌出眼眶,砸在白色的连衣裙上。两名女警察推了她一下:"走吧!"

韩眉戴着手铐像木偶一样朝看守所里走去。

不远处,一个民警陪同着一个熟悉而又陌生的身影走过来,韩眉抬起头看了看,那正是陆正强!这个曾经让自己魂牵梦萦而又带给自己一生悲剧的男人,这个让她又爱又恨的男人,他从监舍中走了出来。而她正好相反!

她想,他们的人生从此将截然不同,再也没有任何交集!想到这一点,她悲从中来,泪水扑簌簌。

陆正强也看到了她,面对眼前这一幕,他像是惊讶又像是不惊讶一般。擦肩而过时,两个人都停下了脚步。

陆正强强行忍住心中翻滚的万千思绪和百般滋味:"你……来了?"

韩眉没作声,一双泪水模糊的大眼里有着无言的和无尽的幽怨,像是有万般愁绪想要对他倾诉,但却又无从说起,也再没机会可说与他听!

陆正强沙哑的声音又再响起,"从崔慧琳被害那一天起,我就知道有这一天……今天,你终于来了!"

原本情绪还算平静的韩眉突然狂怒起来,就像刚刚还风平浪静的海面瞬间波浪滔天一般。她那美好精致的面容突然满目狰狞,她咬牙切齿地说:"陆正强,我恨你!如果没有你,我韩眉会走到今天这种地步吗?!"

陆正强也咆哮起来,此刻的他完全失去了往日谦谦君子的模样:"那你就该杀崔慧琳吗?"

韩眉发丝飞扬,活似暴怒的母狮:"陆正强,是你逼我的!"

陆正强血红的眼睛涌出泪水，此刻他难以言述自己心中的万般情绪："崔慧琳是个好女孩，她是无辜的，她对我的爱不比你少！"

说到这里，陆正强长叹一声："为了给你一个重生的机会，也为了对你赎罪，我宁愿去死！……可是，法律并不会饶恕你的罪行！"

说完，陆正强头也不回地往前走了。

韩眉愤怒地转过身来，泪眼朦胧的她绝望地冲着陆正强大喊："陆正强，是你害了我，让我走上了这条不归路……"说完她撕心裂肺地蹲在地上哭起来。

陆正强一脸愁郁地向前走去，他又站定，回过头来平静地道："放心吧，我会照顾好你母亲的。"

身后传来韩眉更加绝望的哭泣声。

半晌后，两名女警察把韩眉架起来，把她押进了看守所监室。

耿勇转过头去看了一眼郑岩，眼神里满是疑惑，问道："陆正强知道是韩眉干的？"

郑岩嘴角浮出一丝笑意，淡淡地道："他心里早就明白……"

耿勇惋惜地摇了摇头："真想不到……陆正强……唉，他这才是自找苦吃啊！"

郑岩又浅浅笑了一下，道："他这么一来不打紧，我们大家却都掉到他的圈套中了。"

监室的门重重关上了。

林乔生伸手搭在"哥们儿"慕容曦的肩膀上，冲郑岩他们几个开玩笑说："陆正强和韩眉这两个人的感情过程真是曲折，足可以写一部情感小说了。只是,这部戏以欢喜开局,以悲剧收场,韩眉选择了自掘坟墓,实在是令人惋惜啊!"

郑岩双手插在裤兜里,他仰望着瓦蓝的天空里几缕卷云,长叹一声道:"这就是人们常说的迷情啊!情感是个好东西,用之得当,则幸福绵长;用之失当,迷茫其中,则会祸害成端啊!"

慕容曦打落林乔生的手,挤眉弄眼地冲大伙做了个鬼脸,笑着说道:"哈哈,我们一贯严肃的郑主任也成爱情专家了!"

3

真相与正义

HENXIANG YU ZHENGYI

1

夏日，城市的夜晚通常是车水马龙、灯火璀璨的，尤其是在周末晚上七八点后，这个时候大多数人吃过晚饭都会选择出门溜达溜达，没吃晚饭的人们也会选择三三两两去附近的饭店用餐。所以，夏天的城市夜晚总是格外热闹、格外富有烟火气息。

滨海市古城区工农路，这是一条在各大城市都常见的那种街道，它不宽也不窄，不新也不旧，它不处于特别中心的地段，但也不属于特别偏僻的郊区或乡下，它的人流量不是特别多，但也不会特别少，它不是特别拥堵，但也不会特别通畅，它不是特别热闹，但也不会特别安静……总之，它的一切都是刚刚好。

它的存在对于生活在这周边的人们来说很重要，没了它，估计这附近的居民都会觉得缺少太多，生活会特别不方便。街道两旁皆是各种小商店、小吃店、饭店、花店、礼品店、水果店、干洗店、五金店、南杂北货店、理发店、特产店等等，不一而足。总之，但凡生活中必要的东西，你都能在这条街上找到，花费适中，一切确实都是刚刚好，所以它颇受人们的欢迎。

在这条街上从事各个行当的人们有相当一部分是外来人口。除了拥有固定店面的，还有很大一部分属于流动小商贩。白天拥有固定店面的人们开张，到了晚上他们就回家歇息去了，这街上便成了流动商贩们的天堂，所以这里无论白天还是晚上都挺热闹，以至于经常有电视台或者摄影爱好者来这里取景，大概在他们看来这里的烟火气较之于其他地方都更浓、更接地气吧。

最近住在这里的人们打街上走过，都会发现这里多了一个羊肉串临时摊位，它就支在这条街最中间的位置，那个铁皮烤箱看上去还很新呢。卖羊肉串的小伙子看上去挺精神，三七分头，嘴唇上方有点小胡子，单眼皮，皮肤有点黑，身形有点胖，天天穿着一件蓝色T恤衫，一条破了洞的深蓝色牛仔裤，一条钥匙挂在腰间皮带上一晃一晃的，手机插在屁股兜里。他总是被烤羊肉串时铁皮槽里的炭火给烤得满脸通红，不时冒汗，前额头发也油腻腻的，他一边用一把破蒲扇呼呼扇风，一边不时用搭在脖颈上的一条有些脏脏的毛巾擦脸上和脖子上的汗，嘴里不时吆喝"羊肉串，羊肉串，热乎的羊肉串……走过路过不要错过，本城最好吃的羊肉串呢……"

他摊位的两旁也摆满了各式小摊，有卖臭豆腐的，有卖糖水菠萝的，有卖新鲜椰子的，有卖烤鱿鱼串的，有卖麻花米花的……各种吆喝声四起，比赛似的，争相招徕顾客。因为小摊贩比较多，把不宽的道路占去了一大半，双行道变成了单行道，汽车被堵得直按喇叭。烟雾飘散在整条街道，把好闻的羊肉串、鱿鱼串、臭豆腐等的味道散播到四面八方，人们走过都会被这令人垂涎的味道吸引。

余远航这会儿拿起刀子切了几块羊肉，用铁签子麻溜地一串。然后放到铁皮槽上翻烤着，蒲扇扇着火，嘴里不停吆喝着。今天还没开张呢，他有点着急，眼看着再过半个月就要交房租了呢。就在他有点火急火燎地扇着风时，两个穿着吊带裙子、戴着大钢圈耳环、化着浓妆的女孩手挽着手来到了他的摊贩前，问他多少钱一串，他见生意来了，殷勤地笑着说五块钱一串，那俩女孩说来四串吧，余远航满脸堆笑不断点头说好的，好的。于是他接过其中一个女孩给的20块钱后，就麻利地选了四串卖相最好的羊肉串，然后把放在旁边的几瓶调料像天女撒花一般,在羊肉串上撒了一通,用纸巾包住竹签子一端,递给了俩女孩。那俩女孩早已咽了无数回口水,接过后马上边走边大快朵颐,直嚷着说:"这家的羊肉串真好吃!"

开张了这一单生意后,马上就来了第二位第三位第四位顾客,余远航都有点忙不过来了,恨不能化身千手观音才好。不一会儿,他的小摊前就挤满了一堆翘首以盼的顾客,余远航一方面高兴得心里乐开了花,另一方面又因为实在忙不过来而急得嗓子冒火。

正当他恨不能像孙悟空那样变出几十个分身来时,两旁的小摊贩开始骚动起来,他面前还围着好几个顾客在等羊肉串呢,顾客们也开始朝两边张望,他赶紧从烟雾缭绕里睁大眼睛使劲看了看,发现两边的小摊贩都在手忙脚乱地收拾东西并速速离开。

他心里"咯噔"一下,脑袋嗡的一声响,便急忙停下手里的活,赶紧把刚收到的钞票塞给面前的这几位顾客,边手忙脚乱收拾东西,边急急地说:"不卖了,今天不卖了!"

那几个顾客满脸不悦,但见这情景也只得各自拿了钱离开,嘴里嘟嘟囔囔地发泄着不满。余远航手脚算快,他把所有东西都一股脑儿塞进了旁边的小三轮车上,然后把烤箱也装了上去,正准备踩着三轮速离开这儿,却发现怎么骑都骑不动。

他惊讶地回头一看,发现一个年轻男人正死命往后拉着他的三轮车。他急得满头是汗,愤怒也惊诧地吼道:"搞什么啊?赶紧给我放开!"

那年轻男人却不慌不忙、慢条斯理地将 20 块钱扔到他的小三轮车上,油里油气地说:"嘿,我说你别急着走啊,我买 20 元钱羊肉串……"

237

余远航又气又急,他眼睛瞪老大,脖子上青筋鼓起,感觉血要直冲脑门了,可那男子就是不肯放开他的车。他气得一把抓起那张20块钞票丢给男子,说:"你快放开!我不卖,今儿就是不卖了……"

钞票飘落在地上,男子油滑地笑着说:"你……你怎么能这样呢?卖给别人不卖给我,你这不是欺负人吗?"

余远航眼见着发火不好使,只得转头哀求道:"大哥,我今儿真的有事,不能卖了!"

那男子这时却怒目圆睁,威胁恐吓吼叫着:"不卖?今儿还真就不行!"

正在两人拉扯不下时,两辆昌河面包车开到了余远航的羊肉串摊位前,从上面跳下几位城管队员。为首的是城管大队队长田宏图。他看了一眼余远航,把戴着白手套的右手搭在余远航的三轮车上拍了几拍,讪笑着说:"嘿,我说你,你还真牛!整条大街就你一人占道经营。"

余远航忙看了看周围的情况,发现整条大街上此时已经只剩下自己这一个摊位了,他赶紧跳下三轮车驾驶座位,脸憋得通红地向田宏图辩解:"他们……他们都跑了。"

田宏图冷笑一声,道:"他们跑了?你为什么不跑?你头顶着圣旨呢?竟敢和城管对抗,我看你是不想要吃饭的家伙了!"

说完,田宏图向着后面的几个城管挥了挥手,大声命令道:"上,把他吃饭的家伙装上,拉走!"

几个城管赶忙跑上前来,从三轮车里抬起烤箱就准备往面包车上装。

余远航在一旁看得愣了,他眼睛瞪得更大了,额上冒出了冷汗，他突然明白过来，自己这吃饭的家伙马上就要不归自己了，他急得赶紧给田宏图鞠躬："我求求你了，我刚干还没十天，还没赚到钱。这烤箱还是我借钱买的。你们把我的烤箱拉走，我就没法干活了！"

田宏图把戴着白手套的两只手往身后一背，转过上半身来鄙夷地看了余远航一眼，厉声喝道："你少给我装孙子，这事儿我见得多了！"

说完，他又对在发呆的几个年轻城管队员大声命令道："别理他，给我装！"

在距离余远航摊点不远处的一辆昌河面包车内，一个年轻男人坐在驾驶员位置上，他举着手机偷偷地把刚才这一切录了像。

几个年轻城管得了田宏图的命令后，赶紧抬起烤箱往面包车上装。余远航急得赶紧上前去拉扯，想要把自己的东西拽回来。这一拉扯，烤箱里突然掉出来一个东西，发出哐啷一声响，众人发现那是一把切肉刀，它此刻正躺在几堆脏纸巾旁，发出骇人的光。

余远航原本被那几个城管推搡着跌倒在地，此刻他看到那把刀便脑子一热，他速速抓过刀来，并紧紧抓在手里。他迅速站了起来，举起手里的刀朝田宏图逼近，田宏图望着那刀发出的寒光，眼神里闪过几丝惊恐，他后退了一步，恐惧地望着余远航："你……你想干什么？"

余远航挥舞了几下手中的刀子，怒吼着："把烤箱还我！"

田宏图吓得步步后退，他两手伸出来，挡在前面，惊恐地说："把刀放下，不然，我告你妨碍执法！"

余远航感觉自己脑门上此刻正腾腾地冒着热气呢，哪里听得进田宏图任何话?他又挥舞了几下刀子,更大声地吼道:"把烤箱还我!"

田宏图虽然害怕,但想着身旁还有好几个年轻力壮的城管小伙子呢,谅这小子也不敢动真格!于是他命令道:"你,把刀子放下!"

余远航急得气得眼睛都红了,他怒气冲天地吼道:"把烤箱还我!"

田宏图也急红了眼,被一个小摊贩这样当众怒吼命令,对他来说可还是第一次!平时都只有他训别人的份,哪个小摊贩遇见他不得毕恭毕敬,哪会遇到这种敢光明正大对着干的主?!

于是他既恐惧又怒不可遏地对余远航说:"把刀子给我放下!"

余远航这时眼里似乎都气急得要冒出血来,他手中挥舞着刀子,冲着两个抬烤箱的年轻城管队员一把扑去……

说时迟那时快,田宏图马上上前阻挡,余远航的刀子刺进了田宏图的腹部……

余远航吓得一下松了手,手上全是血,他一脸惊恐地望着田宏图,又望望田宏图的肚子,又望望自己血淋淋的手掌。

田宏图此刻惊恐、痛苦地盯着自己的腹部,那里迅速被血浸湿了,血从刀口不断流出,田宏图也倒在了血泊之中。

那几个年轻城管队员此刻才回过神来,他们赶紧松开抬烤箱的手,那烤箱当啷一声跌落在水泥地上,发出很大的声响。这几个城管队员赶紧围拢到田宏图的身旁,大声呼叫着:"田队长,田队长……"

紧接着,满街都是恐惧的叫喊:"杀人了,杀人了,有人杀人了……"

余远航此刻懵懂茫然地跌坐在地上,他的脑海里已经一片空白,完全无法思考了,他的后背都湿透了,全都是冷汗。

城管队员们眼睛死死盯着跌坐在路边的余远航,他的脚旁有鲜血不断滴落,那是他手上沾染的田宏图的血。城管队员们不敢靠近他,他们紧紧地抱住田宏图,田宏图已说不出话,喉咙里咕噜有声,但听不明白他想说啥,不一会儿,他嘴里也开始冒出血泡来……

余远航傻愣了几十秒钟后,突然从牛仔屁股兜里掏出手机,用无比惊慌的声音颤抖着说:"110吗?我杀人了……"

没过几分钟,街上另一端便响起了救护车的声音,急救灯不停闪烁着。救护车以最快的速度赶了过来,几个城管和医生护士手忙脚乱地把田宏图抬上了车,警笛声长啸着朝医院而去。

2

尽管医院尽力进行了抢救,但田宏图终因失血过多而死亡。市公安局刑警大队队长耿勇和副队长王学阳带人迅速赶往现场将余远航带走,并连夜对其进行预审。

另一边,若干便衣警察当即在工农路案发现场进行勘察和走访。

电视台记者也扛着长枪短炮过来采访拍摄,当地的报纸、网络记者也闻风而动,尽管警察拉起了隔离带,但也无法阻止这些媒体在外围开展他们的工作。

得知田宏图死亡,市公安局迅速派出法医对其尸体进行检查和解剖。

三天后，滨海市检察院301会议室里举行检察官联席会议。滨海市检察院第一、二、三检察部均有检察官列席。

检察长许省身坐在长方形会议桌右侧正中位置，他旁边坐着郑岩。郑岩见人都到齐了，便摁了一下激光笔，大屏幕上立即出现了"6·19专案"几个大字。

他再摁了下按钮，屏幕上出现了案发现场的图片。

他向在座各位检察官介绍说："6月19日晚上，古城区工农路发生了一起凶杀案件。个体商贩余远航不服从城管队员的管理，持刀捅死了城管大队长田宏图。目前，公安机关的要求我们提前介入……"

听完介绍，检察官们开始小声地议论起来。

第一检察部的一个年纪看起来有些大的男检察官大声说："郑主任，这个案子我听说了，这个余远航是被警方当场控制，对杀害田宏图的罪行供认不讳。可以说这个案件非常简单，交给第一检察部办理就行了，这有什么可讨论的？"

坐在这个检察官旁边的另一位稍微年轻一些的男检察官则说："这个案子目前炒作得非常热，一些专家学者甚至对相关的体制提出了不同意见。我觉得还应该慎重对待。"

年长些的男检察官听了有些不悦，他继续说道："别忘了，我们检察院欢迎新闻舆论监督，但绝对不能被新闻舆论左右，甚至绑架。不然，我们还怎么谈依法办事？"

年轻些的检察官不满地看了他身旁的年长检察官一眼，转过头来对许省身检察长说："据媒体介绍，这个犯罪嫌疑人余远航是个农民工，在家是个孝顺儿子。为什么会突生杀念？城管执法有没有瑕疵？我希望第一检察部在案件审查时考虑到这一点。"

年长的检察官转过头去看了年轻检察官一眼,笑了一下,道:"老兄,无论城管在执法中有没有瑕疵,这故意杀人……恐怕是没有任何争议的。"

许省身这时发话了:"媒体的宣传我们可以不予理会。作为检察机关,靠的是证据,不能被媒体宣传左右。现在,社会上各种各样的说法是很多,特别是一些专家学者提出了进城务工农民生存难的问题,希望我们的执法部门改进执法方式,促进人性化执法,社会舆论大有一边倒的趋势……"

年长的检察官是个性子很耿直的人,又因为资历深,跟许省身参加工作时间差不多,所以他平时说话直来直去惯了,这时他不等许省身说完,便道:"一边倒?即使是一边倒,也要依法办案呀!"

许省身对于这位老同事的言行举止并不介意,他笑着道:"的确。因此,我希望办理此案,不仅要起到打击犯罪、惩治犯罪的作用,还要做到能够警醒后来者,杜绝相类似犯罪行为发生。所以,我希望第一检察部不要放过任何一个疑点,把事实弄清楚,也给后面的审查起诉工作创造条件。我们检察机关作为法律监督机关,就是要让正义不缺席、不迟到,人民群众看得见。"

说到这里,许省身望向郑岩:"郑岩,考虑到这个案件的特殊性,检委会决定把这个案子交给你们办案组,希望你们把这个案子办好!"

郑岩站了起来,目光炯炯有神,表情特别严肃认真,他立正道:"是,保证完成任务!"

检察官联席会议一结束,郑岩眉头有些紧蹙地回到办公室,召集叶文婕、林乔生和慕容曦开了个小会,把许省身的意见传达给大家,然后说:"检委会这次把这个案件交托给我们第一检察部,这是对我们办案组的信任,也是对我们的鼓励,既让我们感到骄傲,同时对我们来说也是压力和挑战啊!"

慕容曦笑说:"头儿,咱们办案组承受过的压力还小吗?也不在乎再多这又一个压力了!"

大家都被她的话给逗笑了,郑岩指着她笑说:"你呀,就你能说,看你这嘴尖皮厚的咋嫁出去!"

慕容曦苦笑着望着叶文婕:"文婕姐,你看,这事咋也跟我的终身大事给连接起来了?!"

大伙都哈哈大笑。

郑岩说:"说笑归说笑,言归正传,大家有没有信心打赢这一战!"

慕容曦马上伸出手,接着叶文婕和林乔生也伸出手来,郑岩最后把手叠在他们几个人手上,大家紧紧握在一起,叶文婕语气很坚定地说:"我们办案组是召之即来、来之则战、战之能胜的队伍,我们一定能把这个案子办下来,办成铁案,大家有没有信心?"

"有!"几个人异口同声地说。

3

叶文婕、慕容曦两个人回到自己的办公室开始认真看余远航案的卷宗。

叶文婕看了一会儿,走到慕容曦办公桌跟前说:"慕容,我看了一下卷宗，发现这个余远航杀田宏图的案子有点奇怪。"

慕容曦正看得入神呢，这会儿抬头疑惑地望着叶文婕："噢，文婕姐，你有不同见解？说来听听。"

叶文婕指着卷宗中的一页讯问笔录对慕容曦说："你看，余远航在第一次接受警方审讯的时候说，他怀疑田宏图是黑社会收保护费的，所以，才持刀杀了田宏图的。这，从余远航的心理上说，是一种自卫行为。尽管自卫过当，并没有故意杀人呀！"

慕容曦闻言马上站起来，有点激动地拍了拍她自己正看的一个卷宗的封面，说："文婕姐，你可别忘了，田宏图带着城管大队执法，是身着城管制服的。他应该明白田宏图的城管执法身份。怎么说不是故意杀人？"

叶文婕正欲再说一说自己的理由，郑岩突然推门走了进来。

慕容曦立即说："主任，您来得正好，文婕姐对余远航案有不同意见呢。"

郑岩用好奇而期待的眼神望着叶文婕。

叶文婕说："主任，从余远航的口供来看，我认为还不足以定性为故意杀人罪。"

郑岩拉过一把椅子坐下，然后示意叶文婕和慕容曦也坐下，他用鼓励的眼神和语气对叶文婕说："哦，是吗，你说说看。"

叶文婕用脚蹬了一下地，带轮子的椅子便朝郑岩所在的方向挪了一下，她把卷宗递过去郑岩跟前，指着卷宗说："主任你看，这一段，余远航说'我怀疑他们是黑社会收保护费的，就和他们争夺烤箱，结果，在撕打中，我不小心伤了那个人……'"

一旁的慕容曦听到这里皱起了眉头,她有点急切地发言:"文婕姐,我刚已经跟你说了,田宏图他们在执法时是穿着城管制服的,余远航不可能不知道他们的身份。"

叶文婕抬起头来有些严肃地望着慕容曦,随后她又笑了一下,说:"慕容,你认为他们穿着城管制服就能证明他们几个是城管了?现在这社会,电商网络这么发达,什么样的衣服买不来?"

慕容曦听到这里,眉头皱得更厉害了,她有些不高兴地说:"文婕姐,我看你这是胡搅蛮缠,你是不是想胳膊肘儿往外拐?"

叶文婕可没想到一向古灵精怪、对自己很友好的慕容曦会对她说这种话,虽然知道她这是对事不对人,但还是有点接受不了她这话这么冲。叶文婕可也不是好惹的,一般情况下她是很克制很理性的,但要是被冒犯了,她也能立马炸毛。她紧紧盯着慕容曦的眼睛,问:"你这是什么意思?"

慕容曦也逼视着她,道:"那你为什么一直要替余远航开脱呢?"

叶文婕气得有点呛住了:"你……我看你这是有罪推定!"

慕容曦也被呛到了,她显然生气了,大声说:"你……"

空气中弥漫着一股火药味儿,这在叶文婕和慕容曦之间很罕见,但郑岩却并不担心,因为他很清楚这两个小女子,知道她们这次是为了非常关键的问题——案件的定性而杠了起来。

郑岩笑了一下,对正杠上了的二位说:"好!既然你们两个对这段口供有争议,我看就从这个争议开始审查起诉,先把你们两个的争议弄清楚再说!"

慕容曦皱眉道:"可是主任,这怎么弄清楚?一方是余远航,另一方是城管大队的几个人,大家各说各的理,怎么才能弄得清楚？"

郑岩笑了笑，说："丫头，可别忘了，案发现场当时还有第三人在场。"

叶文婕瞪大了眼睛问："第三人？"

郑岩笑着指了指叶文婕手中的卷宗说："卷宗上记载得非常清楚，一个名叫姜志斌的人正在买余远航的烤羊肉串……"

叶文婕和慕容曦都像是恍然大悟一般，慕容曦还拍了拍自己的脑袋瓜。两人同时站了起来，叶文婕说："走，我们找这个姜志斌去！"

4

古城区靠海的微风路上，一幢深蓝玻璃作为外立面的高楼下，一块大广告牌上写着"金楠装饰有限责任公司"。

一个穿着黄白色上衣、灰蓝色裤子、头发花白、年约五十多岁的男人站在这高楼下，他定定地望着这块广告牌上的几个大字出神。

他看了大概有三四分钟，海风吹起他灰白的头发，他眯了眯浑浊的眼睛，然后扛着肩上那鼓鼓囊囊的白色蛇皮袋往大楼里走。

正要进门，突然出来两个穿黑色制服的保安。其中一个叫刘小海，他看了一眼眼前这个衣衫褴褛、身形佝偻、枯瘦如柴的老男人，不耐烦地挥着手把这老男人往外赶："去，去，去，捡破烂到一边儿捡去。"

老男人干瘪灰黑而又布满皱纹的脸上立即堆上笑容，他放下蛇皮袋，然后从泛黄的衣袋中掏出了一盒简装烟，哆嗦着手从中抽出了一支,给刘小海递过去:"两位小哥,行行好,我到里面找个人!"

刘小海见他这么不识相,便更用力地摆了一下手,把老男人递烟的手用力挡了回去,还乜视了他一眼,凶巴巴地大声喝问:"去去去……我说你找谁呀?"

老男人只得尴尬地用枯瘦而又皱巴巴的手哆哆嗦嗦地将那烟又塞回到衣袋里,他还是堆满笑,低声说:"小哥,行行好,我找叶菡。"

保安小光看了一眼这老男人,也走过来问他道:"你找谁呀?"

老男人指了指门上挂的牌子,又从怀中掏出了一张纸递给刘小海,讨好地说:"小哥,这儿,是金楠装饰公司吧?"

正在这时,一辆白色的宝马车开了过来,停在金楠装饰公司门前。

刘小海赶紧跑下台阶,殷勤地拉开了车门。

叶菡身着一身灰色职业装、脚蹬一双灰色高跟鞋,从车上下来,给人职场精英的感觉,颇让人眼前一亮。

叶菡朝大厅里走来,老男人目不转睛地盯着她。见她走向了前台,正要朝电梯走去,老男人还是眼睛都不眨地盯着她,一旁的刘小海觉得奇怪,以为这老男人是个色狼呢,他语带讥讽地说:"嘿,我说你看什么看呢,眼珠子都快掉地上了……你刚说你找叶菡是吧,你认识叶菡吗?"

老男人连连点头道:"认识,认识,我老伴给她家做过保姆,她家孩子是我老伴给照看大的。"

刘小海一听他这样说,更加不耐烦地往外推他,边推搡着边讥讽地说:"嘿,我说你可别在这儿忽悠了!刚才进去的就是叶菡董事长,你认识她?那她怎么没和你说话?"

老男人一听这话就愣了,他赶紧冲正在等电梯的叶菡喊:"叶菡,叶菡,我是余建国呀!"

刘小海更用力地推搡着他,厉声喝道:"喊什么?滚!"

叶菡注意到公司大门口的动静,她赶紧朝门口走来。她盯着余建国看了几秒,突然喝住了刘小海:"刘小海,你们在干什么?"

刘小海停住手,眼神里带着点畏缩道:"董事长,这有个农民找你。"

叶菡讪笑了一声,道:"哟,刘小海,农民怎么了?你们才进城几天?你们爸爸妈妈不是农民?"

说得刘小海低着头,大气不敢出,只敢望着自己的脚趾尖。

叶菡说完就赶紧转过身来问余建国:"大叔,你找我?"

余建国浑浊的老眼里盈满了泪水,他伸手擦了擦,颤声道:"你是叶菡?"

叶菡点了点头,好奇而疑惑地望着他。

余建国走上前几步,激动地说:"叶菡,我是余建国呀!"

叶菡上下打量了几下余建国,突然上前拉住了他的手,激动又惊讶地说:"余叔?您是余叔!余叔,您不说,我……我还真的不敢认您了呢!"

余建国也不停地打量着叶菡,流着泪说:"这些年不见,你变样了。"

说着,两个人走进了金楠装饰公司。

望着余建国和叶菡两个人的背影,小光打趣问刘小海:"小海,明白了吧?这叫皇帝也有三个要饭的穷亲戚。今后,咱们可不敢轻易挡驾了。"

刘小海颇是不屑地说:"从哪里钻出来个土鳖,要爬上席面了!"

5

叶菡把余建国带到自己的办公室里,让他在软皮沙发上坐下,又拿来一个纸杯给他在饮水机上接了半杯温开水。

余建国显然是口渴了,半杯喝完后又尴尬地笑着,叶菡显然是明白的,她赶紧拿过纸杯又接了一杯温开水递过去。

余建国眼里充满了感激。叶菡拉过一张椅子在他对面坐下,关切地问:"余叔,这些年来一直没有你们的消息,你们现在过得怎么样?"

余建国低着头喃喃地说:"还行。"

叶菡又问:"那雪芬阿姨怎么样?晓芸现在还想奶奶呢!"

余建国这时突然神色黯淡下来,眼眶都开始湿润了,他颤声说:"你阿姨……已经走了!"

叶菡闻言大吃一惊,道:"啊?你……你们怎么没给我和郑岩说一下。我们应该去送雪芬阿姨最后一程呀!"

余建国抬起手背擦了擦眼睛,叹了一口气道:"家里穷,就没有操办丧事,也没有通知大家了。再说你们也忙,路又远,来一趟不容易啊!"

叶菡心里很是难过,她面色沉郁,找不出什么话来安慰余建国,只得赶紧转移话题:"那远航呢?远航也该大学毕业了吧?"

余建国这时面露难色,他支支吾吾,欲言又止:"他呀……他……到外头打工去了。"

叶菡勉强笑了笑，道："打工好，远航长大了，可以挣钱养家了。"

余建国却瘫在沙发靠背上，无力地摇摇头，长叹一声："唉！"

叶菡不解地看着余建国这神色举动，疑惑地问："余叔，你是不是有什么事？"

余建国嘴角露出一丝无奈自嘲的苦笑："叶菡啊，说来惭愧呀！我余建国一辈子做老实人，没想到，儿子远航竟成了杀人犯！"

叶菡听了惊得下巴都要掉了，眼睛瞪得老大，问："远航？杀人犯？他怎么了？"

余建国坐正，伸直了腰杆，似乎只有这样他才能有足够的力气来讲述这个话题："唉，说来也是年轻气盛呀！一个月前，他刚到滨海市才一个星期，就遇到城管要收他的摊子，他不服，和城管打了起来，慌乱之下，把城管给捅了……"

那天，一辆警车忽然开进了余家湾这个比较偏僻的小山村。警察们找一个正在马路边的坡地上挖土的中年大叔打听："你们村余远航家在哪儿住？"

这大叔一脸疑惑："余远航？不认识。"

警察又补充道："他父亲叫余建国。"

大叔想了想，立即说："你是说航子呀！"说着，他就用手指了一下远处炊烟升起的地方："在那儿，你们沿着马路进村，往左拐就是。"

警察们谢过这中年大叔，来到了余建国家门前停下，两个警察从警车中跳了下来，向余建国家走去。

余建国的房子建在坡地上,一个简陋的木门做远门,风吹雨淋的木栅栏把房子围了起来,隔着栅栏的缝隙可以看到院子里种了一些辣椒、葱、芹菜之类的,还养着鸡、鸭等家禽,三两棵枣树长得高大茂盛,枝叶从院子里斜伸出来。

警察们敲了敲木门,里面有老母鸡发出咯咯咯咯的声音,一个有些苍老的声音问:"谁呀?"

警察说:"您好,我们是公安局的,今天特意过来找你们了解点情况。"

开门的正是余建国,他疑惑地望着眼前这高大魁梧的两个穿着笔挺警服的警察,一头雾水,不知道警察们咋会来到这穷乡僻壤,更不明白警察咋会来到他家。

他和老婆子杨雪芬正在院子里的小木桌旁吃饭呢,这时杨雪芬也停下咀嚼,一脸疑惑地望着警察们。

余建国把两位警察让进院子,拖了两把竹椅子让他们坐下,杨雪芬赶紧进屋去泡了两杯茶水端出来。警察小李接过茶水放在一边,谢过杨雪芬后,他从黑色提包里掏出一张刑事拘留通知书,说:"余建国,你儿子余远航涉嫌故意杀人,已经被滨海市公安机关刑事拘留。这是滨海市公安局发来的刑事拘留家属通知书……"

余建国听了眼睛眨巴眨巴了好多下,他的脑海里一片空白,此刻已经不能思考,愣在那儿不知接下来要干啥要说啥。杨雪芬听了吓得手哆嗦了一下,她刚拿起饭碗准备赶紧把饭吃了,这会儿碗从手上掉了下来,她像是没听清似的,瞪大眼睛问:"警察同志,你刚才说什么?"

小李表情严肃地又重复了一遍:"余远航涉嫌故意杀人已经被滨海市公安机关刑事拘留……"

说完，小李便把刑事拘留家属通知书放在了饭桌上给余建国和杨雪芬看仔细。

杨雪芬看到故意杀人几个字，来不及看清楚其他的，突然眼前一黑，身子朝旁边倒去……

两位警察一见这状况，赶紧起身跑过去拉扯杨雪芬，余建国这回也回过神来了，他赶紧扑过去抱住妻子，摇晃着她，焦急地问："老伴儿，老伴儿，你怎么了？"

说到这里，余建国满脸神伤，眼神茫然无助，哀伤悲痛难抑，说："因为这事，你阿姨突发急病……走了……我料理完你阿姨的后事，就赶紧来滨海了！"

叶菡听了也很是难过，心里唏嘘得很，回想起杨雪芬在家里带郑晓芸时那么尽心尽力，把晓芸当自己的孩子一般对待，她就觉得很是心痛，毕竟在她心里早就将杨雪芬当成自己的亲人一般对待了。

她问道："你是说远航在滨海市？他来滨海为什么不找我和郑岩？"

余建国眼眶红红的，他吸了吸鼻子，从茶几上扯了一张纸巾揩了揩刚流出来的鼻水："唉！这孩子性格倔，说要混出个人样来再来看你们！这下可好，人样没有混出来，却因为杀人进去啦，把你阿姨也气死了。你说，这可怎么办才好呀！"

叶菡脸上尽是忧伤的神色，她皱着眉头想了一下说："余叔，你不要着急。咱们先问一下郑岩是怎么回事？他在市检察院工作，远航的案子很可能会转到他们那办理！"

余建国听了叶菡这话，赶紧扑通一声给叶菡跪了下来，老泪纵横："叶菡，求你救救远航吧。我们家就他这一个孩子，现在,你阿姨也死了,如果远航再被枪毙了,我可怎么办是好呀?"

叶菡吓得几乎跳了起来,忙伸出手去扶余建国:"余叔,你这是干什么?有什么话起来说!"

叶菡费了老大劲才总算把余建国拉了起来,扶着他在沙发上坐下,她关切地说:"余叔,我们大家想想办法,只要有一线希望,我们就不放弃努力,一定想办法保住远航的命!"

6

郑岩、叶文婕、慕容曦三个人开着警车来到滨海市一中。他们找门卫打听了姜志斌,门卫很热心地告诉他们说,姜志斌是校长姜炎吾的侄子。郑岩临时决定先去找这校长姜炎吾了解下姜志斌的情况。

得知郑岩他们是滨海市检察院的检察官,姜校长很是热情,赶紧给三个人都倒上了茶水,然后很是客气地问:"几位检察官,找我有什么事吗?"

郑岩欠了欠身,说:"姜校长,你们学校有一个叫姜志斌的同志吗?"

姜校长一直忙活的手突然停住了,他的笑容僵在了半路上,他警惕地问:"姜志斌?……有呀!他又犯什么事了?"

郑岩摆了摆手,微笑道:"没事,没事。我们是找他了解一个情况。"

姜校长便作势要去办公桌那儿打电话:"那我给你问一下,看他在不在?"

郑岩他们几个都朝着姜校长微微笑了下,点了点头。

只听得姜校长对电话机说:"保卫科吗?让姜志斌来我办公室一趟。"

放下电话,姜校长从办公桌后走了出来,诚恳地对郑岩说:"郑主任,这个姜志斌是我在东北的本家侄儿,一直在社会上混。家里人不放心,怕混出事来,就到滨海市找到我,让我给他安排个工作。没有办法,我就让他到学校保卫科当了一名保安。谁知,这小子,仗着和我关系,三天打鱼两天晒网的,不正常上班,我正愁着怎么处理呢!"

他正说着,姜志斌从办公室外推门走了进来,小伙子身形高大精瘦,理着寸头,左脸颊下方几颗青春痘,嘴上一圈青青的胡茬显示他刚剃过胡须不久,脖子后面衣领里隐约现出一个蝙蝠样的纹身来。他眼神里颇是不屑,冷淡与冷漠,只听得他愣头愣脑地问:"叔,你找我?"

姜校长有些厌烦地看了姜志斌一眼,语气不快地问:"姜志斌,这两天你干什么去了?"

姜志斌刺头样儿似的,语气很冲,很不耐烦地回答:"我没干什么呀!"

姜校长听他这语气,就更不耐烦了,而且显然是有些想发火了,但当着外人的面,他这个重点中学的校长还得顾及脸面,只得强行压抑着自己的情绪:"没干什么?没干什么还天天缺班!告诉你,如果你再缺班,我可不管你了,你回家好了!"

姜志斌一直转着自己的手机,像是讨厌父母唠叨的小年轻一般不耐烦道:"好,好,好!我今后听你的话好不好?再也不缺班了!"

说完,姜志斌看了一眼坐在沙发上的郑岩、叶文婕、慕容曦三人一眼,起身欲朝办公室门外走,语气无比不耐烦地对姜炎吾道："你要是没有别的事，我就走了！"

姜校长来气了，他不想再掩饰什么了，侄儿的这些言行举动彻底激怒了他，他脖子上青筋鼓起，厉声喝道："站住，我话还没有说完呢！"说着他又望了一眼郑岩他们，对姜志斌喝道："这是市检察院的郑主任，找你问个事儿。你好好地说，有什么说什么，不许打埋伏！"

姜志斌望着郑岩三人："你们是检察院的……找我干什么？"

叶文婕看了姜志斌一眼，指了指对面的椅子对姜志斌说："姜志斌。"

姜志斌想了一下，坐了下来："这，不是审问我吧？"

叶文婕表情严肃、语气严厉地说："姜志斌，我们这是例行调查，希望能得到你的配合。现在我们就'6·19专案'对你进行调查，希望你能如实向我们讲清楚当时发生的情况。"

姜志斌有些紧张，他停住了手中一直转着的手机："6·19专案？什么意思？我可没有违法犯罪。"

叶文婕从包里拿出几张复印资料，那是她从案卷里复印出来的："你看，根据公安机关转来的卷宗记载，案发时你在工农路现场。"

姜志斌这时如释重负："噢！我明白了。原来，你们是问田宏图被杀那个案子的事呀！6·19，6·19，对，是6月19日的事儿。"

叶文婕说："对，我们就是问6·19专案的具体情况。"

姜志斌点了点头，"行，我把知道的全告诉你们。那天晚上，我去余远航的摊点前买羊肉串……余远航的烤羊肉串非常实惠……我当时准备买20元钱的羊肉串拿回家……"

姜志斌便把他看到的事件经过跟郑岩他们几个说了说。

末了，他显得很是气愤地说："我看，那几个城管正常执法，没有多大一会儿，余远航就和他们争执了起来。我就买个羊肉串，赶上这档子事，您说多晦气？"

郑岩沉吟了一下，问："你看到余远航拿刀子扎人的事情了吗？"

姜志斌立即很是肯定地说："看到了。那几个城管抬余远航的烤箱，刀子就掉在地上，余远航从地上捡起刀子，就捅了过去……"

郑岩和叶文婕、慕容曦对视了一下。叶文婕清了清嗓子，问："你看到城管穿制服了吗？"

姜志斌想了想，说："有那么几个穿的，也有没穿的。"

郑岩看了姜志斌一眼，沉思了十几秒，然后说："姜志斌，今天的话就问到这儿。你如果想起来什么没有说明白的，可以到滨海市人民检察院第一检察部找我们反映。"

叶文婕这时便将一张纸条递给姜志斌，说："这是我们的联系方式。"

姜志斌接过，站了起来连连点头说："是，是。那，我告辞了？"

叶文婕示意姜志斌："签完字就可以走了。"

慕容曦将打印记录交姜志斌签字、摁手印后，他离开了姜校长办公室。

望着姜志斌离去的背影，姜校长担忧地问郑岩："郑主任，您看这小子，他没什么问题吧？"

郑岩有点疑惑地望着姜校长："怎么了？"

姜校长皱了皱眉，说："这小子天天惹事，总有一天会惹出大祸来。"

郑岩喝了一口茶，然后笑了笑说："您放心，从目前的情况看，姜志斌只是一个目击证人，和本案没有关系。"

姜校长长舒了一口气，显然是如释重负，他笑笑说："那就好，那就好。说实话，我就怕这小子给我惹事。你知道市里组织社区文明单位创建评选，他要是惹了事儿，我们学校评先进的事儿就全砸了！"

郑岩站了起来："姜校长，谢谢您的支持。我们先告辞，如果有什么事，可以到检察院第一检察部联系我们。"

姜校长点点头："一定，一定。有时间一定登门拜访！"

说着，郑岩三个人就走出了姜校长的办公室。他们出门的时候，正遇到一大帮学生下课，他们很快就被穿着蓝白条相间校服的学生们给包围了。

好不容易才从人群里走了出来，慕容曦追上叶文婕，说："文婕姐，你刚听清楚了吧？田宏图他们是穿着制服去执法的，余远航应该明白田宏图的执法身份。所以，仅凭余远航一句黑社会敲诈勒索，他是逃脱不了法律责任的！"

叶文婕斜了她一眼，说："嗨，那个区域没有监控嘛！要不，警方和我们费这劲！不过，我能想象，这些城管执法作风简单粗暴，又是拉东西，又是砸摊子的，很容易让老百姓产生误解，不是黑社会，也像黑社会呀！"

慕容曦嘟着嘴说："那只能说明他们的执法方式有问题，引起了群众的反感。这和他们是城管执法的身份没有关系。余远航持刀扎死田宏图，就是公然抗法，故意杀人，就要受到法律的严惩！"

叶文婕笑了笑，没接她这话茬，转而说："你发现那姜志斌的眼神没有？躲躲闪闪的，咋看都不像好人。"

慕容曦有些不服气，白了叶文婕一眼："哟，文婕姐，原来你不光会读唇语，还会看相呀！"

叶文婕跟郑岩对视一眼，两人都苦笑了一下，不再理会嘟着嘴巴生气的慕容曦。

7

姜志斌原本跟刘小海在一块儿商量谋划些事儿，接到叔叔姜校长电话后，他让刘小海以最快的速度将他送到滨海一中来。姜志斌从姜校长办公室离开后，一直就待在停在滨海市一中门口的昌河面包车上。

他心里可窝火了，更有些忐忑，没想到这些检察官居然会找到他叔叔姜炎吾来打听他的情况！

他一直坐在副驾驶的位置，眼睛紧紧盯着校门口。等了大概半个小时，果然就看到郑岩三人上了警车。

姜志斌面色凝重，一直皱着眉头，对坐在驾驶位上玩手机的刘小海说："检察院上赶着调查，看来，余远航的案子已经快进入审判程序了。"

刘小海从手机里抬起头来看了姜志斌一眼，谄媚地笑着说："大哥，我就服你，什么事儿你都懂。"

姜志斌讪笑了一下，不理会他这话，问道："海子，你用手机录的视频还在吗？"

刘小海点了下头，说："在啊。"

姜志斌说："好，明儿你从手机倒出来刻张盘给我送来。"

刘小海迟疑了下，面露难色，说："哥，我……我哪会倒，哪会刻这玩意儿?"

姜志斌听了这话,发起火来:"你他妈的真笨!你家楼下不是有打字复印店吗?"

刘小海没想到突然遭了一顿骂,有点发蒙:"不是,不是……哥你要这干什么?"

姜志斌更来气了,狠狠斜了他一眼:"废什么话?叫你送来你就送来,我有用!"

刘小海嘀嘀咕咕地说:"行啊……不是,我说你,发什么火呢!"

姜志斌不耐烦地摆了下手,说:"行了,你赶紧走吧!"

说完他便跳下昌河面包车,向着滨海一中校园里走去。

郑晓芸这天放学回到家里,还没进门呢,叶菡就高兴地嚷嚷着:"晓芸,我给你介绍一个客人,你一定会很高兴的!"

郑晓芸听了满脸喜色地朝客厅里走来,看到一个陌生的头发花白、衣着简陋的中老年男人窘迫地挤在沙发一角。

看到郑晓芸进来,余建国局促地从沙发上站了起来。

叶菡指着余建国问:"晓芸,告诉妈妈,你想不想余奶奶?"

郑晓芸奇怪地看了余建国一眼,又不解地看了看叶菡,说:"想呀!"

叶菡指着余建国笑着说:"这位呀,就是余爷爷!"

郑晓芸来到余建国面前,一脸疑惑但礼貌地叫道:"余爷爷好。"

余建国满脸的皱纹舒展开来,他用慈爱的眼光打量着郑晓芸,笑着说:"好,好,好。晓芸长大了,长高了!"

说着,他用手比划了一下,笑道:"记得那回我来滨海的时候,晓芸才这么高,十年过去了,已经成大姑娘了!"

郑岩在郑晓芸进门没多久时也回家了,他非常热情地迎上去和余建国紧紧地握手:"余叔,如果不是叶菡介绍,我还真的认不出来你了!"

余建国无比高兴又激动地紧紧抓着郑岩的两只手:"你认不出来我,是我老了。你还没有变,还是那个样,精神!"

一旁的郑晓芸这时好奇地问:"余爷爷,奶奶怎么没有来?"

余建国原本亮闪闪的眼睛瞬间黯淡下去,他面有难色、神色忧伤,喃喃地说:"你奶奶……你奶奶,她来不了了!"

郑岩闻言也有些疑惑,但职业习惯告诉他,这余奶奶定是发生了什么事儿了!

叶菡把郑岩拉到一旁轻声说:"余叔的儿子杀人了,阿姨也突发疾病去世了。"

郑岩惊得嘴巴张了张:"啊……怎么回事?"

叶菡便说:"就是前几天,媒体天天炒作的那个杀城管的案子……"

郑岩眼睛瞪得老大:"你是说余远航的案子?"

余建国眼里又亮起来,他有些惊喜地望着郑岩:"郑岩,你知道远航的案子?"

郑岩立刻顿住了,显得很是局促,他一时不知该咋说才好,只得支支吾吾道:"我……算知道吧!"

说到这里,郑岩赶紧转换话题,和叶菡商量着:"叶菡,你知道我单位工作忙,抽不出来时间。你的时间自由些,明天陪余叔转转、看看……"

叶菡点了点头。

郑岩怕刚才迅速切换话题会让余建国感觉受打击受冷落，便赶紧转过身来热情地对余建国说："余叔，远航的事儿咱们慢慢说，你呢，别急，让叶菡陪你在滨海市转转。你这么多年不来咱滨海了，咱滨海发展变化大着呢！"

余建国是个聪明人，此刻他只得尴尬地笑笑，然后缓缓坐到沙发上，眼睛也不知该看哪里才好。

晚饭是叶菡亲自下厨做的。有红烧肉、红烧鲫鱼、淮山排骨汤、炒鱿鱼、炒青菜，不可谓不丰盛。

郑岩端起杯子给余建国敬酒："余叔，来，我敬你一杯！"

余建国缓缓端起了酒杯，面露忧伤，迟疑地说："郑岩，我……我还不知道远航……会怎么样呢？……这酒，我实在喝不下呀！"

说着，他便放下了酒杯，一双苍老浑浊的眼里泪水止不住地滑落。

郑晓芸原本看着这些菜心里是欢呼雀跃的，因为都是她很喜欢吃的菜，她正想大快朵颐呢，这会儿她只得嘴里含着筷子默默看了几个大人一眼，她敏锐地觉察到，大家都不高兴，大家都心里有事儿。这种感觉是如此压抑，她也没啥胃口了。

叶菡的脸色更难看，她紧紧盯着眼前倒了大半杯葡萄酒的高脚酒杯，皱着眉头，一言不发。郑岩也不说话，蹙着眉，神色很是严肃又深沉，还有更多的是为难和尴尬。

饭没吃几口，一大桌菜大家都没动几筷子，叶菡喝了几口酒，然后说："对不起，余叔，我还有点工作上的事儿急着要处理，您自己吃些垫垫肚子，别饿着了！"

余建国止住了流泪，很是抱歉地朝叶菡点点头，"很对不住，余叔给你们添麻烦了……你去忙你的，不用管我。"

叶菡微微笑了一下，点点头，然后就拿着手机出门了。

丁一楠这会儿正感到索然无味，专业书看不进去，电视剧嘛情节太幼稚，写法律方面的文章又没心情，百无聊赖之际，她逗起了自家养的小白猫。正给小白猫喂食呢，手机响了，她瞥了一眼，发现是未知号码就挂断了。可是这来电很执着，她只好接起。

里头传来叶菡的声音："丁律师，我是叶菡。"

丁一楠没想到叶菡会给自己打电话，毕竟她从来没跟叶菡有过什么正面接触，但因为林乔生的关系，她热络地叫了一声："嗷，是您呀，嫂子好！"

叶菡有点不好意思地笑了笑，说："很抱歉，丁律师，这大晚上的还打扰你，我能跟你聊几句吗？"

丁一楠抬头看了一眼墙上的挂钟，晚上九点，她便微笑着点点头，说："好啊，嫂子，您有啥事您说。反正我这会儿也睡不着。"

8

一辆红色的轿车从外面开进了市公安局看守所停车场，丁一楠、章文颖从轿车中走了出来，向看守所走去。

市公安局看守所内，余远航坐在角落，双腿杵着，双手交握放在膝盖上，眼神茫然而迷离，表情忧郁而绝望，他仿佛在沉思，又仿佛什么都没想。

窗外是个很好的天气，阳光暖暖地照进监室来，几个年轻犯人争相坐到那阳光里，其余没能占到好位置的人便有点泄气地继续待在各自的小小位置上发呆。

一个年约二十三四的嫌犯拍了拍一个正坐在阳光里好生享受的小伙子的肩膀,那小伙子望了望他,他下巴一努,这小伙子便只得一脸郁闷又无奈地起身回了自己原来的铺位上。接着他又过去拍了余远航肩膀一下,指着那洒满了金色阳光的地儿恭恭敬敬地说:"余哥,你坐这儿!"

正想什么出神的余远航迷惑不解地抬头看了看年轻疑犯,问:"大家都争着享受阳光,你怎么不自己去享受,还把阳光让给我?"

坐在他身旁的一个年约50出头、戴着一副老花眼镜的老嫌犯笑了笑,说:"因为你是他心中的偶像。"

余远航更加疑惑了,心想自己长这么大还从来没做过谁的偶像呢!从小到大读书成绩就不好的他,在学校从来不受老师待见,又因为个子不高,在同学们中也不是很出众,他当过的最大的官就是小学时期的数学课代表。就自己这样一个从来没得到过他人欣赏的人,居然莫名其妙成了别人的偶像,这不得不让余远航大感不解。他惊讶地问道:"什么?偶像?"

年轻疑犯嘴角露出一丝轻蔑又仇恨的笑容:"城管,哼,他妈的不是人,就像是土匪。你杀了他们,就是英雄!"

余远航听到这里,苦笑了一下,接着长叹一口气道:"你呀!还是年轻呀!我就是吃了年轻的亏。无论怎么说,杀人是大错特错的。还讲什么英雄、偶像呀!"

那年老嫌犯这时附和着说:"是呀!你这小哥说得是个理儿。这城管也是城市需要的嘛。咱们想一想,如果没有城管,大街还不知道会乱成什么样子了。"

年轻嫌犯听了老嫌犯这话颇不高兴,也很不服气,他满脸愠怒地说:"呵呵,你倒还给城管辩护上了?你想过没有,城管拉东西,砸摊子,还服务呢?哼!"

由于好长时间没办法洗澡,年老嫌犯觉得浑身都痒,爱干净的他难以忍受自己和这监室里每个人身上散发出来的那股馊味,他吸了吸鼻子,然后在自己身上一通抓挠,微微笑了一下,说:"小伙子,你这是激进主义。你说一说,如果没有城管对城市秩序进行管理,那占道经营的,那私搭乱盖的,还有流氓、小偷,还不把城市闹得乱糟糟的。小伙子,你说的那些,是城管执法中的问题,不能以偏概全,把城管的工作全给否定了。按照你这样的说法,杀城管的人都成英雄了,天下不就乱了。"

余远航把头靠在墙上,闭上眼睛深吸了一口气,然后又长叹一声,特别无奈又后悔地说:"唉!这些天来我一直在想,为什么会发生这种事?思来想去,还是怪我没钱。如果我有了钱,租上一间门面,也不会偷偷摸摸地占道经营了,更不会和城管发生冲突了!"

年老嫌犯拍了一下大腿说:"小哥你说对了!这就是人们常说的,发财要趁早。"

年轻嫌犯又看了年老嫌犯一眼,颇有点讥讽地说:"哈,看来,你还真的是一套一套。学问大呀!"

另一个年轻嫌犯说:"你小子别忘了,人家是教授!"

年轻嫌犯轻蔑又无奈地笑了起来,戏谑地说:"这辈子,我是上不了大学了。没想到,倒和教授当了同窗,还是牢窗——真他妈的值!"

整个监室里顿时充满了解嘲、邪邪的笑声,余远航也被逗笑了,暂时忘记了他正身陷囹圄的事。

正当大家笑得欢时,监室的铁门开了,两个管教走了进来。

其中一个清瘦高个的管教面无表情地说:"余远航,会见!"

余远航以为自己听错了,一时间没反应过来,愣在原地没动。

年老嫌犯冲他微微笑了一下,好心地说:"赶紧去吧!一定是律师来了,要会见你呢。马上要开庭了,有什么想法给律师说说,听听律师的点拨,别闹了个哑巴吃饺子心中有数,到了法庭上什么也说不出来。"

余远航虽然还是很疑惑,但听老嫌犯这么一说挺有道理,便赶紧起身非常配合地向管教伸出了双手,民警拿过手铐给他戴上,推了他一把:"走吧!"

余远航满脸狐疑地走进会见室,发现那儿已经坐着两个年轻貌美气质佳的女子,他想这便是律师了吧,只是这么年轻的,能帮自己打得了官司吗?

不容他多想,管教把他按在了椅子上,然后就出去了。

丁一楠和章文颖朝他微微笑了一下,算是打招呼。章文颖把委托书从会见桌上推了过来。他拿起委托书看了看,看完满脸疑惑地问:"您是我爸爸聘请的律师?"

丁一楠微笑着点了点头,指了一下章文颖说:"对。我是滨海律师事务所律师丁一楠,这位是我的助手章文颖律师。根据余建国先生的委托,我们将作为你的刑事辩护律师出现在法庭上,你同意吗?"

余远航听到父亲的名字,瞬间脸上露出喜色,他眼睛一亮,很是惊喜地问:"我爸?他来滨海市了?"

丁一楠点了点头。

余远航的眼中瞬间便溢出了泪水,那泪水像断线的珠子一般滚落在他黄色的囚服上,他情难自抑地耸动着肩膀大哭起来,哭了好一会儿,他停住了哭,眼睛红红地说:"我对不起我爸呀!他老人家这么大年龄了,还要跋山涉水来滨海,为我担惊受怕。我是个不孝子呀,真的很对不起我爸!"

说到这里,他突然把委托书猛地一推,那张纸便飞到了丁一楠面前的桌子上,他斩钉截铁地说:"丁律师,我不想请辩护律师,该杀该剐,随便!你把律师费退给我爸吧!"

丁一楠见过太多嫌犯,但还是没料到会有人把钱看得比命还重要。她内心里颇是感慨唏嘘,心想那是自己没穷过,真穷过的人确实很可能会觉得钱比命更宝贵呢!想到这里,她不由得在心里同情起面前这年轻的小伙子来。

她面上依旧不露声色,只职业性地说:"聘请律师进行辩护,是犯罪嫌疑人的法定权利。"

余远航生怕不孝的自己再给老父亲添累,于是连连摆手,非常着急地说:"不,不,不。我是死定了,再也不能养活他老人家了。死了就算了,还要让他拿养老钱替我聘请律师,我就更加对不起我爸呀!"

丁一楠轻轻叹了一口气,又笑了笑,安慰他道:"放心,律师费不是你爸出的,有人替他出的。"

余远航惊得嘴巴张老大,眼睛瞪得溜圆,喃喃道:"真的吗?"

丁一楠又微微笑着点了点头。

余远航这才答应签字。签完字,丁一楠便开始询问余远航:"你把案发的经过仔细说说。"

余远航叹口气,颇是沮丧地说:"丁律师,我还真的不知道怎么说……人,是我捅死的。我没想杀人,我只想吓唬吓唬他们,别拿走我吃饭的家什,争执中,刀子掉在地上,我捡起

267

来就……"

丁一楠边听边看了一下工作日记，说："我也与公安机关作了初步沟通，在侦查阶段，你曾经向公安机关说过，你认为田宏图这帮人是黑社会收保护费的。所以，你才和他们打斗起来？"

余远航非常懊悔，甚至捏紧了两只拳头，就要捶胸顿足一般地说："是呀！可谁成想他们是真的城管……唉，这事儿都怪我头脑不冷静，捅了这么大的一个篓子，把人给捅了！"

丁一楠沉思了十几秒钟，她定定地望着余远航的眼睛，问："这么说，你曾经被黑社会敲诈过？"

余远航连连点头，说："是！他们向我收保护费，我没有给他们，他们就要拉走我的烤箱，我掂起刀子和他们拼命，才没有被他们拉走。"

丁一楠思索着，然后点点头："这次，你再次掂起了刀子，要阻止他们拉你的烤箱？"

余远航点了点头说："对！可是，谁知道……他们居然是真的城管。"

丁一楠和章文颖两个人相互交换了一下眼神，不约而同地点了点头……

9

晚上十一点多，郑岩洗了个热水澡回到卧室，他靠在床头拿出一本刑事诉讼法方面的专业书来想翻一翻，穿着睡衣的叶菡从女儿房间道过晚安后过来他身旁躺下，见他正在看书，她便嘴巴一嘟，眉头一皱，撒娇说："哎呀，老公，是不是你的书比你老婆更美更好看？"

郑岩闻言苦笑了一下，只得放下了书，躺进被窝。

叶菡翻了个身，趴进他怀里，他伸手搂着她，问："老婆，余叔的事儿你怎么安排的？"

叶菡说："下午我带他逛了一下滨海的几个景点，还带他到市一医院做了全面的身体检查。"

郑岩望着天花板，拍了拍叶菡的肩膀，以表示他对叶菡这种做法的欣赏："对，老婆，你考虑得很周到啊！他老人家年龄大了，来一趟滨海很不容易。他们那儿是山区，医疗条件差。咱们这儿有条件，给他做个全面检查一下，对他的身体有好处！"

叶菡趴在他胸口，伸出一根食指点了点他的鼻子道："哟，老公，驴脑子也有开窍的一天啊，太阳从灶里出来了？平时我可是很难得听到你夸我一句，今天你咋嘴巴这么甜，都学会夸人了！"

郑岩握住她的手指头，苦笑了一下，说："没办法啊，我平时面对的都是犯罪嫌疑人，审讯是我的特长，但夸人确实是弱项，老婆跟犯罪嫌疑人不一样啊，得夸，可惜我确实不擅长夸人，现在开始学学，应该还不晚吧！"

叶菡伸手拍了他的脑瓜子一下，他哎哟了一声，两人都笑了起来。

叶菡又说："郑岩，我看你对余叔非常尊敬。"

郑岩伸手把床头灯摁灭，然后重又搂着叶菡，像拍个小婴儿一般得拍着她的背，颇有感触地说："你也同样呀。咱们两个，总是用感恩的心看待人！"

叶菡叹了一口气，遗憾地说："是呀！阿姨把咱们晓芸照看大，我就把她当成了自己的亲人。可谁想，她竟然这么早走了！"

说到这里，叶菡重又趴到郑岩胸口，央求道："老公，远航的事儿……你可得想想办法！"

黑暗中，郑岩皱着眉头问："我能有什么办法？"

叶菡听他这语气就有点不高兴了："郑岩，你们检察院搞什么的？你们在办案的时候注意一下，不就行了？"

郑岩闻言眉头皱得更紧了，连带着语气里也流露出一丝不耐烦来："我怎么注意？你不会是想让我徇私枉法吧？"

叶菡生气了，她一骨碌从被窝里坐起，有点大声地嚷道："哪个让你徇私枉法了？现在社会上都传着余远航被黑社会给黑了，才杀了田宏图的。从这一点看，余远航是无辜的呀！"

郑岩也气得坐了起来，靠在床头，严肃地说："我告诉你，余远航的案子可不敢乱说，更不能以讹传讹。我是办案人员，你出去这么一乱说，别人会怎么看？"

黑暗中，他的眼睛亮亮的，借着窗外的微光，叶菡看到他那亮闪闪的眼睛，她却越发生气了："好！听你的，不说。可是，余远航的案子，你不能不管吧？！"

郑岩大义凛然地说："我当然要管了，谁让我是办案人员呢！"

叶菡讪笑了一声，说："我说呢！余叔一家人马上要家破人亡了，你不会不管。"

郑岩更来气了，说："叶菡，你说的和案子是两码事。证据都在那摆着呢？！你让我怎么为余远航开脱？"

叶菡气得两手把光滑的被面一拍，大声说："我告诉你，这远航的事儿，我也知道一点。如果不是城管那一帮人野蛮执法，又是拉东西，又是砸摊子的，会发生这种事吗？我看远航杀他们，那是被逼的！"

郑岩抓住她的一只手紧紧握着，有点急地说："你呀！这是意气用事。告诉你，余远航不听城管管理，是公然抗法，再加上故意伤害，罪加一等！"

叶菡气得立马躺进被窝，但转过身去，再也不理郑岩，郑岩忙伸手去扳她的肩膀，讨好地说："叶菡……老婆……"

叶菡突然转过身来冲着郑岩发火道："去，去，去。别理我。郑岩，我告诉你，远航这个案子我管定了。我已经和丁一楠律师签订了协议，她愿意代理这个案子！"

郑岩闻言特别生气，他喘着粗气道："你……你……你这是给我出难题！"

叶菡冷笑道："哼，怕了吧？听说我找丁一楠代理这个案子就怕了？是不是怕丁一楠这个名律师找出案子的毛病？"

郑岩也转过身去，背对着叶菡，气恼地说："哼，谁怕谁呀？她丁一楠是名律师怎么了？打官司靠证据说话，又不是靠名气！"

郑岩在床上翻来覆去地烙饼，一整晚都没睡着，直把叶菡气得跑去了女儿房间睡。

郑岩也很气恼，这气却又无从发泄，他只得半夜爬起来跑阳台上去抽烟。看着白天繁华的城市此刻变得寂静无声，他深深地叹了一口气，抽完了最后一根烟后，他做了一个决定，然后回到了床上。

10

第二天中午，一辆昌河面包车停在了滨海市检察院大门外马路旁。姜志斌从车里走了下来，他抬头看了看气势威严的滨海市检察院大楼，又看了看那象征法律权威的国徽，喉咙艰涩地咽了一下口水。他握紧了拳头，抿了一下嘴，再环顾四周看了看动静，发现似乎没什么人在看他，他这才壮着胆子走向了检察院大门值班室，他的手在裤兜里捏了捏。

叶文婕、慕容曦正在办公室看余远航案卷宗，郑岩推门进来，表情很严肃又有些郁闷地说："文婕，慕容，你们俩准备一下，余远航的案子我很可能要退出。这案子能否顺利在公诉环节办结，估计得全靠你们了。"

说完他就抬腿准备往外走，慕容曦很是惊讶地望着郑岩，十分不解地问："主任，您这是怎么了？"

郑岩停下脚步，回过头来说："我已经向许检写了回避申请，估计批下来是没有问题的。"

叶文婕也皱着眉，十万个不解写在她脸上，她问道："主任，您这是回避什么呀？"

郑岩脸上露出一丝苦笑，说："哎，这事儿，一时半会也和你们说不清啊。"

正在这时，姜志斌朝慕容曦和叶文婕的办公室走了过来，他看到郑岩，显得很是热络和高兴的样子，笑着说："郑主任，我可找到你们了！"

郑岩看到姜志斌，觉得非常惊奇："姜志斌？你怎么来这儿了？有什么事吗？"

姜志斌呵呵地笑着，下意识地缩了缩脖子，竖起了衣领，想把脖子上的纹身藏起来，不让它那么打眼。他说："是这样，那天你们走后，我又想了一下，突然想起一件事来，和余远航杀城管的案子有关联，就想来给你们说一下。"

叶文婕赶紧过来把他让进了办公室，拉了一张椅子给他坐下，无比关切又好奇地问："小姜，什么事儿？"

姜志斌装作热心又坦然的样子说："是这样的，我的一个朋友喜爱摄像，那天晚上，他正在街上拍古城区夜景的时候，发现我去买羊肉串，就把手机录像对准了我。结果，无意间拍下了余远航和城管打架的场面。后来死了人，我那个朋友感觉到晦气，不吉利，要把这段摄像删除。我一想，这段摄像可能对你们有帮助……这不，我就问他要了，就给你们送来了。"

说着，他就从裤兜里掏出一个用 A4 纸包着的东西递给了叶文婕。

叶文婕接过，赶紧打开了纸包，原来是一张光碟。

郑岩好奇地看了一眼姜志斌，问："你那个拍这段摄像的朋友呢？"

姜志斌笑了笑，说："咳，出事后没有两天，他就去广州了，现在我还联系不上他呢！"

说到这里，他站起来，有点局促和歉然地笑着说："郑主任，学校里忙，我得赶回去上班了，要不然，姜校长又该批我了。"

说完，他就离开了慕容曦和叶文婕的办公室，几个人目送他离去的背影，又相互对视了一眼，然后眼光都落到了这张光碟上。

叶文婕赶紧将光碟插进外网电脑的光驱里，大伙都凝神屏气地盯着电脑屏幕。几十秒钟后，电脑屏幕上出现了混乱的打斗场面，穿着城管制服的田宏图正在和余远航撕扯……

慕容曦指着电脑屏幕对叶文婕说："文婕姐，看到没有？这视频上面清清楚楚地显示，田宏图执法的时候穿着城管制服的。余远航说黑社会敲诈的话，是站不住脚的！"

叶文婕笑了笑，不以为然地说："他穿制服是穿制服了，可是你看他们那个吊儿郎当的样儿，像执法人员吗？如果是我，我也会说他们像土匪！"

慕容曦一时语塞，脸上有点不悦，只得继续盯着电脑屏幕看。正在这时，郑岩的手机响了，他接起："是，许检，我马上到您办公室！"

他收起手机对叶文婕、慕容曦说："你们两个再仔细看一下视频，研究一下案子，说不定，办理这个案子的担子，真要落到你们两个肩上了。"

说完，他匆匆忙忙地离开了。慕容曦望着他的背影，不满地对叶文婕说："主任今天是怎么了？又是回避申请，又是交接工作什么的。"

叶文婕看着郑岩进了电梯，摇了摇头，满脸疑惑地说："是呀！我也觉得非常奇怪。本来好好地，他怎么申请回避了？"

郑岩从电梯出来后，径直往许省身的办公室而去，在走廊上他一脸的沉重，满心的不爽，谁都看得出来这平素情绪不怎么外露的资深公诉人郑岩这会儿是真的心情很糟糕，连路过跟他打招呼的同事他都没空顾及。

许省身则在自己办公室不停地踱步，等着郑岩的到来。

郑岩推门进来还没落座，许省身就笑了笑，说："郑岩，你这是怎么了？现在，审查逮捕的法律时限快要到了，你却提出了回避的要求，是不是想临阵脱逃啊？"

11

郑岩苦笑了一下,继而又眉头紧蹙,说:"许检,我不是临阵脱逃。昨天我才弄清楚,余远航的母亲曾经是我家的保姆,我女儿晓芸,就是余远航的母亲照看大的!"

许省身哈哈一笑,手在大腿上拍了一下,说:"郑岩呀郑岩,你是不是太敏感了?余远航的母亲当过你孩子的保姆,这怕什么?这不是法定回避的要求啊!"

郑岩神色凝重地说:"许检,我是怕别人议论和有看法!"

许省身又爽朗地笑了,伸过手来拍了拍郑岩的肩膀:"你呀,不要多想了,把这个案子办好就行了。谁想议论谁议论去,心底无私天地宽嘛!做检察工作还能怕人议论?"

郑岩苦着脸说:"哎,可是……我们家叶菡和我较上劲了,她出资替余远航的爸爸请来了丁一楠做余远航的代理律师,说要和我论个高下呢!"

许省身听了这话,笑得更是合不拢嘴了:"那好呀!叶菡代表了社会上的一部分观点。对这个案子的争论,就先从你家开始,进而影响一大片人。这样好,理不争不明,争论了,我们才能以理服人,以法服人。"

说到这里,许省身又拍了拍郑岩的手背,眼睛里都闪着光:"郑岩,你这么一说,我倒是更相信你,你一定能把这个案子做扎实。你们办案组准备一下,在法律规定的时限内做出正确的结论,可不能打无准备之仗呀!"

郑岩听了许省身这一席话,他的眉间舒展开来,心里压着的沉重的石头也放了下来,他长长地舒了一口气,笑着说:"许检,请您放心,我一定会完成任务的!"

许省身满意地笑了。

郑岩几乎是脚下生风一般地飞跑出许省身办公室的,他现在满脸都是笑,如同春风一般暖着每一个跟他打招呼的同事。大家不知道这郑岩是遇到啥喜事了。

他恨不得赶紧插上翅膀飞上六楼去告诉慕容曦和叶文婕,他又可以跟她们并肩作战了,他又可以重回他一直深爱和擅长的公诉一线了!

当他回到办公室把这个好消息告知叶文婕和慕容曦时,她们二人也是高兴得很,慕容曦夸张地拍拍胸口说:"哎,这下我总算是放心了,刚还一直像是没了妈的孩子那样担心死了呢,这下可算好了,妈又回来了!"

叶文婕和郑岩都被她逗笑得乐不可支。三个人决定下午去看守所提审余远航。

下午两点半,郑岩三人从检察院办公大楼走了出来,向着停在正门旁边的警车走去,上了车后,车正要开出大门,一辆白色宝马开了过来,拦住了他们的去路。

叶菡拉开车门从车里下来。郑岩看到这一幕,愣住了。他赶紧对叶文婕和慕容曦说抱歉,然后打开车门下车来,疑惑地问:"叶菡,你怎么来了?"

叶菡靠在检察院进门口的墙上,神色黯然地说:"郑岩,我是来告诉你,余建国已经住进了医院!"

郑岩很是惊讶地问:"什么?"

叶菡满心沉痛地说:"昨天,我带他游玩的时候,还陪他检查了一下身体。今天检查结果出来了,他现在是肺癌晚期,已经没有治愈的希望了！"

郑岩大惊失色："什么……叶菡，你先陪他一下，等我办完事，就去医院看他。"

叶菡有些大声又气恼地说："看他？然后告诉他余远航在你的'努力'下，将要面临死刑？！"

郑岩叹了一口气，沉默了一小会儿，然后无奈地说："叶菡，你……你怎么这样说？这工作，和家庭，本来就是两回事嘛！"

叶菡眼圈都红了，化着妆的她黑眼圈还是很重，昨晚她也是一夜未眠。想着杨雪芬对她一家的种种好，她就伤心难过得很。为了余远航和余建国的事，她可算是操碎了心，多希望郑岩这木鱼脑袋能开窍啊，能帮帮余建国挽救这个风雨飘摇的家啊。

她伤心又决绝地说："郑岩吗，我来只是想告诉你，如果余远航真的被判处了死刑，你也不用告诉他了……我，也不会原谅你！"

说完，叶菡坐上了车，"啪"的一声响，重重地关上了车门，风驰电掣一般离开了市检察院。

慕容曦摇下车窗玻璃，有些迟疑地问站在车外一脸茫然又沉重的郑岩："主任，这……是怎么回事呀？"

郑岩只吐了两个字："家事。"

叶文婕皱着眉头，不解地问："主任，我听着不对呀！什么余远航、余建国的。你们家是不是和余远航有什么关系？"

郑岩坐进驾驶位，回头望着叶文婕和慕容曦，郑重而平静地把自己家跟余远航一家的关系简单说了说。

12

　　这天章文颖接到一个电话，自称是滨海市某著名网站的记者，说想要就余远航的案件采访丁一楠。

　　章文颖问丁一楠愿不愿意接受这个采访，丁一楠说："按道理来说我是不应该在案件判决前接受媒体的采访的，但现在时代不同了，媒体发达了，人们有了更多的参与社会事件的渠道和意愿，可能作为办案人的我们发出正面的声音也是很有必要的。这样吧，你告诉记者，我可以接受这个采访，但我希望能借他们的平台通过这个案件的办理表达更多更深层次的东西，而不是仅仅停留在这个案件本身。"

　　章文颖微笑着点了点头，心里对丁一楠又越加钦佩和敬慕了，心想这丁一楠大律师的名头还真不是盖的，她的胸襟和思想的深度以及社会责任感不是一般人所能及的。

　　于是她赶紧回复记者说丁律师愿意接受他们的采访，记者高兴得很，连连道谢。

　　下午，记者就登门了。来的是个有点青涩的小姑娘，一看就是大学毕业没多久，分到了采访丁一楠这个难啃的"骨头"。要知道丁一楠从前可是很少接受记者采访的。之前这家网站数次联系她，想要采访都被拒了，没成想这小姑娘第一次出马就成了。可把她高兴坏了。主编得知她联系上了，惊讶得眼珠子都要掉出来，说："行啊，小妮子，回头给你加鸡腿！"

　　滨海律师事务所会议室里，一身白衣黑裙、利索短发的丁一楠意气风发地坐在沙发一端，青涩的小姑娘把录音笔打开放在气场强大的她跟前，就心里发怵、表面则强装镇定地开始了采访，因为紧张，她的声音都是颤抖的，好在这小姑娘业务能力还不错，平时读书也多，说话问问题还是颇有些深度的。

小姑娘问："关于'6·19专案'，社会上存在着不同的看法，给公安机关、检察机关，也包括您的工作带来了很大的压力。先撇开这起案件，丁律师，请问你如何看待农村人口进城务工问题？农村进城务工人员在城市受到了不平等的待遇，你会在这次代理案件中参考其中的因素吗？"

丁一楠微微一笑，点了点头，表示对这个提问者所提问题的认可。她说："谢谢媒体朋友对这个案子的关注。我想告诉大家的是，对弱者的关注，是一个文明社会应有的特征。作为一个外来务工人员，余远航承受了过多的不平等、不公正，这才是这起案子的背景原因。因此，我在对这个案子进行办理时，不仅要体现出法律的公正无私，最大可能地为余远航争取合法权益，还要替外来务工人员这个特殊的弱势群体鼓与呼，希望这个社会给他们一个温馨的生存环境，能让这些背井离乡者感受到滨海市党和政府的温暖。"

姜志斌不知从哪里收到风，说是市公安局这天下午三点要召集检察机关和律师就余远航案开个三方座谈会。姜志斌一听说这消息就赶紧跟姜校长撒了个谎，说自己发高烧要去医院，下午没办法在学校保安岗亭值班了。姜校长听了后紧紧皱着眉头，虽然明知一贯满嘴谎话的他这次说的仍然是谎话，可也拿他没办法，心想这小子不知又去搞什么鬼，可千万别惹事啊！

姜志斌马上打电话叫刘小海开车来滨海市一中门口接他去市公安局。他们来到市公安局时是下午两点四十分。姜志斌让刘小海把车停在市公安局斜对面的一个巷子口，这里既可以看到市公安局门口的情况，又比较隐蔽，不容易被人盯上。

下午两点四十五时，姜志斌看到一辆红色大奔开了进去，他猜想这莫不是丁一楠的车吧。随后没过几分钟，就看到一辆车身写着"检察"字样的警车开到了市公安局大门口，郑岩、叶文婕和慕容曦从车上下来，一边交谈一边朝市公安局里面走去。

姜志斌一直嚼着口香糖，突然猛力把口香糖朝车窗外吐去，转过身来对坐在驾驶员位置上的刘小海说："我估计这个余远航死定了！三方会谈又能怎样？还不是改变不了余远航故意杀人这事的性质！哼，这帮人，瞎费功夫，浪费生命！"

刘小海掐灭烟头，放下一直在玩的手机麻将，谄媚地笑着说："老大，他余远航再能，还能逃得了你的神机妙算？检察院肯定会认定余远航故意杀人，再加上你送给他们的那张碟子，余远航就是有一百张嘴，我看他也说不清了！"

姜志斌冷笑一声，停顿几秒钟，又略显担忧地说："不过有个问题，这个丁一楠不可小瞧，她可是咱们滨海市有名的'铁嘴'！"

刘小海鼻子里哼出一声来，有些轻蔑地笑着道："铁嘴怎么了？事实确凿，证据扎实。任她是铁嘴铜牙，也没有办法替余远航翻案！"

姜志斌邪邪地笑着歪头看了刘小海一眼，说："那，照这么说我们是不是应该喝庆功酒了？"

一向无酒不欢的刘小海满脸嬉笑，听到喝酒就高兴得眼睛都发亮了，欢欣雀跃地说："那当然！"

姜志斌也笑着打了一个响指，说："好！那咱哥俩还是家常菜。不醉不休！走！"

说着，刘小海就发动了昌河面包车，二人飞速离开了市公安局大门口。

13

由于早到十五分钟，丁一楠和助手章文颖被市公安局的同志安排在刑侦支队会客室附近的休息室先坐一坐。

章文颖见休息室有咖啡包，便拿起杯子来到饮水机前给丁一楠冲拌咖啡。丁一楠平素很少喝茶，最常喝的就是咖啡，走到哪都缺不了咖啡，用她自己的话说就是平时就靠咖啡"续命"。章文颖深知她这习惯和喜好，于是无论到哪只要有咖啡就一定会主动给她泡上一杯。

丁一楠则在休息室内里一边挥动着手臂做些简单的放松动作，一边慢慢踱步。

咖啡冲拌好了，章文颖把咖啡递给丁一楠。丁一楠接过咖啡便细细品了起来，边喝边赞道："不错，这味道不错，回头你记得也买几袋这个牌子的放咱办公室。"

章文颖点头笑笑。随即她又颇有疑虑地说："楠姐，我对今天的三方会谈感觉不太好！"

丁一楠停下喝咖啡，抬起头来目光紧紧地盯着章文颖，好奇地问："为什么？"

章文颖端着咖啡杯站在饮水机旁，表情很是严肃地说："余远航这个案子案情非常清晰，既有证人证言，也有余远航的供词，事实可谓是非常清楚。我们为余远航辩护，辩护什么呢？不可能是无罪辩护吧？即使是罪轻辩护，能成立吗？怕是没有作用的。"

丁一楠放下手中的咖啡杯，做了个暂停的姿势，微笑着说："为什么不能做罪轻辩护？最坏的结果是，这起案子检察院起诉余远航故意杀人。我们只要把'故意杀人'这四个字给辩驳回去，我们的罪轻辩护就成功了！"

章文颖皱着眉站在那思忖了一下，仍然颇有顾虑，犹疑地说："可是，这……能行吗？"

丁一楠笑了笑，眼里闪闪发亮，语气坚定地说："能行！"

章文颖看了一眼丁一楠，也笑了："楠姐，我相信你！"

丁一楠微微一笑，端起手中咖啡一饮而尽，然后把空咖啡杯递给章文颖，愉悦而又有力地说："大战开始了，战斗吧！"

说完，她轻快地走出了休息室。

丁一楠和章文颖两个人沿着走廊向会议室走去，在走廊中段，恰好碰到郑岩、叶文婕、慕容曦三个人刚出电梯。

见到郑岩，丁一楠优雅大方地伸出手跟他握了握，笑着打完招呼后，她便说："郑主任，我希望您这边能深入调查，对余远航案科学定性。"

郑岩笑说："那是必须的！"

说着他就站在会议室门口对丁一楠做了个"请"的手势，让丁一楠先进去，丁一楠朝他微微颔首表示谢意。

刑侦支队支队长耿勇已指挥属下将会场一切设施调配好，此刻见众人到来，便笑着跟大家打招呼，又安排好一行人按照水牌落座。示意一行人先后落座。

待大家都坐定后，耿勇说："想必各位也知道，这起案件影响大，社会都很关注。今天，按照我们各自领导的意见，我们这些具体办事的坐下来，一起讨论下余远航案，目的只有一个：搞清事实和真相，维护法律的公正！"

大伙都点着头表示赞同。

耿勇又说："今天请大伙来，还请大家畅所欲言，不要有什么顾虑，把自己想说的、想表达的、有疑问的全都提出来，当面锣对锣，鼓对鼓，咱给它理清楚，这样这个社会上大家都挺关注的案子就能办得更好，办成铁案。谁先来？"

他环顾一圈，眼光落在了丁一楠身上，他说："要不，丁律师先来？"

丁一楠微微笑了笑，点了一下头，从座位上站了起来，她手里拿着一张A4纸，眼睛环视四周，很有气势地说道："各位，我念一下余远航叙述的案发经过！'那天我是占道经营了。后来，来了两辆车，从车上下来了几个人，说是城管，上来就要拉我的东西。我想着是黑社会收保护费的那一帮子人，以为要收我的保护费，但我没有给他们，所以他们找茬来了。我就护着车子不让他们拉走……再后来，切肉的刀子从车子上掉了下来，我从地上拣了起来……再后来，不知怎么着，我和他们吵架争执，无意中捅了那个人一刀……'"

念完这一段，丁一楠望着坐在她对面的耿勇和郑岩："耿支队长，郑主任，在座的各位，你们都听到了，我的当事人说，他以为是黑社会的来收保护费，才和受害人田宏图发生争执的。两个人吵架中，我的当事人无意间捅伤了受害人。我当事人的这些叙述，我相信，在公安机关的侦查卷宗中同样可以查到，和检察院提讯时供述没有异样。我可以得出这样的结论：第一，我的当事人并没有抗法的故意，而是对潜在黑社会危害的抗争，也可以说是一种自卫行为，尽管这种自卫过了度；第二，我的当事人并没有杀人的故意。当他意识到是黑社会强行收保护费，才和受害人发生了争吵,从地上拣刀在手,无意中伤害了受害人。所以,我认为,以目前的证据定我的当事人故意杀人不妥。"

她说这些的时候,郑岩的表情变得越来越凝重,还藏着一丝不满。丁一楠一坐下,他就立即站了起来。此刻的他就像是一头雄狮,被丁一楠给激怒了,他觉得他的领地被侵犯了,所以他急切地想要争夺主动权。

他示意慕容曦播放一段提讯视频。视频中,郑岩等在提讯余远航。

只见郑岩问:"余远航,我问你,你为什么在路灯下摆摊位?"

余远航答道:"为了看得清。"

郑岩问:"灯光能使你认清钞票的真假吗?"

余远航回答:"能。"

郑岩又问:"那你也能看清来人身上穿的服装了?"

余远航肯定地答道:"是!"

这段视频播放结束,郑岩转过身来面对众人说:"各位,余远航的回答让我们得到这样一个判断,路灯的灯光可以让犯罪嫌疑人看清来人的服装。现在,我再播放一段视频。这段视频可以充分解释丁律师的质疑。"

他看了一眼丁一楠,又看了看耿勇,耿勇点着头,丁一楠则用期待的眼神看着大屏幕。

他用眼神朝叶文婕示意了一下,叶文婕便打开了视频放映机,屏幕上立即出现了案发现场的一段录像资料,正是姜志斌给他的那张光碟上的内容。

当播放到田宏图和余远航进行搏斗时,叶文婕马上按下了定格键。

郑岩拿着激光笔指点着屏幕上的图像说:"大家请看,这是案发时的一段录像。可以清楚地看到被害人是身着城管制服执法的,既然我们大家可以通过视频看清楚田宏图身穿的城管制服,我相信余远航也应该能看到。"

在座的很多人都频频点头,慕容曦还悄悄冲着郑岩竖起了大拇指。

丁一楠站起来语气掷地有声地说:"我认为,刚才郑检察官的视频恰恰说明了我的当事人确实不知道被害人是城管执法人员。"

听她这样说,大家都好奇万分地望着她,很是期待她接下来的发言。她拿着激光笔指着大屏幕上视频中开到余远航摊位前的两辆昌河面包车,继续说:"大家可以看到,被害人乘坐的车辆并没有标明执法字样,作为普通的民用昌河面包车,我的当事人有理由相信这是黑社会的交通工具。"

郑岩听后神色颇为严肃,他心里有些不高兴,尽管他知道丁一楠也是尽代理律师的职责,但站在对立面的他怎么听着她刚才那番话都很不舒服。他立即站起来铿锵有力地反驳道:"我提醒代理律师注意,这段视频也证明了田宏图是着城管制服执法的。作为已经在市场上经营了不是一天两天的商贩,犯罪嫌疑人当时应该明白被害人是城管人员!"

叶文婕和慕容曦也是心下很不高兴的,站在职业角度可以理解丁一楠的辩解,但毕竟人皆是凡人,很多时候也会本能地选择站在一个平凡人的角度去看待问题。叶文婕还算喜怒不形于色,慕容曦可就不同了,她满脸不悦地盯着丁一楠,还偷偷给林乔生的微信发了一句话:你媳妇能啊!林乔生回复了一个一脸蒙的表情,慕容曦则再也不理会他了,而是专心听丁一楠接下来还有什么说辞。

　　丁一楠站起来，举手投足间尽显高贵优雅范儿，她纤细的手指把干练的齐耳短发撩到耳朵背后，然后朝大家微笑了一下，再颇有气势地说："我在会见余远航时，一再问当下的情况。余远航很明确地告诉我，案发时他认为是黑社会因他没有交保护费，来报复他的。所以余远航才和他们发生了争执。我继续问他：'向你收保护费的人穿城管制服了吗？'余远航坚定的回答：'穿了！他们也穿着城管制服，也开着一辆昌河面包车'。"

　　说到这里，她定定地看着耿勇、郑岩，又转身对大伙说："大家都听到了，那些黑社会人员敲诈、勒索余远航时，也同样穿了城管的衣服，同样开了一辆没有执法标志的昌河面包车。再加上被害人行为粗暴，所以，我的当事人有理由相信受害人是黑社会人员而产生抵抗行为，并不是公然抗法！"

　　丁一楠说完这番话后就坐下来，脸上分明带着胜利者的姿态，慕容曦偷偷翻了个白眼，嘟着嘴，望着叶文婕，叶文婕与她对视一眼，然后伸手在桌子底下拍了拍她的腿，示意她稍安勿躁。

　　耿勇望了望郑岩，用眼神问他可还有话要说，郑岩摇摇头，耿勇就站起来对大伙说："我们各方的意见可以保留，等明日上午我们在市政府刘市长召集的会上充分发表意见。"

14

　　鉴于余远航案在滨海市乃至汉江省引起的反响都很大，网上各种说法都有，滨海市政府和公检法等机构都觉得很有必要开个会，让各方都来谈一谈，看看这个案件究竟要怎么处理才最好。

早上九点不到，滨海市人民政府会议室内就已经坐满了前来参加会议的人们。

市长刘为民居中坐在会议桌的上方，在刘为民的左右，分别坐着市检察院检察长许省身、市公安局局长李克、市中级人民法院院长高棉、市城市管理局局长张局长。

他们的对面，坐着耿勇、郑岩、叶文婕、慕容曦、丁一楠、章文颖等。

刘为民作为主持人，又是今天会议的召集人，他对今天的会议和其结果充满了期待，他环视众人，然后清了清嗓子，说："今天请各位来，主要是讨论一下有关余远航涉嫌杀害田宏图的案子。首先，我们政府机构表态，绝对不会干预正常的执法、司法活动；其次，这个案件有很大的社会影响。执法、司法活动的公开、公正与否直接关系和影响到城市的正常管理。最近舆情爆棚，相信大家都很关注这案子到底是怎么回事。不光社会上，其实我们自己也有各种各样的疑问。丁一楠律师在昨日与检察院、公安局具体办案同志的沟通中提出了很多的疑问，我觉得很有必要把大家请来议一议。再次声明，我们绝对不会干预执法、司法活动，这次会议只是一个非正式的交流会，不形成任何结论。"

说到这里，刘为民指了一下城市管理局局长："张局长，你是城市管理局局长，又兼着城管总队的队长，请你先谈谈你局的意见。"

张局长长得白白胖胖的，五短身材，头发却是有些与年纪不相称地灰白了，因为胖，他还有点气喘呼呼的。还没说话，他就已经满头汗，后背也汗湿了一大片，也不知是紧张还是天气热的缘故。他从面前的纸巾盒里拽了几张纸巾来揩了揩额头的汗，然后说："作为城市管理局局长，我不好对案子发表什么意见，不然，就有干扰司法的嫌疑了。我只想说一点，我们城管队伍的工作是辛苦的，风里来雨里去，工资、待遇也不高，工作环境恶劣，为滨海市的经济发展也是做出了贡献的。现在不仅田宏图的那个城管队，还有其他城管队，好多城管队员向局里呼吁，要求严惩抗法者。被害人田宏图离婚了，没有孩子，只有一个在外地做生意的姐姐——田玉芬。田玉芬到我们局里几趟了，坚决要求尽快给个说法。我们也一直做她的工作，做兄弟们的工作，让他们相信公检法，我对他们说办案总得有个时间、过程嘛。你们公检法如果不形成一个清晰明确的意见，我们局里也不好认定——田宏图是因公殉职呢？还是其他？我们也不好向城管队员其他兄弟和田宏图的家属交代，是吧？"

张局长说完这些就望望大家，眼神里似乎含着一些期待，期待大家赶紧形成一个明确的结论来给到他。他的眼神里还含有一些无奈。显然，这个案件给他的职业和工作都带来了巨大的困扰和压力，想来处于舆论漩涡中心的他没少受到同行和被害人家属的"打搅"啊，也难怪他急得满身是汗了。

刘为民听了张局长这番话，神色更凝重了，他点点头，说："嗯，张局长心中有苦处呀！"

张局长压抑地叹了一小口气，看得出来他在市长刘为民面前不敢太过表现出自己内心的诸多压力，但会场的人们却从他这压抑的表现中更加感受到他内心承受着诸多巨大的压力。他表情很是严肃甚至带点悲戚地说："余远航杀害田宏图的案子发生后，几乎所有的媒体都一边倒，很多的老百姓私下议论时竟然说城管该杀，你们说，这不让人寒心吗？"

说到这里,他有点激动起来,脸都红了,脖子上青筋鼓起老大根,似乎这档儿他已经忘记担忧市长会因他在会上的表现而会不会对他有看法的事儿了,他冲各位拱了拱手,近乎恳求地说:"各位,我请求点事儿。开庭的时候,无论是证人或是律师、检察官、法官,能不能少用一点形容城管为土匪的字眼。案子还没有定论,我们城管已经多次被称为土匪,寒心啊!"

他顿了顿,又无奈地摇了摇头,说:"案子发生后,我们城管局内部也进行了调查,发现田宏图这个大队在执法中确实存在着执法作风简单、粗暴现象,现在我们也在进行队伍整顿。可是,田宏图大队并不像媒体所说,是什么黑社会收保护费,什么拉东西、砸摊子呀!"

一听说"调查"二字,大家的目光自然而然就落到了市公安局局长李克的身上。

李克说:"关于黑社会的问题,我们公安机关进行了初步调查,在案发地段,确实有一伙黑恶势力横行霸道,向临时占道的小商小贩收取保护费。但是,并不像余远航所说的那样,已经构成了黑社会。"

说到这里,他笑了笑,用坚决的语气表态说:"请各位领导放心,如果真的有黑恶势力,我们会坚决打掉它。刑侦支队会抽调精干力量进行侦破,尽快给各位领导一个满意的答复!"

刘为民和许省身悄悄交换了一下眼神,刘为民脸上露出一丝不易觉察的赞许的笑容,显然,李克刚才的发言让他比较满意。这会儿刘为民看了看对面的丁一楠:"丁律师,你的意见非常重要。你有什么意见就请提出来吧?我们这些做领导的,一定会把工作落实下去的。"

丁一楠朝刘为民和大家微微笑了笑,目光锐利,语调沉稳地说:"谢谢各位领导对我的工作的重视,既然让我说,我就说两句。从法理上说,第一,余远航的行为导致田宏图死亡是客观存在的事实,但是,余远航是故意杀害,还是过失伤害,还是防卫过当,这是有争议的。第二,就是到底有没有黑社会,或者称之为黑恶势力的存在?如果有,他们是不是敲诈勒索过余远航?这些问题弄清楚了,案子就自然没有争议了。"

张局长一脸疑惑地望着这个滨海最有名的美女律师,问:"即使是有黑恶势力,这和余远航杀害田宏图有什么关系?"

丁一楠抿了抿嘴唇,解释道:"据我所知,余远航多次被黑恶势力冒充的城管敲诈勒索,收取保护费。余远航拒交,他们就要拉走余远航的烤箱,结果被余远航持刀制止了。这给余远航一个惯性思维,面对黑恶势力的敲诈勒索,可以使用暴力手段阻止。结果,当真的城管粗暴执法,要拉余远航的烤箱时,余远航就把城管当成了黑恶势力,再次持刀抗争,造成了血案。由此,可以推断,这个案件与故意抗法并无关系。"

张局长急了,说:"光天化日之下,黑恶势力敢冒充城管敲诈勒索吗?不可能。这是余远航的狡辩!"

丁一楠眼神里颇意味深长地看了一眼张局长,没有说话。

章文颖看了一眼她,从她眼里看到了鼓励和肯定,章文颖便充满了勇气,也不再因为对面坐着市长等而发怵了,她落落大方得道:"如果案发地段确实有黑恶势力,也确实敲诈勒索过余远航,那么,就说明余远航不是故意杀人,而是误认为对方是黑恶势力,被逼无奈;如果没有黑恶势力,也没有人敲诈勒索过余远航,那就是余远航在狡辩,就另当别论了。"

刘为民点了点头,望向郑岩说:"郑主任,你是本案的承办人,谈谈你的观点。"

郑岩看了丁一楠一眼，说："正如丁律师所说，余远航的行为导致田宏图死亡的事实，是客观存在的，这个不容置疑。同时，我也承认丁一楠律师说得有道理，必须把是否存在黑恶势力的问题调查清楚，案子的性质才能搞清楚。"

刘为民环视一圈，点头说："今天这个会议开得很好嘛！大家畅所欲言，把心里话都说出来，比憋在心里好受。谁还有不同的意见，全说出来。"

他看了一圈，发现没有人再继续发言，他便总结道："既然大家都不说了，我就说两句。刚才开会前，许省身检察长和公安局李克局长来得比较早，公安局方面提出请检察院提前介入对黑恶势力的侦查工作，争取尽快把这伙歹徒缉拿归案，也好为这个案件定性。我觉得这个建议很好，大家有没有意见？"

大家都没有说话，刘为民便说："好吧！散会。"

15

大家走出市政法小公大楼，来到停车场，丁一楠看了一眼郑岩，笑着问："郑主任，感觉如何？"

郑岩能感觉得出丁一楠笑容和语气里的那一丝丝挑衅和挑战的意味。他微笑了一下，用犀利的眼神看着丁一楠，回击道："感谢丁律师对案中疑点的及时提醒，关于黑恶势力的问题，我们会尽快搞清楚的。"

丁一楠点点头，这回颇为真诚地笑着道："我还希望你们能搞清楚余远航这些外来务工人员的苦处。"

郑岩看了看远处的天空，微笑着望着丁一楠："你说的是社会学范畴内的东西。我还是那句话，不论是外来务工人员还是本地务工人员，所有的活动都应该在法律限定的范畴内。"

丁一楠这回却摇了摇头，似乎感觉到不可思议似的，她有些戏谑地微笑着说："郑主任，真的不知道在这个案子中你为什么这样犟？即使是余远航杀人应该以命抵命，难道我们就不应该在这个案子中探讨一下外来务工人员的问题吗？要知道，这个案子本身就是一个很好的教材，如果没有外来的压力，余远航哪来的激情不惜以命相搏？"

郑岩拉开驾驶位的车门，说："如果每个人因为有了压力，就采取以暴制暴的行为杀人放火，这个社会将会乱成什么样子？"

丁一楠笑了笑，说："郑主任，别忘了，法，可以刑民，不可以治民。道德的力量是不可忽视的。"

叶文婕也上前拉开了车后门，理性而又微笑着说："主任，丁律师，现在不是可以谈鸿篇大论的时候，最要紧的是把案子查清楚。争执这些有什么用？"

丁一楠看了叶文婕一眼，什么也不愿再说，转身带着章文颖坐上了红色轿车，飞快地离开了市政府办公大楼……

望着红色轿车离开的背影，郑岩赞叹："丁一楠说得有道理呀！"

慕容曦戏谑道："主任，刚才你还振振有词呢，这会儿怎么了？"

郑岩感慨万端地道："我们不能只顾了关注犯罪，还要关注那些滋生犯罪的土壤呀！"

发表完感慨，他就坐进了警车驾驶位，说："走！我们去看守所。"

滨海市第一人民医院的病房内,余建国闭着眼睛躺在病床上,叶菡手捧鲜花从病房外走了进来,余建国睁开眼睛,看到了捧着鲜花的叶菡,欲从病床上坐起来。

叶菡忙上前一步扶住了余建国,说道:"余叔叔,别动,您现在需要静养!"

余建国拍了拍床垫,有些心疼地说道:"叶菡,这么好的条件,一天得多少钱呀?!"

叶菡笑着安慰道:"余叔叔,钱的事情您就别操心了,有我呢。您就放心养病,什么事有我呢!"

余建国长叹一声,眼眶开始湿润了,他说:"唉,你说,我这病能养下去吗?我心里还挂念着远航呢!"

叶菡拍拍他正输液的手背,说:"您放心。公安局、检察院、律师都在紧锣密鼓地调查。过不了多久,就会有结果了!"

余建国听了这话,眼光发亮,挣扎着要从病床上爬起来:"叶菡,现在一点消息都没有吗?"

叶菡帮他掖好被子,看着他的眼睛,说:"您放心,我已经给余远航聘请了滨海市最好的律师做辩护,相信远航会渡过这道坎的!"

余建国听了这话,那只扳着床头想要爬起来的手无力地垂了下来,他再次深深长叹:"唉,已经两年没有见远航了。想着这次来滨海见他一面呢!你看我……我又得了这病……不知道还能不能见远航一面了!"

叶菡听了这话,心里倍感凄凉和难过,她的眼眶红了,蹙着眉头想了一小会儿,问:"余叔叔,您想见远航吗?"

余建国虚弱地点点头说:"当然……当然想啦!"

叶菡说:"我想,您还是可以写信的……"

16

市公安局看守所提讯室内,郑岩、叶文婕、慕容曦再次见到余远航,发现他更消瘦了,皮肤倒是白净了不少,许是关在看守所里甚少见太阳。他的两条腿在有些宽大的囚服里直晃荡。

见到郑岩三人,余远航像是见到了救星,他感觉他的命运现在掌握在郑岩他们几个人手里,能否查清事实,能否轻判,能否再见到老父亲和老母亲,能否给父亲母亲尽孝送终,就全靠这几个检察官了!

所以当余远航看到身着笔挺检察制服、胸佩检徽、一身正气的几位检察官时,他还未开口,眼泪就差点落下来,他有种冲动,想要给他们下跪,求求他们赶紧查清案件事实,其实他还是想早点从这儿出去的,因为在这个世界上,还有他最最牵挂的父亲母亲。他自己死了命不足惜,可是他不能让年事已高的父母亲承受白发人送黑发人的无限悲戚!

在一番例行告知步骤后,郑岩直奔主题,问:"余远航,你咬定有黑社会收费,那么谁是黑社会,又是怎么收保护费的?"

余远航歪着脑袋,眼睛看着右上方的墙壁,皱着眉头想了好一会儿,却什么都没有说,只是轻轻又无奈地摇了摇头。

叶文婕思索了几秒钟,她猜测余远航是不是有什么顾虑,于是她将军道:"余远航,你该不会是怕黑社会吧?如果经过我们调查,这黑社会收保护费的事儿属实,或许你就能保住性命;如果经我们调查不属实,就要罪加一等。"

郑岩也想着激余远航一把，就用鼓励的眼神望着他，对他说："说吧！这个时候，你还不说，更待何时？"

可是余远航的反应却让郑岩他们啼哭笑不得，他握紧拳头，皱着眉说："三位检察官，我不是有什么顾虑，我顾虑的是，我是真的不知道那帮黑社会是谁，也不知道他们是哪里人！"

郑岩鼻孔里哼了一下，轻笑道："那你让我们怎么调查？"

余远航又歪着脑袋想了好一会儿，突然他眼睛亮了起来："对了，我想起来了，他们绰号叫'北城二虎'。"

郑岩问："北城二虎"？

余远航的脸上呈现一副激动的神色，他为能想起来这关键的一点线索而高兴，似乎都忘记了自己此刻正身陷囹圄的事儿，他连连点头说："是，是叫'北城二虎'！"

郑岩心里也挺有些高兴，不管这个线索能不能用，但至少说明他们和公安机关可以就此着手做点什么了，仿佛大海迷航突然在漆黑的海面上发现了一点亮光。

他继续问："余远航，据你的辩护律师说，你曾经被冒充城管的黑社会敲诈勒索，他们要拉走你的烤箱，被你持刀制止了？"

余远航一想起这事就特别来气，他瞬间变了脸色，脸上一副特别仇恨和愤怒地神色，只见他咬牙切齿地说："是！我刚刚出摊还没有两天，他们就来了，要收保护费，我没有交，他们就要拉走我的烤箱……"

余远航记得那是他在工农路摆摊的第二天傍晚，他刚架起各种家伙什，然后拿着刀子切割羊肉，又用扇子扇着炉火，把这些准备工作做好后，他就开始不停吆喝了："羊肉串，羊肉串,热乎乎香喷喷的羊肉串嘞!走过路过不要错过嘞……"

喊了没几声,一辆昌河面包车开了过来,上面下来两个穿城管制服的年轻人。

个子矮的那个径直走到他的摊位前,手一挥,语气颇生硬地命令道:"烤羊肉串的,别烤了,把摊子收了!"

余远航看了看这矮个子,纳闷又据理力争道:"我犯什么错了?凭什么让我把摊子收了?!"

矮个子看了余远航一眼,没想到居然有人敢跟他横,他觉得自己的尊严被挑衅了,于是他冷笑着大声呵斥道:"嘿,我说哪里来的野小子,才来不知道规矩是吧?不识相!告诉你,你这摊子占道了!"

余远航看了看自己的摊位,又看了看左右两边别人的摊位,理直气壮地质问道:"我占道了?那他们的呢?就不占道了?为什么偏偏只要我收摊?"

矮个子又冷笑了一声,用玩味的眼光看着他,说:"他们占道,因为他们交占道费了!你没交占道费,你就不能占道经营!"

余远航听了非常愤怒,他有些气急败坏地问:"你们……你们这是什么理儿?!"

正当他还要跟那矮个子理论时,摊位就在他旁边的卖茶叶蛋的老妇人上前笑着对那矮个子说:"他是新来的,还不懂规矩,你们多担待点儿!"

说完,老妇人踮起脚尖,凑近在余远航耳朵边上悄声说:"交吧!这伙人是黑社会的,惹不起!交了保护费,就没有人找你麻烦了。"

余远航十分惊讶地望望老妇人,说:"什么?!"

老妇人没再多说什么,只是轻轻叹口气,回到自己的摊位前埋头整理起茶叶蛋来,好让它们卖相更好看些。

余远航转过头来对着矮个子和他身后不远处那高个子,有些义愤填膺地说:"说吧,你们到底是黑社会还是城管,是收占道费还是收保护费?"

矮个子凑上前去,皮笑肉不笑地说:"咋的了?我看你小子是想找茬呀!"

高个子上前来拉了矮个子一把,把他拉开,然后走到余远航面前,俯视着他,眼睛紧盯着他,阴笑着威胁道:"不明白吧?不管是黑社会还是城管,也不管是占道费还是保护费,总之,今天你必须拿钱来,不然,你这摊子,就地没收!"

说完高个子就一直冷笑着盯着余远航,一副看耍猴的样子。

余远航乜了高个子一眼,也冷笑道:"对不起,我从没有交保护费的习惯!"

他这态度和话语可是大大出乎高个子和矮个子意料之外,要知道这条街的所有小商贩可都是见了他们就像老鼠见了猫一样,谁不都是敬他们二人几分?怎么着来了这个乳臭未干的臭小子就敢这么横,这么嚣张直接地当众挑衅他们的威严和尊严!这让他们如何在其他小商贩们面前立足,今后还怎么"管理"其他这些小商贩?

高个子气不打一处来,对那矮个子吆喝道:"好呀!这小子牛呀!来,把他的烤箱拉走,让他到城管大队交了罚款再说!"

说完,矮个子就上前死命要拉余远航的烤箱……

余远航突然拿起放在炉火旁的刀子,他紧紧地握住那把切肉刀的刀柄,那刀刃在街灯下闪着寒光。他逼视着那高个子和矮个子，怒不可遏地大喝道："告诉你们，今天，要钱没有，要命，有一条，要血，有一盆。谁敢动我的烤箱，老子今天就和他拼了！"

高个子见这架势，吓得后退了两步，他可几乎从没见过这种阵势，以前遇到的那些小商贩，他俩说一，他们不敢说二，他俩说初一，他们就不敢说十五。哪里见过这种硬茬？

高个子颤声问："你……你想干啥？你是不是想暴力抗法？……我告诉你，你这是妨碍执行公务！"

余远航把刀在铁棍子上咔咔削了两下，大声骂道："放你娘的屁！少给我在这儿充大头蒜！不要命的你就来！老子就是不交保护费！"

老妇人见这阵势，生怕余远航会吃亏，她放下手里的长柄铝制汤勺，起身上前两步，望望余远航，又笑着望望吓得有点瑟缩发抖的高个子和矮个子，劝解道："大家有话好商量，有话好商量！千万不要舞刀弄枪的，伤着谁可都是不得了的！"

高个子看了看此刻眼睛血红、额头青筋暴露的余远航，又看了看周围聚集看热闹的人群，为了维护面子，他指着余远航撂狠话："好，算你小子有种，你等着，这事不算完！"

余远航闻言做出一副要来砍他的样子，吓得他赶紧又后退了好几步，还打了个趔趄，差点撞到路边的电线杆，他心里那个气恼呀，恨不得立即灭了眼前这个臭小子！他赶紧冲着矮个子挥了一下手，颤声说："走，咱们向队长汇报去！"

说完，二人跳上昌河面包车，风驰电掣地离开了余远航的摊位……

17

余远航对郑岩他们仨讲述了与"北城二虎"的相识相争的过程,接着他非常严肃又非常气愤地说:"我受的教育告诉我,做生意应该交税,卫生费、管理费等等一切,从没有听说还要交保护费的!我一个农民工,身强力壮,凭什么让他们保护我?我不交保护费,和他们理论,他们一点也不讲理,不由分说,就要把我的烤箱拉走。我不让,就要和他们拼命,结果,他们没敢再要钱,坐上车跑了!"

叶文婕点了点头,说:"所以,你见到真城管也拔出了刀子。"

余远航连连摆手又摇头说:"不,不,不。刚开始我想着是那两个人一伙的呢!谁想到,他们竟然是真城管……唉,现在弄到了这一地步,我还有什么说的?"

叶文婕和郑岩对视了一下,转过头来继续问:"余远航,按照你的说法,那两个人敲诈你时穿着城管制服?"

余远航很肯定地回答:"是!"

叶文婕又问:"他们开着昌河车?"

余远航点头回答说:"是的!"

问话进行到这儿,叶文婕和郑岩又对视了一下……

郑岩挠了挠脑袋,想了一下,问:"你说那两个人和你发生争执时,有一个叫王二妞的在一旁劝架?"

余远航点了一下头,说:"是。他们两个找事,没人敢劝,只有一直在我旁边摆摊的一个叫王二妞的阿姨帮我说话。可是,他们不听呀!"

郑岩追问道:"那这个王二妞在哪儿住?"

余远航眨巴眨巴眼睛,轻轻摇了摇头:"我也不知道她在哪儿住。只知道我们两个是老乡,她叫王二妞,我叫她王阿姨!"

郑岩看了余远航一眼,提高音量非常严肃地问:"余远航,你说的可都是实话?"

余远航紧紧地抿了一下嘴,眼神坚定、语气有力地说:"都是实话,如果说瞎话,你们现在就枪毙我,我没有一点怨言!"

郑岩微微松了一口气,平和地道:"那好,你回去再好好想想,如果又想起来什么,让管教立即通知我们。"

管教便进来拉余远航:"走吧!"

余远航从椅子上站了起来,朝讯问室门口走了几步,突然又回头来看着正在收拾资料的郑岩,突然,他就朝郑岩跪了下来,眼泪滚落出来:"检察官,麻烦您一定要查清楚这件事,证明我不是故意杀人,也不是故意抗法……我很想见我的老父亲老母亲,他们年纪大了,我却不能尽孝送终,我……我实在很对不起他们啊!"

郑岩赶紧过来拉他起来,嘴里急切地说:"快起来,站起来!"

管教上前才把余远航从地上拉了起来。

郑岩思忖了几秒钟,下决心似的说:"余远航,我问你一件私事。你母亲曾经在滨海当保姆,你到滨海后,为什么没有和这家人联系?"

余远航闻言垂头丧气地说:"我是想混出个样子来再说,谁想到……唉,现在再说什么也晚了!"

郑岩鼻孔里轻轻喷出一口气,说:"余远航,我现在正式告诉你,你父亲余建国来滨海市了,他现在很好。希望你不要挂念他。"

余远航抬起头来很是惊讶地望着郑岩，眼神闪闪发亮："你认识我爸？"

郑岩微微笑了一下，继而又严肃地问："你还记得一个叫郑岩的吧？"

余远航蹙着眉头想了想，点点头说："是，我从我妈那儿听说过郑岩这个名字。我来滨海的时候，我爸让我到检察院找他……你是检察院的……你就是郑岩？"

郑岩点了点头。

余远航眼睛亮亮的，瞬间脸上流露出喜悦的神色："你是郑大哥？我爸，我妈，他们都怎么样了？"

郑岩叹了一口气，犹豫着该不该说，他两手交握着搓了又搓，最后决定还是应该说，他沉痛地说："你妈妈，因为你出了事，非常着急，生了场大病。现在，她老人家已经去世了！"

听了郑岩这些话，余远航顿时瘫坐在地上，泣不成声，呼天抢地："妈……儿子不孝呀，让您老遭罪了！"

待余远航哭了一会儿，郑岩把他从地上拉起，非常认真地说："余远航，你要积极配合调查，争取宽大处理！"

余远航含着眼泪连连点头："我懂，我懂！我一定配合调查，争取宽大处理！"

郑岩心情非常沉重地走出看守所，看到郑岩这样，叶文婕、慕容曦的心情也好不到哪儿去，她们俩只得不作声地默默紧跟其后。

走到停车场，叶文婕犹疑了一下，终于还是开口问："主任，这个余远航真的和您……认识？"

郑岩打开驾驶室的门，坐了进去，点了点头："我女儿晓芸，就是余远航的妈妈照看大的。"

叶文婕听了这话，迟疑着想说点什么："可是……"

郑岩不等她说完，兀自说下去："我也希望余远航是假想过当自卫，可是，我们得尊重事实呀！"

慕容曦表情严肃地说："现在看来，余远航在杀害田宏图前，确实遭受过黑社会的敲诈勒索。再加上田宏图等人执法粗暴，让余远航产生了错觉。"

郑岩皱着眉头，咬了咬牙，恨铁不成钢地道："余远航就是糊涂呀！即使产生了错觉，就能轻易动刀吗？……那毕竟是一条人命呀！"

叶文婕轻轻点了点头，停顿了几秒钟，说："从现在的情况看，只有抓住'北城二虎'这两个黑恶势力人员，案子的性质才能弄清楚呀！"

郑岩和慕容曦都点了点头，郑岩便准备发动车辆，刚把钥匙插进车里，手机响了，他接起："喂，耿支队，啥事儿？"

耿勇在电话那头说："老郑，我听你们同事说你今天提审余远航去了，没别的，就想问下有啥进展没？"

郑岩说："和丁一楠介绍的情况一样，余远航曾经被黑社会敲诈、勒索过，就是因为余远航持刀拼命，那伙黑恶势力才没有拉走他的烤箱。"

耿勇的音调高了起来，有些激动地说："看来，余远航这小子心中形成以暴制暴的惯性思维了。真城管来了，他也敢动刀子！"

郑岩叹了口气，道："他说，当时并没有意识到是真正的城管。"

耿勇问："这情况属实？"

郑岩说:"据余远航交代,那伙黑恶势力拉走他的烤箱时,曾经有一个叫王二妞的老阿姨帮他说过话。这也说明,那个叫王二妞的老阿姨可以证明余远航是不是被敲诈勒索过。"

耿勇一听就拍了一下大腿,有点兴奋地说:"好,那我们这就去找这个叫王二妞的老人!"

郑岩看着车窗挡风玻璃上的一只飞舞的蜜蜂,苦笑了一下,说:"耿支队,我说你就是个急性子,你还不信!"

耿勇在电话那边不解道:"咋回事?这情况我能不急吗?"

郑岩看了看天,微微笑了一下,说:"王二妞摆的是夜市摊,现在这个时候去,咱能找到人吗?"

耿勇拍了拍没几根头发的脑袋瓜:"嗨,对!你看我这脑子,真是越来越不中用了。那我们晚上去?"

郑岩点点头,坚定地说:"好,晚上去!"

18

姜志斌和刘小海二人开车来到了工农路附近的一家家常小饭馆里,要了几瓶小二锅头,点了两碟花生米、海带、猪耳朵,又点了几个家常菜,两人就开始推杯换盏起来。

从下午一直喝到傍晚,小饭馆门外逐渐暗淡起来,街上的灯光一盏接着一盏地亮了。

可姜志斌和刘小海倒是兴致颇浓,没喝够的感觉,只见盘子都已经光了,只剩下几根大蒜叶子和红辣椒。几瓶二锅头也全都开了,只剩下小半瓶,两个人脸和脖子都红红的,浑身酒气。

姜志斌有点醉醺醺的了,他的眼眶也因为喝多了而红红的,他伸出长胳膊拍了拍对面刘小海的肩膀,醉醺醺地笑着说:

"兄弟，怎么样？他余远航不是不服吗？……嘿嘿，哥哥我略施小计，他就栽了进去！哥哥我厉不厉害？"

刘小海也喝得有点东倒西歪的，但脑子却是清醒得很，他潮红的面庞上浮现着谄媚的笑，不忘记拍马屁地竖起了大拇指："那当然是老厉害了，哥哥真是诸葛亮呀！"

姜志斌伸出一只手缓缓地摇了摇，笑着说："诸葛亮倒是不敢说。想在滨海地盘上混出个名堂来，没有两把刷子……行……行吗你说？"

刘小海眼神迷离，偶尔还醉得翻几个白眼，打几个嗝，笑着连连点头："对，对，对！"

姜志斌又喝了一口酒，嘴巴和舌头仔细地品咂着，皱着眉头若有所思，几十秒钟后，他醉眼朦胧地盯着刘小海布满红血丝的眼睛，问："呃，如果，我是说如果，余远航这小子咬定是黑社会收保护费……你说，会不会出什么问题？"

刘小海使劲想集中精神看姜志斌，他的脸都快凑到姜志斌鼻子上去了，他眼皮打架着，却很豪气地朝空中一挥手，喷着酒气，舌头打卷地说："大哥，我说你……你多心了……收保护费这事儿，不影响对余远航的判决……自古不是有个理儿吗，杀人偿命……"

姜志斌使劲甩了甩脑袋，又喝了几口放在一旁的茶，说："我咋感觉……感觉有点问题？"

刘小海这会儿被他这话吓得有点蒙，瞬间脑子就清醒了很多，他紧紧盯着姜志斌那张疑惑愁思的红脸："什么？有……有什么问题？"

姜志斌又喝了几口茶，感觉原本有点昏昏沉沉的脑袋瓜此刻清醒了很多："你还记得那个卖那个卖茶叶蛋的王老婆子不？……她，她和余远航可是老乡……"

刘小海使劲嘟嘴吐了好些酒气，又拿起桌上的湿纸巾揩了几把脸，猛地甩了甩头，想将酒气和醉意驱散些。他说："大哥，我也想起来了，那天……咱们向余远航收保护费时，王老婆子就在那儿！"

姜志斌点了点头，蹙着眉咬牙说："咱们得想办法让王老婆子闭嘴。王老婆子若是闭了嘴，咱收保护费的事儿也就很难查清了，毕竟其他摊贩都是流动的，就王老婆子是长期在那摆摊的，公安就算找到其他流动摊贩，估计他们也很难指出我们两个。他余远航也只有认栽了。不然，事儿翻腾大了，别说是检察院了，就是公安局的，也饶不了我们。"

刘小海用手猛扇了扇风，又打了个喷嚏，酒意早就醒了七八分了，但他此刻脑海里却冒出一丝惊恐，毕竟姜志斌刚说到的这个担心确实存在，只不过他从前没往这上头想。再说自己是拖家带口的人，姜志斌就一光棍汉，光脚的不怕穿鞋的，所以他比姜志斌更在乎这案子最终会怎么判决。

他后背都汗湿了，不是醉酒的那种燥热导致出的汗，而是恐惧与担忧所致。他说："对，我听说了，凡是涉黑的案子，抓起来没有说的。"

姜志斌点了点头，跟刘小海对视了一下。

两个人原本因醉酒而潮红的脸此刻也变得青一阵白一阵的，脑袋都清醒了好多。

姜志斌突然站了起来，从牛仔裤兜里掏出一根烟来点着了，有些大声而急促地说："走！"

刘小海速速把酒杯里剩下的小半杯酒给喝了，又把饭桌上的牙签揣进裤兜里，就立马站起来跟在姜志斌屁股后头旁若无人地走出了家常菜小饭馆……

两个人走出了小饭店,正准备上车,饭店老板娘追了出来,急切又不解地大声问道:"你们……你们怎么走了?还没有结账呢!"

刘小海转过身来望着老板娘,阴笑着,慢条斯理地说:"咋的啦?咱爷们吃你的饭是看得起你……还敢要钱?!"

姜志斌抬起一条腿搁在另一条腿的膝盖上,把烟蒂在鞋底摁了摁,冲着老板娘大喊了一声:"赊账!"

老板娘站在饭店门口,满手都油腻腻的,她在蓝布围裙上不停地揩着手,疑惑又苦笑着:"你看,我也不认识你们,怎么赊账呀?"

姜志斌邪邪地阴笑着说:"你记上账,'北城二虎'的酒钱!"

老板娘这会儿愣了,脸上原先的苦笑此刻变成了尬笑,笑容在半路上僵住了,不知是该继续苦笑呢,还是该瞬间爆发以教训这两个混蛋。

刘小海大嚷道:"愣什么愣?酒钱……顶你下个月的保护费。你还占便宜呢!"

说完,两人就上了停在家常菜馆旁边的昌河面包车,离开了小酒店。

望着绝尘而去的昌河面包车,老板娘啐了一声:"呸,土匪!"

19

暮色降临,工农路上车水马龙,热闹非凡。

一个老妇人坐在工农该路中段的一个小马扎上,她面前摆着煤火炉,炉火烧得旺旺的,炉子上架着一只小钢精锅,茶水煮得咕嘟咕嘟作响,那锅里的茶叶蛋壳子已经被煮得裂开了好多道口子,蛋白都变成深色的了,应该十分入味。热气加香气颇是诱人。

这个老阿姨就是王二妞,她那苍老的声音不断叫卖着:"茶叶蛋,热茶叶蛋嘞,好吃的茶叶蛋!"

她正望着来来往往的人群卖力吆喝着,却突然有一辆昌河面包车开了过来,就停在她的摊位前。

王二妞有些昏花的老眼仔细瞧了瞧那车,待再看见那从车里下来的两人,她就下意识地收住了嘴,还把伸出去的脚也收了收,两只满是皱纹的手赶紧护住那一锅茶叶蛋,仿佛生怕被人抢了去。

来人正是姜志斌和刘小海。姜志斌在王二妞跟前蹲了下来,嬉皮笑脸地看着她苍老的面庞,随后又恶狠狠地逼视着她。刘小海则一脸流里流气地站在姜志斌身后抽烟,笑着望着王二妞。王二妞被二人身上刺鼻的酒气熏着,差点想要呕吐。

她很是害怕,手脚都颤抖起来,眼神里满是惊恐。她的胳膊继续护着那锅茶叶蛋,瑟缩着颤声说:"我……我这个月的保护费已经交了!"

刘小海弹了弹烟灰,走上前说:"我们知道你交了……但是余远航没交!"说完他又一脸阴阳怪气地笑着望着她。

他这笑和姜志斌那恶狠狠的眼神让王二妞害怕得几乎要晕过去,但她逼迫自己一定要稳住,这茶叶蛋摊档可是她养老的唯一来源啊,她的老伴儿已经去世多年,唯一的女儿远嫁他乡后生孩子时难产去世,她原本有个妹妹,但妹妹前不久也病死了，所以她在这个世界上是个孤苦伶仃的老人家，离乡背井在滨海就靠着这点微薄的收入糊口。若是再被这虎狼霸王把摊子给砸了，那年迈的她可真是寸步难行了！

她强迫自己镇定。她抬头望着刘小海道："余远航已经进去了！"

刘小海吐出一口烟圈来，然后把烟蒂丢在地上，狠狠用脚踩了踩，怪腔怪调地阴笑着说："余远航和你是老乡，他进去了，你就得替他交！"

姜志斌站起来，拍了拍王二妞瘦骨嶙峋的肩膀："王老婆子，知道俺哥们找你干什么吗？……你小心点，别乱说，不然，就把你的嘴缝上！"

王二妞吓得浑身直抖擞，连点点头说："行，行，我闭嘴！我什么也不说，我什么也不知道！"

姜志斌冷笑一声，说："这就对了！告诉你，今后，关于余远航的事儿，谁问你都不要瞎说！"

姜志斌说完这话，无意间扭了一下头，发现在右手边不远处，郑岩等几个人穿着便装正在向这个方向走来。

尽管是晚上，夜市的街灯也不是那么明亮，但郑岩这人个子高大，身形笔挺，气质跟周围人很不一样，他走到哪儿都停显眼的，所以姜志斌一眼就认出了他！

姜志斌赶紧拉了一下刘小海，刘小海脑袋里还在盘算着找王二妮要多少钱保护费呢，他根本没弄明白姜志斌咋突然这么用力拉着他要走。

刘小海十分不解地问："咋了大哥？"

姜志斌语速急促地低声命令道："走！"

说着他就拉着刘小海要往昌河面包车里面钻……

刘小海不愿走，嘟嘟囔囔地道："大哥，这个老婆子还没交保护费呢！"

姜志斌恼怒地低声厉声喝道："你他妈的命都快没了，还要什么保护费？走！"

刘小海十分不情愿地在姜志斌的推搡下来到昌河面包车前，姜志斌拉开了车门，坐上驾驶位，发动车辆就要走。

就在这时，郑岩一帮人已经来到了他们面前。

郑岩大喝了一声："姜志斌！"

姜志斌赶紧转过身来朝着郑岩，不容多想，下意识地来了一句："有！"

20

郑岩打量了姜志斌几眼，很严肃地问道："姜志斌，你在这干什么呢？"

姜志斌眼神里闪过一丝惊恐，嘴上迟疑着说："郑检察官，俺哥俩饿了，刚好经过这附近，看到这茶叶蛋好像很好吃的样子，就想买几个茶叶蛋垫垫肚子。"

郑岩仔细地朝昌河面包车里看了一眼，发现就在方向盘旁边驾驶台的位置放着一顶城管戴的帽子。

郑岩很是警惕地望着那顶帽子，指着帽子问姜志斌："你这车上怎么有城管的帽子？"

姜志斌可没料到郑岩会关注起这个城管帽子来，他瞬间就感觉心底升起一股凉气，心里咚咚咚地敲起了鼓，他很是紧张地说："我这是跟在城管工作的哥们儿要的。"

郑岩逼视着他的眼睛，威严地问："你要这干什么？"

姜志斌心里像十五只水桶打水一般七上八下，他表面却只得嘿嘿笑着说："郑检察官，我是放到这儿，遇到城管什么的，大家一看，自己人。和尚不亲帽子亲嘛！"

说着，姜志斌就下车从裤袋中掏出零钱递给王二妞，说："快，快，拿几个茶叶蛋！"

王二妞愣住了，她抬头望着刚才还如狼似虎的姜志斌，这一瞬间他却在她跟前装起了大尾巴狼，她真是觉得他可以去当影帝演戏了，那前后两张截然不同的面孔切换得如此快，让她有些措手不及，她一时不知道说什么才好。

姜志斌见她在那拿着铝制勺左挑右选，又用粗糙苍老的手想要把崭新的小塑料袋弄开装茶叶蛋，可是她用手指来回捻了半天也没能弄开那小塑料袋，姜志斌见状很不耐烦地说："卖不卖？不卖就算了！"

王二妞忙从钢精锅内随便拿了一个茶叶蛋递给姜志斌，并把钱也递给了姜志斌。

姜志斌非常生气地把钱直接扔到了地上，颇为愠怒地嚷道："你干什么呢？"

说完，气呼呼的姜志斌回头就跨进了昌河面包车，以迅雷不及掩耳之势发动了车辆，一溜烟就开跑了。

望着昌河面包车远远地离去，郑岩这才转过头来，问王二妞："你是王二妞？"

王二妞点了点头："我是……你们是……"

耿勇和王副队长都向王二妞亮出警官证："我们是公安局的，找你了解点情况。"

王二妞吓得赶忙收拾摊子，紧张得手直哆嗦，她的声音比刚才面对姜志斌和刘小海时，还颤抖得厉害，她说："我是小本生意,再也不占道经营了,你们就放过我吧!"

慕容曦忙蹲了下来,很温和地问:"阿姨,你不要怕,我们是找你说点事,不会罚你款拿你东西的。"

王二妞惊讶地问:"你们不罚?"

慕容曦微微笑着点了一下头:"不罚。"

王二妞忙停下手说:"我这是小本生意,全靠它吃饭呢!这城管局的、还有不知道啥局的,一大帮子,都要钱哩!"

耿勇闻言便上前问:"那公安局的向你要钱了吗?"

王二妞说:"公安局的倒是没有要钱,可是,公安局的不管坏人呀!坏人向俺要钱呀!"

耿勇抬头看了一眼郑岩,郑岩微微笑了笑,耿勇感到非常尴尬,这王二妞的话让他这个资深老刑警脸上有点挂不住。

耿勇带着歉意地道:"阿姨,今天我们就是来抓坏人的。你放心,今后,再也没有坏人向你要钱了!"

王二妞还是略带警惕又害怕地说:"你们是抓坏人的?你们前脚走,坏人后脚就来要钱了!"

郑岩上前来,温和地问:"阿姨,你在这儿摆多长时间摊了?"

王二妞看着他的眼睛,觉得这个男子一身正气,像是个很好很不错的人,她的心平静了一点,说:"我呀!这街还没扩建的时候,我就在这儿卖茶叶蛋了。现在,好算歹算也有10年了!"

郑岩又问:"哦,那你一定认识余远航了!"

王二妞一听余远航的名字,立即就无比警觉地望着郑岩,又望望四周,好像在确认会不会有人偷听她说话:"你们问余远航?"

311

郑岩点了点头:"是,我们想向你打听点事儿。"

王二妞这时却连连摆手,眼神躲闪,身子后倾:"不认识,不认识!你们去找别人打听吧!"

慕容曦一见王二妞这神情,可是急坏了,她指着王二妞一侧的空白地段,问:"你怎么会不认识余远航呢?两个月前,他就是在这儿用刀捅死了城管田宏图。事情就发生在你眼前,你怎么忘了?"

王二妞闭上了昏花老眼,两只手交义放进有些宽大的衣袖里,喃喃自语道:"忘了,我年纪大了,好忘事,所有的事儿都忘记了!"

郑岩和耿勇见此情形,默默对视了一下,眼神中都满是无奈……

21

自从上次找丁一楠做余远航的辩护律师之后,叶菡和丁一楠的联系便多了起来,究其原因应该是两个人互相欣赏,都是女强人类型,都很能干又优秀,都渴望靠自己自立自强实现人生价值,颇有点英雄惺惺相惜的意味。

这女人与女人相互看对眼,也跟男女谈恋爱似的,看上对方了,觉得对方方方面面合自己的意,便觉得对方哪哪都好,像是上帝专为自己造的对方。在叶菡和丁一楠的眼里,对方都是特别优秀的女人,她们在彼此身上看到了自己的影子,因而格外懂得对方。这种吸引力是致命的,以至于她们后悔没有早点深入接触,要不然早就成闺中密友了。

这天下午,叶菡发微信给丁一楠,邀请她来家里坐坐。丁一楠觉得有点受宠若惊，毕竟她没想到叶菡会邀请她去家里的，这年头能被邀请去家里做客可不是一般的关系，这说明叶菡是真的很欣赏和很喜欢自己！

想着自己下午刚好也没什么事儿，最近忙案子忙得头昏脑涨，她就想给自己放半天假，于是就去跟她眼中优秀女人的代表叶菡"约会"了。

看到叶菡，优质"三高"（个子高、学历高、收入高）女人——丁一楠就像看到了另一个自己，都是那般要强，都是那般拼命，都是那般不认输，所以她们两才拥有了今天无数女人羡慕不来的事业和成就。丁一楠在生活中很少有朋友，尤其是同性朋友，毕竟能懂得她的人太少，懂得她而又跟她能聊到一块儿去的就更加稀有了。不在同一个思想层次的人，她又不想交往，毕竟说不到一块儿去。所以现在叶菡出现了，她怎么能不开心和高兴呢？毕竟谁都是希望这世界上能有人懂得自己的。

此刻，丁一楠正坐在叶菡家的沙发上，面前的茶几上摆放着精致的茶具，果盘里摆放着可人的红樱桃，那是叶菡特意去楼下的水果超市挑选的。她从章文颖那儿打听到丁一楠特别爱吃樱桃，所以很有心地提前亲自去挑选购买，足可见她对丁一楠的欣赏、喜欢和重视。

平时都是秘书或助理给端茶倒水的叶菡，此刻却甘愿服务起丁一楠来了，她给丁一楠泡好花茶，又把那崭新的刚拿出来用的玉白茶杯斟满茶，再笑意盈盈地端给丁一楠，心里想着自己好像对郑岩都没这么好过，想到这里她就自嘲地笑了下。

她热情地对丁一楠说："来，丁律师，请用茶。"

丁一楠伸出葱白般的纤长手指接过来，轻轻啜了一口，赞道："嗯，好茶！不过，嫂子，您以后不要叫我丁律师，怪生分的，您叫我一楠就好！"

叶菡弯弯的眼睛笑得更弯了，亮亮的，她点点头，说："好的，那我以后就叫你一楠！"

她看着丁一楠那喝茶的优雅范儿，像是在欣赏一幅画般。十几秒后她感觉自己是不是盯着人家丁一楠看，把人家姑娘给弄尴尬了。于是她赶紧笑笑，转移话题说："我们家郑岩爱喝茶，我也跟着他学会喝茶了！"

丁一楠微微笑着，很真诚地说："郑主任是个非常认真的人。"

叶菡一听"认真"二字，把她跟丁一楠"约会"的所有美好感受全都忘记了，无奈又气愤的情绪占据了上风，她立即就像换了个人一样，埋怨唠叨起来："是，认真得变成死脑筋了！"

丁一楠看着眼前无缝切换变脸的叶菡，倒觉得她很真实、可爱、不掩饰、不做作，觉得叶菡这一点特别好，甚至是她欣赏、想成为、却无法成为和做到的，因为她自己心里很清楚，从小到大为了维持自己的优秀和出众，她掩饰了自己很多真实的一面，这使得她总是感觉自己戴着面具与周围人交往，她不敢呈现出自己最真实的一面，这样的心理和潜意识也导致她与人交往时总是隔着一层，让人无法触摸到最本真的她，也许连她自己都无法触摸到最真实的自己。她心里这么胡思乱想着，不由得为自己感到一丝悲哀。

她没让自己过多停留在这些负面情绪里，而是马上切换到正题上来。她问叶菡："你是说余远航的案子？"

叶菡叹了口气，说："是呀！任何人都明白，余远航捅田宏图是失手所致。"

丁一楠笑了，说："看来嫂子您真的非常关心余远航的命运呀！"

叶菡无奈地笑了下，正色道："这人，总得有点良心吧？我们家晓芸是余远航的母亲一手带大的，她可以说是我们家的半个亲人。现在余远航出事了，按理说，郑岩应该尽自己的能力，给余远航找点出路。可是，不是自己的亲人倒好，是自己的亲人，倒认起真来了。这不是非要把余远航往绝路上推吗？！"

丁一楠褐色的眼睛定定地望着叶菡，认真地说："郑主任有他自己的难处呀！"

叶菡苦笑，哼了一声，说："我看他没有难处。我听了你的分析，很在理嘛！怎么到郑岩那儿就说不通了？"

丁一楠也无奈地笑了笑，说："嫂子，看来你们夫妻俩真的应该好好地沟通一下了！"

叶菡不解地问："为什么？"

丁一楠说："因为嫂子你似乎并不了解郑岩是怎么想的。"

叶菡皱了皱眉头，面色颇有些不悦："他会怎么想？铁面无私？还是不徇私情？现在呀！他越来越变得没有人情味了！"

丁一楠很认真地说："我倒是非常相信郑主任，相信他会处理好这件事的！"

叶菡见丁一楠老为郑岩说话，心里一半是喜，一半是不悦，喜的是自己的老公被丁一楠看好，不悦的是郑岩的做法确实让自己很不开心。

她苦笑着说："好了，好了！不说了。告诉你，你要是找对象，可不要找检察院的，他们这些人毛病大着呢！只想着工作，有些时候，做出事来让人觉得心里冰凉冰凉的！"

丁一楠抿嘴笑了笑，没说话，端起茶杯静静地喝茶。

叶菡有点后悔地拍了一下自己的大腿，笑着说道："咳，看我说的，你不正和检察院的谈对象嘛！"

丁一楠放下茶杯，又捻了一颗樱桃放进嘴里，嚼了几口，说："找丈夫嘛，只要是个好人就行了。"

叶菡连连点头，说："好人，这倒是，他们检察院的绝对个个是好人！"

就在这时，郑岩从外面推门走了进来，看到丁一楠也在，他呵呵一笑："哟，丁律师咋来了？稀客呀！对了，你们俩聊什么呢？聊得这么热闹！"

丁一楠起身笑说："郑主任，我们正说你是好人呢！"

郑岩一脸的莫名其妙，笑问："我是好人？"

丁一楠和叶菡对视一眼，两个人都忍不住哈哈大笑起来。郑岩愣在那儿看着她俩笑得像两个大笑姑婆，似乎颇有默契，没他什么事儿似的。

笑了一阵，丁一楠便告辞："嫂子，我就告辞了。余远航的事儿就交给我了！"

郑岩一脸懵地问："丁律师，您今天过来是不是有什么事儿？"

丁一楠笑说："我原本是来跟嫂子聊天的，这会儿想到确实有件事儿想和你谈一下，不知道你有没有时间。"

郑岩点头："好呀！我时刻恭候丁律师的指教。"

丁一楠笑说："郑主任太过谦了，指教不敢当，我们探讨一下。那……我还是到检察院找你们吧？"

郑岩说好的。说着丁一楠就转身要出门，叶菡忙说："一楠，我看你也不用走了。打电话让叶文婕和慕容曦过来，大家在一块吃饭好了！"

丁一楠笑着打趣说:"嗨,嫂子,我倒是非常想和你吃这一顿饭。可是,这个时候郑主任敢吗?"

叶菡不解地转过头去望着郑岩……

郑岩讪讪地笑着说:"改天,改天怎么样?等案子结了,我请你们大家吃饭。"

丁一楠笑着挥了挥手向郑岩夫妻俩告别,接着就穿着高跟鞋得得得地下楼去了。

叶菡颇不高兴和不解地问郑岩:"郑岩,丁一楠问你敢不敢吃饭,你为什么要说改天?这不是往外撵人吗?"

郑岩搂了一下叶菡,说:"这个时候,办案检察官和案件当事人的律师在一块吃饭,是违反相关规定的。"

叶菡面露不悦,颇不耐烦地说:"郑岩,你别动不动就是规定规定,烦不烦呀!"

22

趁着郑岩周末在家,叶菡说:"要不咱今上午去医院看下余叔吧,我这两天都在忙公司的事儿,都没空去看看他,你等会也跟我一块儿去吧!"

郑岩原本是想着写写前段时间的办案心得的,顺便要做一个下周去省检察官学院讲课的PPT,这会儿叶菡这样提议也让他意识到,他确实脑子里只有工作,这些人情世故平时全都是叶菡在张罗。他看着她在家里各个角落四处收拾,这里拎出来一袋水果,那里拎出来一包零食啥的,突然觉得自己很对不起老婆,很对不起这个家。

郑岩想着,就算今天再忙,他也要陪老婆去趟医院,毕竟余建国也算半个亲人,更何况他已经病入膏肓了,怎么着都得多关心关心。

两夫妻便开着叶菡平时经常开的白色宝马进了滨海市第一人民医院停车场。叶菡手里拎着大包小包,郑岩要帮她拎被她拒绝了,她没好气地说:"行了,行了,别添乱了,我还不知道你,等会儿你工作上又是接电话又是发微信的……哪里腾得出手来帮我拎这些。"

说着她的高跟鞋跟就得得得地敲击着路面,左手右手各拎着一大堆礼品,健步如飞地往前走了,剩下郑岩在原地望着她哭笑不得。

郑岩紧走一步跟上叶菡,讨好地说:"夫人,你走得这么快,我都跟不上你了!"

说到这里,平时都很一本正经地郑岩少见地嬉皮笑脸问:"夫人,等等我如何?"

叶菡停下脚步,很严肃认真地说:"等等你可以。告诉你,等一会儿见了余叔叔,再也不许提什么规定不规定的事了。"

郑岩啪地立正敬礼,一本正经地说:"你放心,我一定不说!"

叶菡被他这举动逗得哭笑不得,她用胳膊肘碰了一下他的手臂,说:"还不快走,傻站在这儿给谁看啊?"

夫妻俩一前一后地进了病房,只见余建国正在挂吊瓶输液。

听到推门声和脚步声,正在闭目养神的余建国转过脸来,看到郑岩正笑盈盈地望着自己。

余建国脸上露出了惊喜的表情,从被褥下伸出手来紧紧地抓住了郑岩的手:"郑岩,你可来了!"

郑岩也紧紧地握住余建国的手,歉意满怀地说:"余叔叔,我们忙着工作,也没有顾得上看你。"

余建国喘着气说:"叶菡和丁律师把情况都给我说了。"

郑岩非常尴尬地说:"余叔叔,希望你能理解。我一定会秉公办理的。"

余建国抓着郑岩的手摇着:"我知道,远航杀人,该死!"

说到这里,余建国老泪纵横,泪水在他沟壑遍布的脸上肆意奔流,他喃喃自语地悲叹道:"杀人偿命,欠债还钱,天经地义呀!"

叶菡在一旁看不下去了,她满脸悲愤又伤心地问:"郑岩,你就忍心眼睁睁地望着这一家人家破人亡不成?"

郑岩见她这样神情和言语,便知她真是生气和伤心了,他自己也很无奈和恼火,便说:"叶菡,案子的事情还是交给专业的人去处理,你瞎操心有什么用?!案子也许会出现转机。如果像丁一楠说的那样,余远航是因为黑恶势力敲诈勒索,把城管误认为黑恶势力团伙了,或许,会是另外一种结果。"

叶菡越发不解和不悦了,有些大声地嚷道:"那你就按丁一楠辩护的那样起诉好了!还折腾什么?"

郑岩苦着脸,强行压住自己内心喷涌出来的不满和委屈,说:"问题是余远航是不是遭受过黑恶势力的敲诈勒索,还没弄清楚,暂时还不能下结论!"

叶菡生气又急切地问:"如果弄不清楚呢?"

郑岩咬咬牙,语气坚定地说:"我们一定会弄清楚的!"

叶菡不解、无奈,又生气,她问:"你为什么不能相信远航?"

郑岩蹙着眉,额间的皱纹更显了,他克制着自己的情绪,努力使之平和:"因为他是犯罪嫌疑人,我们不能只凭他的口供,对吧?"

余建国哆嗦着嘴对郑岩说:"郑岩,你不相信远航,你相信我吗?我用人格担保,远航是个好孩子!他打工的老板们都说这孩子实实在在,在家里是个孝顺孩子,他不会撒谎的!"

郑岩非常着急地说:"只有弄清了事实,才能改变对余远航案的定性。这是规定。"

叶菡闻言怒火中烧,她情绪颇为激动地说:"又是规定。难道说规定就是要远航去死吗?"

郑岩重重地叹了口气,做了向下压的手势:"叶菡,对不起,我又说规定了……可是,作为一名办案人员,必须在法律规定的范围内展开工作!"

23

叶文婕叫陈志豪把 301 会议室的一块白板搬过来自己办公室。然后她叫来郑岩和慕容曦,她当"讲师"介绍案情,郑岩和慕容曦当"观众"。

她在白板上写下余远航和田宏图两个名字,然后在这两个名字之间画了一条横线,然后对"观众"们说:"你们看,如果这个案子是单纯的余远航杀害田宏图,那么,余远航的故意杀人罪就可以成立。"

说到这里,她又在一旁写下了"黑恶势力"几个字,并画了一个圈圈住它,说:"如果有黑恶势力,把这个因素考虑进去,案件的性质就变了,余远航杀田宏图的行为,就是一种过失杀人。"

慕容曦点了点头，举手发言说："所以说，我们现在必须弄清楚余远航的供述是否属实。是不是真的如余远航所说，黑恶势力曾经敲诈勒索过余远航。"

叶文婕手持油性笔，来回踱了几步，表情有些严肃地说："可是，从目前的情况看，余远航的这个供述没有办法得到印证。余远航说王二妞可以证明黑恶势力设计勒索了余远航，拉走了余远航的烤箱。可是，王二妞并不能证明有这件事。"

慕容曦摇了摇头，说："文婕姐，我倒不这么认为。在我看来，如果现在就说王二妞不能证明曾经发生过这件事，为时过早。"

叶文婕抿了抿嘴唇，疑惑地问："为什么？"

慕容曦笑了一下，眼神亮亮的："你还记得王二妞怎么说的吗？我年纪大了，好忘事，所有的事儿都忘记了。这说明什么？说明王二妞不愿作证。事情或许确实发生过，或许并没有发生过。"

就在这时，丁一楠、章文颖从办公室外面走了进来。

叶文婕停下正要在白板上写字的手，很是惊讶地望着她们："丁律师，你们怎么来了？"

郑岩和慕容曦也特别惊讶，不过几秒钟后郑岩的表情就变成惊喜了。他很热情地笑着说："欢迎啊，欢迎，丁律师，你来得正好。我们正在分析余远航的案情呢！"

丁一楠笑说："不好意思，郑主任，我原本想提前打个电话给您说一声我们过来这事儿，但我恰好刚刚在你们隔壁的中院开完一个庭，想着反正来你们这也就只几分钟的路程，所以干脆直接上来找你们了。是这样的，关于余远航案，有个情况要跟你们谈一下。"

郑岩表现出极大的兴趣，高兴地说："太好了，太好了，丁律师真是给我们送及时雨来了，欢迎，欢迎！"

丁一楠被他的热情弄得有点不好意思了，笑了笑，然后表情严肃地进入正题："是这样的，我会见余远航时，余远航曾经告诉我说，黑恶势力敲诈勒索他时，他的老乡王二妞劝过架。昨天晚上，我就去了王二妞家调查核实……"

昨天下午，丁一楠和章文颖找人打听了好半天，才得知王二妞的住处。晚上，她们两个人就深一脚浅一脚地在工农路附近的城中村一个灯光昏暗、垃圾遍地、潮湿阴暗的民房里找到了王二妞。

敲了好久，王二妞才慢慢打开了那扇简陋的刷着绿漆的房门，且只拉开一个小缝。她躲在门背后，只伸出半个脑袋，昏花的老眼极为警惕地朝门外打量，发现是两个衣着光鲜时髦的年轻女子。

丁一楠从手提包里取出律师证递到她跟前，很热情而礼貌地说："阿姨，我是滨海市律师事务所的律师丁一楠。想找您调查个情况。"

王二妞拿过那证左看右看，看了好一会儿，然后还给丁一楠，冷冷地说："我不认识字，知道你是个律师就行了。你想调查啥，我什么都不知道！"

说着她就想把门关上，却被章文颖今天出门前早就准备好的用于防身的一根粗木棍给塞门缝里了，王二妞见状便又用力关了几次，章文颖哪能让她占了上风？这章文颖平时也是个健身达人，还从小练剑，拜过师傅的，别看她苗条纤细，可是有些功夫在身的，对付一个小老太绰绰有余。

丁一楠笑了笑，还是很礼貌地说："阿姨，是这样的，我是余远航的辩护律师……"

王二妞听到这里，忙摆了摆手："我不认识余远航。今天公安局的也找我了，说要调查余远航的事儿。我已经告诉他们，我不认识什么余远航。"

说着她又要关门，章文颖的倔劲儿上来了，她上前把木棍一撬，门就开了，王二妞力气哪里敌得过，没两下她就自动放弃了关门的想法，再加上这丁一楠如此热情而礼貌，自己要是再阻止她进屋可也说不过去，于是她就打开门，让她们二人进了屋子。

屋里实在太逼仄，只有一张小小窄窄的单人床，铺着薄薄的棉被，被套已经被洗得稀疏脱色，还起了好些球，一个玻璃底部乌黑的灯泡从不高的屋顶吊下来，发着昏黄惨淡的光。床头一个简陋的木架上摆满了瓶瓶罐罐，床尾一个简易的学生课桌上也摆满了各种杂物，门后一个大大的塑料袋里装满了五颜六色的塑料袋，想必是王二妞平时收集起来装东西用的。

她尴尬地把两个年轻女子往床上让了让，示意她们坐床边。两人对视一眼，靠着床坐下了。

屋子里散发出一股霉味儿，丁一楠吸了吸鼻子，说："阿姨，您说的您不认识余远航，这……这怎么可能呢？"

王二妞坐在一张很矮很小的简易木凳子上，手里翻着黑黑的茶叶，语气生硬地说："怎么不可能呢？我一个老婆子家，不想惹这么多的事儿。你让我消停一会儿好不好？"

丁一楠顿了顿，又四处张望打量了一下屋子里各种陈设。过了十几秒，她笑着望着正忙活的王二妞："阿姨，您也有儿女吧？"

323

王二妞头也没抬，没好气地回答："有！"

丁一楠笑了笑，继续耐心引导，说："阿姨，您想想，如果您的儿女受了冤屈，您会怎么想？"

王二妞抬眼看了丁一楠一眼，不说话。

丁一楠接着动情地说："余远航被抓，进了看守所，他妈因为这事活活气死，儿子成了杀人犯，老人家丢不起这个脸呀！现在，余远航的父亲找到了滨海，却被查出患了癌症。眼望着一家人死的死、病的病，关的关。阿姨，您就忍心望着他们家破人亡吗？"

王二妞闻言停下了翻茶叶的手，顿了好久，屋子里一片寂静……

良久，王二妞长叹一声，重又翻捡起茶叶来，说："唉，余远航那个娃，是个好孩子呀！"

就在这时，王二妞家门外响起了汽车喇叭声，紧接着又传出了敲门声。

王二妞还是很警惕地拉开一条门缝，姜志斌和刘小海两个人从外面强行把门推开，王二妞被推得打了一个趔趄，说时迟，那时快，章文颖忙上前扶住了她，她才不至于摔倒。

姜志斌站在门口乜斜着眼看了丁一楠一眼，问王二妞："哟，你家来客人了？"

王二妞忙点头笑着说："这是我娘家侄女，看老姑来了！"

姜志斌再次盯着丁一楠看了看："好，好，好！不过，我望着你很面熟呀！"

丁一楠逼视着姜志斌，颇有气势地说："是吗？我们见过面？"

姜志斌又看了看丁一楠，皱着眉头想了想，然后摇了摇头。

刘小海向王二妞走过去，说："你今天表现得不错，我们大家都望着呢。你呢，这么大年纪了，做生意不容易。我们大家商量了一下，决定从下个月起，不再收你的占道费了。"

说完他很是得意地回到原地，站在姜志斌身后，趾高气扬地望着丁一楠和章文颖，活像上帝。

听说不用再收占道费了，王二妞则真有点感激和高兴地连连点头说："谢谢，谢谢！"

没过十几秒钟，姜志斌便带着刘小海离开王二妞家。

王二妞赶紧关上房门，回过头来紧张地望着丁一楠、章文颖。

丁一楠站了起来，很威严地问："这些人是干什么的？"

王二妞又扭头警惕地看了一眼已经被她自己关上的门，仿佛是确认有没有人在门外偷听似的："余远航的事儿，你问别人吧！你看到了吧？我一个孤老婆子家，怕事呀！"

说着，王二妞便上前拉着推着丁一楠、章文颖，把她们往屋外推。

丁一楠叹气说："哎，阿姨，你还没有和我说为什么呢？"

王二妞连连求饶作揖说："你饶了我吧！你还是让我多活几年吧！"

讲述昨晚发生的事儿，丁一楠说到这里后，非常惋惜地说："……我们两个马上就要谈到余远航的事儿了，进来这么两个人，一下子就打乱了，王二妞不由分说把我推了出来。"

郑岩沉思了一下："你刚才说，那两个人对王二妞说不收她的占道费了？"

丁一楠在她记忆的仓库里搜索了几秒钟："是！我印象中，这占道费应该是城管收呀！怎么两个穿便装的人上门通知王二妞？"

叶文婕提醒说："现在，国家有规定，城管也不许收占道费了。"

郑岩突然明白过来："你们大家还记得吗？余远航曾经说过，那黑恶势力团伙中的两个人，也是以占道费的名义收保护费的。"

叶文婕、慕容曦眼神一亮，不约而同地惊喜道："对！"

丁一楠说："我调查余远航时，余远航也是这样说的。有两个人先是以收占道费的名义向余远航要钱，后来余远航不给，他们就要拉走余远航的烤箱。"

叶文婕蹙着眉思索着，自言自语道："难道找王二妞的这两个人就是黑恶势力团伙的？"

郑岩表情很是严肃，咬紧牙关说："看来，昨天晚上王二妞说了谎，我们一定想办法从王二妞嘴中问出真实情况来。"

24

昌河面包车"嘎"的一声停了下来，姜志斌手扶着方向盘，两只眼睛死死地盯着前方。

坐在副驾驶员位置上的刘小海忙也向前看，然后又看看姜志斌，再又看看车窗外面，什么也没有发现。

刘小海问："大哥，你这是干什么？一惊一乍的。"

姜志斌突然狠狠拍了下方向盘，不小心拍到了喇叭按钮，车喇叭猛然一响，吓得路边的两个行人莫名惊诧地回头朝他们这昌河面包车看。

他咬了咬牙关，有些恼怒地说："我想起来了，昨天晚上我们在王二妞家见的那个高个子女人,她叫丁一楠……"

他脑海里浮现出自己常看的滨海电视台法治频道上的一个画面,一个剪着齐耳短发的美女律师正在接受记者采访,当时他还感叹这哪来的女律师,长这么漂亮,口才还这么好!

说着,他点了点头,望着车窗外喃喃地说:"没错,是丁一楠,就是她!"

刘小海听他这么说,这时也惊得手都抖了好几下,烟灰掉了一地,他颤声道:"大哥,我也想起来了,我也在电视上见过她!"

姜志斌没理会他,而是紧皱着眉自言自语地说:"丁一楠到王二妞家干什么?"

刘小海也百思不得其解:"对呀!她去王二妞家干什么?"

姜志斌突然拍了下大腿,咬牙说:"丁一楠是余远航的辩护律师,她找王二妞,一定还是为那次咱们强拉余远航烤箱的事儿取证。"

刘小海惊到了,像是突然才明白这意味着什么,他惊讶地发出了一声尖叫声:"啊……"

姜志斌鼻孔里狠狠地哼了一声:"看来,王二妞给咱们说了谎,什么娘家侄女?去他妈的,骗咱们!走,找王二妞去……"

昌河面包车便再次启动,往工农路附近的城中村而去。

在巷子口,姜志斌开着面包车正要往巷子里拐,突然他就看见巷子那头有个眼熟的人,仔细一看,是郑岩几个人走了过来,他后边还有几个穿着警服的人,王二妞走在两个女警察中间!

姜志斌吓得心里咚地响了一下,后背冒出一层冷汗,他赶紧倒车,直把车倒了几十米,停在路边另一辆大车后方。

刘小海不明白姜志斌咋突然倒车,便问:"大哥,咋的了?"

姜志斌停好车后,摇下车窗,朝车窗外吐了一口痰,急躁又带些恐惧地说:"晚了!检察院的已经把王二妞带走了!"

刘小海紧张得抓着手机的手心全是汗,他手足无措,焦躁又害怕地问:"大哥,那……我们怎么办?"

姜志斌冷笑了声,心里直骂刘小海是饭桶。他说:"你问我怎么办?想办法躲起来呗!"

刘小海又问:"那我们怎么躲?"

姜志斌颇为无奈地摇摇头说:"这两天不要去工农路收保护费了!"

刘小海后背都汗湿了,慌乱得好一阵才缓过神来,点点头说:"明……明白!"

说完,姜志斌启动昌河面包车,离开了王二妞家附近。

两位女法警带着王二妞从警车里走了下来。

王二妞一路上心里直打鼓,恐惧得两只手直哆嗦,她一直在盘算着怎么应付检察官,说,还是不说,说了会怎样,不说,又会怎样。还没等她盘算明白,警车已经来到了滨海市检察院办公大楼前的停车场。两个女法警催她下车,可她犹犹豫豫地就是不想下车,故意慢吞吞地,一会儿找手机,一会儿翻纸巾来擦汗。

郑岩和慕容曦先下车了,见王二妞磨蹭这么老半天还没下车来,慕容曦急了,对着车里的王二妞颇是严肃地说:"赶紧下车吧,磨蹭什么呢?"

王二妞可没想到这么年轻的女检察官严肃起来这么可怕,她吓得把擦着脸的纸巾都抖掉到了地上。女法警又一左一右严肃地逼视着她，看她还能要什么花招。王二妞彻底没招了，只得慢吞吞挪下车来。

望着这么庄严肃穆的检察院办公大楼，望着那闪着光的国徽，王二妞心下又是一颤，双腿直发软，感觉好想要尿裤子了！

慕容曦过来拉着她的衣袖，催促她快点走。她一边迈着小脚挪向前，一边用没了牙的嘴辩解道："姑……姑娘，你相信我，我是真的什么也不知道！"

慕容曦嘴角露出一丝笑意，道："不知道没关系，就怕你知道不说！"

郑岩这时也颇是威严地说："走吧！到里面再说。"

王二妞只得挪着小脚在两个女法警的搀扶下，跟着郑岩他们来到了滨海市检察院一楼的询问室。

25

叶文婕上午有另一个案子要开庭，所以没跟郑岩一起去找王二妞。这会儿她刚结束庭审，马上回到办公室，正好碰见王二妞被带回来。

郑岩、叶文婕、慕容曦三个人便一字排开，坐在了王二妞对面。

慕容曦看了一眼王二妞，非常严肃地说："王二妞，你行呀！连我们也敢骗。害我们跑了那么多的冤枉路，你说，咱们怎么算这笔账？"

王二妞抬眼偷偷看了一眼慕容曦，她心里可是对这个年轻女娃很犯怵的，觉得这个女检察官平时看起来很好打交道的样子，一凶起来比谁都恐怖，她比那个男检察官还更恐怖呢！

但王二妞还是打定主意装糊涂,她说:"什么账?我不明白。"

慕容曦哼了一声,说:"昨天我们去工农路,问你余远航的事儿,你说不知道。可是,事实呢,你是知道的。你不说,骗我们。你说,你想干什么?"

王二妞情绪非常激动,慕容曦这话越发让她坚定了要跟检察官杠到底的想法。她装作无辜地说:"我是个老婆子家,拿东忘西的,没有记性。什么余远航的事儿,我真的不知道,你们抓我干什么?"

郑岩端了一杯茶水上来,放在了王二妞面前,然后笑了笑,说:"你说我是直呼你的名字好呢?还是叫你一声阿姨呢?"

王二妞望着那杯冒着腾腾热气的茶,再抬头仔细瞧了瞧对面这位很有型、气质很出众的男检察官,她愣神了,眨巴眨巴着一双浑浊老眼,问:"你……你这话什么意思?"

郑岩又笑了笑,盯着王二妞的眼睛说:"按道理说,你这么大年龄了,我应该叫你一声阿姨,可是,你并不配合我们,我们只有直呼你的名字了!"

慕容曦在郑岩话音刚落时,猛地拍了一下桌子,吓得王二妞惊跳起来,心里七上八下直擂鼓,冷汗都冒出拉了。慕容曦无比严厉地道:"王二妞,说吧!昨天晚上,都是谁去你家了?"

王二妞吓得大气不敢出,愣了半天神,总算缓过来了,她望着地面,想了一会儿,说:"律师,两个女律师,那高个子女娃子长得漂亮,没说的。"

慕容曦紧紧盯着王二妞的眼睛,冷笑一声道:"王二妞,还想蒙混过关呀!……我问你,后来去的那两个人是干什么的?"

王二妞这时非常紧张，全身筛糠似的抖，一张满是皱纹的脸由黄色转成了灰色："那两个人……那两个人是城管。"

慕容曦鼻子里哼了一声，大声说："城管？城管还收占道费呀？"

王二妞这时倒是拿出了一点勇气，她畏畏缩缩地不敢直视慕容曦，但她就是想狡辩一下，想为难一下这个那么恐怖的女检察官，她硬气地说："是呀！就是因为他们是城管的，才收占道费的。"

慕容曦哼了一声，冷笑着说："王二妞，你骗谁呀？国家早就有明文规定，不让城管收占道费了，谁还敢收占道费？"

王二妞闻言一时间愣住了，感觉腰背更佝偻了，她喃喃地道："这个……这个……"

说完，王二妞低下了头，低声嘟囔着："我这个老婆子也不知道国家政策，谁知道还让收不让收占道费？"

郑岩此时很温和地对王二妞一笑，说："收不收占道费咱们暂时不管他，你还是说说这两个人是干什么的吧！"

王二妞扭头望着窗外，马路上车水马龙，马路对面是一所重点中学，学生们正在做广播体操。王二妞看了一眼，想着自己的儿子如果还在的话，应该孙子都像这些学生娃儿一样上中学了，可惜儿子尚未娶亲就因车祸去世了。

郑岩见她半天没回过神来，心想她一定在想着什么，一定有什么东西触动了她的内心，便说："你想过没有，如果这些人是犯罪分子，你这样替他们掩护就会是犯罪。"

王二妞扭头看了郑岩一眼，欲言又止："我……"

郑岩见王二妞的表情很复杂，知道她正在做激烈的思想斗争，于是他趁热打铁、义正词严地说："你这么大年龄了，应该咱们过去那个时候，有这么一个说法，叫敌我矛盾和人民内部矛盾。今天，你如实说了，咱们之间还是人民内部矛盾，现在，你就可以回家；如果坚持不说，那就是敌我矛盾了。难道你想进监狱？！"

王二妞一听手就突然哆嗦着，一不小心，将桌前的纸杯碰掉地上。

叶文婕弯腰从地上捡起了杯子放在一旁，走到饮水机前又换了一个纸杯给王二妞倒水。叶文婕端着水走到王二妞面前，再次把水端给王二妞，说："王阿姨，我叫你一声王阿姨，希望你能迷途知返。"

王二妞接过茶水，坐在那望着桌子上的反光发呆，半晌后她像是对众人说，又像是自言自语地道："这些人，手黑得狠呀！"

叶文婕瞪着圆圆的眼睛，炯炯有神地望着王二妞，似乎答案能从她眼里飞出来。叶文婕斩钉截铁地说："就是因为他们手黑，我们才要对他们狠狠打击。如果你现在不说出来，很有可能会让他们逃脱打击。那么，你就准备这样把保护费一直交下去？你放心，你的安全问题会得到我们保护的。"

王二妞歪着头、蹙着眉思考了好半天后，她终于抬起头对郑岩、叶文婕说："好吧！我说，我拼上这把老命也要把事儿说出来！那两个人是黑社会的，专门收保护费，谁要是不给他们保护费，他们就砸摊子，让你不得安生。"

郑岩一看努力了大半天，心血算是没白费，高兴得很，但表面依然不动声色，语调平和地问道："那两个人曾经向余远航要过保护费吗？"

王二妞点点头发花白卷曲的头："要过。但是，余远航没有给他们。"

郑岩喝了一口水,说:"那你说一下事情的经过。"

王二妞又望着桌上那反光处,想了一下,说:"余远航和我是老乡。他到滨海卖羊肉串,和我的摊位挨着,一聊才知道大家是老乡,所以,平常里有什么事,都会互相照应着。出事的前两天,他刚刚弄了个烤箱架上,那两个人就来收保护费了。余远航这小子血气方刚,不买他们的账,他们就要把余远航的烤箱拉走,余远航一怒之下,就拿出了刀子拼命……"

王二妞便把她看到的、听到的、说过的,全都讲了一遍。郑岩在听时便把余远航关于"北城二虎"的审讯笔录从电脑里调出来对照,叶文婕面前的电脑里则播放着姜志斌送过来的关于余远航与田宏图争执的那张光碟。

经过仔细对比余远航的审讯笔录和王二妞的描述,郑岩和叶文婕发现王二妞说的跟余远航供述的细节高度接近。

王二妞讲述完后,见几个检察官瞧着电脑出神,便顿了一会儿,见他们几个现在在盯着那眼睛圆圆的女检察官面前的电脑仔细看,她也不知道他们看的是啥,只觉得他们过分认真。于是她只得继续说她要说和想说的。她说:"那两个人看斗不过余远航,只好走了。只是走的时候留下狠话,不会放过余远航。余远航也不弱,他说来一个杀一个,来两个杀一双!"

郑岩这时从电脑屏幕上挪开眼,盯着王二妞问:"那两个人收保护费有多长时间了?"

王二妞低头想了想,说:"收了两年了。"

郑岩微微皱了下眉头,问:"那你们为什么不报案?"

王二妞面有难色地说:"我们本来就是非法经营,他们抓住了我们的小辫子,才向我们收保护费的。大家只求破财消灾,哪敢报警哟！"

叶文婕把笔记本电脑合上，大圆眼睛闪闪发亮地盯着王二妞，直看得她心里发毛。叶文婕问："那两个人叫什么名字？"

王二妞望着脚尖，想了半天，还是摇了摇头："不知道！那两个人好像是东北人，自称叫'北城二虎'，没有人知道他们的真正姓名。"

就在这时，一个法警从外面走了进来，附在郑岩耳朵边说了几句什么，便离开了询问室。

郑岩连连点头，然后便抬头对王二妞说："你再想一下，还有没有别的情况？"

王二妞脑袋里还在想着刚才那法警进来跟郑岩到底说了啥，这会儿面对郑岩的提问，只得半认真半敷衍地连连摇头道："没有了。"

26

结束对王二妞的审讯后，郑岩来不及等电梯，便带着叶文婕立即走楼梯上来，因为刚刚那法警进来告诉他说，耿勇和余远航案的直接承办人王学阳正在他办公室等他。

进到办公室时，郑岩发现这俩警察哥们已经自来熟地喝起了他的好茶，他便笑着伸出手迎上去，打趣说："哟，耿支队，行啊，您这是无事不登三宝殿，一登便拿自己不当外人啊！"

因为办案的关系，耿勇跟郑岩认识多年，彼此也很了解，更互相欣赏，所以两人也算是老熟人和老朋友了，耿勇自然不会跟郑岩见外和客气。

耿勇说："郑主任你这珍藏了这么好喝的茶，早就该叫兄弟我来品尝品尝了！"

郑岩哈哈大笑，指着耿勇道："这茶呀，是我老婆出差安徽时特意给我买的，说是对提高免疫力有好处，耿支队要是喜欢，就拿几包过去尝尝！"

两人又打了一阵哈哈，郑岩言归正传，说："耿支队，你来得正好，我有重要情况向你汇报呢！"

耿勇笑了，说："郑主任，哪那么巧？我也有情况向你汇报。"

两个人对视了一下，哈哈大笑了起来。

耿勇对郑岩说："郑主任，你先说。"

郑岩："还是请耿支队先介绍情况。"

耿勇转过身去一旁的副队长王学阳说："王副队长，把你们摸排到的情况向郑主任汇报一下。"

副队长王学阳便说："是这样的。根据市长联席会议的安排，我们对发案路段工农路的治安情况进行了摸排，发现在该路段确实有黑恶势力存在，群众反映非常强烈。现在，我们已经基本锁定了两个犯罪嫌疑人，人称'北城二虎'。他们的详细情况暂时还不清楚。但是，可以肯定，在余远航捅田宏图前两天，'北城二虎'确实向余远航收过保护费，余远航也确实动了刀……"

郑岩盯着自己办公桌上那一摞余远航案的卷宗材料，点点头说："耿支队，王队，这两天我们也做了调查，一些商户提供的信息说，工农路夜市确实有'北城二虎'的存在。看来，余远航供述不假呀！"

耿勇点了点头："现在，必须想办法把这个'北城二虎'缉拿归案，才能弄清事情的真相。"

335

王副队长心有疑虑,说:"可是,我们一不知道这'北城二虎'叫什么名字,二不知道他们住在什么地方,怎么把他们缉拿归案呀?"

耿勇也沉默了,突然他猛地一拍他那锃亮的脑袋瓜说:"他们不是爱在工农路收保护费吗?根据黑恶势力案件的一般性规律,他们收取保护费往往是固定路段。所以,你们重案队近日内要重点加大对工农路的布控,争取抓他们一个现行。"

王副队长说:"是!"

聊了一通后,耿勇和王学阳起身告辞,郑岩执意要送他们下去停车场,因为每次他从市公安局谈事情离开时,耿勇从来都是送他到公安局大门口,目送他离去,耿勇才返回他的办公室。

郑岩觉得自己得跟耿勇礼尚往来,更何况他还跟老刑警、老搭档耿勇惺惺相惜呢。

耿勇边走下滨海市检察院大门前那高高的台阶,边说:"郑主任,抓住'北城二虎','6·19专案'也算是弄清了来龙去脉。"

郑岩点点头,语气有些沉重地说:"是呀!我现在心情非常复杂。"

耿勇看了郑岩一眼,无奈地笑了一下,说:"我也是啊。如果余远航确实被这'北城二虎'敲诈勒索过,恐怕案子的性质要变了!"

郑岩苦笑着望着耿勇的侧脸:"事实上,你在侦查阶段应该有所察觉。"

耿勇看了郑岩一眼,轻轻叹了口气,没有说话。

郑岩接着说:"我们在案件审查阶段也应该有察觉。可是,我们大家都没有发现,也没有重视余远航交代的这个问题,只是被'事实清楚'这个假象迷惑了。谁知道事实清楚背后，竟然有着这么深层次的问题！"

耿勇很是无奈地笑着道："咱俩呀……唉，不说了……这教训是深刻的呀！"

说着他又指了指帽子上的警徽说："没办法，谁让咱头上戴着这枚徽呢！发现错误，我们只有纠正错误了！"

郑岩伸出手去，和耿勇的手紧紧地握在一起……

耿勇来到警车前，打开车门正准备上车的时候，又停了下来，他回过头来望着郑岩，有点欲言又止。

郑岩意识到他好像有什么话还没说完，便上前一步靠近耿勇。

耿勇低声说："我有一个怀疑。但不知道该不该说。"

郑岩微笑着，用期待的眼神望着他："老兄，你就别卖关子了，说说看！"

耿勇笑笑，说："是这样的。我们治安处的同志说，工农路夜市已经有多年的历史。由于营业时间大多在晚上，所以，也称之为鬼市……"

郑岩点点头说："这个，我知道。"

耿勇掏出烟盒，抽出一根烟来点着了，说："可是你想过没有？既然是鬼市，那就意味着摊点是活动的。"

郑岩不解其意，接话说："工农路夜市本身就是一个非法市场。"

耿勇吸了两口烟，弹了弹烟灰，说："我是想，这么一个非法市场内，一定有众多的非法摊点。城管为什么偏偏查余远航这个非法摊点？而没有查别的？余远航被查前，又偏偏被黑恶势力敲诈勒索过。你说，这里面会不会有什么联系？"

337

郑岩顿住了，沉思了十几秒，突然猛地一拍脑门，一副恍然大悟的样子，激动地说："听君一席话，胜读十年书。耿支队，你的意思我明白了。谢谢！"

27

郑岩正目送警车远去，在大门口站了好一会儿，思索着耿勇刚才最后提醒他时说的那几句话。这时叶文婕拿着一叠材料一路小跑着拿下来找他。

叶文婕把那叠材料拿给他看，说："主任，余远航案，关于被害人我查出好多疑点……您看。"

郑岩边翻阅材料，边往台阶上走，说："为了进一步弄清'6·19专案'的案发原因，巩固证据，我们需要对'6·19专案'的相关当事人进行走访。走，我们回去准备下，马上去趟古城区城管局！"

三十多分钟后，郑岩和叶文婕驾着警车来到了古城区城管局院内。只见城管局院内停着各式各样的车辆，有些车上面明显地标着城管执法的标记。

在一个工作人员的指引下，郑岩和叶文婕找到了何局长的办公室。秘书从门卫那得知了检察院来访的时间后，赶紧打了电话给何局长，所以何局长一见到郑岩就赶紧笑着热情地从办公桌后面走出来跟郑岩握手，说："郑主任，这两天……唉，真是没法说。田宏图大队的那帮人，闹着要局里出面和你们协调关系，非要判余远航死刑不可。声称如果不判余远航的死刑，他们就要罢工。你说，这事儿怎么说？"

郑岩和叶文婕被何局长让到沙发上坐下，何局长从柜子里取出三个茶杯,用开水烫了烫,然后给每个杯子倒上茶水,做了个请的手势。

郑岩谢过,端起茶来抿了两口,然后放下茶杯。天比较热,赶路过来他出了汗,于是他从茶几上的纸巾盒里扯了两张纸巾擦了擦额头上的汗,严肃地说:"何局长,无论谁闹或不闹,这事儿还是得按法律办!等事实查清了,自然会有结果了。"

何局长显然有些急,无意识地搓着两只胖乎乎的手,天真的有些热,他人又胖,再加上着急,感觉他白胖的脸上红通通的,手心也发红和冒汗。他提高了些许音量,皱眉苦脸,但还是尽量克制着情绪,说:"那难道我们就等下去?"

郑岩不接话,又喝了两口茶,顿了一下,说:"是这样的,我们在审查卷宗时发现案中有很多的疑点,需要澄清一下。想请何局长协调一下,把当天和田宏图一起执法的负责人找来,听一听他们的说法。"

何局长说:"刚才得知你们来了后,我已经打电话通知他们大队办公室的负责人过来了。等他来了后,你直接问他。"

就在这时,吴敏山从外面走了进来,看了郑岩、叶文婕一眼,走到何局长面前,问:"何局,你找我?"

何局长示意他在沙发上坐下,对他说:吴主任,是这样的,这两位检察院的同志想找你了解一下'6·19专案'的事儿。你把案发过程跟他们说一下,有什么说什么,不要带个人观点,要讲事实。"

吴敏山神情有点紧张和为难,他转过脸来望着郑岩和叶文婕。

郑岩便问吴敏山说:"6月19日那天,你们城管支队是不是有统一行动?"

吴敏山转过脸来望了一眼何局长，有些犹豫。

何局长见他这副模样，便有点急，又有点气，说："有，就是有；没有，就是没有。你如实说！"

吴敏山便像是得了尚方宝剑一般，这回爽快直接地回答说："没有！"

郑岩望着吴敏山的眼睛，继续问道："据我所知，你们城管大队并没有晚上值班的习惯，怎么那天晚上突然出去执法了呢？"

何局长和叶文婕也把目光齐齐投向了吴敏山。

郑岩的这个问题以及三个人的凝视让吴敏山感到颇为紧张，他有些结巴地说："这……这有什么关……关系吗？"

郑岩微微笑了一下，很严肃地说："当然有，因为我们必须对与事件相关联的每一步进行剖析，才能解释这起案件的真相。"

吴敏山沉思了一下，再抬起头来定定地看着郑岩，像是下了一个好大的决心似的，说："好吧！我告诉你。那天下午快下班的时候，田宏图大队长来到办公室找我……"

吴敏山对郑岩和叶文婕讲述起当时发生的事情来。

那天是个周五的下午，吴敏山正忙着赶一份何局长要的材料，下周一何局长开会时要发言用的，要求他今天务必赶出来交给何局长。吴敏山抓耳挠腮了一下午，憋出了两页纸。这会儿他想着赶紧搞完这个材料，就下班去超市买些好菜，今晚在重点中学住校的女儿会回家来，她学习任务重，做护士的老婆工作又特别忙，基本顾不了家，于是做父亲的便想趁女儿周末回家好好做点好吃的给女儿补补身体，体现父亲关爱女儿的心意。

正当他聚精会神趴在电脑前敲键盘时,田宏图脚步匆忙地从外面走了进来,语气急促地对他说:"吴主任,今晚有行动,你安排几个人留下待命,和我一块儿去执法!"

吴敏山一听这话心里就"咯噔"了一下,心想自己关爱女儿的计划给打乱了。他特别不高兴,但表面却不能表现出来。他只得硬着头皮问:"统一行动?"

田宏图自己用纸杯倒了一杯水,急急地喝了几大口,然后说:"咱们大队自己的行动。"

吴敏山皱了皱眉,心想着张局急着要的那份材料还没赶出来呢,但他知道跟田宏图说这些是没用的,要知道田宏图可是个楚霸王一样的存在,他行事很武断,很多时候都是急性子,想一出是一出,底下人被他指挥得团团转,但也不敢说啥,谁叫他强势惯了呢,谁敢跟何局长顶牛也不敢去摸他的老虎屁股。吴敏山的材料写不写得完可不是他田宏图会关心的事儿,在田宏图眼里,只有他自己的决定才叫事儿。

吴敏山还是硬着头皮问了一句:"去哪儿?"

田宏图不耐烦地说:"你问那么多干什么?你带着大家待命就行了。到时候你们自然会知道的!"

说完,身形魁梧的田宏图就迈着大步子离开了吴敏山的办公室……

田宏图离开后,吴敏山心急如焚地继续憋那材料,在网上又搜了好一通,终于东拼西凑把这个材料给搞定个七七八八,心想哪怕何局长不满意他也管不了啦,谁叫何局长的秘书小秦最近出差,他才被何局长临时抓了"壮丁"来救火呢。就算过不了关他也不理了,大不了让何局长自己改去!

341

吴敏山长舒了一口气，叫了个辣子炒鸡的外卖吃了，他看看手机上的时间，此时是晚上七点二十。正当他吃完晚饭在收拾一次性饭盒时，田宏图就来了，说叫他集合大家，准备准备到工农路执法。

他便电话通知了底下人，让他们在办公楼下集合待命。

七点四十分，田宏图带着大家从城管大队办公楼走了出来，吴敏山紧紧地跟在后面。

吴敏山慢跑几步跟上去，好奇又不死心地问："田队长，今晚去哪呀？"

田宏图边疾步如风地往前走，边干脆利落地回答说："工农路。"

吴敏山一愣，忙说："工农路？……那是个夜市。摊位那么多，就咱们这几个人行吗？"

田宏图放慢了脚步，看了一眼吴敏山，冷笑着说："怎么？你怕了？怕了你就别去！"

吴敏山忙说："去，去，我怕什么？我是怕咱这么一去，应付不了那么多人。"

田宏图讪笑着说："你放心，我们有目的的。工农路上有一个烤羊肉串的，非法经营，还占道，非常牛，不服从管理。今天，就他了！"

说完，田宏图就坐上了停在单位正门前面的昌河面包车。吴敏山看了一下田宏图的背影，摇了摇头，跟着上了第二辆昌河面包车。

吴敏山讲述到这里，叶文婕敏锐地觉察到一个问题，便问："田宏图他们为何没开城管执法车，而是开面包车？"

吴敏山说:"我也不知道。不久前,我们是扣了几台面包车……我想,可能是田大队觉得方便吧。"

叶文婕缓缓点了点头,顿了顿,又想起另一个问题:"法医检查田宏图尸体时,发现酒精含量超标,他那晚和谁喝的酒?"

吴敏山咬了咬下嘴唇,说:"这个问题我不知道。"

叶文婕眼神犀利地盯着吴敏山,吴敏山感觉到她强大的气场和具有威慑力的目光,低着头不敢直视。

郑岩见这情形,便换了个问题:"田宏图开的车?"

吴敏山摇摇头,说:"不是,我开的车。他一身酒味,开不了车。"

郑岩看了看吴敏山:"这么说,你们去执法是有目的的?"

吴敏山点点头,说:"对,就是为了取缔余远航的非法摊点。"

叶文婕马上追问道:"那是谁拍板决定取缔余远航摊点的?"

吴敏山面露难色,摇了摇头:"这件事……我不知道。"

叶文婕望了望吴敏山,又望望何局长,问:"那像这样有目的的执法行动,谁可以拍板做决定?"

吴敏山难为情地瞥了一眼何局长,支支吾吾地说:"这……应该是城管支队支队长吧?"

郑岩和叶文婕便都盯着何局长,何局长此刻表情非常尴尬,不停用手里已经捏成一团的纸巾揩着潮红的脸庞上的汗。他尴尬地笑了笑,有些结巴地说:"这个……我还兼任着城管支队的支队长……可是,6月19日的行动,我不知道呀!"

郑岩便转头盯着吴敏山的眼睛,问:"这么说,这是田宏图的私自行动了？"

吴敏山一直低着头，眼睛看着地面，不管谁看他他都装作没看到，不理会。

郑岩便只得看着何局长了，何局长被他和叶文婕盯得更加尴尬了，只得又擦了擦胖乎乎的手心里的汗，说："也算，也不算。"

郑岩和叶文婕没说话，都看着他红红胖胖的脸，那上头写满了焦急和慌乱，还有尴尬和局促。

何局长嗫嚅着说："因为，各个大队有机动执法的权力。"

郑岩这时便转过脸来问吴敏山："那……你们每次行动前，应该备案吗？"

吴敏山吞吞吐吐地回答："应该有的。可是……"

说完，他就抬起头瑟瑟缩缩地看了何局长一眼。

何局长更加尴尬了，底气很是不足，声音虚弱地说："是这样的，按道理说每次行动前，都要有行动方案入档备查。但是，下面的同志嫌麻烦，都没有做到。"

听了何局长的话，郑岩和叶文婕便转过头去望着吴敏山。吴敏山说："我们……我们执法都是机动的，田队长点头就行了。"

28

对吴敏山和何局长询问结束后，郑岩和叶文婕便马不停蹄往单位赶。

叶文婕的车技很好，从前在省公安厅出去公干很多时候都是她开车，因此她主动请缨开车，郑岩乐得自在，便坐在副驾驶员位置上翻阅余远航案的一些材料。

郑岩说:"现在看来,田宏图的城管大队执法是有目的的。"

叶文婕眼睛望着前方的车辆和红绿灯,好奇又疑惑地说:"工农路夜市这么多的摊点,为什么非要取缔余远航的?这事真是怪了!"

郑岩望着车窗外的夕阳,远天残阳如血,给城市披上了一层红盖头似的。他收回目光,轻轻叹了口气,说:"可能是一个错误的信息,让田宏图做出了一个错误的决定,结果得出了一个错误的结果,他,被余远航给捅死了。"

就在这时,叶文婕的手机响了起来,叶文婕把手机放在耳边:"喂,慕容啊,什么?王二妞?好,你让她到检察院会见室等一下,我们马上就回去!"

叶文婕转过身来,眉开眼笑,说:"主任,好消息!"

郑岩问:"王二妞找我们?"

叶文婕点了点头,高兴地说:"对!"

郑岩说:"好呀!这个时候,王二妞找上门来,一定会有重大的发现。看来,这个案子的曙光出现了!"

慕容曦急切地不停朝窗外看,一边等着郑岩和叶文婕赶紧回来,一边用电脑整理着案件材料。

王二妞则面对着眼前的一杯水,发着呆,她的脑海里反复回忆着那天晚上刘小海过来对她说的话:"你今天表现得不错,我们大家都望着呢。你呢,这么大年纪了,做生意不容易。我们大家商量了一下,决定从下个月起,不再收你的占道费了。"

没过多久,郑岩和叶文婕大汗淋淋地回到了检察院办公室。慕容曦喜出望外,赶紧跟郑岩和叶文婕去到会见室。

郑岩、叶文婕走进来会见室,刚才一直陷在回忆里的王二妞猛地站了起来，眼里发出闪闪的亮光，惊喜地望着郑岩。

郑岩三步并作两步跑上前去，激动地握住了王二妞的手，笑着说："王阿姨，这个时候找我们，您一定给我们带来了好消息，对吧！"

王二妞也激动地点了点头，苍老的面容似乎也因为这喜悦而变得年轻了十几岁。她紧紧抓住郑岩的手说："你们问的那两个人，有信了！"

郑岩高兴激动得不知如何是好，他也紧紧握住王二妞的手，心想着这个案子总算有希望了！他赶紧问："那他们现在哪儿？"

谁知王二妞摇了摇头，说："这两个人，我不认识……"

郑岩一瞬间急眼了，心跳都到嗓子眼了，笑容还僵在脸上呢。他皱着眉问："你不认识？"

王二妞突然又喜笑颜开地说："可是，你们认识！"

说完她笑得更欢了，好似一朵春天的迎春花一般。郑岩和叶文婕不停抚着胸口。叶文婕说："王阿姨，没想到您还真能玩过山车，搞得我们一会儿在云端，一会儿在谷底，可吓人了！"

王二妞听了叶文婕这话，笑得更加灿烂了，面对三位检察官急切的眼神，她说："对，你们认识的！我回到家里想了一下，想起了一件事，你们可不是认识嘛！"

郑岩赶紧追问："王阿姨，什么事？"

王二妞坐下来，端起纸杯喝口水润润喉，有点慢条斯理地说道："那天在夜市上，你见过他们两个，还说话来着。"

郑岩在她对面坐下来，紧紧地望着王二妞的眼睛，问："你说是那两个开着昌河面包车的？"

王二妞连连点头说:"对,就是那两个小子,'北城二虎'!"

郑岩恍然大悟,点了点头,说:"我明白了!姜志斌。"

叶文婕有点疑惑地问:"您说是滨海一中的保安姜志斌?"

郑岩点头说:"对,就是他!当时在工农路,我见他们车上有顶城管的帽子,就怀疑有问题,没想到,就是这两个小子干的。"

叶文婕表情立即变得非常严肃而急切:"主任,事不宜迟,应该立即抓捕姜志斌!"

郑岩摸摸下巴,思索了几秒钟,然后果决地说:"文婕,你马上联系耿支队,告诉他,我们找到那两个黑恶势力团伙的犯罪分子了,请求他支援!"

叶文婕速速掏出手机,便翻电话簿,便走出门外,回头说:"好!"

29

一辆红色的轿车开了过来,停在金楠装饰有限责任公司门前的停车场中,戴着闪亮耳钉、一身浅蓝色短裙套装、一双白色细高跟鞋的丁一楠拉开车门从轿车中走了出来,向着金楠装饰公司办公大楼走去。

刘小海和另一名保安小光赶紧跑上前拦住丁一楠:"请问小姐,你找谁?"

丁一楠眼皮也没有抬,不屑地看了刘小海一眼,一边向里走一边回答:"我找你们董事长。"

正向里走向电梯的丁一楠突然转过身来望着刘小海:"你叫什么名字?"

刘小海说:"我叫刘小海。"

丁一楠皱着眉,嘴里喃喃念叨着:"刘小海,刘小海……"

突然,丁一楠回头朝刘小海走了几步,说:"刘小海,我们好像在哪里见过?"

刘小海望着丁一楠摇了摇头:"对不起,我不记得见过你。"

丁一楠再次盯着刘小海看,只见这刘小海的眼光躲躲闪闪、畏缩畏缩的。

丁一楠点了点头:"或许是我记错了!"

说完,丁一楠走进了金楠装饰公司大楼……

望着丁一楠走进了公司大楼,刘小海惊慌失措地离开了保安亭,走到一偏僻处,摸出手机拨打电话:"老大,那个丁一楠来金楠装饰了!"

姜志斌一边开着昌河面包车,一边接听手机:"什么?丁一楠去金楠装饰了?她认出你来没有?"

刘小海急切得说:"认出来了,被我搪塞过去了!"

姜志斌急切地命令道:"那还待那儿干什么?快跑吧!"

刘小海嗫嚅着说:"可是,我这个月的工资怎么办?"

姜志斌气得在路上飙车,心想这刘小海可真是一枚蠢货。他骂道:"还他妈的什么工资不工资的?命都快没有了,还他妈的要工资干什么?"

刘小海听了这话,瞬间愣了,不知道何去何从。

叶菡正坐在老板桌后看手下刚送过来的一堆待签的文件,丁一楠推门进来了。

看到丁一楠,叶菡赶紧从老板桌后站了起来,和丁一楠两个人握了握手。

叶菡着急地马上切入正题："怎么样？余远航的案子有消息了吗？"

丁一楠笑了笑，说："有，应该是个好消息。"

叶菡脸上露出了欣喜的表情："真的吗？"

丁一楠神情有些许自豪地说："真的。现在，那两个敲诈勒索余远航的黑恶势力团伙分子就要露出水面了。只要把他们缉拿归案，余远航的案子性质就变了。"

叶菡惊讶地问："那会变成什么样子？"

丁一楠非常肯定地说："最起码余远航并不是公然抗法，也不是故意杀害国家执法人员。"

叶菡的表情放松了许多，还轻轻舒了一口气。

丁一楠却话锋一转，突然问："嫂子，问你个事儿？刚才我进公司的时候，看到门前两个保安中的其中一个面孔有点眼熟，仔细想一下，很像那两个人中的一个……"

叶菡一惊，站了起来："啊？真的？"

丁一楠点了点头。叶菡便说："走，我带你去找他们！"

丁一楠和叶菡两个人走出了办公室，速速乘电梯下到一楼来，在金楠装饰有限责任公司门前，只有保安小光站在那儿。

丁一楠看了一眼门前的小光，问："刚才那个问我话的保安呢？"

小光以为她来找刘小海麻烦呢，所以语气不是很好："小姐，他没得罪你吧？"

丁一楠冷笑了一声，继而又苦笑着说："少废话，告诉我，那个保安干什么去了？"

叶菡见这情形，赶紧来到小光面前，威严地问："刚才谁和你一块儿值班？"

小光一看老板都发话了,便立正说:"报告董事长,刚才是刘小海和我一块儿值班。"

丁一楠像是想起了什么似的,自言自语道:"刘小海?"

叶菡瞪着眼严厉地望向小光,问:"刘小海呢?"

小光被她的眼神吓到了,瑟瑟缩缩说:"他……他说有点事,走了。"

小光话音还未落,丁一楠便赶紧追问:"那你知道他去哪儿了吗?"

小光被她强大的气场给震慑住了,吞吞吐吐道:"可能……可能……可能回老家了。"

叶菡三人回到办公室。

叶菡坐立不安,她穿着白色细高跟鞋在办公室里踱来踱去的,丁一楠、章文颖则坐在沙发上喝着茶,眼睛也不停地向办公室外看。

叶菡真是没想到自己眼皮子底下的人竟然就是陷余远航于危险境地的恶人!这可真叫踏破铁鞋无觅处,得来全不费工夫啊!

她想着就算挖地三尺也要把这刘小海给找到,给余远航报仇!给余远航的母亲报仇!

五分钟前,她已经电话通知人事部李部长把人事资料拿过来。没过几分钟,李部长便拿着一沓人事资料急忙跑了进来,因为他知道老板叶菡是个急性子,最不喜欢做事手脚慢、拖拖拉拉的人。

果然,李部长一只脚刚踏进门,叶菡就焦急地问:"李部长,情况怎么样？"

李部长把那叠材料摊开在桌面上，找到刘小海的那一页，指着说："董事长，我们人事部把刘小海的档案调了出来，您看看，我们发现刘小海是咱们滨海市人，家住城郊乡刘家屯村……"

说到这里，李部长把表格递给了叶菡："这是刘小海个人的详细资料。"

叶菡看了一眼，把资料递给了丁一楠，丁一楠看了一下，抬头很果断地对叶菡说："嫂子，走，咱们去刘家屯村！"

叶菡正有此意，没想到丁一楠跟自己这么有默契，都想到一块儿去了！

三个人便风风火火地离开了叶菡办公室。身后办公桌旁的李部长惊讶地望着几个人远去的背影，搞不清楚这几个女人是怎么回事。

三个女人便开着丁一楠的红色轿车，在导航的引领下，去往了郊区的刘家屯。

在刘家屯，刘小海忧心忡忡地骑着摩托车从村子里驶出去，因为他老家的老母亲见他难得回来一趟，便叮嘱他去集市买些好菜回来庆祝庆祝。他不敢违抗母命，但也不想待在家里恐惧发呆，所以他只能骑着老旧的摩托车去村外，想找个僻静的地方好好待一下，思考一下接下来到底要怎么办。

他一脸凝重地骑着摩托车往前走，突然，他的摩托车越过了前面的一辆自行车。那骑自行车的人突然猛踩几脚，赶上来喊道："哟，是海子呀，海子回来了？干什么去呀！这么急里慌张的。"

刘小海便只得打哈哈说:"呀,是牛哥呀,我回来有点事儿,这会儿去地里看看有没有长草,想开荒种点花生呢!"

说完,他加速呼啸着向前驶去。而丁一楠的红色轿车则恰好向刘家屯驶来,摩托车和红色轿车擦肩而过,都疾驰如风而去……

坐驾驶位的丁一楠突然踩了刹车,红色轿车紧急停了下来,丁一楠打开车窗,将头伸出窗外向后看去。坐在副驾驶位置上的叶菡也随着丁　楠目光向后看去……

丁一楠说:"我感觉刚才过去的摩托,很像刘小海!"

叶菡惊讶道:"啊,是吗?我刚才没在意。"

正当丁一楠仔细看向远处的摩托车手背影而为没能及时截住刘小海而感到些许惋惜时,一个骑自行车的人接近了红色轿车。这时丁一楠索性打开车门下了车来站在路边,等自行车走近了,她对骑自行车的人说:"大哥,问你件事好吗?"

骑自行车人从自行车上下来,上下打量着丁一楠,要知道他可是很少在这村里见到这么漂亮时髦的城里姑娘。他非常乐意地说:"好呀!姑娘,你有什么事尽管说。"

丁一楠便手指着前方远处炊烟袅袅升起的一片红砖房舍,问:"请问前面是刘家屯吗?"

骑自行车的人连连点头:"是呀,是呀!就是刘家屯,你们找哪位?"

丁一楠说:"你们村有一个叫刘小海的吗?他在市里做保安。"

骑自行车的人笑了一下,一副恍然大悟的样子,说:"哦,你们说的是海子呀!"

说到这里,他指着远处说:"刚才过去的那个骑摩托车的,就是刘小海！"

道过谢后，丁一楠快速回到车上，对叶菡说："走，快点，咱们去追刘小海。不能让他跑了！"

红色轿车掉了个头，风驰电掣一般向刘小海离开的方向追去。

坐在副驾驶员位置上的叶菡见这丁一楠开起车来像赛车手，这会儿好似上演一场惊险刺激的街头警匪大战，而且这要去追的可是涉嫌犯罪的人，她虽然有着女强人通常所有的强大内心，但此刻还是感到非常恐惧。

她紧紧地抓住了车顶右侧的拉手，喉咙发干、声音颤抖地说："一楠，咱们是不是和郑岩联系一下？"

谁知道专心致志飞车的丁一楠此刻比男人还更冷静理性和勇敢坚持。她满不在乎地对叶菡说："现在还不能确定这个刘小海去了哪儿，怎么联系？等找到了他们的老窝，再联系不迟！"

30

郑岩、叶文婕和两位持警械的法警开着警车来到了滨海一中门口，车停好后，几个人都下了车，脚下生风地朝学校里面走去。

门卫急忙从值班室里出来追他们，边追边喊："你们……你们找谁呀？"

叶文婕掏出工作证冲着门卫晃了一下："检察院，执行公务！"

说完，几个人头也不回地向滨海一中办公楼走去。

门卫看了看他们的背影，挠挠头，自言自语道："看来，是出什么问题了！可是，是什么问题呢？我咋一点不知道！"

几个人来到一扇门前，门框上挂着一块木质招牌，上面写着三个黑色字：保卫科。

郑岩推开保卫科的门，里面三四个正在打牌的年轻人站了起来，惊愕地望着门外站着的几个检察官和法警。

郑岩、叶文婕站在门外警惕地望着屋内的一切，两位法警持警械随时准备出击。

叶文婕向屋内出示了工作证，严肃地说："我们是检察院的，正在执行公务。请告诉我们，姜志斌去哪儿了？"

屋内一个穿着紫色连帽卫衣的大约二十三四岁的年轻男子说："姜志斌？他回家了。今天他没上班。"

叶文婕问："那姜志斌住在哪儿？"

年轻人摇了摇头说："不知道。"

郑岩便用眼神示意叶文婕来到门外年轻人们的视线之外处，对她说："姜校长曾经说，他和姜志斌是亲戚。"说着他便挥了一下手，急急朝另一栋楼走："走，找姜校长！"

几个人推门走进了姜校长的办公室，正在看文件的姜校长一看这阵势，愣了一下，随后他马上就认出了郑岩。他忙从办公桌后站了起来，惊讶，但又热情地笑着问："郑主任，你们怎么来了？"

郑岩微微笑了一下点点头，算是跟他打招呼，随后很严肃地问："姜校长，你知道姜志斌住在哪儿吗？"

姜校长大感不解地望着郑岩："你们找姜志斌？"

郑岩语气平静地说："现在依法对他进行传唤！"

一听"传唤"二字，姜校长瞬间吓得脸惨白，腿都开始发抖，心想这臭小子也太不懂事了，尽跟自己这个做叔叔的过不去，迟早要进去！

叶文婕见姜校长愣着，便再次问："姜志斌住在哪儿？"

姜校长这才回过神来，神情紧张又疑惑地说："他现在住华洋山水小区……"

郑岩几个人转身就离开了，剩下姜校长愣在原地半天缓不过神来。几分钟后，他才意识到，肯定出大事了！

华洋山水小区算个中高档住宅区，姜志斌能住进这儿，全靠了姜校长。因为姜校长的发小出国了，这房子没人看管，姜校长便说自己侄子单身，可以帮忙看家，发小便爽快地免费让姜志斌入住了。

一辆摩托车"嗖"的一声就闯过了华洋山水小区保安岗亭，呼啸着开了进去……

门卫急急忙忙从值班室跑了出来，冲着摩托车背影喊叫："哎，登记，登记！"

可那摩托车却飞也似地在小区中心公园拐角处拐了个弯，消失得无影无踪。

门卫只得无奈地摇摇头，回到值班室，正欲关门，突然一辆红色的轿车也"嗖"的一声闯了进去。

门卫这回是既惊恐，又震怒，他气得大叫："登记！登记！"

可那红色轿车也跟那摩托车一般，在小区中心公园拐角处拐了个弯，就彻底消失了。

门卫这回是气得五脏六腑都要炸了，他边生气地把华洋山水小区的大门关上，边大声斥骂道"什么烂人，他妈的，一个比一个嚣张，都赶着去投胎吗……"

边骂着,他边把一个写有"出入登记"的牌子挂在了大门上。

丁一楠把油门踩到底,红色轿车在华洋山水小区里像是玩漂移一般,可苦了坐在副驾驶位的叶菡,她的心脏直跳到了嗓子眼,头晕目眩得一个劲地想要呕吐。

谢天谢地,车终于在一栋大概十层高的楼底下停了下来,叶菡下车就吐了,不住地抚着拍着胸口,脸色煞白,好似大病了一场。只有丁一楠啥事也没有。等叶菡缓了过来,丁一楠对她指了指就停在楼下门洞旁的一辆摩托车,那摩托车旁边停着一辆红色的昌河面包车。

叶菡领会了丁一楠的意思,冲着丁一楠点了点头。丁一楠朝前走了几步,回过头来做了个上楼的手势,叶菡、章文颖点了点头,三个人便小心翼翼、轻手轻脚地进了门洞……

刘小海气喘吁吁地上到九楼,然后狂摁门铃,姜志斌开门时恶狠狠地骂道:"死人了?摁成这样!"

刘小海没接话,只顾着跑到客厅沙发上仰头瘫在沙发靠背上直喘气。

姜志斌关好门,狐疑地看了一眼他,然后走近前去用脚踢了刘小海一下,厌烦又凶狠地骂道:"你他妈的给我起来,别像个死狗!"

刘小海总算喘匀了气,他耷拉着脑袋,沮丧地说:"大哥,完了!"

姜志斌从厨房冰箱里取了两罐啤酒,一瓶给刘小海,自己扒开易拉罐,喝了两口,然后冷笑着道:"什么完了?只要没进监狱,我们就不算完。工农路的天下没有了,我们再打天下。放心,跟着大哥,保你吃香的,喝辣的!"

刘小海一听这话，似乎也没先前那么惊恐慌张沮丧了，他眼里亮光闪了闪，狂喝了几口啤酒，然后咂巴一下嘴巴，用疑惑又有点巴结的表情说："大哥，那，我们现在怎么办？"

姜志斌在茶几上转着易拉罐，冷笑着说："走，三十六计，走为上计！我们现在就离开滨海市，再也不要回来了。我看看这帮孙子能拿我们怎么样！哼！"

刘小海紧紧皱着眉头，犹豫了半天，总算鼓起勇气结结巴巴地道："可是，可是我老婆孩子都在滨海市呀！……我走了，他们怎么办？"

姜志斌鼻子底下哼了几声，冷笑道："瞧你那没出息的样儿！有哥哥在，有几个老婆你找不到？找到了老婆，还愁没孩子吗？"

刘小海眉头皱得更紧了，额头的川字纹都出来了，他嗫嚅着说："可是，我爸爸妈妈还在滨海市呀！"

姜志斌一听这话，就腾地一下蹿了起来，大声斥骂道："你他妈的婆婆妈妈的，走不走？要走，现在就走，要不走，你就等着坐监狱吧！"

说完，姜志斌抓起放在餐桌上的行李包就向门外走。

刘小海愣了十几秒钟，忙不迭地追了出去："大哥，等等我，我也走！"

姜志斌、刘小海两个人匆匆忙忙地从楼上下来，来到门洞口他们像是小偷一般左右环视了一下，然后低着头速速钻进了就停在门洞口的那辆红色昌河面包车中。

姜志斌发动昌河面包车，准备踩油门朝小区门口方向开去。就在他打方向盘要拐右时，一辆红色轿车突然从旁边开了过来，停在红色昌河面包车前面，堵住了他们的去路。

透过车窗玻璃可以看到，丁一楠拉开车门从轿车上下来了，然后是叶菡和章文颖也从车上下来，叶菡手里还紧紧握着一把扳手，她的手背因为太用力，青筋暴露，而且她的手一直发抖，抖得那扳手都差点要掉地上。

刘小海摁下车窗玻璃，从车里伸出头来，厉声说："给老子让开！"

丁一楠义正词严地说："刘小海，你还想跑吗？给我下来！"

姜志斌、刘小海相互对望一眼，两人眼神里有惊恐，有疑惑，也有挑衅。姜志斌是绝没想到这丁一楠会这么刚，敢跟他们两个常年游走于犯罪边缘的男的杠！

姜志斌下车前慢条斯理地从瓶子里倒出两颗口香糖放嘴里嚼着，然后拉开车门下车，望着丁一楠，他一脸不屑和阴笑。刘小海本来是很恐惧的，但他见姜志斌一点都不怕的样子，胆子便也大了许多。

他们两人手中各自掂着一把二十厘米长的匕首，那匕首闪着寒光，吓得叶菡紧张得差点要腿软瘫在地上，章文颖赶紧一把扶住她，她才站好没倒下。丁一楠赶紧伸手把叶菡拉到自己身后。

姜志斌装作悠闲自得的样子嚼着口香糖，露出流氓无赖式的痞笑："丁律师，我知道你是个好律师，但你未必有个好身手……今天，你给俺哥们让开道，咱大路朝天，各走半边……要不然，我就和你拼个鱼死网破！"

说到这儿，姜志斌狠狠朝路边吐掉了口香糖，表情非常狰狞，语气非常凶狠。

丁一楠却冷冷地笑了，她轻蔑地看了姜志斌一眼，说："就凭你那三脚猫的功夫，还想跟我比试比试？"

说完，丁一楠就拉了个格斗的架势，对姜志斌说："来吧，不怕死的就来。"

刘小海见这阵势就吓到了，尿都差点要流出裤裆来，他猫着腰，做出随时要逃跑的架势，脸上惨白，心里直打鼓，握着匕首的手抖得像筛糠。

他偷偷拉了一下姜志斌的后衣襟，低声怯怯地问："大哥，咱行吗？"

姜志斌回头无比轻蔑和恼怒地瞪了刘小海一眼，低声道："你还是个爷们吗？上！"

说时迟，那时快，刘小海还没反应过来，姜志斌已经一个箭步冲向了丁一楠。

刘小海随后也反应过来，他壮着胆子攥着匕首向丁一楠挥舞着。两个男人一左一右地将丁一楠夹击。丁一楠可不是吃素的，她也是个武术爱好者，跟林乔生有同样的爱好，很早就拜了师傅的，是滨海市咏春拳协会的积极分子，每周都要去跟师傅切磋两次。

只见她大长腿一扫，再出手咔咔两下，姜志斌和刘小海就倒在地上摔了个四脚朝天，他们手里的匕首也飞到路旁树丛中去了，两个人躺在地上哀声连天。丁一楠收回架势，一脸得意的笑，轻蔑地看着这两个满地找牙的坏蛋。叶菡和章文颖用崇拜的目光望着丁一楠，开心地直冲她竖大拇指。

远处，两辆警车鸣着警笛开了过来，姜志斌和刘小海一听警笛声就吓得魂飞魄散，这会儿也顾不上痛了，爬起来就朝与警车相反的方向惊慌奔逃。

几个刑警身手敏捷，狂追上去，没追多远，就在小区花园的草地上把姜志斌、刘小海两人擒获。

慕容曦来到叶菡身边关切地问："嫂子，怎么样？没伤着你吧？"

叶菡手捂胸口，不住地拍着抚着："哎，我跟你说，慕容……今儿真是太刺激了，比香港警匪片还更刺激，哎，吓死我了，吓死我了！"

叶文婕走到丁一楠身边，望着她的眼睛关切地问："丁律师，你……你没问题吧？"

丁一楠拍了拍手上的尘土，笑着说："就这两个小毛贼，还敢和我动手，找死！"

这时耿勇和郑岩两个人走了过来。郑岩和丁一楠亲切握手，笑着说："丁律师，必要的时候，你总是会大显身手！"

耿勇也上前来像个兄长一样握住丁一楠的手，无比真诚而钦佩地说："谢谢！"

丁一楠笑道："没有什么好谢的。你们抓你们的罪犯，我抓有利于当事人的证人，尽管目的不同，目标相同而已。"

耿勇看了一眼郑岩，玩味地笑着说："听丁律师话的意思，她和你们检察院还不算完，法庭上一场大战不可避免呀！"

丁一楠微微笑了笑，说："别忘了，我是律师，我要为当事人服务。"

郑岩笑着对丁一楠说："那咱们法庭上见？"

丁一楠望着郑岩的眼睛，微微笑着说："OK，法庭上见！"

31

早上九点，郑岩一行和耿勇一行都来到了滨海市中级人民法院正门前的停车场。

两路人马分别从检察院的警车和公安的警车上下来后，郑岩和耿勇迎面站定，都微微笑了笑，但彼此眼神里的内容都挺复杂而耐人寻味。

耿勇先打破了沉默，说："我们为丁一楠找到了证据。"

郑岩笑笑，抬头望着法院审判大楼前挂着的那熠熠闪光的硕大国徽，它正沐浴着清晨的阳光，显得格外气势庄严。郑岩突然鼻子一酸，望着那国徽，心里涌起一股感动和感慨，那是法律人对法律的信仰和坚持！

郑岩的眼眶湿润了，他又望着耿勇，深情地说："丁一楠因此会胜了这场诉讼。不过，这是法律的胜利！"

说完两人拾级而上，边走边聊，后面跟着叶文婕、慕容曦、王学阳等人。

郑岩说："耿支队，无论怎么说，我还是要谢谢你。"

耿勇微微笑了一下，看着郑岩。

郑岩接着说："我们把姜志斌这伙黑恶势力抓获归案，给滨海市古城区人民除了祸害，也算对得起这头上的国徽了！"

耿勇点了点头，瞬间他又皱了皱眉："可是，我们怎么向城市管理局的张局长交代？他可是等待着这场判决呢？"

郑岩说："我已经把检察院的司法建议书送给了张局长。"

耿勇急切地追问道："张局长怎么说？"

郑岩回答说："我们认为，滨海市城市管理局城管支队田宏图大队在执法中存在着执法行为不规范，工作作风粗暴的缺陷。最主要的是，通过'6·19专案'可以看到城管队伍规范化建设也迫在眉睫。"

耿勇点点头，望着审判大厅里墙壁上雕刻的"法"字的繁体，感慨说："古城区是个老城区，市政府已经列入拆迁改造计划，但一直没有实施。而工农路夜市形成已久，尽管有商贩占道经营，也是经济繁荣中出现的小问题，没有必要那样粗暴地执法。从案子的情况看，如果没有田宏图和姜志斌的黑恶势力活动相互呼应，也不会出现这个悲剧了！"

郑岩也感慨万分地回头对身后的一众年轻人说："是呀！大家都接受教训吧！尤其是那个余远航，年轻冲动，必然要为这次悲剧付出代价！"

耿勇像是突然想起啥来似的，说："对了，老郑，据我所知，这个余远航和你们家有点渊源？城市管理局方面会不会因此向市政府领导提出看法？"

郑岩背着手站在窗边，透过落地窗望着远处那一轮灿烂的红日，说："心底无私天地宽，我们只要实事求是地办案，任他们想说什么就说什么，我问心无愧！"

上午九点半，所有该出现在滨海市中级人民法院刑事审判庭上的人员都到齐了。审判席上，秃了顶、身材有些发福的主审法官把法槌重重地敲在了法庭案桌上，然后庄严宣布："现在我宣布，滨海市人民检察院诉余远航故意伤害一案继续开庭审理！请辩护人继续为被告人辩护。"

身着律师袍的丁一楠从辩护席站了起来，她环顾了一圈法庭内所有人，然后声音洪亮地说："辩护人提请法庭同意证人姜志斌出庭。"

在两名法警的押解下，姜志斌从法庭的侧门走了进来，在证人席站定。

　　法官问："请证人向法庭介绍个人自然情况。"

　　姜志斌焉头搭脑的，但依然保持着一个大哥大应有的那最后的桀骜，他眼神里充满了敌意，脸上写满了不满和气愤，大概是恨命运不优待自己吧。他低着头说："我叫姜志斌，男，30岁，黑龙江省鸡西市人，捕前系滨海一中保卫科员工……"

　　丁一楠从辩护席走到证人席前："姜志斌，请你如实向法庭供述敲诈勒索余远航的过程。"

　　姜志斌抬起头来，望了望丁一楠，又看看郑岩和主审法官，说："6月15日那天，刘小海找我，说我们的地盘上来了个烤羊肉串的，要我和他一块去收保护费。"

　　丁一楠说："请你向法庭说明你的地盘在什么地方？"

　　姜志斌面露犹疑之色，见丁一楠和郑岩、法官都紧紧盯着他，这种威严的架势吓到了他，他从来没怕过什么，这回却是真的怕了。他低声喃喃道："我的地盘在工农路。"

　　丁一楠又问："余远航交给你们保护费了吗？"

　　姜志斌像是换了个人一般，瞬间就把害怕、紧张和犹豫丢到九霄云外去了，他恢复了往日大哥大雄风，说："没有。我们找余远航收保护费时，余远航不交，还要拿刀子捅我。我就非常生气。你们知道吗？工农路这块地盘，不算大，但也是靠我和别人拼刀子赢来的。余远航不交保护费，别人都会跟着不交，你说，我能和他算完吗？"

　　丁一楠望望郑岩，想看看他听到姜志斌这段话后，会是什么感觉。哪知道郑岩拿着笔在写写画画，根本没抬头看她。她只得继续发问道："你是怎么不算完的？"

姜志斌这会儿全然忘记了这是在法庭里，他只想着要一吐为快。他说："余远航不交保护费，我就得想办法整他。我去找城管大队的田宏图大队长，请他帮忙收拾余远航……"

姜志斌在法庭上说，那天田宏图是开着一辆很普通的白色马自达来的。

田宏图从轿车上下来时，站在酒店门前的姜志斌赶忙带着刘小海迎了过去。

姜志斌无比热情地打招呼所："您好呀，田队，可把您给盼来了！"

田宏图不屑地看了姜志斌一眼，只顾着背着手、挺着肚子问："找我有什么事呀？"

姜志斌谄媚地笑着说："没事，没事，只是我想哥哥您了！"

田宏图不理会姜志斌和刘小海，旁若无人地走进了滨海大酒店。

在一个装饰豪华的酒店包间，田宏图走到包间上首，毫不客气地坐了下来，问姜志斌："说吧，有什么事？"

姜志斌捅了一下身后的刘小海，刘小海明白过来，从包间摆放餐具的桌子上拿过来一个包裹递了上去。

姜志斌把这个包裹小心翼翼地托在手上，笑着说道："这是弟兄们从古玩市场上淘的小玩意，孝敬大哥的！"

田宏图接过包裹，慢慢打开，包裹中是一只精美的包装盒，他把包装盒打开，发现盒子内是一只精巧的鼻烟壶……

田宏图把鼻烟壶拿在手中，对着包间里的日光灯仔细观看，嘴里不停地赞叹着："好！这可真是个好东西！"

姜志斌谄媚地笑笑，很是恭敬谦虚地说："田队长，昨天去夜市，见市场上有个新来的摆摊卖这个东西。想着你喜欢收藏鼻烟壶，就让他送给了咱哥们。"

田宏图听了后眉头紧皱，还白了姜志斌一眼："什么送的？又是敲诈人家的吧？"

姜志斌痞痞地笑了："田队长你说得真对，这鼻烟壶确实是拿来的。不过……我们可是给他钱了，不信，您可以问一问海子。"

刘小海赶紧朝姜志斌跟前挪了挪，以便更靠近田宏图。他说："是，田队长，无论怎么着，咱也不能坏了您的名声是不是？

田宏图喝了一口茶水，再次把鼻烟壶拿在手中小心珍爱地把玩，一边把玩一边问姜志斌："多少钱？"

姜志斌伸出三个手指在田宏图面前晃了晃："这个数！"

田宏图在烟雾迷蒙里斜着眼睛戏谑地问姜志斌："三千？"

姜志斌哈哈大笑："三千……三千块钱谁要它？三块钱，一文不多，一文不少。"

田宏图"噗"地一下笑出了声，伸手拍拍姜志斌的腿："你他妈的这哪是买呀！分明是他妈的抢差不多！"

说到这里，田宏图竖起了五根手指开心地在姜志斌面前晃了晃，神神秘秘地说："最少值这个数！"

姜志斌瞪大眼，问："五块钱？"

田宏图冷笑一声，说："你那五块钱是金元宝呀？告诉你，这，最少价值五千！"

姜志斌和刘小海都惊讶地瞪大了眼睛……

田宏图速速收起鼻烟壶，好似怕那宝贝飞走，说："好了，好了！别废话了。有话就说，有屁就放。说吧，今儿找我什么事儿？"

365

姜志斌赔陪着笑脸，试探性地说："田队，是这样，我那地盘上……"

还没说完，田宏图便"噗"地朝窗外吐了一口痰，嘲笑道："放你娘的狗屁，什么叫你的地盘？！"

姜志斌连连点头哈腰，赔着小心说："对，对，不是我的地盘……我是说工农路那一段，来了个卖烤羊肉串的小子，软硬不吃，还要和我动刀子。"

田宏图一听就吹胡子瞪眼，继而又皱眉挤眼的，问："哦，有这回事？胆儿够肥的呀！说，这小子叫啥名？"

姜志斌一见田宏图这生气的样儿，心底里便得意欢喜起来，心想这只鼻烟壶还真管用。他赶紧回答："这小子叫余远航！"

田宏图把厚实的手掌在饭桌上使劲一拍，大声说道："好！这事儿交给我了！"

姜志斌忙端起一杯酒敬了过来，满脸堆笑地说："田队您可真是爽快人！来，咱哥们干了这杯！"

刘小海愣了半秒才回过神来，得知姜志斌搞定了田宏图，他也乐得高兴，屁颠屁颠地赶紧端起酒杯也凑了过去。

姜志斌继续向法庭讲述着事情发生的经过："……田队收了我们的鼻烟壶后，就带人去了工农路夜市……我让刘小海用手机录像，将来可以作为震慑别人的武器。我去了余远航的烤羊肉串摊位，以买羊肉串为名，借故拖住了余远航，让余远航没有逃离的时间……"

他把自己如何掏20元钱要买余远航的羊肉串，以及田宏图威胁说要抬走余远航的烤箱等细节一一向法庭说了。在长时间的讲述最后,他说:"田队长要把余远航的烤箱拉走,余远航这小子却狗胆包天,竟然拿刀捅了田队长!"

他一说完,旁听席上发出一片惊诧声。

丁一楠脸上露出一丝不易察觉的微笑,她望望姜志斌,又看了看郑岩,然后转向审判席侃侃而谈:"尊敬的法官,各位人民陪审员,通过这两次庭审可以看到,'6·19专案'是黑恶势力的一套连环计。他们利用余远航非法经营的缺陷,从而实现敲诈勒索余远航的目的。令人感到惋惜的是,被害人田宏图因为贪图钱财,被姜志斌一步步推向前台,成了黑恶势力的帮凶,丢掉了性命!"

说到这里,丁一楠转过身来,面对参与法庭旁听的听众们:"我在结束辩护前想向大家说明的是,在企业,余远航是一名好的员工;在家里,余远航是一个孝顺的儿子。可是,就是因为贫穷,他才来到滨海卖烤羊肉串谋生。但是,这种谋生并没有取得法律的完全许可,因为,他不仅没有办理营业执照,并且也没有租赁门面进行经营,采取了一种不合法的方式。也就是这种方式,让犯罪分子有机可乘,对他进行了敲诈勒索。他在忍无可忍之下,愤然而起,却犯下了弥天大罪。痛定思痛,我们滨海是不是应该给像余远航一样的这些外来务工人员一方净土?是不是张开我们温暖的双臂给他们关怀与呵护?"

说到这里,丁一楠又转过身来面对审判席说:"尊敬的法官,各位人民陪审员,鉴于余远航过失伤害田宏图事出有因,并且事发后能主动认罪,有自首情节,因此,我请求法庭依法从轻减轻余远航的刑罚,给他一次改过自新的机会!"

丁一楠流畅的表达和有理有节的辩护,让旁听席上的观众们纷纷点头称是。郑岩看到,旁听席上的人们眼里流露出对这位滨海鼎鼎大名的刑辩女律师的赞赏和倾慕。

郑岩也忍不住对丁一楠报以欣赏的眼光和微笑。

32

滨海市第一人民医院的病床上，余建国脸上露出了一丝欣慰的笑。他的眼光始终落在面前墙上的电视屏幕上，只见丁一楠正在为余远航做辩护。

余建国眼中露出希望的光芒。法庭直播结束后，他转过身来望着坐在一旁削苹果的叶菡："叶菡，这么说，远航能保住命了？"

叶菡把削好的苹果递到他手里，微笑着安慰道："余叔叔，放心吧，远航肯定能保住命，这场审理也算是澄清了远航杀人的原因。"

余建国一直灰黑干瘦的面庞上像是突然笼罩了一层金色的光芒，又像是枯木逢着了春天，那股突然生发出来的蓬勃生气是那么令人欣喜和感叹，叶菡看得瞬间两眼都发直发愣了。

余建国努力地想要坐直身子，重重地咽了一口口水，一字一顿问道："你是说远航不是个坏人？"

叶菡眼眶湿热湿热的，她又笑又哭，郑重地点了点头。

余建国一把靠在床头，闭上了眼睛，眼角瞬间流出悠长的泪水，他长长地舒了一口气，激动万分地颤声说："远航不是坏人……老婆子，你听到了吗？……叶菡说咱儿子远航不是坏人！"

说完，他抬起手遮住眼，放声痛哭："老婆子，你为什么要走呀？……我和远航都好想你呀！……"

一旁的叶菡早已泣不成声。

叶文婕从看守所审讯完新接手的一宗故意杀人案的犯罪嫌疑人回来后,看到郑岩正在他办公室签署文件。

看到叶文婕经过门口,郑岩叫住了她。

他笑着说:"文婕,干部处对你的工作进行了考核,你也通过了笔试,认为你符合晋升员额检察官的条件,你准备下,后天面试,我相信没有问题!"

听到这里,平素喜怒不大形于色的叶文婕脸上露出了欣喜的笑容,她那圆圆的脸庞上圆圆的眼睛里仿佛有灿烂的小太阳在冉冉升起!多少助理检察官盼望着能成为员额检察官啊,晋升员额检察官就意味着要独立办案了,更意味着从此要承担更大的责任和迎接更大的挑战了!

叶文婕重重地点点头,说:"我知道。不过,还要请主任多指点!"

郑岩微笑着点点头,说:"姜志斌、刘小海案公安方面已经侦查终结,审查逮捕和起诉工作由你具体负责,陈志豪给你做助手如何。"

叶文婕习惯性地"啪"地立正敬了个礼:"是……好!"

随后她和郑岩都被她刚才的反应给逗笑了。

一辆囚车在两辆警车的陪同下,一前一后开进了滨海市第一人民医院。

囚车里载着的是余远航。他被判有期徒刑十年,他当庭表示服判不上诉。

判决以后,丁一楠第一时间接到叶菡的电话,说余建国的病情急剧恶化，已处于弥留之际，虚弱无比的他对趴在他嘴边努力想要听清每一个字的叶菡说，想最后见一见余远航。叶菡流着泪悲痛不已地告知丁一楠这事。

丁一楠当即向滨海市中级人民法院和滨海市检察院转达了余建国的请求，法院和检察院速速行动，迅速与看守所和市司法局取得了联系，有关部门同意余远航在服刑前探望弥留之际的余建国。

囚车和警车在滨海市第一人民医院门前的停车场停了下来，耿勇、王学阳都从第一辆警车上跳了下来。接着郑岩、叶文婕、慕容曦三人也从第二辆警车上下来了，慕容曦手里还捧着一大捧鲜花。

囚车车门打开了，两名全副武装的武警首先从囚车中跳了下来，在两名警察的押解下，戴着手铐的余远航从囚车中下来了。

郑岩和耿勇对视了一下，耿勇点了点头。郑岩脱下夹克衫搭在了余远航的手铐上。

余远航感激地看了众人一眼，然后他速速转过身去，在众人的陪同下向住院部走去。

一众人刚走到住院部，丁一楠也出现了，她把自己带来的一束鲜花放在余远航胸前，这样看起来就好像余远航抱着那束鲜花。余远航再次感激地看了大家一眼，深深地朝大家鞠了一躬。

来到余建国的病房门口，耿勇和郑岩对望了一眼，颇有默契地点点头，然后两人押着余远航进了病房。

病房里，心电图正在急促地跳动，余建国身上插满了各种各样的管子……

叶菡、郑晓芸正在一旁悄声谈话，两个人眼圈都红红的。

余远航第一个走了进来，叶菡抬起手背速速擦了擦眼睛，然后赶紧起身从余远航手中接过花来，放在床头柜上。

余远航情绪无比激动地飞扑到病床前，他俯下身来深情地望着病床上的余建国，眼泪模糊了他的双眼，他轻轻地唤了一声："爸！爸！"

余建国努力地睁开了眼，看到了眼前的余远航，他灰暗干瘪的脸上露出了惊喜又欣慰的表情，他那干裂紫绀的嘴唇艰难地蠕动了一下："儿子！"

余远航赶紧抓住余建国一只枯瘦如柴的手，"扑通"一声在病床前跪了下来，悲痛大哭道："爸爸！"

余建国那双又粗又黑、长满老茧的手哆哆嗦嗦地抓紧了儿子的手指，用力地喘着气，嘶哑着喉咙，挣扎着抬起头来，用尽最后的力气说："远航，你没事了！"

余远航把脸紧紧地贴在余建国手上，任由汹涌的泪水打湿父亲的手掌心。他颤声说："爸，我没事了！"

余建国的头重重地跌回到被泪水淋得湿漉漉的枕头上，他努力了好一会儿，望着天花板，长长地舒了一口气，道："好……好……好！我对你妈妈说，你没事了！"

说完，余建国的手突然垂了下来……

病房里传出了余远航撕心裂肺的哭叫声："爸，爸……"

真凶难逃

HENXIONG NANTAO

1

　　九月的这个星期天，天气晴好，碧蓝洁净的天幕上只有几丝云彩。天气虽然有点干燥，但这也是滨海一年中最舒适的季节了。粉色的花儿在枝头摇曳，不肯谢幕的它们似乎不肯承认秋天已经快要到来的事实。

　　从酷热中忍耐了漫长的夏季的人们纷纷走出家门，穿着各色秋衣来到步行街晒太阳或逛街。慕容曦也跟随人群来到步行街，在她常去的"缘来是你"咖啡馆拣了一个靠窗的座位，要了一杯咖啡，便坐下晒着暖洋洋的太阳，打开笔记本电脑开始做题。

　　刚做了没两道题，就接到好朋友小妍的电话，她在电话中说："慕容大美女，一起去看电影吧？有你喜欢的电影哦，我请你看呀！"

　　听说有自己喜欢的电影上映，电影控慕容曦心中"咯噔"动了一下，差点就答应小妍的邀约了。可是她又看了看电脑屏幕上的一堆试题，想着考试就要临近了，备考书籍和资料还没怎么看呢，脑海中又浮现出郑岩语重心长对她训话的模样，耳边似乎又响起郑岩平素对她和同事们说得最多的一句话"同志们，我们要加强学习啊，对于办案不能掉以轻心啊！"，于是慕容曦懒懒地皱着眉头长叹一声道："姐姐，我得准备检察官助理考试啊。书记员都干了快四年了，你不能让我做老书记吧？"

　　慕容曦是典型的文艺青年加现代青年，对于社会上流行的一切新鲜事物她都愿意尽早接触，好玩的好看的好吃的好耍的哪儿能少得了她！但检察官助理考试可关涉到她的职业生涯，这可不能敷衍对待，于是她硬是扛住了小妍的"糖衣炮弹"，乖乖待在咖啡馆里刷题。

小妍见"糖衣炮弹"这回对慕容曦无效，便只好说："好吧。要是通过了，你一定要请客，大餐！"

慕容曦苦笑了一下，道"好的，我的姑奶奶！"于是便收线低头准备继续刷题。就在这当儿，她瞟了一眼窗外，看到咖啡馆对面的饭店外，一个穿着工地服装的20多岁的男子，在跟一个染着栗色头发的20出头的红衣女子正在咖啡馆对面的川菜馆门口说话，两人都皱着眉头，很焦躁的样子。

周围的人们都埋头做他们的事情，或聊天，或看书，或办公，并没什么人关注到川菜馆外的这对男女。但慕容曦不一样，凭借着职业敏感性，她感觉这一对男女的神情看上去有些怪异。

饭店外正说着话的这一男一女都是四川人。男的叫刘亮，女的叫张娜。

只见刘亮穿着工地的土黄色劳动服，劳动服上还有一些水泥石灰的印记，他头上戴着黄色的安全帽，手上戴着一副有点脏的白手套，脚上还穿着长筒黑靴，靴子上沾满了石灰水泥。他这身打扮出现在这儿确实有点怪异，不过人们也并不过多关注他。他在饭店门前站着，左右环顾着，来回踱了几步，抽着一根劣质烟。

叫张娜的女子在她背后的川菜馆里做服务员，她上身穿着饭店服务员常穿的红色服装，下穿黑色裤子，栗色的头发在脑后梳了个发髻。个子不高，但眉眼清秀，皮肤白净，清清爽爽一个小女生，颇让人产生好感。

见张娜用手在鼻尖扇动，刘亮很自觉地赶紧把烟掐灭，然后把抽了一半的烟又放回烟盒里，朝着张娜尴尬地笑了一下，脸似乎都微微红了一下。

张娜低着头慢慢走到刘亮跟前，有点怯生生的，欲言又止的样子，两只手不停地抠着手机皮套。

刘亮等她说话呢，见她还是不作声，他急了："张娜，怎么了？有什么话就说，大家都是老乡，别见外！"

张娜抬起头速速瞥了一眼刘亮，一丝红云飞过她青春的面孔，她又速速低头继续抠着手机皮套，那皮套外面绿色的印花都像是被她抠掉了。犹豫了大约几十秒钟后，张娜终于开口了："也没什么大事，还是那个小四川的事。"

刘亮闻言气愤地跺了一脚，紧紧咬了下嘴唇一下："嗨，我就知道还是那个龟孙子，张娜，你快说说，发生什么事了？"

刘亮表现得很是紧张和气愤，这紧张和气愤把张娜都吓到了。

她赶紧抬起头，把手机插进裤兜，语速急急地说："你先别着急，他倒没怎么着我，就是老来找我，非要我跟他谈朋友，我都拒绝好多次了，可他就是不听……这几天他还总在我住那等我……身边的人总是说闲话，我也是实在没办法了，才麻烦你来的！"

刘亮一听小四川都到张娜住处附近去堵人了，还闹得旁人对张娜指指点点时，他气得肺都要爆炸了的感觉，心想这小四川太他妈不是东西，人家姑娘不喜欢你，不想理你，你倒厚脸皮，像个狗皮膏药一样黏住人家了，给人家这么清白的一个姑娘造成不良的舆论影响，这人也太让人讨厌了，非得教训他不可！

刘亮忍住了想要发作的情绪，他觉得此刻安慰张娜最重要："没事，妹子，大家出来都不容易，就得老乡帮老乡，你说，让我怎么帮你？"

张娜忽闪忽闪着大眼睛，憋了半天，也不知道该咋说，最后她说："你就去找小四川，告诉他，别再找我了就行了。"说完她又红着脸，低着头，似乎这话是会给刘亮添麻烦似的，其实她是真不想麻烦刘亮的，但她思来想去又没有别的办法，只能麻烦刘亮了。

"这是他工作的台球室的地址。"她从裤兜掏出一个烟壳纸片递给刘亮。

刘亮接过地址看着说："没问题，我今晚就去！"

正当刘亮转身要走时，张娜追上两步，仍是小心翼翼地害羞的模样，她小声说："亮哥，我听说小四川在台球室认识了一些社会上不三不四的人，你得小心，实在不行……咱就忍了吧！"

刘亮转过身来站定，一丝微微的笑意在他嘴角，他仿佛是一个成熟稳重的长兄似的，用怜爱的眼光看着眼前这个遭遇困境而困扰不已的无辜小老乡："放心妹子，大家都是明白事理的人，把话说清楚就好了。"

张娜还想再说点什么似的，这时身后传来一个男人很大的声音，那是她打工的饭店老板，只见一个四十多岁的肥头大耳的男人从川菜馆打开的玻璃门探出半个脑袋说："张娜，回来，上班时间谁叫你随便出来的，小心扣你工资，快给我回来！"

张娜惊得朝刘亮吐了吐舌头，赶紧低声说道："亮哥，那你小心，我先回去了。"

刘亮微微点头，边往回走边皱着眉头看着张娜给他的纸烟壳上写的地址。

2

半个小时后,刘亮回到了工地,只是他胸前劳动工装里鼓鼓囊囊的。他两只手抱着肚子,边走边四处警惕地张望,像是小偷要去入室盗窃。

当他看看四周没人时,就三步并作两步地揣着肚子跑进了他在工地的临时住房。屋子里也没人,估计工友们都出去吃饭或逛街去了。他赶紧从工装下面抽出几根铁棍来,这是他在工地废弃物堆里刚刚捡来的,那儿平时堆着很多废旧钢管铁棍啥的。

他把几根铁棍一一放在床上,从中拿出一根大概两个手指粗的、相对而言比较细的,在自己头上敲了下,他感觉这根铁棍似乎力度不够,达不到他想要的效果,于是他摇摇头放下这根铁棍。接着他又拿起一根比较粗的铁棍在自己头上敲了下,这下可是敲痛了,他轻声唉了一声,揉了揉后脑勺,放下了这根铁棍。

此后他又试了两根,终于拿起其中一根粗细合适的铁棍,他把铁棍插在了自己的后腰上,再穿上一件在老家常穿的白色褂子,然后运了运气,看了看自己手臂上的肌肉,深呼一口气,便走出了临时住屋。

滨海市古城区周围大多数地都被房地产商买下了,很多楼盘在建。但也有极少数地方有待开发,这种地段便成为城中村,而城中村通常治安都不太好。

在靠近古城区的这个城中村里隐藏着各种昏黄或惨绿或粉红的灯光,这里的人们干着各种行业,比如修脚、理发、修车、早餐、旅馆等等，可谓是应有尽有，颇富人间烟火气息，自成一处繁华江湖。

当然，这里也少不了社会青年们最喜欢去的娱乐场所，比如台球室。

这片城中村靠近河边有棵百年老榕树，枝叶繁茂，遮天蔽日，平素天气晴好时城中村里很多闲散人员会在大树底下打牌、玩手机、聊天、晒太阳。大树底下还有一家叫"浪里格浪"的台球室。平时很多染着各种颜色头发和纹着各种龙虎狮豹纹身的小青年出入这里，生意可谓红火。

这天下午五点来钟，"浪里格浪"台球室里灯光有些昏暗，原因是抽烟的人实在太多了，把原本算亮堂的灯光都给遮蔽了。整个台球室里烟雾缭绕，烟味颇是呛鼻，不少年轻人在打着台球，另一些年轻人在玩着游戏机。

小四川在这里做"小二"兼管理员。他跟来这里玩的小年轻们都比较熟悉，只见他熟络地边跟那些打台球的小年轻们打着招呼，边朝收银台走来。

收银台正坐着一个胖胖的女孩，虽说她胖，但打扮得很时髦，上面是白色连帽卫衣，下穿黑色短裤，配着灰色丝袜，脚上是灰色短筒靴。齐肩长发，脸上化着浓妆，涂着紫色眼影，假睫毛又长又翘，耳垂上吊着两只大大的钢圈耳环。

此时她正低头专心玩着电脑游戏，边玩边时不时抓一些爆米花塞到涂得猩红的嘴巴里。

小四川悄悄走到她跟前，用手轻轻拍了一下她的头，笑着说："妹子，耍啥子哩？"说着他就趴在柜台上往女孩的电脑上瞟着。

女孩把电脑屏幕挪到靠墙，不让他看，还白了小四川一眼：

"要你管,该干嘛干嘛去!"

小四川仍是嘻嘻笑着:"妹子,你跟哪个帅哥聊天呢?现在帅哥都花心,小心被骗,没男朋友的话,你还是找我吧,看我多好,考虑一下吧!"

女孩狠狠白了他一眼:"找你,切,也不撒泡尿照照你自己,就你那德行,看一眼我都不用减肥了!"

小四川仍是不怒不恼,打趣说:"妹子不找就不找呗,至于说得这么难听嘛,好了,说正事,借我几百块钱救救急!"

女孩视线离开电脑屏幕,抬起头来好奇地望着他说:"不是吧,前几天刚发的工资,你哪这么快没钱?"

小四川坏笑着耍赖:"好妹子,你就借我点吧,要不然我就把你上班时间上网聊天的事情告诉老板!"

女孩撇了一下嘴,又翻了个朝天的大白眼,然后从裤兜里掏出200元给了小四川,有些不情愿地说:"喏,就这么多了,你拿去吧!我说……你刚发的工资就没了,你没干好事吧?"

小四川接过钱,像是拿到救命稻草一般,赶紧把钞票紧紧握在手心说:"多谢妹子啊,有钱加倍还你!哎,可别说了,一说钱的事我就来气,刚发的工资我还没来得及花呢就……"

他正想朝女孩大吐苦水呢,就听到台球室门口有人大喊:"小四川!"

小四川急忙回头走过去,只见几个穿着皮衣的流里流气的社会青年正站在台球室门口抽着烟。

小四川一见到这几个人就赶紧赔着笑脸说:"东哥,华哥,耀哥,劳驾几位大哥了!"说着便毕恭毕敬地给这几人上烟并点上。

小四川把这几人往里带,边走边说:"今儿请哥几个来是想让几位大哥帮我教训个人,事成之后我肯定亏待不了哥几个,我请几位大哥喝酒!"

叫东哥的看来是几个人的头,他还戴着露手指的皮手套,手套的背面全是尖尖的钢钉,看得人心里发毛,好似他是随时准备来打架的。他眯起眼睛狠狠抽了一口烟,慢条斯理地吐出烟圈,然后缓缓对小四川说:"你的事就是我们哥儿几个的事,台球室这你也没少请我们白玩,这点忙还是没问题的!"

小四川又敬了几支烟给他们,笑得更殷勤了:"我就知道东哥你们够哥们,那东哥你们先玩着,我去招呼下别的客人去。"

台球室对面的街角黑漆漆的,昏黄的灯光把有些年头的残破红砖墙照得斑驳陆离,大榕树枝叶的影子也被灯光照映在墙上,构成一幅古怪诡异的图,让这黑夜显得有些恐怖阴森。

九月的夜里,气温下降了,有人打了个响亮的喷嚏。另一个人便重重拍打了一下这打喷嚏之人的头,伴随着小声但狠狠的怒斥:"叫你不要出声你非要出声,不是结巴个没完就是打喷嚏,你娘的不懂味是吧,早不打晚不打,这会儿打故意给我添乱是吧,嫌别人不知道咱在这儿等着办事是吧……"。

黑暗处站着的这几个人叫景华升、李培森和赵二柱,他们都是小四川的老乡,跟小四川认识多时。

景华升斥责完说话结巴的赵二柱后,便嚼着口香糖,眯着眼冷冷地盯着台球室门口,那儿灯光越发昏暗,烟雾缭绕,老远都能闻到烟味儿。

又等了大概五六分钟,赵二柱又憋不住了想说话,他仿佛是为了显示自己也是有血性有本事有主意的人一般,故作凶悍地说道:"升…升…升哥,咱还…还…等什么,进去揍那…那…

小子不就得了！"

　　景华升又用手狠狠拍了一下赵二柱的头："你知道个屁，里面都是他的人，咱们进去不是吃亏吗，你当你谁啊，变形金刚啊？连个话都说不清楚，一边待着去，别再让我听见你说话！"

　　赵二柱讪讪地瞥了景华升一眼，他把脖子往衣领里缩了缩，然后两只手交叉塞进左右衣袖里，瑟缩着蹲在地上生闷气。

　　四周起雾了，月光清冷，偶尔听到几声犬吠，三两只不知名的昆虫在草丛里偶尔懒懒地叫唤一声，衣着单薄的赵二柱忍不住打了个寒噤。

　　一直在一旁抽烟的李培森这时凑近景华升，道："升哥，我看，咱还是等小四川一个人回去的时候路上下手吧。"

　　景华升心里一直在盘算什么时候动手，思忖来思忖去也不知道究竟啥时动手为好，毕竟台球室里面啥情况他不是很确定，只知道里面的人都是小四川的常客，这样贸然上前去跟小四川理论，自己肯定是要吃亏的。李培森虽说也是小学没毕业，但脑瓜子比赵二柱这个蠢货还是要强不止一万倍，平时他对于李培森的意见和建议都会认真考虑的。于是他对李培森说："嗯，先等着吧。"

　　景华升从上衣口袋掏出烟盒准备抽烟，一看一根烟都没有了，他朝李培森示意要烟，李培森摇摇头表示自己也没烟了，他只好对蹲在地上用树枝在泥地上胡乱划拉的赵二柱说："二柱，买包烟去。"

　　赵二柱停住手，抬头望着景华升怯怯而又难为情地说："没…没…钱了！"

　　景华升瞪了他一眼，借着街灯，从裤兜里翻出二十块钱唰地递到他跟前:"没钱,没钱,都你倒霉催的,钱都拿去上网了吧,快去买去,快去,赶紧消失!"

3

刘亮从另一条巷子拐进了台球室所在的这条道。进门前,他先在路灯底下掏出张娜给他的烟盒纸片确认了下。当确定没走错地方时,他摸了摸自己后背的铁棍,又吸了吸鼻子,两手握紧拳头,仿佛是为了给自己壮胆一般,他大步流星地走了进去,不容自己再思考和犹豫。

当他走进台球室时,还没看清人,就被烟味给呛得咳嗽了几声。只听到有打电脑游戏的声音,有台球相撞的声音,有年轻人说笑的声音,有比较劲爆的音乐声。

灯光昏暗里,刘亮的眼睛适应了好一会儿,总算看清楚收银台坐着个白衣女子在打电脑游戏。他走近前对女孩说:"小姐,麻烦找下小四川。"

女孩起初没理他,他又叫了几声"小姐",女孩这时抬起头,恶狠狠地教训他道:"叫谁小姐呢,骂人啊?睁开你那狗眼看看我像小姐吗?"她边朝刘亮拼命翻白眼,边颇不耐烦地朝里大喊:"小四川,小四川,有人找你,赶紧死出来!"

刘亮急忙解释说:"对不起,对不起。我不是那个意思,你不要误会!"

小四川边脚下生风的跑过来,也大声说:"妹子,我来了,来了,你就不能温柔点啊?谁找我?"

当他来到收银台前,看见眼前站着个陌生男子时,他显得很是惊讶,眼睛都瞪大了,很警惕地上下打量着刘亮:"你谁啊？我不认识你啊，找我啥事？"

刘亮也仔细打量着小四川，发现这小四川个头不高，顶多1米65，头发染得黄黄的，前额几戳又是红红的，左耳朵上还戴着一枚闪亮的耳钉，右手臂上一只蝙蝠还是啥动物的纹身，穿着洞洞牛仔裤，脚上是洞洞鞋。

刘亮定了定神，清清嗓子正色道："你就是小四川？我是张娜的老乡刘亮，是张娜让我来的，就是想告诉你，以后别去找张娜了，她不想跟你谈朋友！"

小四川右胳膊放在柜台上，左手插在牛仔裤兜里，就这么斜靠着柜台，歪着头，斜斜地瞥着刘亮，讪笑着说："我当是谁呢，你问问清楚哪是我总找她啊，是她缠着我不放，唉！这女人啊就是贱，你算哪根葱啊，想出头是吧？"

正理论着，小四川叫来的东哥几个人朝收银台这边围了过来。他们几个身形高大，彪悍，又都是皮衣、纹身、耳钉、铆钉手套、马丁靴、怪异发型等的打扮，站在个子瘦小的小四川周围就如同老鹰衬小鸡似的。

这阵势让刘亮心里直发毛发虚，脚底发软。但他觉得自己不能输了气势，于是他口唇发干地对小四川说："你说话尊重点，我告诉你别太嚣张！"

小四川见有东哥几个过来给自己撑腰了，他的气焰便更加嚣张了："怎么着？还威胁我啊，哪来的小瘪三，给我滚出去！"

小四川说完就上前去推刘亮，刘亮也不示弱，两个人推推搡搡后就扭打在了一起。东哥几个人岂能容忍小四川被别人欺负？于是他们几个人也上前来猛力推搡刘亮。

刘亮摆脱几个人的推搡，从身后掏出铁棍狠狠地往小四川的头上打去，小四川捂住头鲜血流下来。

小四川看着手里的血,大喊:"哥几个,掏家伙!"

东哥几人便从口袋或裤腰上纷纷取了凶器,准备扑向刘亮。

收银台女孩见状大感不妙,她大喊道:"别打了,别打了,我报警了,警察马上就到了!"

一听"警察"二字,大家似乎都清醒了点,手头都停了一忽儿。

刘亮赶紧用棍子指着众人,故作凶悍地喊道:"别动,都不许动,谁动我就死命抽谁!铁棍可是不长眼睛的!"

他边逼退众人边慢慢退到门口,不忘虚张声势道:"小四川,你欺人太甚,你等着,老子非宰了你不可!"

刘亮说完跑了出去,东哥等几人要追出去,被小四川拦住了:"这事以后再说,还有别的事,我肯定饶不了这小子!"

怕一伙人围追出来,刘亮慌不择路,赶紧跑到来时的那条昏黑的巷子口。他心里很是后怕,于是把手里的铁棍丢进了巷子口的散发着难闻气味的垃圾堆里。再拐进巷子里一阵乱跑,巷子里太黑了,只有巷子口一点如豆的昏黄路灯照耀,偶有几声狗叫,月亮也躲起来睡觉了,风在巷子里乱串。刘亮似乎听到那群人追出来的脚步声。他吓得赶紧躲进一堵低矮破败的水泥墙,大口地喘气。竖起耳朵听了好一阵子,那脚步声似乎又没了。他又等了十几分钟,确定外边没人时,再像个幽灵一样在黑夜里速速逃窜。

刘亮自以为这一切都没人发现,但他不知道的是,就在台球室斜对面巷子口的暗影里,景华升和李培森将这一切都看在眼里。

景华升悄声对李培森耳语:"幸好没进去,看,这小子肯定是被打出来了!"

李培森轻轻"嗯"了一声表示赞同。

台球室里，小四川坐在一张烂得露出了里面黄色海绵的皮椅子上，右手捂着头，疼得龇牙咧嘴的，不断喊着哎哟哎哟。他身边站着东哥等几个朋友。刚看热闹的小年轻见没什么事了又依旧回到各自的位置去玩台球或打电游。

小四川表情痛苦但凶悍地道："东哥，看来今儿咱没法去教训那几个人了，真倒霉，半路杀出这么个程咬金，明天我再请哥几个来吧，你们今天先玩着，我先回去躺躺，哎哟妈呀，太他妈疼了，这小子下手太他妈狠了！"

东哥伸手拍了下他的肩膀表示赞同和安慰，一旁的耀哥问："你没事吧，刚那小子可放话要宰了你，你自己回去行吗？"

小四川鼻孔里发出一声"哼"，颇为不屑地说："就他？！就算我借他个胆，他也不敢！没事，哥儿几个放心好了！"

说完，他便手捂着头起身往台球室外边走。

4

回到工地临时住处时都已经是晚上十一点多了，老赵等几个工友已经打呼噜了。一身邋邋遢狼狈的刘亮洗漱都免了，蹑手蹑脚地和衣躺在靠门口下铺自己的床上，辗转反侧，一夜难眠。他脑海里不停地放电影，回放着他跟小四川扭打以及他用铁棍狠狠敲打小四川脑袋的情景。他心里越想越害怕，因为当他把铁棍挥起砸向小四川的头时，他自己的手都感觉被震麻了，那力道真的挺大的。

他在想这小四川是不是被自己这一棍子给打死了，若是没死，估计也被自己这一棍给打成了重伤，要是小四川报警的话，他刘亮可是吃不了兜着走，这下可完蛋了。想着想着，他后背起了一阵阵冷汗，黑暗中他眼睛睁得老大，里面全是惊恐。这下他又很是后悔了，觉得自己不该去，就算去也不该下手这么狠。他又想象着要是自己被抓进了监狱，自己年迈多病的老母亲和尚在求学的小妹刘宁可咋办？

就这么稀里糊涂地想着，各种犹豫、后悔、纠结，终于在凌晨四点多他睡着了，还做了个噩梦，梦见小四川举着菜刀追杀他，边追边喊着"臭小子，你往哪里逃，我要报仇，拿你的小命来！"吓得他突然从床板上坐起，浑身冰凉。

第二天刘亮就发了高烧，在简陋的工地床上躺了一天。工友老赵是个好人，自己忙活工地的同时，下了工就来照顾他，给他打饭。

躺了一天后，刘亮感觉好了很多，但嘴唇依旧乌青发白。他坚持要跟老赵去工地干活，他推着推车去拉砖，迎面走来的老赵这才发现他右侧脸上有几处明显的淤青。他昨天躺床上都是侧着的，就是不想让老赵等工友看到他脸上青一块紫一块的。

老赵靠近前，用沾满泥灰的手捏了下刘亮的脸颊，关切地问："亮子，你这脸是咋回事啊，是不是跟人打架了？"

刘亮放下手里的推车，用手遮挡着淤青，老赵继续语重心长地劝说道："来城里打工不容易，你可得小心啊，没遇到什么事吧？"

刘亮尴尬地笑笑说："赵叔，您说哪去了，我胆小，哪敢打架啊，是昨晚走路不小心摔了一跤，您就别瞎操心了，赶紧干您活去吧！"

老赵见刘亮拉起推车远去的背影，思忖了片刻，摇摇头又往前走了,继续去干他的活。

两人分手没过半个小时,工地外面的大马路响起了警笛声,刘亮心里一惊,手一颤,推车翻倒了,砖全倒在了路边。他心想完了,完了,肯定是小四川出了大问题,警察肯定是来抓自己的。

老赵听到警笛响,起初是莫名惊诧的,他看见几个警察从警车里出来,问了几个工友"刘亮在哪?谁是刘亮?"

许多工友都惊讶地望着警察,有人给警察指点了刘亮所在的方向,只见刘亮呆呆地颓丧地站在一堆乱砖乱石中间,手足无措,一脸惊恐。老赵心里咯噔一下,暗暗骂道:"这臭小子,嗨,果真出事了!"

一个年纪四十多岁的警察上前走到刘亮跟前说:"你就是刘亮吧?"

刘亮愣在那里,张口结舌了半天,才虚弱地说出一句话:"我……我是刘亮。"

警察拿出手铐迅速铐在了刘亮的手上,说:"有一起命案,希望你配合调查,跟我们走!"

两名年轻些的警察便上前一边一个地按着刘亮的胳膊,带着他朝警车所在的方向走。

刘亮顺从地一脚深一脚浅地跟着三个警察走,临上警车时,他像是突然惊醒了似的,朝着工友们和警察大喊:"警察同志,我冤枉啊,我没杀人,老乡们,救救我,赵叔,救救我,我没杀人……"

警察们把他拉进警车,一阵旋风般把他带走了。留下一众惊愕的工友们,过了半天,他们才回过神来,议论纷纷,不知道平素看上去挺老实憨厚的刘亮这小子犯了啥事。

吃晚饭时，有工友对其他工友说："刚听说有人今天在古城区城中村附近的菜地里整理杂草时，发现了一具男尸呢，你们听说没有，我听在那边做工的老乡说的！"

众人便围绕这个话题议论开去。

老赵听后面色凝重起来，心想刘亮这小子莫不是跟这事儿有关吧，真看不出来刘亮这小子原来这么狠啊！可惜了，刘亮可是个好小伙子啊！老赵心里替刘亮惋惜不已。

5

郑岩坐在桌前整理着案件卷宗，他的旁边堆放着高高的新收到的案件卷宗。

就在他聚精会神研究地思考一宗抢劫杀人案的审查报告中意见部分如何写时，手机响了，唱着《南山南》，郑岩拿起电话接听，突然他腾地站起，语气惊讶急促地道："什么，郑晓芸跟人打架？！好的，好的，我马上到！"

说完他把手机重重地扔在办公桌上，气愤又焦急地坐了大概两秒钟，又起身速速把卷宗都锁进办公室靠墙的白色密码柜里，然后脱下制服，边穿便服边喃喃自语："我这才刚到办公室，屁股都还没坐稳呢，这娃儿太不省心啊！"

林乔生手里抱着一摞案卷走进来，他边把案卷放下边说："郑主任，这是今儿刚送过来的案子，我看了下，发现很多疑点，我整理了一下。您看一下吧，我觉着这案子不简单！"

郑岩整理着衣领，语速急急地说："好啊，大林，你把你整理的案件疑点放我桌子上吧，我有事先出去一趟！"

郑岩说完就一阵风一样走出去，与正要进办公室的慕容曦撞在了一起。

他连连对慕容曦说"对不起",还没等慕容曦开口说话,他就已经健步如飞地走远了。

慕容曦站在门口惊讶地看着郑岩行色匆匆地进了电梯,她转过头对林乔生说:"大林,我师傅今儿个是怎么了?我还从没见过他这么慌张呢!"

林乔生耸了耸肩膀:"不知道啊,可能有什么急事儿吧……对了,你来得正好,这是我对今天新收的一宗案件写的疑点,你看一下。"

慕容曦接过林乔生递过的材料,认真看了起来。林乔生把刚放下的卷宗又抱起来赶紧出门。

慕容曦问:"卷宗呢?"

林乔生头也不回地道:"待会再给你。"

慕容曦追上去说:"别待会呀,我看看卷宗先!"

半个小时后,慕容曦拿着林乔生写的案件疑点的意见过来隔壁办公室找林乔生了。

还没等她开口呢,林乔生从一堆案卷中抬起头冲她说:"慕容,你来得正好,我正想过去找你呢!就小四川被杀这个案子,我今天仔细看了一下警方的侦查结论、调查记录和我们检察院第一检察部的意见,发现很多疑点,首先刘亮审问过程中几次翻供,而且现场发现的脚印与嫌疑人不符,同时铁棍上还有其他人的血迹……这些……应该怎么解释?"

慕容曦拉了一张办公椅在他对面坐下:"大林啊,你总不能老怀疑警方和我们检察院的办案能力啊,犯罪嫌疑人翻供那是常有的事。庄稼地的现场被报案的农民破坏了,全是脚印,案发前嫌疑人与死者曾在台球室发生打斗,期间有在场的人帮忙留下血迹也很正常嘛！"

林乔生紧紧盯着慕容曦的眼睛，蹙着眉头思忖道："正常？正常吗？"

慕容曦淡淡笑望着林乔生，没做回应，似乎在等他说下去。

林乔生活动了一下嘴唇，像是对慕容曦说，又像是自言自语地道："能不能形成完整的证据链呢？每一个证据都经得起检验吗？"

慕容曦笑道："同志，你是检察官助理，我可只是书记员，你问我，我问谁？"

林乔生站起来，故作生气地道："你是书记员，书记员难道就可以不动脑子了？那，你还考检察官助理干嘛？"

说完林乔生有些真正生气了腾地一下又坐回椅子上，不断翻着卷宗。

慕容曦吐吐舌头，转过脸赶紧跑出林乔生的办公室。她原本想过来就林乔生写的案件疑点发表自己的见解，这会儿看来也不用发表了，只会招来林乔生的怼呢！

慕容曦离开后，林乔生摇摇头，继续坐在桌前认真分析小四川被杀案的案情。

他的桌上放着一张照片，是他跟女友丁一楠的合影。

研究了一个小时案情后，林乔生觉得累了，他打了个哈欠，又伸了个懒腰，瞟了一眼照片。

这时手机响了，他接通："李静啊，你怎么想起给我打电话来了，是不是又碰到感情问题了啊，哈哈！"

李静说："什么鬼话？我现在的感情比泰山还稳呢！对，告诉你个事，听说你那初恋女友林芳回国了，找你了没？喂？喂说话啊……"

林乔生愣在那里,手里握着手机,望着与丁一楠的合影发起了呆。

6

滨海市第一中学教导处办公室里,郑晓芸一脸怒气地站在一边,撅着嘴巴,一脸不服气的样子。只见她穿着白色毛衣,外面套着米色羽绒短装,下穿黑色百褶裙,黑色打底裤,一双黑色及踝短靴,一头乌黑的披肩长发,长得颇是好看,但她脸上倔强的神情跟她秀气靓丽的外形很是不搭。

教导主任张老师坐在一张比较宽大的棕色办公桌子后面:"郑晓芸,你还不高兴了啊,你把李强头都打破了,你说你一个小姑娘怎么跟个男孩子打架,还那么凶?!"

郑晓芸低着头,这会儿又抬起头,翻了一个白眼,嘟着嘴不满地道:"张老师,谁让他总欺负我同学呢,你们老师不管,我可不就打他呗!"说完紧紧咬了一下嘴唇。

张老师是个五十多岁的男老师,头发都灰白了,看来平时没少处理各种棘手的难题,但他还是被郑晓芸的态度和话语给气到了,面色通红,血压似乎都飙上去了,气哼哼地说道:"嗨,我说你……你还有理了是不?……你等着,我不说你,你家长马上就到!"

话音刚落,门外就响起了咚咚的敲门声,神色凝重的郑岩进来了。

打过招呼后,张老师让郑岩坐在一张空椅上,郑岩严肃地看了一眼女儿。

张老师鼻孔重重地呼气,靠在椅背上,抚了抚胸口,说道:

"郑晓芸父亲，本来不想麻烦你来的，可是郑晓芸这孩子啊，实在太不听话，我也是没办法了。这不，今天又把一男生打了。我也知道你们家长平时都忙，可在孩子的教育上可不能马虎啊，这一马虎啊，一疏忽啊，就容易酿成大错，就容易出大问题啊，家长您说是不是这么个理！"

面对张老师的训话，郑岩脸上很是挂不住，显得特别尴尬，要知道他从小可都是品学兼优的好学生，无论上学还是工作他可都是模范榜样，就算在单位，也只有他训别人的份，没有别人训他的事儿，这四十多岁的人了，人生还是头一遭被别人这样当孩子般训。郑岩的脸色越来越不好看，他朝郑晓芸狠狠地斜瞥了一眼，又转头对张老师毕恭毕敬道："是，是，老师您说得很对，回去我一定好好管教她！"

郑晓芸抿了抿嘴，低着头，两手把玩着外套的拉链，不敢再抬头望郑岩和张老师。

张老师又对郑岩强调了好一番应该如何做父母的话，郑岩只有点头如捣蒜的份，完全插不上嘴，也心虚得不好插嘴，毕竟在陪伴和管教孩子方面他缺席实在太多，觉得自己没有资格为自己的失职辩解什么。

半个小时后，郑晓芸被郑岩领着出了张老师的办公室。

郑岩走在前面，后面跟着郑晓芸，两人都低着头，都默不作声，都面色凝重。郑晓芸还是撅着嘴，时不时偷偷抬头瞥一眼郑岩。

这天晚上，郑岩坐在客厅的沙发上沉思，抬头看了看墙上的挂钟，指针显示已经十点三十分了。

自从学校回来后，郑晓芸就一直躲在自己卧室，连郑岩喊她吃饭她都说不饿,不敢出去与郑岩打照面,怕挨骂。这时她酝酿了好一阵子,从卧室走出来,看见郑岩坐在沙发上发呆,她柔声说:"爸爸,你怎么还没睡啊,还等我妈呢?她给我发信息说晚上有个重要的客户要见,估计回来挺晚,您就别等了。"

郑岩揉了揉眼睛,微微笑了一下:"晓芸啊,没事,我再等会啊,你赶紧睡觉,明儿还上课呢!"

郑晓芸瞥了一眼郑岩的脸色,听他说话的语气像是不再那么生气了,便撒娇地从沙发后背抱住郑岩的肩膀:"爸,您还生我气呢?我以后注意,您可别生气了,来,我给你捶捶背!"说完就给郑岩捶起背来。

郑岩拉着她的胳膊嗔怪地笑道:"臭丫头,这会知道跟爸爸撒娇了?行了,行了,我不生气了。你赶紧睡去吧!"

郑晓芸眉开眼笑,抱着郑岩在他脸上狠狠亲了一口,甜甜地说:"好咧,我就知道我爸爸最好了!谢谢爸爸!"说完欢快地像只小白兔般蹦蹦跳跳哼着歌儿进卧室去了。

郑岩望着女儿的背影笑着摇了摇头,又抬头看了下墙上的时钟,发现已经快十一点半了。

这时门开了,叶菡回来了。她边脱靴子,边对抱着胳膊坐在沙发上的郑岩说:"唉,今儿可累死我了,我今天啊见了个大客户,费了好大的劲终于把合同签下来了,这下公司下半年的利润就有保障了!"

说完她把手里的 LV 提包放在沙发上,坐到郑岩身旁,端起茶几上的水杯倒水喝,郑岩却一直低头不语。

叶菡咕咚咕咚喝了几口水,道:"对了,今儿女儿在学校出什么事了?我那会正忙就没接你电话。"

郑岩轻笑一声道:"你还知道问问女儿啊?她今天在学校

跟人打架，把人家头都打破了！"

叶菡一听手里的杯子都差点掉地板上："啊？！这孩子……现在真是越来越不像话了！我得好好教训她！"

说完她便要进女儿房间，郑岩一把拉住了她，低声说道："行了，行了，女儿都睡了，别吵醒她。你平时也跟女儿多交流下，别就知道你那生意生意的，孩子没有教育好，钱挣得再多有什么用！"

叶菡一听这话不乐意了，她脱下外套顺手搭在沙发背上，双手捋起袖子，叉腰道："嘿，我说你……合着你这是埋怨我了呗？我拼命出去开公司还不是为了这个家？我跟女儿交流少那你就多了吗？整天就只知道这个案子那个案子的，我看你跟那些个犯罪嫌疑人、被告人比跟我们都亲。一年到头你在家待过几天？明天……明天你跟你那些个犯人过去吧！"

说毕，叶菡赌气地抱着胳膊一屁股坐在沙发上，气鼓鼓的，再也不理会郑岩。

郑岩也没有说话。空气中充满了火药味。没过几分钟，叶菡抽抽搭搭地哭了起来，眼泪鼻涕一大把，她又怕女儿听见，所以只默默地流泪，但响亮地擤着鼻涕。满腹的委屈无处诉说，她心里冒出一个念头，离婚，对，不想再跟这样的男人过了！

郑岩则去了阳台上，愁眉紧锁，他内心也压抑了很多委屈与无奈，面对哭泣的妻子，他却无从开口，两个人为类似的事情吵了太多次了，已经不想再沟通了，太累了！

卧室的门开着一条缝，郑晓芸偷偷看见父母又吵架了，而且又是为了她而吵架。她自责，难过，委屈，愤怒，内疚，可是她感到更多的确实孤独，冷漠，在这个外人羡慕的家庭里，其实她只感觉到冰冷，和无形的无处不在的压抑和沉闷。

有那么一刻，她很想逃离这个家。

7

这天刚一上班，监所检察室主任李杨就来到郑岩的办公室。

李杨说："郑主任，有个情况需要向您及时通报。"

郑岩从抽屉里拿出一个一次性纸杯，给李杨倒了一杯水，又拉了一张椅子让他坐下："李主任，您慢慢讲。"

李杨接过水杯喝了一口，便坐下来给郑岩讲开了。

原来昨天晚上，滨海市公安局看守所监室里发生了一起犯罪嫌疑人自杀的事件，而这个闹自杀的人正是郑岩经办的小四川被杀案的犯罪嫌疑人刘亮。

昨晚，监室的人们都睡下了。躺在硬板床上的刘亮却慢慢坐了起来，窗外幽暗的月辉漏进来，蓝光幽幽里，他的轮廓看起来有些恐怖，像是游魂鬼魅一般。那月辉照亮了他脸上颗颗滚落的泪滴。

自从被关进看守所以来，刘亮没好好吃过一顿饭，没睡过一个好觉，每天都处于失眠和极度焦虑恐惧的状态，每天都在担心自己的老母亲和妹妹，他感觉自己年轻的生命很可能就要在高墙内消耗下去了。

他认为自己只是伤了小四川，压根没想过要打死小四川，可现在小四川却真真切切地死了，自己也确实用铁棍狠狠砸过小四川的脑袋，再怎么辩解，自己都难逃牢狱之灾，而且还很可能面临死刑！

他觉得自己的前路一片茫然，丝毫看不到希望，身陷囹圄之中，仿佛在惊涛骇浪的漆黑海面迷航，孤零零地再也找不到方向。想到这些，刘亮再也睡不着了，他想结束自己的生命算了。

他环顾左右，周围的人们都此起彼伏地打起了鼾，偶有一两声磨牙声或囫囵不清的梦话。他轻轻地从床上下来，坐到了地上，定定地看着窗外，泪流满面，泪水无声地砸在冰冷的水泥地板上。他在心里默默念叨着，"娘呀，对不起，孩儿不孝，不能给您养老送终了，您就当没生我这个孽子吧！妹啊，对不起，哥哥食言了，以前哥哥答应过你只要你好好上学，学费啥的哥哥想办法凑，你有出息就好。可是现在哥哥要先走了，要撇下你和俺娘了，你要答应哥哥，替哥哥好好照顾好娘！"

想到此处他轻声抽泣起来，悲恸得浑身止不住地颤抖。

就在他陷入自己的情绪不能自已时，同监室一个疑犯爬了起来上厕所，借着窗外微亮的光看到水泥地上坐着个人，那疑犯吓了一跳，挺生气地对刘亮说："嘿，我说你大半夜不睡觉的坐地上干嘛，装鬼吓人啊？快起来，我上厕所，别挡住我道啊，你倒是起来啊！"

周围的一些疑犯被这两人吵醒了，一个个睡眼惺忪的望着黑暗中的这两人，又事不关己地倒头睡去。

无论那疑犯怎么拉扯拖拽，刘亮就是不动。就在那疑犯正欲从他肩膀上强行跨过去时，他一把推开那人正架在他肩膀上的右腿，爬起来跑向监室门口，拿脑袋猛地朝监室的铁门上撞去……

一声沉闷的巨响，刘亮的身体软软地瘫在地下，监室其他人全被惊醒了，众人围拢过来，不明白发生了什么事。

那被刘亮猛力推倒在地上摔了个四脚朝天的疑犯把眼前

的一切都看在眼里,他龇牙咧嘴地揉着摔得巨疼的屁股蛋说:"去他娘的,混蛋,把老子摔成这样!"随即他又大喊道:"快来人啊,管教,有人自杀啦!"

众嫌犯议论纷纷,有人把刘亮的身体掰过来探探鼻息,有人继续大喊"来人啊,有人自杀了!"

监室内外瞬间一片混乱,隔壁监室里的人们也被吵醒,忙乱急促的脚步声在走廊响起,看守所的管教们跑过来了……

听完李杨的介绍,郑岩说拜托李杨密切关注刘亮的情况。

送走李杨,郑岩一脸疲惫的走回办公室,正准备坐下,林乔生进来说:"郑主任,昨天跟你说的那个案子我晚上回去又仔细研究了下,确实疑点很多,我都列出来了,给您看一下吧。"林乔生说完把案宗放在桌子上。

郑岩看着案宗,皱起眉头,仔细想了想,说:"大林,我看了材料,根据以往的办案经验,我认为你说的没错,这个案子确实不那么简单,我们需要好好研究下。这样吧,一会你跟我去下滨海市公安局看守所,见见犯罪嫌疑人再说,你去准备一下。"

林乔生微笑着说:"好的!"说完他就准备回隔壁办公室去准备材料,走到门口他又转过身来关切地问:"对了,郑主任,昨儿你急急忙忙出去干嘛了?是不是家里有什么事啊?"

郑岩面色闪过一丝不易察觉的尴尬和愧疚道:"哦,没什么事,女儿在学校闯了点祸,现在的孩子啊还真是不好管。"说完便轻轻摇摇头苦笑了一下。

林乔生也微微一笑道:"是啊。那好,我先去准备了。"

林乔生正要转身离去,慕容曦走了进来,她的马尾辫今儿

399

扎起来了，随着她的大步子一晃一晃的。她咋咋呼呼地道："师傅，那个，我下午想请个假，有点事。"

郑岩抬头看了她一眼，手里收拾着桌面上堆叠得有些乱的各种文件资料："嗯，行，什么事啊？"

慕容曦把手里的一个文件夹在郑岩办公桌旁轻轻拍了两下，嘟嘴不满地道："唉，可别说了，还不是我妈又催着我结婚！她说邻居家的女儿孩子都有了，我却连个对象都还没有，于是她就急忙托人给我介绍了个，今天下午让我跟人去见面。哎，真是烦死我妈了！"说完她还气恼得跺了跺脚。

郑岩看着她这副样儿倒是被逗笑了："嘿，我说小年轻，这是好事啊，你也该考虑了，好好准备下！"

站在门口的林乔生戏谑地挤眉弄眼道："哈哈，慕容曦，以前你还常常嘲笑我，原来你也有今天啊！我说你见面可得注意下，别跟提审犯罪嫌疑人似的，一通审问把人给吓跑喽……"

慕容曦装出要去追打林乔生的样子，嗔怪道："就你多事！你不说话每人当你是哑巴好吗？不过你刚说的这法子好，我就拿出审问嫌疑人的语气跟他说话，让他知难而退，省的麻烦。谢谢你啊，诸葛林乔生同志！"

林乔生继续笑着打趣："唉，我看你这个样子，再注意也会把别人吓跑的啊，我看你还是别去了，免得给人男方留下一辈的心理阴影！"

慕容曦扬起下巴，狠狠给了林乔生一个大白眼："一边儿去，姑奶奶我要是真能给他留下阴影，那才好呢，省得我妈一天到晚神神叨叨的给我张罗这个那个相亲对象！"

郑岩一脸慈母笑道："唉，这孩子，小心真的一辈子嫁不出去了，呵呵。对了，这次考试结果出来了吗？"

慕容曦吐吐舌头做了个鬼脸道:"还没呢。"

8

这天上午,郑岩和林乔生就驱车来到了滨海市公安局看守所提审刘亮。

一番例行告知后,讯问开始了。

林乔生严肃地说:"根据公安机关侦查已经掌握的证据,你于9月10日报复涉嫌杀害赵红银,也就是小四川。我们准备以故意杀人罪提起公诉。"

郑岩开口道:"刘亮,你还有什么要说的吗?我希望你配合我们的调查。"

刘亮坐在铁栅栏里的铁椅子上,胸前横着椅子附带的铁杆,这个装置是为了防止犯罪嫌疑人逃跑或自杀等行为。刘亮此刻面无表情,眼神空洞,头上裹着纱布,那纱布还渗出黄黄的碘酒和红色的血丝。他显得很虚弱,黑眼圈很重,一看就是长久没有好好睡过觉的样子,脸色蜡黄黝黑,个子高,但身形瘦弱单薄。

郑岩翻着手里的卷宗材料,又抬起头盯着刘亮看。

刘亮从起初的平静转而变得激动起来,他挪动了一下戴着手铐的双手,身体前倾,仿佛是为了离检察官更近一点,好让他们更相信自己说的话一般:"检察官,我冤枉啊,我真的没有杀人,你们得相信我!"

郑岩伸手压了压,示意刘亮不要这么激动:"刘亮,你要是被冤枉的,我们肯定会还你一个公道。不过,首先你得配合我们,知道吗?能把事发当日的情况说一下吗?"

刘亮闻言把屁股挪了挪，贴着椅背，清清嗓子道："有一个女孩，也是我老乡，她叫张娜，她让我去找小四川的。去了之后，我本想好好讲理的，可他仗着人多势众不讲理，我们就打了起来。后来他们人多，我就跑了。后来，我觉得窝火就一直在外面一个人溜达，很晚才回到工地宿舍，我根本没杀他啊！"

林乔生这时从卷宗里拿出一张照片，上面是一根铁棍的照片，林乔生把照片对着刘亮问："照片上这根棍子是你的吗？"

刘亮身体前倾仔细看了看说："嗯，这棍子确实是我的。"

郑岩道："那你解释下，这根棍子为什么会出现在案发现场？"

刘亮有点焦急地捏紧了拳头，眼皮眨巴又眨巴："我不清楚。棍子我出了台球室，就扔了啊！"

郑岩靠回椅背，盯着刘亮的眼睛看，若有所思地审视了一番刘亮，这审视的目光让刘亮感觉到一种无形的压力。郑岩问："棍子上面还有你的血迹，这个你怎么解释？"

刘亮抬起戴了手铐的右手摸了一下脑袋，皱眉道："这棍子我是试过的，我怕打死人，就在自己脑袋上试了几下。我拿着棍子主要是怕吃亏，与小四川理论时，我拿棍子在自己脑袋上比划过，可我出了台球室就扔了啊。真的，检察官我说的都是实话。你们一定得相信我，我真的没杀人啊！"

林乔生与郑岩对视了一秒，转头指着刘亮问："你这脑袋上的伤是怎么回事？"

刘亮闻言低头不作声了，脸色显得更黝黑沉郁了。瞬间讯问室里的气氛变得沉闷，只有窗外的风刮得呼呼作响，衣着单薄的刘亮忍不住打了寒颤，然后又打了一个响亮的喷嚏。

郑岩脸色有些不好看，他严肃地说："既然你确信自己是清白的，就得珍惜自己的生命，千万不要再动轻生的念头了，知道吗？我看卷宗里提到你妹妹还在上大学，应该没有多少经济来源，是你资助吧？就算为了自己的家人，你也不应该做蠢事！"

郑岩说完这番话时，突然想到女儿学校的张老师训自己话也是这般语重心长，这会儿轮到自己对犯罪嫌疑人训话做思想工作了，他突然有些理解张老师的啰嗦了，原来每一个愿意对你啰嗦的人真的都是因为觉得你还有希望，还可以挽救一下。

这么想着，郑岩紧皱的眉头舒展了一下，刘亮竟然从这位沉稳严肃的检察官的眉眼里看到一丝温和慈爱的笑容，这笑容像是冰原上的一点火光，不大，却足以照亮他的心，让他心里某个角落有点暖暖的，让他似乎看到了活下去的某种希望和力量。

他精神为之一振，眼睛发亮，鼓起勇气说："检察官同志，求求你们一定查清这个案子啊！"

郑岩和林乔生都望着刘亮，察觉不到地抿了一下嘴笑了，然后彼此对视了一眼，这对视里似乎饱含着很多很多的内容，他们俩似乎是在彼此身上寻找着力量、动力、默契和坚持下去的勇气，这是一种战友情深，更是相互鼓励打气。冰冷的讯问室里似乎涌动着一丝暖意，窗外的秋风都似乎都因这丝暖意而消停退却了。

9

从市公安局看守所回到单位后，郑岩和林乔生就来到检察长许省身办公室汇报情况。

许省身烧好一壶开水,给两人一人倒了一杯茶,说:"郑岩,这案子你怎么看?"

郑岩微笑了一下说:"不好说,目前的证据与犯罪嫌疑人刘亮的辩解有冲突,不过凭我多年的经验,刘亮这人又不像是在说谎。"

林乔生也插嘴道:"我也感觉刘亮说的是真话。许检,我注意了下被害人赵红银的个人情况,这个方面侦查机关调查的感觉不够细致。"

许省身喝了一口茶,放下杯子,沉吟道:"人命关天啊!我们必须慎重对待啊!"

郑岩这时说话了:"许检,我也是这么想的,所以我想带着团队先从被害人的身份查起,或许能找到新的突破口。"

许省身微微点头道:"嗯,好。你们去吧,路上注意安全,随时汇报进展!"

从许省身办公室出来后,郑岩和林乔生有马不停蹄地驾车从单位出发了。林乔生开车,郑岩坐在副驾驶位上翻阅着卷宗。

翻了一会儿,郑岩揉揉眼睛,侧过脸来望着林乔生说道:"大林啊,你看的很细啊。办案就需要你这种较真精神!"

林乔生不好意思地笑了一下,右手摸了一下后脑勺:"郑主任,这不是较不较真的问题,这关系到两个人的生命,要是真抓错了人不仅冤枉了好人,而且也对死者不公,让真正的凶手逍遥法外。这不等于是害人命吗!"

郑岩望着前方的道路,微笑着点点头:"嗯,是这么个理。

这案子材料我看了,确实存在疑点。但要说警方抓错人为时尚早。"

半个小时后,两人驱车来到了"浪格里浪"台球室。当他们俩走进台球室时,并没看见这里有什么客人在打球娱乐,只看到一个三四十岁的中年女子在整理着桌上的台球。

郑岩走过去问:"你好,请问你是这个台球室的负责人吧?"

中年女人抬起头来,看见这两人穿着制服,一时搞不清楚他们是干啥的,只感觉这肯定是国家官员。她愣了一下,用不标准的普通话回答道:"是啊,你们有什么事?"说完她继续埋头整理台球。

郑岩拿出工作证亮给她看,说:"您好,我是滨海市人民检察院检察官郑岩,这是我的同事林乔生,我们是想了解下之前在这干活的赵红银的情况。"

中年女人闻言抬起头来诧异地道:"赵红银?"

林乔生补充说:"就是小四川。"

中年女人撇了一下嘴,道:"怎么又是那小子,之前不是来了好些人问了吗,我都说了我不知道,他来我这工作也没几天,我跟他不熟!这几天我这生意都因为这事耽误了,都没什么人上门玩了,你们还有完没完啊!"

林乔生一听这话可不乐意了,他急切地争辩道:"你这人怎么说话呢?不管怎样他也在你这工作过,人都死了你就一点也不关心?!"

郑岩赶忙把林乔生拉到身后,小声叮嘱说:"别急,别急,慢慢来!",说完又对那中年女人说:"那你当初雇他的时候有没有合同字据什么的,有身份证的复印件吗?"

405

中年女人有些不耐烦地嚷嚷道:"没有,这些都没有!在我这干活就行了呗,没想那么多,这平时我都不来,我还是让我这收银员小王跟你说吧,小王,过来!"

胖女孩小王便一扭一扭地从收银台起身走了过来。

中年女人指着小王对郑岩二人说:"你们问她吧,平时她总在这,所以她跟小四川比较熟。"说完中年女人便进去另一个房间了。

林乔生对小王说:"你好,我是检察官助理林乔生,我想问一下啊,您了解小四川的情况吗?"

小王说:"他来的时间短,我只知道他是四川人,别的我就不知道了,对了,他总去一个叫什么老乡好的饭店找那里的一个服务员,你们去那问问吧,服务员……好像叫什么张娜。"

林乔生拿出小本记下小王说的这些情况。

10

一个西装革履、梳着油光发亮的大背头、大腹便便的男人走进了步行街上的"老乡好"川菜馆,他选了靠窗的一张桌子坐下,然后就不时地看着手上的劳力士表,不住地朝饭店门口张望,神情有点紧张而着急,似乎在等着什么人。

这个男人正是慕容曦这天下午要相亲的对象沈富。

服务员张娜走过来对沈富说:"先生,现在点菜吗?"

沈富眼都不抬,不耐烦地呛声道:"我不是说了吗?等一会啊,没见我在这等人吗?点菜我就叫你!"说完他继续瞅着劳力士,似乎那劳力士里能钻出来他急切想见到的人。

张娜讨了个没趣,不过她也并不放在心上,毕竟谁也不把她们这些服务员放在眼里，被吆喝训斥是家常便饭，真要都往心里去还怎么活？更何况自从刘亮被抓、小四川被害后，她满腹心事，每天都神思恍惚的，出了好几次错，老板都警告她好几次了，说要是再惹客人不高兴或上错菜就要辞退她。

她拿过一壶茶来给沈富倒水，却不小心把有些烫的茶水倒在了沈富的大腿上了。

沈富被烫得从凳子上噌地跳起来，一边用两根手指提着裤子湿了的地方抖着，一边瞪大鱼泡眼气急败坏地吼起来："怎么回事你，长没长眼睛啊，知不知道我这裤子几万块钱啊，赔得起吗你？"

张娜回过神来连连说："对不起，对不起，先生，我给您擦擦。"说着便拿桌上的干纸巾要给沈富擦裤子。

沈富连忙跳开，用手挡着她，脸红脖子粗地大嚷道："嘿，我说你这人懂不懂规矩啊，懂不懂理啊，这裤子是你擦的吗？你知道我这裤子多贵吗，擦擦擦，能解决得了问题吗？行了，去去去，离我远点，真是莫名其妙……"

张娜满脸歉疚和满腹恐惧地离开，生怕会招惹来老板，那样可就吃不了兜着走了。

沈富还在那喃喃自语，骂骂咧咧的。这时扎着马尾辫、下穿蓝色牛仔背带裤、上穿白色T恤、外着米色麂皮短外套的慕容曦走了进来，沈富一看就急忙满脸堆笑地起身迎了上去。

他殷勤地招呼慕容曦："是慕容曦小姐吧，我是沈富，请坐！"

说完他就搓着两只胖胖的面包手，乐呵呵地像是欣赏女明星一般地盯着慕容曦的脸蛋看，还上下打量了好一番。

慕容曦坐下来就架起了二郎腿晃着，她四处瞅着，压根没正眼看眼前这个胖男人，他在她眼里就是模糊的一团。

沈富还是乐呵呵地笑着，看到眼前这么青春飞扬的一女孩，见惯了灯红酒绿场所里的庸脂俗粉、莺莺燕燕的沈富咽了一下口水，心想这小姐太特别了，太有个性了，太青春靓丽了，太吸引人了，这么想着他便急切地说："慕容小姐，是你姨妈介绍我来的，我听说慕容小姐在滨海市人民检察院工作？"

慕容曦从背包里掏出一片口香糖大嚼特嚼起来，狂放不羁地说："是啊，怎么了，害怕了啊！"

沈富讨好地笑着道："哪里哪里，看慕容小姐你说的。对了，我是搞建筑的，这周围的好多楼可都是我公司盖的！"

沈富说完这句话脸上现出得意的神色，他等着慕容曦像他平素见惯了的那些女人一般用崇拜的眼神看他，等着她像那些女人一样吹捧他，主动倒贴他。

可是他的愿望落空了，慕容曦撇了一下嘴，随即往座位上一靠，二郎腿架得更高了，活像个黑社会女老大，更大幅度地嚼着口香糖道："一直听说房地产商最坑老百姓了，没想到今儿被我碰上个，那好，你说说你都干过什么违法乱纪的事情，我代表检察院好好检查检查你！"

沈富略显紧张又讨好地笑道："慕容小姐可真会开玩笑！我哪里敢干什么违法乱纪的事情啊！对了，咱们还是赶紧点东西吃吧，服务员！"

不知道是因为胖而怕热出的汗，还是被慕容曦刚才的话给吓着了，沈富伸出胖手擦了擦额头上冒出来的细密汗珠，又赶紧示意张娜过来点菜。

慕容曦不知何时在鼻梁上架了一副茶色墨镜，隔着墨镜她看着对面这胖子吓成这样，她鬼鬼地笑了，心想看这家伙

真凶

四 真凶难逃

还敢约自己不，看老妈和七大姑八大姨还敢给自己介绍对象不？有这家伙回去跟老妈反馈她的德性，估计老妈以后再也不敢造次了！

正当慕容曦不理会沈富的各种问话和讨好而埋头大快朵颐时，饭店里响起了一个熟悉的声音。她摘下墨镜，循声望去。

只见林乔生在收银台问："请问谁是张娜？"

张娜正在给慕容曦和沈富上菜呢。收银员过来喊了一声，张娜转过头看见穿着制服的郑岩二人，她赶紧迎上来。

慕容曦赶紧放下筷子，把手机和耳机线、墨镜等收进背包，背上背包站起来对沈富说："对不起，我还有公事，咱们改天再聊吧，不好意思。"

说着她就丢下沈富朝二人走过去，剩下沈富握着筷子含着一嘴食物愣在那里。

张娜心里有些忐忑，脚下迟疑，但还是速速来到二人跟前："你们是为了调查刘亮的事来的吧？你们可得救救亮哥，他真的不会杀人的，都怪我让他帮我去找小四川，亮哥是个好人，检察官同志，你们一定要抓住真凶放亮哥出来啊，我给你们跪下了！"

张娜说着就哭了，"扑通"一声就跪在了地上，林乔生赶忙上前扶起张娜："姑娘，你先别着急，我们是滨海市人民检察院的，我是林乔生，这位是我们主任郑岩。我们就是为了刘亮的案子来的，主要是向你了解下情况，来，先去包间坐下谈，别影响这里做生意。"

张娜起身抹着眼泪，带着郑岩二人进入雅间。

远处的沈富神情有些紧张地望着几人的背影，面对眼前的一顿丰盛大餐，他再也没有丝毫食欲了。

林乔生看到慕容曦突然也出现在这川菜馆包间,便如见了外星人一般惊讶:"嘿,我说慕容大小姐,你怎么在这儿?这会儿你不是应该去相亲了吗?"

慕容曦尴尬地笑笑,挠了挠前额的刘海:"嗨,我这不刚相完吗,我就赶紧回来参加工作了,怎么样,我这政治觉悟高吧!别说了,赶紧办正事吧!"

林乔生笑着朝她翻了个白眼,转过头又正色道:"张娜,我问你,你怎么肯定刘亮不会是凶手?"

张娜边张罗着给大伙倒水边说:"我了解他,这个人有血性,但是胆小。打架的事情敢做,要说杀人的话,他没这个胆。"

张娜想起刘亮是因为她而受到如此牵连的,便泪水止不住地落下,林乔生拿起桌上的纸巾递给张娜擦眼泪。

郑岩、林乔生、慕容曦三人围着张娜坐下,慕容曦从手提包里拿出本子准备记录。

林乔生继续询问:"张娜,那你对小四川这个人知道多少?你是怎么跟他认识的?"

11

一提起这个小四川,张娜立即止住了抽泣,神色严肃而略带厌恶地道:"是有一次他和几个人来我这里吃饭认识的,之后他就总是来找我,我也没理他。后来,他去我住的地方找我,我实在受不了了,才让亮哥去找的他。当时我也不知道他叫什么啊,只是听别人都叫他小四川。警察来找我的时候,我才知道他姓赵,叫赵……我没有记住。"

林乔生接话道:"小四川的真实姓名叫赵红银。"

　　一直在一旁没出声的郑岩这时问:"那关于小四川的其他信息还有吗?比如他在滨海市有没有什么亲人或者亲近的朋友?"

　　张娜皱着眉头想了一会儿:"好像没有……哦,对了,我记得,赵……赵红银说过他之前在他叔叔的修车铺干过,修车铺好像就在滨海大道那边,别的我就真不知道了。"

　　林乔生和郑岩对视一眼,两人眼里瞬间闪过一道亮光。

　　林乔生有点兴奋地追问道:"他叔叔叫什么名字?"

　　张娜歪着脑袋思忖了几秒钟:"好像,好像叫李培明。有一次,我听人喊过他,所以有些印象。"

　　郑岩脸色严峻地望着张娜,问道:"那这个情况你之前怎么没向警方反映?"

　　张娜见状有些怯怯地说:"之前由于太紧张害怕,就把这个忘了。检察官同志,你们一定要调查清楚啊!"

　　郑岩起身,边拉开包间的门边说:"你提供的这个信息非常重要,我们会认真调查的,那就这样我们先走了,你别有顾虑,好好工作,有什么事我会找你的。"

　　说着三个人便走出雅间,张娜送他们到川菜馆门口。

　　一直待在大厅观察这边包间情况的沈富这会儿看见慕容曦出来,便急忙也跟到川菜馆门口,朝慕容曦迎上去,满脸是笑地说:"刚才这么急……你还没说下次咱们什么时间见面,另外,你的电话我还不知道呢!"

　　慕容曦见到沈富这样出现在她和同事们跟前,尴尬得恨不能找地缝钻进去才好,她惊讶又有些气恼和不耐烦地道:"嘿,我说你……你怎么还没走啊?什么时候见面?再说吧。拿着,

411

这是我的手机号码!"

说着她便从手里的笔记本上撕下一张纸,唰唰几下写了个号码递给沈富。沈富兴奋地接过纸,看了看说:"那,咱们回头电话联系啊,再见。哦,对了,这是我的名片。"

他从西装内袋里掏出一张名片递给慕容曦,慕容曦接过,看也没看就夹进笔记本里,然后朝他挥挥手说"拜拜",沈富望着伊人远去,张口结舌地还想说点什么,结果发现人家姑娘已在五十米开外了,只得故作潇洒地挥挥手也离开了川菜馆。

往停车场方向走了几百米后,林乔生回头看到沈富已经走远,他转过头来对身旁的慕容曦笑着说:"慕容,这就是你相亲的那人啊……我瞅着人不错,不过你对人家怎么这个态度?这我可要批评你了啊!"

慕容曦嗤之以鼻地道:"不错什么啊,整个一个黑心房地产商,有几个钱,不知道天高地厚的人,最讨厌了,再也不想见了!"

说完她就把名片从笔记本里拿出来顺手扔进了路边的垃圾桶里。

林乔生有点惊讶地道:"你对他那么厌恶啊,那你刚才可是给人家留了你的电话!"

慕容曦调皮地哈哈一笑道:"我的大林同志,精明如我慕容曦,我会那么傻吗?我怎么可能给我特别讨厌的人留我的电话,你们猜我把谁的电话留给他了?"

林乔生一脸好奇地盯着她,等她揭晓答案。郑岩微笑着不说话,一直听着他俩在身旁你一言我一语地抢白。

慕容曦的马尾辫甩得老高,咯咯咯地笑得花枝乱颤:"我给他留的是一骗子的,那骗子老打我电话骚扰我,以至于我都背熟了他电话……哈哈,就让这人骚扰这个大骗子去吧!"

林乔生闻言做出一副仰天大笑的夸张样儿,笑得眼泪都差点出来了"我说慕容,这事儿也只有你才做得出来,哈哈,真是太搞笑了,我真是很服你!"

郑岩则无奈地笑着摇摇头。他看了一下手表,对林乔生说:"好了,说正事。这样,我跟慕容现在去找一下那个修车铺。大林,你就先回单位看看有什么新情况。"

林乔生点头说好的,三人便就此分头行动。

郑岩和慕容曦驱车来到古城区滨海大道,一路走一路看,看看哪儿有修车的店。在大道往东的方向看到一间有些破败的小屋子,外面挂着"修车"的大牌子,不过大门紧锁着,门口还放着一些修车的小工具。

两人在路边停好车后,郑岩上这小屋前看了看,敲了敲门,又透过窗户往里面看了看,发现没有人。

慕容曦便去找旁边的一些店铺打听。大概四五分钟后,她回到这小屋前,她指着这家修车铺说:"师傅,我刚四周都问了,这里只有这一家修车铺,而且店主也是个四川人,应该就这家了。"

郑岩在小屋门前转悠着,看着散落在地的修车工具说:"看来主人走得很急啊,好多东西都没带走。"

这时旁边的小超市走出来一个中年男人,看见二人站在修车铺的门前,便走过来有点好奇地问:"你们找这家人啊,他们是不是犯了什么事?"

郑岩说:"有一个案件需要这家人协助调查,"他边说边从黑色手提包里拿出小四川的照片给中年人看,问道:"你见过这个人吗?"

中年近前来眯着眼睛仔细看了看："嗯，有点面熟……对，我见过这个人，他在这干过几天，好像是这家男人的侄子，干了几天就走了，也不熟。"

郑岩眼睛亮了一下："那你知道这家人叫什么？去哪儿了吗？"

中年人说："这个我知道，他在这修车有年头了，叫李培明，是四川巴中人，去哪了，我倒是不知道。只知道他们走得很急，跟旁边人招呼也没打，听说是回老家了。"

郑岩向中年人道谢，看着中年人离开后，郑岩两只手互握着指关节，发出咔咔咔的声响，他望着有些冷冷的太阳光，皱着眉头叹了一口气道："看来这个李培明有问题，咱们得去趟四川啊！"

12

林乔生回到单位，在电梯里和走廊里遇到的同事都意味深长地朝他笑，这笑让他感到莫名其妙，却又不好意思直接开口问人家笑啥。

快要进办公室时，一个同事拦住他说："大林，没想到你小子还挺浪漫的啊，哈哈。"

同事说完没等林乔生反应就走开了。

一头雾水的林乔生刷卡开门进了办公室，映入眼帘的是一大捧鲜艳欲滴的红玫瑰，摆在他的桌上，办公室里散发着浓郁的玫瑰花香。林乔生感到很惊讶，他的眼睛定格在玫瑰花丛中的一张淡蓝色小清新风格的卡片上，他拿起来看，只见上面写着几个字：亲爱的John，原谅我好吗？芳。

这字迹是他曾经非常熟悉的。他皱着眉头，面色沉郁，紧紧咬着下嘴唇。

当他坐在办公椅上心情变得很不好时，手机响了，他接通，电话里是他曾非常熟悉、非常期待、觉得是世界上最美好最美妙的声音。

那个声音在电话里有些娇羞、又有些内疚、更多的是期待："John，是我，林芳。花儿收到了吗？是你最喜欢的玫瑰花。我回国了，咱们能见一面吗！"

林乔生眉头紧蹙，冷笑了一声："林芳，你是不是太无聊了，你在国外就学会了这些是吗？你回来关我什么事，我没时间陪你玩儿这些！"

说完，林乔生就用力点了点手机屏幕，挂掉了电话。他气呼呼地拿起那捧花，把它恶狠狠地扔进了一旁的垃圾桶里，因为用力过猛，垃圾桶都被花儿给带倒了，林乔生气急败坏地上前又踢了垃圾桶和玫瑰花一脚，垃圾撒出来，满地狼藉，垃圾桶兀自在地上转着圈儿。

这一切被正进屋的郑岩和慕容曦看见，二人走进林乔生的办公室，看见他正气呼呼地坐在椅子上，胸膛剧烈起伏。

郑岩关切地问："大林，这是怎么了？好好的花，干嘛扔了啊？怪可惜的！"

慕容曦看着地上垃圾旁的玫瑰花，打趣说："是啊，大林同志，你不要正好给我啊，我正愁没人送呢。哎，可惜了，可惜了啊！"

林乔生对慕容曦做了个打住的手势，正色道："不说这事了。你们的调查怎么样了啊？"

见一聊到工作林乔生情绪就回复正常了，郑岩赶紧说："我们查到小四川曾打工的修车铺的主人是他的老乡李培明。不过,小四川出事后李培明匆忙回了老家。回来的路上我让公安局的同志调查了,四川巴中确实有一个叫李培明的人,而且此人身上有重大疑点,所以我决定,请示下许检,咱们亲自去四川找李培明调查,明天就动身。"

慕容曦像个即将要出远门旅游的小姑娘般满心期待地说:"啊,要去四川啊,我还没去过四川呢,正好去看看!"

郑岩微微笑了一下,严肃地说:"我们这次可是去工作的!慕容曦,这次你不去,你留下负责协助继续调查犯罪嫌疑人刘亮的相关情况。"

慕容曦做了个大猩猩样的鬼脸,略带遗憾地道:"是,师傅,遵命……好吧,唉!"

郑岩又看着林乔生说:"大林,你今晚上回去准备一下,明天跟我出差……对了,你最近是不是有什么事?别让情绪影响了工作啊。"

林乔生有点不好意思但又故作轻松地笑着道:"放心吧,主任,我没事,一定认真完成工作!"

13

这天郑岩比平时早下班,不到六点他就已经出现在小区门口了。

他在小区门口的超市里买了好些菜拎上楼,进了家门后就系着围裙一头扎进厨房忙活起来,不到半个小时,餐桌上就摆满了各色荤荤素素。

女儿郑晓芸放学回家,进屋看见爸爸今天比平时都要早下班就已经很惊讶了,再看着这一桌子的菜更是感到惊诧不已。她对正在厨房里处理一条大草鱼的郑岩说:"爸,今儿什么日子啊?你回来这么早,还做这么多菜?"

郑岩一边忙活一边说:"今儿什么日子也不是,我就是今儿下班早点,正好给你们做点好吃的,赶紧洗手,等你妈回来咱就吃饭了!"

郑晓芸看着桌上的菜,用手捻了一块红烧土豆放进嘴里,低声囫囵地说:"嘿,这太阳真从西边出来了呢!"

郑岩又忙活了十多分钟,然后他取下围裙,用洗手液把手洗干净,把女儿从她卧室叫出来,两父女坐在餐桌旁等着叶菡。

七点过五分,叶菡回来了。她看见桌上的菜也很是惊讶,猛地吸了吸鼻子,感受这一屋子的菜香味儿。还没等她开口说话,郑晓芸就急忙说:"妈,今儿爸爸下班早特意给咱们做了这桌好吃的,快过来吃吧!"

叶菡放下包,穿着拖鞋过来看了看,急忙坐下,眼里发光,面上带笑地说:"行啊,老郑,破天荒啊,你是不是有什么事啊?"

郑岩看着叶菡和女儿期期艾艾地说:"其实……也没什么事,就是……"

还没等他说完,叶菡就打断了他的话说:"对了,忘告诉你们了,明儿我得去上海一趟,那边有个公司可能要跟我们合作,大概去一个星期吧,老郑,你要说什么事来?"

郑岩语速急急地道:"就是我明天要去四川查个案子,大概也得去一周。行了,不说了,赶紧吃饭吧。"说完他就埋头扒拉面前的一碗白米饭,眉头紧缩。

417

气氛顿时冷清下来,再没人说话,三人都默默地吃饭。

女儿郑晓芸的脸色一晚上都很不对劲,但是郑岩和叶菌因为彼此心怀怨怼,同时还有无限的歉疚,他们都不敢抬头看对方,更不敢看女儿,对于女儿的异样神色,夫妻俩都没有察觉。

林乔生这天下班后也是形色匆匆地往家赶。就在他锁好车从地下停车场出来后,发现自家这栋楼门前站着一个人,是个女人,穿着一身雾霾蓝长呢子大衣,棕色长靴,大波浪长卷发,手里拎着米白色包包,颇为时髦。林乔生走近一看,原来是林芳。

林芳一见到他就满腹委屈和嗔怪:"看来我没记错,你还住这?为什么不接我电话呢?"

林乔生穿着一件蓝色的毛衣,白色西裤,双手插在裤兜里,冷笑了一下说:"我为什么要接你电话?咱俩不是已经没关系了吗?你还回来找我干什么?让开!"说完他就急匆匆地绕过她而往门洞里走。

穿着高跟长靴的林芳急忙追上前:"John,John,当初是我错了,现在我回来了,你就不能原谅我吗?"

林乔生立定,转过身来,怒视着林芳,冷冷地笑着道:"啊,你当初说走就走了,现在回来,让我原谅我就原谅,我是你手中的棋子吗?告诉你,你我根本不可能了!你以后不要再找我了,请你快点离开这儿!"

林芳无奈地站定,大眼窝里瞬间盈满了泪水,大颗大颗像断线的珠子一般掉落在灰色地板上。可是林乔生却头也不回地进了电梯,剩下林芳孤零零站在原地无声哭泣了好久好久。

林乔生掏出钥匙打开房门,又无力地关上门,靠着门慢慢滑坐在地上,他勾着头,把头埋在双臂间,脑海里满是回忆。

在那回忆的画面里，有上大学时他和林芳在校园的青草地上卿卿我我、追逐嬉戏的场景，有两人暑假一同去云南旅行时在泸沽湖畔翩翩起舞、拥抱接吻的场景，有两人去三亚度假时在临海而又洒满阳光的高档酒店里温柔缠绵的场景……这些场景都是那么美好，美好得让人心碎啊。

可是最挥之不去的画面却是三年前的秋天，在滨海机场的安检门那一端，林芳举着护照、签证，骄傲得如同白天鹅一般对林乔生笑，面对林乔生的苦苦哀求，她丝毫不肯妥协和动摇，她得意地扬了扬手中的护照后，就拉着行李箱头也不回地朝前走了，剩下林乔生在机场默默哭成泪人，那一刻他曾想到过死……

这么几年一晃就过去了，他花了差不多两年才彻底从这段感情里走了出来。就在他已经全然忘记她，开始跟丁一楠的新感情时，她却又出现了，来打搅他的平静美好的新生活了。这个可恶的女人，她怎么这样自信，以为他还是原来的他，她怎么可以这样无耻和为所欲为？

想到这里，他猛然起身，满脸泪痕地冲到悬挂在客厅的沙袋前，抡起拳头疯狂砸向沙袋……

14

张娜懒懒地靠在租屋的床上，房间逼仄凌乱，灯光惨淡昏黄。她半眯着眼睛看着样式老式过时的黑白小电视机，电视里正播放着一档法制节目，讲的是一个刚入社会没多久的小年轻见财起意，抢劫并杀害一个过路的四十多岁的靠摩托车拉客为生的男子。

电视机里的声音一直持续着,张娜的注意力早就不在这上头了,她脑海里想着的都是刘亮,她懊恼不已、后悔不迭,自从刘亮出事后,她每天都饱受煎熬。

想着想着她就默默流下了眼泪,她闭着眼睛仰面靠在床头呜咽压抑地哭了好久。之后她就累得迷迷糊糊地睡着了。

恍惚间,张娜坐公交,又倒摩托车,再骑自行车,好一番折腾后,终于来到了监狱。她按照会见的要求在前台办理了手续后,就来到会见大厅的座位上坐下,隔着玻璃等着看望刘亮。

没过多久,戴着脚镣手铐、穿着看守所发放的囚服的刘亮脚步沉重地走进探监室,他身上的衣着很是单薄,先前还算好看的中长头发被剃成了光头,一脸憔悴,眼神空洞,比先前瘦了好些。张娜看见他这模样,心里难过到想哭。她急忙站起来走到玻璃那儿的座位上。

刘亮看到张娜,灰暗的脸色稍微亮堂了一下,眼里闪过一丝光亮,他想笑却没有笑出来,他手里拿着一张"死刑核准裁定书"隔着玻璃给张娜看,张娜的泪水便再也控制不住了,瞬间就哭得眼睛肿成了桃子。

刘亮也默默垂泪,但他此刻倒是表现得很平静,反倒是安慰起张娜来,希望给她一点力量支撑她好好生活下去。他用囚服擦了擦眼泪,沙哑着嗓子说:"妹子,明天……明天,哥就上路了,妹子,你要好好地活着,替哥好好地活着,知道你活得好,这样哥死得也值了!"说完眼里又涌出两行泪来。

张娜泣不成声,拍打着玻璃悲痛欲绝:"亮哥啊,都是我害了你,我对不起你啊!都怪我啊,如果不是我,你也不会走到今天这一步啊……"

刘亮红着眼睛,用囚服擦了擦清冷的鼻水,苦笑了一下安慰道："妹子，可别这么说，不怪你，都怪哥倒霉，都是命啊，快别哭了！"

张娜从裤兜里掏出纸巾使劲擦干眼泪，因悲痛过度，她哭得鼻子都堵塞了，鼻头红肿。她眼里满是亮光地微笑着安慰刘亮说："哥，你不会冤死的。昨天有三位检察官来找我问话，听说在重查你的案子，亮哥你一定要振作，相信他们会调查清楚，还你清白的，这是我给你做的平安符"，说着她从另一个裤兜拿出一个平安符亮给刘亮看，"这个平安符一定会保佑你的，一定会还你清白的！你不要放弃，好好活着！"

刘亮看着平安符也哭成了泪人，重重地点头说："嗯！"

"咚"地一声沉闷的巨响，张娜发出"哎哟"一声尖叫，原来她这是做梦了，梦里悲痛激动过度，所以原本靠着床沿歪睡着的她摔下了床，在地上翻了个滚，头还磕到了床头柜上。张娜摸着头，又摸着摔疼的屁股，痛得眼泪都要掉出来。两分钟后，她爬起来去照镜子，才发现自己的眼睛真的肿成了桃子。

15

郑岩和林乔生赶最早一班飞机飞到了四川成都，又马不停蹄地坐大巴，转中巴，再搭摩托车，终于来到了李培民所在的双溪镇镇政府办公所在地，镇派出所所长赵明接待了郑岩、林乔生二人。

待风尘仆仆的二人坐下喝了一口茶水后，赵明拿出材料说："接到你们那边的消息，我们立刻展开调查，确认李培明是咱们镇石头村村民，这些年一直在滨海市打工，前阵子突然回家，不过，我们已经查实李培明并没有侄子。"

赵明说完把材料给了郑岩，郑岩点点头，翻看着材料问："谢谢赵所对我们工作的大力支持。对了，石头村离这远吗？"

赵明又给两人添了些茶水，道："您客气了，这也是我们的职责所在。石头村离这不远，开车一个小时就到，要不要现在安排车去？"

郑岩立马喝了一大口茶水，放下杯子就起身道："那好，赵所，那我们现在就去石头村一趟吧。事不宜迟，咱们这就走！"

一行人驱车立即赶往石头村。车在崎岖颠簸的乡村小路上行驶着，一直生活在城市的郑岩和林乔生有点不太习惯这种颠簸和摇晃，林乔生颠得有点头晕想吐，打开车窗大口呼气。五十多分钟后，终于抵达石头村村委会。

赵明走进村委会办公室，从里头带出来一个50岁左右的男人，赵明指着他说："这位是石头村的村主任老钱，情况我都跟他说了，他可以带我们去李培明家。"

老钱的打扮在村里还算比较时髦体面，看上去就是地方上比较精明能干的那种人，他掏出香烟来热情地递了三支烟给郑岩他们仨。

郑岩和林乔生都说不抽烟，谢谢。

周围的村民三三两两地站在门口朝村委会这边打望，诧异地看着这两个城里来的外地人。

郑岩和老钱握手说："我是滨海市人民检察院第一检察部的检察官郑岩，这是我的同事林乔生。谢谢您协助我们调查，我们还是低调点，不想引起村民的恐慌。"

老钱点点头，带着几人不走村户都能看见的大马路，而是绕到后山上的小路，然后拐了几个弯，花了十来分钟，来到一个湾里，这里坐落着好几栋两层楼的红砖房，有些还修葺得挺阔气漂亮。老钱指着靠边的一户有些简陋的两层红砖房的大门说："这就是李培明家。"

郑岩示意老钱上前去敲门，老钱咚咚咚地叩门道："有人在家吗？我是村主任老钱。"

敲了几下，没听见里面有动静，老钱又加大点力度拍了拍，喊得更大声了。一个女人这时警惕地开了大木门的门缝往外看着。

老钱笑笑说："咳，是我，老钱，玉红，大白天的门关得这么严实做啥？有两位滨海市来的同志要问你们点事，快开门，让我们进去！"

随着一声吱呀，大门被女人拉开了。

几人进了堂屋各拉了一张竹椅子坐了下来，老钱指着女人对郑岩说："郑同志，这就是李培明的婆娘罗玉红。"

罗玉红这时从里屋抱着孩子来到堂屋坐在长条木凳上，神情颇有些紧张。

郑岩温和客气地道："你好，我是郑岩。今儿来询问你一些情况，你别紧张，你丈夫呢？"

罗玉红眼里闪过一丝惊恐，她眨巴了两下眼皮低声道："他，他出去打工了。"

郑岩又问："你们之前是不是在滨海市古城区开过修车铺？"

罗玉红神色淡定了些，摸了摸怀里虎头虎脑的娃儿脑袋说："是啊，开了好几年，不过生意不好就不开了，我丈夫又去上海打工了，娃儿太小，我在家照顾娃。"

林乔生拿出小四川的照片来放在罗玉红跟前的红漆木桌子上问："这个人，是不是在你们修车铺打过工？"

罗玉红看了照片一眼,脸上掠过一丝惊讶,心里"咯噔"一下。

还没等她开口说话,一边的老钱凑近桌子看了一眼,先开口了:"这不是村东的银娃子吗?"

罗玉红定了定神,赶忙说:"这个男的我认识,就是咱村里的银娃子,大名叫赵红银……刚去滨海市的时候,在我们那干过几天,不过后来就去别处了,也没联系了。"

林乔生又问:"那你们和这个赵红银之间有亲戚关系吗?"

罗玉红赶忙摆摆手道:"没得亲戚关系,只是我丈夫比他大十多岁,平时他就叫我丈夫叔叔,我们跟他也不熟。"

郑岩继续询问:"那你知道赵红银在滨海市都认识些什么人吗?"

这时林乔生开始观察屋子里的情况,他从堂屋的门望进去里间,那应该是卧室,床底下有一双男人的鞋,上面还有泥点子。再看堂屋的神龛的一角放着一个简单的玻璃小相框,相框里是一张照片,上面有两个男人,堂屋的木桌子上放着两副碗筷。

罗玉红现在神色很淡定了,她平静地回答:"我不知道,就知道他后来去了一家台球室上班。"

林乔生走到神龛前拿起照片问罗玉红:"这是你丈夫啊?"

罗玉红没想到林乔生会留意到很不起眼的角落里的这照片,她有着两坨高原红的脸上,两只鹿一样的眼睛里满是惊讶和惊惧,但还是点点头:"嗯。"

林乔生指着相框里罗玉红身旁的那个男人问:"那这个人是谁啊?"

罗玉红低着头低声答道:"那个是我小叔子。"

林乔生追问道:"他也在滨海市打工?"

罗玉红犹豫了一下说："嗯，是的。"

林乔生向郑岩使了个眼神。

郑岩起身道："那没什么事，打扰了，我们先走了。"

几人起身离去。罗玉红抱着娃儿仍旧起身送他们到门口，望着他们离去的背影，她仍是一脸惊恐，后背都是冷汗，怀里的娃娃似乎觉察到母亲的异样，开始不安地扭动身体，哭了。

郑岩他们回到村委会，在村委会门前的一棵百年老槐树下的石凳子上坐下来休息。

天气真好，阳光暖暖的，晒得人舒服得很。林乔生背靠着石桌子坐着，两手肘反过来撑在石桌子上，仰面闭着眼睛晒太阳，说："都说四川人会享受，果然，这儿太阳晒得可真是太舒服了，'乐不思蜀'原来是这样的感觉！"

此刻的他完全忘却了近段时间以来在滨海所面临的工作上的压力和情感上的不快，完完全全地放松下来。

郑岩拍了一下他的肩膀打趣道："大林，别跑偏了啊，咱们这趟来可不是来晒太阳的哈！"

一旁的赵明抽着烟笑着说："我们这儿人确实都很会生活，这儿的水土气候饮食都好巴适的，欢迎两位以后常来啊！"

正说着，老钱从屋里端出了茶水和一盘葵花子来。

老钱给几人倒上茶水，郑岩问老钱："老钱，赵红银家里还有什么亲人吗？"

老钱说："就一个老妈了，就住在村东头第一家老房子里。"

郑岩嗑了几粒瓜子，略略思索了一下，道："老钱，我知道你们村委会事情也多，你先忙去吧，不用陪我们，有情况及时向我们反映就行。"

老钱起身道:"行,郑同志,我这确实好多事儿,人手紧缺。那我先进去忙了。"说着他就往屋里走,走了没两步,他又走回来说:"对了郑同志,李培明的弟弟李培森可不是什么好东西,在村里就偷鸡摸狗的,你们可得好好调查一下。"

郑岩微微点头。

林乔生这时起身面对着石头桌子坐定,对郑岩说:"主任,现在还有一个棘手的问题,就是通知他的家人,可被害人只有一个年迈的母亲,我怕老人会受不了啊!"

郑岩喝了一口茶,叹了一口气道:"唉,是啊。老钱,赵红银死亡的事情,公安方面当时没有通知他家人吗?"

老钱把一根烟头丢到地上,用脚踩了踩:"嗨,别提了,老太太不识字,让我给她念公安局的告知函,我咋念?只好骗她……"

郑岩神色有些凝重地说:"老钱,老来丧子确实受不了,一会看情况还是我跟老人说吧。这事也瞒不住,你们说是吧?"

四个人相视无语。

16

郑岩和林乔生在四川的石头村奔忙的同时,待在滨海的慕容曦也没闲着。

她先是约见了张娜,想要更详细地了解案发的前后经过。

事无巨细地谈了大概两个小时,她把张娜送出了门。张娜不住地点头致谢,并再三拜托慕容曦他们一定要查清案件真凶,还刘亮清白。说完她心事重重地离去。

就在慕容曦刚回到办公室时,干部处主任崔阳带着一小伙子进来:"慕容,郑岩主任呢?"

慕容曦忙起身回答道:"崔处好!郑主任和林乔生去四川出差了。"

崔阳笑着指着小伙子说:"这是浩扬,来你们部门实习的。这是慕容曦,第一检察部检察官助理。"

慕容曦不好意思地抓抓脑袋尬笑:"崔处,您可别逗了,我还是书记员呢!"

崔阳和蔼地笑着道:"慕容,从今天起你就是检察官助理了。嗨,你们年轻人啊,也不上单位内网,今天上午院里就通过了对你们这批年轻人的任命,内网第一时间就发布了!"

慕容曦一把拉住崔阳的手,激动得有些失态地说:"真的?太好了,谢谢崔处!"

崔阳有些尴尬地笑道:"谢我什么?要谢,就谢你师傅郑岩,他可没少说你的好话!"

慕容曦抿嘴笑着摸摸鼻子说:"嗯嗯,您说的是,肯定要好好谢谢师傅。对了,这位帅哥怎么安排?"

浩扬听慕容曦夸自己是帅哥,不由得脸红地笑了笑。

崔阳指着一张空着的办公桌说:"浩扬同志就先在你们组做书记员吧,让他坐这儿吧,具体安排等郑岩主任回来再说。"

慕容曦望着浩扬友好地笑:"好的,好的,欢迎,热烈欢迎!"

崔阳说完就准备离开,回头叮嘱道:"人交给你了。慕容,记住啊,你现在不是书记员了,要有个检察官助理的样子!"

慕容曦吐吐舌头,两腿啪地并拢来了一个敬礼:"是!"

她这举动把她自己和崔阳、浩扬都逗笑了。

崔阳走后,慕容曦指着办公室最靠窗的那张空桌子对浩扬说:"帅哥,你坐这吧!"

书卷气很浓的浩扬白净的面孔上又飞过一丝红云,他有点腼腆地点头说:"好的,慕容老师!"

慕容曦回头冲他戏谑地笑道:"呃,真乖,知道叫老师。"

浩扬脸更红了,坐到位子上就准备翻桌上的一本检察业务方面的书籍。

慕容曦故意摆出一副居高临下的态度,用老前辈的口吻调侃道:"浩扬同志,汇报下你个人情况啊!"

浩扬恭恭敬敬、一本正经地回答道:"我叫浩扬,男,24岁,四川巴县人,汉江大学法学院博士研究生二年级,研究方向:刑事政策问题研究,导师乔楠教授。汇报完毕!"

慕容曦被逗得哈哈大笑了一阵,心想这浩扬一本正经地样儿可真是太好玩了。她正色道:"好,浩扬同志,可以了。你收拾下,跟我出去一趟。咱们约法三章:第一,做事要有眼色,勤快点;第二,不许犟嘴,只许说是,是的。我要高兴的话,兴许可以教你几招!"说完扬起下巴,马尾辫甩得老高,捋起袖子,两只手相互拍了几拍,摩拳擦掌的。

浩扬红着脸问:"慕容老师,那第三呢?"

慕容曦脸一沉:"闭嘴。跟我走。"

浩扬于是拎着包乖乖地跟在慕容曦屁股后面。

慕容曦带着浩扬来到了一个正在施工的建筑工地。工人们见来了一个穿制服的年轻女检察官,纷纷停下手里的活儿朝她和浩扬好奇地打望着,交头接耳地小声议论着什么。

老赵正在搬着砖,慕容曦走到跟老赵跟前,态度恭敬地说:"打扰一下,师傅,我想请问您,您认识刘亮吗?他以前是在这工作吗？"

老赵停下手中的活回道："是，你是为了那案子来的吧？"

慕容曦用有些掩饰不住的骄傲自豪的语气着重强调："您好，我是滨海市人民检察院第一检察部的检察官助理慕容曦。我来是想了解下刘亮的情况。"

老赵脱下脏兮兮的手套，抬手擦擦额头上的汗说："刘亮啊，我认识。我俩是老乡，还住在同一个宿舍，检察官同志，咱们去工棚里说吧，外面太热了！"

慕容曦笑着热情地说："好的，谢谢您。"

说着就踩着高跟鞋在泥地里深一脚浅一脚的，跟着老赵走进了在建的一栋高楼后面的临时工棚。浩扬紧紧跟着两人的脚步，还掏出手机时不时拍几张周围的照片，心想说不定什么时候就会用上这些照片呢。

老赵他们住的工棚宿舍很简陋，一排用木板搭起的床，放着简单的日用品。老赵从宿舍的一个角落的一堆杂物里翻出一个圆凳，从屋子角落搭的一根红色胶丝绳上扯下一块有些黑脏脏的抹布擦了擦凳面，然后把凳子放在慕容曦跟前。

老赵显得有些不好意思地说道："检察官同志，宿舍条件实在不太好，连个坐的地方都没有，只有这个凳子了，你先凑合着坐吧。你们叫我老赵就行。"

慕容曦接过凳子坐下，很洒脱地笑着说："没关系，没关系。老赵，你也赶紧坐吧。"

老赵搓着手上干燥翻起的皮，有点局促地坐在了床边。浩扬在老赵对面的床边坐下。

慕容曦拿出记事本说："老赵，你跟我说说刘亮吧。他是怎样一个人？"

一提起刘亮，老赵脸上就满是爱惜，语气里满是惋惜："亮子啊，可是个好孩子，这孩子从小命苦，爹妈很早就没了，留下他跟妹妹，他年纪很小就出来打工赚钱供妹妹上学，在工地干活很卖力。人很实在，也很老实，听说他出事后，大伙都不信，亮子绝对不会杀人的！检察官同志，你们可得好好调查啊，可不能冤枉了好人啊！"

慕容曦频频点头说："您放心，我们检察机关是国家监督机关，是要让人民群众在每一个司法案件中都感受到公平正义的，所以我们一定会调查清楚的！老赵师傅，刚才您说刘亮还有一个妹妹？"

老赵眼里泛出光亮来，差点流出感动的泪水："这就好，这就好！刘亮是有个妹妹，在滨海上大学。这孩子啊，很有出息，考上了名牌大学！他哥哥出事，我们还没敢告诉她呢！哎，造孽啊，不知该咋跟她开口啊，担心她承受不住啊！"

慕容曦不断地在笔记本上记录着，身体前倾着，很是关切地问："她妹妹叫什么？在哪个大学上学？"

老赵望着地上的某处思索了一小会儿："我想想，呃，记得刘亮说过她是在汉江大学上学，叫刘宁，好像是学计算机专业。对，没错！"

慕容曦起身对老赵说："谢谢您，老赵，那我们先走了。"

慕容曦转身要往外走，老赵也急忙起身，欲言又止的样子。

慕容曦看了出来，问："老赵师傅，您是不是还有什么话要说啊？"

老赵搓着手，窘迫地笑笑说："检察官同志，不知道说了合不合适……我们工资被拖欠半年了，您看看能不能……帮忙给我们要回来。"说完，老赵不好意思地低下头。

慕容曦灿烂一笑，像个江湖侠女似的："这事啊，好，回头我看看，能帮上尽量帮你们。这是我的联系方式，您收好！"说完她飞速地从笔记本里扯下一张纸写了个号码递给老赵。

慕容曦正要走出工地大门，听见后面有人叫她，她回头一看，发现沈富扭着肥胖的身躯气喘吁吁地跑了过来，她朝天翻了个白眼，仰天叹了口气。浩扬不明所以地站定看着沈富。

沈富上气不接下气地说："慕容曦大小姐，这么巧！没想到在这遇见你，你是来查民工杀人那案子的吧？"

慕容曦讪笑道："嗨，我说你还真是阴魂不散啊！你怎么知道我是来查这个案子的？"

沈富肥胖的脸上红光满面的，他笑着说："我就是这个工地的负责人，我当然知道。这些农民工真是太无法无天了，什么都敢干啊！真是得小心了，我得好好教育教育他们！"

慕容曦大大地白了沈富一眼，有些恶狠狠霸道地讽刺说："我说你说话注意点，现在还没确定人就是他杀的呢……我看你，还是自己好好教育教育自己吧！我刚才可听说你拖欠大伙工资都大半年了啊，你也太黑心了！"

沈富闻言脸色突然大变，笑容瞬间就没了，不过他意识到自己的失态，马上又满脸是笑："哪有，哪有，这不是工程没结束吗，工程一结束我就马上给他们发……对了，上次你给我那号码，我打过去，人家怎么说我打错啦？"

慕容曦故作沉吟道："哦，那可能是我记错了。工人们工钱的事，记住！否则，我叫我们检察院的法警过来好生跟你论道论道！"

慕容曦说完拉着一旁一直默默静观好戏的浩扬速速离开了工地大门。

沈富跟在后面大喊:"那啥,慕容大小姐,咱们……咱们啥时候再见啊?"

慕容曦头也没回地丢下一句:"下辈子!"

17

在村委会大槐树下又晒了一会儿太阳后,郑岩提醒林乔生说:"走,我们该工作了!"

郑岩三人来到了村东头柿子树下的简陋房子面前。不同于村里别的人家楼房都是两层红砖房,小四川家真正就只有两间平房,还是土砖垒的。

林乔生敲了敲被风吹雨淋得发白的烂木门,他留意到木门的下端黑乎乎的,脏兮兮的,估计是被雨水淋得沤成这样了。

一个看上去七八十岁的白发老妪佝偻着腰,拄着拐棍颤颤巍巍地过来开门,郑岩他们才发现这个老人是个盲人!三人对视一眼,不知道该说什么好了。

老人伸出另一只黑黢枯瘦如柴的手在门边四处摸索着问:"谁啊?是我红银娃子回来了不?"

郑岩等三人面色沉郁,眼前这一幕让他们几个心里都很是唏嘘和难过。

还是林乔生反应快,他赶紧搀扶着老人的胳膊:"大娘,我们是市里派来的,特意来下乡看望你们这些老人的!"

老人那没牙的嘴立即笑开了,脸上石刻一般的皱纹似乎也舒展了不少:"那快进屋吧,我眼睛看不见,你们就自己找地方坐吧。"

郑岩三人进了屋子,才发现这里黑漆漆的,四处都堆难着杂物，散发出一股难闻的味道。林乔生眼尖，发现老人的床底下还卧着三只鸡在打盹，地上和床底下到处是鸡屎，看来老人平时就在屋子里养鸡喂鸡的。

屋顶不高，结满了蜘蛛网，破瓦的缝隙间漏进来几丝光线。屋子里没有什么像样的家具，简直可以用家徒四壁来形容。

老人摸索着坐在了床上。郑岩掀起发黑的粗麻布床单，发现底下垫的居然是稻草编的垫子！这种垫子郑岩还是小时候在乡下奶奶家见到过的。

郑岩想开口说话，可是他说不出来，喉头哽咽着，眼泪似乎都要涌出来。他悄悄调试了好一会儿，才得以平复了情绪："大娘，平时你就一个人住啊，没人照顾你啊？你有什么困难吗？尽管跟我们说。"

老人眼角湿了："我有个儿子在滨海市打工啊，儿子挺孝顺，经常省吃俭用往家给我寄钱，平时就我一个人，每个月村委会的人都会来看看我。唉，老了，一个人倒没事，就是想儿子啊，他一个人在外面也不容易，还没有成家呢。"

泪水滚落在老人家褴褛的蓝黑色衣裳上，她用手擦着。郑岩连忙上前拉住老人的手紧紧地握着，他多希望此刻自己能传递给老人家温暖和力量啊。

郑岩朝林乔生点头示意，林乔生马上会意，他站起来从郑岩提包里拿出一叠钱来，有三千多块，这是他和郑岩提前准备好的，一边的赵明所长也从身上拿出五百块钱递给了郑岩。

郑岩拿着钱递给老人说："大娘，这是政府发给你的困难补助金，您老收好，有什么困难就跟村里反映，我们会及时帮助您的。"

老人颤巍巍地摸索着接过钱，拉着郑岩的手不放，老泪纵横地说:"真是谢谢领导!谢谢政府啊!"

郑岩此时也是热泪盈眶,他握着老人的手。这双硬得像刺一样的手其实是多么亲切啊,它让郑岩想到了自己早已去世的爷爷奶奶。曾经那么疼爱自己的爷爷奶奶也是这样勤劳,这样操劳了一辈子啊。想到这里,他更紧地握住了老人的手,他们向彼此传递着温暖与温情。

回镇里招待所的路上,林乔生开车,他一直望着前方,一言不发,其实他两眼通红,泪水仿佛在下一秒就将决堤,但他不想被郑岩和赵明看到他的眼泪。

副驾驶位上的郑岩转过头来对林乔生说:"大林,我看见老人那么可怜,实在是没办法开口告诉她这个消息啊。"

林乔生吸了吸鼻子,道:"你的心情我理解,我也是开不了口。"

郑岩紧紧握了一下拳道:"可作为检察人员,我们要时常面对这种情况,这是我们的工作,也是我们的责任啊。下次吧,我亲自告诉老人这件事。"

三人都望向窗外,不再说话,一排排的杨树飞驰而过,暖暖的阳光已经收敛了它们的温度,夜幕降临,凉风瑟瑟。郑岩脑海中回想起老人床上垫着的稻草垫子,他不由得皱紧了眉头,暗暗替老人家担忧起来,心想在天冷气温低时,她可如何抵御寒冷。

简陋的招待所,只有两张床。郑岩和林乔生面对面坐在各自床铺上,身上都裹着招待所里不厚且被罩泛黄的棉被。窗外是一直呼啸的北风。

这山区白天还阳光暖洋洋的,晚上温度仿佛一下子降了二十几度！两人不由得将被子裹得更紧了，林乔生还打了好几个寒噤和喷嚏。

郑岩从被子下伸出一只手端来桌上早已冰冷的开水喝了一口，凉得他嘴里发出咝咝声。他说："大林，你说下今天的发现。"

林乔生又打了个惊天动地的响喷嚏，然后发现自己流鼻水了，说话也开始有鼻音了："从罗玉红的表现来看，她明显在说谎，她丈夫并没出去打工，我发现她卧室床下放着一双男鞋，上面有泥还是湿的，这里昨晚才下过雨，说明这鞋今天肯定有人穿过。另外，我发现她家饭桌上放着两副碗筷，罗玉红的孩子那么小肯定不会用筷子，所以我推断她的丈夫就藏在家中。"

郑岩在被子里点了点头，疲惫的他开始打哈欠了，却还是强打着精神听林乔生分析。

林乔生继续说："还有，我感觉李培明的弟弟李培森这个人有问题，我拿起照片时罗玉红非常紧张。"

郑岩说："你说得没错，看来这个李培明是本案的重大突破口啊！我马上联系赵明所长，让他密切监视李培明家。大林，你快成刑侦高手了！"

林乔生有些不好意思，但又掩饰不住内心得到郑岩夸赞的兴奋，他两眼放光，鼻子嗡嗡地道："是主任您栽培得好！"

郑岩微笑道："少来！"

18

自从郑岩他们一行从家里离开后，罗玉红就一直处于高度紧张的状态，她心里一直七上八下的，抱着孩子在屋子里转来转去，却忘记自己到底该干嘛。娃儿饿了，哭得哇啦哇啦的，她才发觉自己也饿了，可是还没做晚饭呢！

正当她从卧室床上准备起身去厨房做晚饭时，突然听到堂屋大门有人敲门，声音不大，但足够她听到。她赶紧抱起孩子来到堂屋里，隔着木门警惕而小声地问："谁？"

门外传来一个低沉而紧张的男人声音，"是我，快开门！"

罗玉红赶紧轻轻扒拉下铁门拴，把门拉开不大的缝，李培明像一只灵活的猫一样一闪身就挤进了大门。

接着屋里暗淡的电灯光线，罗玉红看到李培明蓬头垢面，浑身邋遢，散发出一股馊味。罗玉红吸了吸鼻子，闻到这股难闻的味儿后，又用手揉了揉鼻子，仿佛是嫌恶得想要把这股味道赶跑似的。

李培明也不管自己身上有多脏，直接进了卧室一下子躺在床上，像一摊泥一般摊在那儿。罗玉红见状皱了皱眉。

李培明长叹了一口气说："快给我弄点吃的，饿死老子了！"

罗玉红抱着孩子站着没动，她定定神说："今儿滨海市检察院的人来啰，问了银娃子的事，还问你，我就按照你教的说了。"

李培明闻言一把坐起来靠在墙上，拍了大腿一下，低声又有点恶狠狠地道："得亏我今天溜得快嚓，老远看见警察的车，要不事情没准就露馅了，你没说错话吧？"

罗玉红蹙着眉头，摇摇头，眼里满是担忧："没有，我都按你教的说的。娃儿他爹，我看，咱们还是投案吧，咱们也没犯什么法，这样东躲西藏的到什么时候啊，也不是个事儿啊！"

李培明扬起了手做出要扇罗玉红的样子，恶狠狠地说道：

"蠢婆娘，你瞎说个屁！我要是自首了，我弟怎么办？再说，我也脱不清干系。我告诉你，别乱来，小心老子打你噻！"

罗玉红抱着孩子往后退了几步，她干脆躲到堂屋里，坐在角落里的一张椅子上，轻声抽泣了起来，眼泪滚落在睡着了的娃儿小脸蛋上。她看着娃儿红扑扑的小脸蛋，再想到自己现在过着这种提心吊胆的生活，不由得悲从中来，更加止不住地低声呜咽起来，哭得全身发抖。

李培明声音加大了点，很不耐烦地开骂道："哭，哭，哭，就知道到哭，哭有个什么卵用噻！对了，培森刚给我打电话，说躲过这一段案子一结就没事，我看咱们也不能在家待了，你收拾收拾东西，咱们明儿一起就走，先去外面避一避。"

他说了这一通，见罗玉红还在那哭得身子一颤一颤的，他就气不打一处来，压低声音狠狠道："蠢货，哭什么丧？丧门星！哭个鬼，快，先给老子弄点吃的去，哎哟，老子饿得前胸贴后背啰！"

罗玉红用围裙揩了揩哭得红红的眼睛，抱着孩子去了厨房。

19

就在李培明提心吊胆地过着东躲西藏的日子时，远在滨海市的弟弟李培森等三人也好不到哪儿去。

自从小四川死了后，李培森和景华升、赵二柱就没怎么敢出远门，他们都只敢在远离市区的偏远郊区待着。

这天三人用编织袋扛着点零碎家什辗转着来到了远离市区的月亮湾岛上，景华升左右瞅瞅，发现这里人烟稀少，只住着几户口人家，而且还几乎都是老人跟孩子。他当即拍板，就在这个岛上待一段时间，等过了风声再说。

岛不大。有个简陋的学校，但好似已经无人在这里上学了，所以房屋都是空着的，而且宿舍里还有些铁架床，看来是教师宿舍或者是学生宿舍。景华升左瞅右瞅，对李培森说："这地方好，又偏僻，岛上又没什么人，这些老家伙和小屁孩应该管事管不到我们头上来，咱就在这儿暂时落脚吧。"

说着就打开编织袋取出简单的被褥铺在铁架床上，李培森见机也赶紧效仿，只有赵二柱望着破败的窗户和屋顶的蜘蛛网撇嘴不动。

景华升靠在床头抽烟，烟雾缭绕间，只见他蹙着眉头在思索着什么。李培森继续埋头在收拾着洗脸毛巾啥的，见赵二柱杵在那儿半天没反应，他便走过去使劲拍了下他的脑袋骂道："赶紧动手啊，蠢货！"

景华升在下午时找来几张破烂的报纸，用不知哪儿捡到的黑乎乎的透明胶把报纸糊在破窗上，这样至少外面人看不到屋子里面了，而且也可以稍微挡风。

晚些时分，李培森一路东张西望地回来了，进门时他语气里有些兴奋地说："升哥，你看我给咱带回来啥？！"

说着他便把一个破烂不堪、灰不拉几的看不出颜色的蛇皮袋往地上一倒，一堆灰扑扑的红薯便滚了一地。景华升有些高兴地笑了一下，"干得好，兄弟，至少这几天不用饿肚子了！"

李培森邀功似地说："这可是我从一户老农民家的地窖里偷出来的，可不容易了，差点被他家睡觉的狗给发现了！"

景华升带点欣赏的眼光看着李培森，李培森觉得这眼光是头儿对他能力的认可，心里便越发有些得意了。两人掰了一只大红薯生啃起来，饿了一天没吃饭的两人啃得可香了。

这时，李培森停住啃红薯，问道："升哥，那蠢货哪去了？"

景华升似乎是这时才想起还有这么个人存在一般，他也愣了一下，说："不知道啊，你走的时候他也跟着出去了，我还以为你俩一起去哪儿呢！"

李培森速速啃完半个红薯，起身朝门外走去，边走边回头说："我看我还是去找找那蠢货，免得这蠢货又给咱哥俩捅出什么娄子来！"

景华升认同的点点头。

李培森在不大的岛上转了一圈，没发现赵二柱。

这时他突然想起，在岛屿与陆地连接的那条路上靠近陆地的拐弯处有一个网吧。想到这儿他便脚底生风一般往那儿跑去。他个子高，腿长，从小到大都是长跑冠军，所以五六里地对他来说小菜一碟，不出十五分钟他便出现在了这个叫作"东方星辰"的网吧里了。

他在乌烟瘴气、黑咕隆咚的网吧里转了一圈，发现赵二柱坐在隐蔽的楼梯间位置全神贯注地玩游戏，周围的世界对他来说好像不存在了一般。

李培森走到他身后，有点重地拍了拍他肩膀，可是赵二柱却毫无反应，李培森只得恨恨敲了他脑袋一下。他摸着脑袋结结巴巴地回头说："谁…谁啊？"

赵二柱回头一看，是李培森！他吓得差点跳起来，有那么一瞬间神思恍惚，眼里满是恐惧和犹疑。

李培森环视四周，发现周围的人们全都在埋头于自己的电竞世界，根本没什么人有闲心关注到他们俩，他这才悄悄舒了口气。他把赵二柱肩膀按着，让他乖乖坐在座位上，然后俯身凑近赵二柱，在他耳边低声但恶狠狠地说："还他妈玩？升哥

439

找你呢，快跟我回去！"

赵二柱耷拉着脑袋苦苦哀求道："森哥，再等…等一小会，我这马上……马上就升…升级了！"

李培森惨白的眼白在昏暗的白光下显得有些骇人的，他狠狠剜了赵二柱一眼，似乎要吃了他。不管赵二柱怎么求情，他都不理会，只管像饿虎捕食一样狠狠瞪着他。赵二柱见怎么都不管用，只得极不情愿地弯腰关了主机上的开关按钮，然后被李培森拎着衣领拖出了网吧。

赵二柱被拖拽着结结巴巴地说："森……森哥，你看你，我白白…白玩这半天了……唉，可惜……可惜了……"

进了一个小巷子，两边都是破败低矮的小屋和灰砖砌起来的墙，李培森前后左右的看看，发现没什么人，他拖拽着赵二柱速速往岛上的方向走着。

可赵二柱还在留恋他的网游世界，还沉浸在那里面不可自拔，遗憾得不得了，所以很不情愿往前走，脸上一直是委屈加不甘的神色。

李培森狠狠踢了他腿肚子一下，边拖拽他边低声骂骂咧咧道："废什么话，你还有没有脑子，都什么时候了，风声这么紧，刀都架脖子上了，你还有心思玩电脑，我让你他妈玩，你个猪脑子，早晚被你这蠢货害死……"

赵二柱道："我说森……森哥，你瞎…瞎紧张什么啊，不…不…不是有替罪羊了吗？！瞎操心啥？"

李培森抬手狠狠削了一下他脑袋瓜，小声训斥道："说你是猪脑子你还不信！你还敢强词夺理，真是个猪脑子，别废话，快走！"

两人在夜色的掩盖下脚底生风地走了二十来分钟，就来到了岛上三人临时栖身的学校宿舍。村里偶尔有几声狗叫，树梢上偶尔有几只飞鸟叫唤，除此以外什么声音都没有。本就不多的住户没有一家此时还有灯光，只有海的另一边倒映着城市建筑物发出的灯光。

李培森还是警惕地看了四周一下，接着和赵二柱翻过学校铁门，速速溜进了屋子。

景华升正靠在床头玩手机，屋子里灰蒙蒙的，地上一堆红薯皮，还有一堆花生壳，这是他最爱吃的，走哪啥都可以没有，但就是不能没有花生吃。

景华升看见二人进来，迅速从床上跳下来，连鞋都来不及穿，就跳上前给赵二柱甩了一个大耳光，骂道："又他妈去网吧，找死是不？说多少回了，你不要命我们还要呢！你给我滚一边去！"

赵二柱眼里满含惊恐和怯意，他什么话都没说，只是捂着火辣辣的脸无比委屈地蹲在一边。

李培森坐到自己床边，边从所剩不多的烟盒里掏出一支烟边说："升哥，那会我给我哥打电话，他说家里来了滨海市检察院的人，说是调查，看来他们发现问题了，滨海不宜久留啊！"

景华升屋背着手在不大的屋子里来回转了几圈，突然停住说："妈的，滨海看来是不能待了，咱们……咱们还是去云南吧。"

李培森抽了两口烟，眯着眼思索了一下，皱着眉头道："去云南？不是不可以，问题是咱身上没钱啊，上次我哥给我那点早就花光了。"

景华升叹了一口气，仰望着天花板思忖了一小会道："看来……咱们得干票大的，凑够了足够的钱，咱就远走高飞！"

20

躺在招待所里薄薄的被褥里，郑岩和林乔生感觉到寒意袭人，身体是很累的，但却又睡不着，两人在黑暗中辗转反侧了好一会儿都没能睡着。

"大林，睡着了吗？"郑岩轻声问。

"没呢，主任，我咋越来越精神呢！"林乔生困惑地道，又把被子更紧地拢了拢，全身缩成一团，这样似乎没那么冷。

"要不干脆咱俩继续讨论下案件吧，反正睡不着！"郑岩提议说。

"好啊，我看这提议挺好！"

郑岩伸手拧亮了灯，看了看手表，此时已是凌晨两点半了。

两个人于是就小四川案讨论起来，发表着各自的见解，越说越兴奋，比白天办公还更有劲头。

正讨论得热烈，郑岩的手机突然响了，他接通，神色凝重地对林乔生说："不好意思，我接个电话！"于是他起床披上自己的大衣，往走廊的一端走去。

走廊里满是冷风灌进来，郑岩光脚穿着招待所里的拖鞋，瞬间感觉自己像是掉进了冰窟窿，他牙根紧咬，对抗着这寒冷。

走廊里很黑，郑岩站在昏暗的灯光下，手里握着手机："晓芸啊，怎么了？生日礼物收到了吗？宝贝，哭什么呢？"

电话那边传来郑晓芸的哭泣声："爸，我想你！"

郑岩笑着安慰道："乖宝贝，爸爸出差没有办法，别哭了，回去给你补上啊，你妈回来了吗？"

郑晓芸继续哭道："没有，就我一个人在家，我好想你们！"

窗外的冷风从窗框缝隙吹了进来，郑岩瑟瑟发抖着，满心歉意地对宝贝女儿说:"爸爸尽快回来,回来就一定给你补上,乖宝贝,早点睡吧,明天还要上课呢!"

听到爸爸的声音,感受到他的歉疚,再想想他也不容易,郑晓芸心里好过了点,止住了哭,说:"爸,你在外边一定要注意安全。我等你回来!"

郑晓芸挂了电话,可是郑岩却没有马上回到房间去,而是站在那儿看着漆黑窗外行镇上三两点灯火和远处黑色一团的山峰,脑海里不知道想着些什么,只觉得心情很是低落,各种情绪交织。

林乔生见郑岩去了好一会儿没回,便也瑟瑟抖抖地从被窝里爬起来,直接把被子披在了身上。他打开门看了一眼,郑岩正站在冰冷空荡的走廊尽头望着窗外发呆呢。

林乔生走到他身边,关切但轻声地说:"主任,没事吧,我不小心听到你说话了。"

郑岩没说话。过了十几秒钟,他转过脸来望着林乔生,苦涩地笑了一下,又深深叹了一口气,眼里涌起来一丝水雾:"大林啊,我……我不是一个好爸爸。工作忙,从小到大我基本没怎么陪过晓芸……唉……"

林乔生的鼻头一酸,看着冻得嘴唇发紫的郑岩动容地说:"郑主任,您是个优秀的检察官,同样也是个优秀的父亲!您帮助了那么多人,相信晓芸将来会懂得,一定会为了有您这样的爸爸骄傲的!"

这时派出所所长赵明急匆匆跑上来,他正欲敲门,却突然瞥见走廊一端的郑岩和林乔生站在那儿说着什么。他气喘吁吁地来到俩人跟前说:"郑……郑主任,我刚接到老钱的信息,他说……他说,李培明半夜偷偷回了家,而且准备明天一早就……就带家人离开村子！"

郑岩顿时来了精神，眼睛在昏黄灯火下炯炯有神，此刻的他脸上阴郁一扫而光，取而代之的是如同古代在外带兵打战的大将那种大战在即的紧张和兴奋："赵所长，迅速带人赶往石头村！"

赵明这会儿顾不上喘了，他也像个即将上战场的将军一般低声但非常沉稳有力地道："是，我这就去准备！"

郑岩给林乔生一个眼神，扬了一下下巴，林乔生欣喜地发现，他熟悉的那个郑岩，那个遇事果决冷静的郑岩又回来了，他兴奋地点头："好嘞！"

郑岩、林乔生马上回房间穿好衣服，速速跑到镇派出所门前，赵明已经组织好几个警察，几个人上了两辆警车，一行人驱车在崎岖的乡村公路上趁黑迅速赶往李培明家。

21

吃过晚饭后，李培明躺在床上想养精蓄锐，为逃跑做准备，但一直没睡着。要逃跑的计划在他脑海里转来转去，他在想着各种细节，各种可能，比如可能半夜会遇到邻居或村民起来上厕所，路过别人的禾场时也有可能会被狗发现，还有，带些什么干粮和物件呢，带多少呢，怎么去到镇上呢，去镇上后往哪里逃呢……

他思考了成千上万种可能，却依然理不出个头绪来，于是他起来观察屋外面的动静。他一边从门缝往外仔细观看，一边看手机上的时间。

罗玉红吃过晚饭后，就在哄娃，娃不肯吃奶粉，她就只能奶睡娃，一直喂了一个多小时，小家伙的小嘴巴还在努努努。等完全哄睡娃后，她才有空收拾衣物。

李培明时不时从堂屋走进卧室来催她："哎呀，我说你快点，这马上就天亮了，老娘们就是磨磨蹭蹭的……快点快点！"

说着他就过来帮忙，胡乱将自己的几件带着汗渍发黄变形了的白衬衫白T恤卷成一团，强行塞进罗玉红正收拾的一个大红帆布袋子里，导致那个袋子鼓鼓囊囊的，再也装不下别的东西了。

罗玉红气得很，趁他不注意又把他塞的那几件衣服扒拉出来，再塞下些婴儿奶粉尿布啥的。她在想万一真逃走，别的不重要，娃的口粮最重要！

等收拾好东西，李培明左一包右一袋地拎着扛着，不断催促罗玉红抱起熟睡的娃快些锁门跟自己走。

就在李培明走出门外四五米等她锁门时，她突然停住手，故作惊讶地道："哎呀，我把钱落屋里了！"

李培明闻言气得火冒三丈，却不好发作，只得火急火燎地扔下手里的包袱，速速过来接过娃娃，气急败坏地训斥道："你个败家娘们，关键时刻给老子掉链子嗦？！还愣着干嘛？还不快回屋拿去！"

罗玉红回到屋里，从衣服兜里拿出钱。她并没马上出去，而是一边四处翻找，一边用李培明能够听得到的声音说："去哪儿了呢，刚才还在这儿的呀，咋就不见了呢……"

李培明抱着娃娃在屋外转圈圈，又气又急，直想给这磨蹭的婆娘扇几个大耳光！

见罗玉红还没出来，李培明气得踹开了大门，他气得都忘记要轻手轻脚了，他抱着娃儿进到堂屋里，对着罗玉红破口大

445

骂，"你个死婆娘，要你有什么用，关键时刻你给老子来这一出……快死出来，还磨蹭老子跟你没完！"

罗玉红则完全没心思理会脾气不好的丈夫对自己的各种侮辱，这么多年她受到的伤害已经够多的了，似乎都有点麻木了。此刻，她时不时偷偷走近窗户关注一下屋外的情况，心想，门外快点响起些别的声音才好啊！

正当李培明急不可耐地进来卧室拖拽罗玉红出门时，门外响起了汽车刹车的声音，接着就有一阵急促的脚步声朝堂屋而来，然后映入眼帘的就是几个黑影。

说时迟那时快，惊得心里"咚"的一声响，后背瞬间全是冷汗的李培明，他马上将手里的娃娃往饭桌上一放，人就朝堂屋后方跑去……

后屋是厨房和厕所，出门是一座山，沿山有用条石砌一条小道和排水沟。这下借着微微光亮，李培明像旋风一般以百米冲刺的速度往后山窜去。

林乔生一马当先，平时喜欢健身跑步、更拜师练过咏春的他怎么能缺席这种英雄抓坏蛋的好戏？只见他像是一头豹子一般朝着堂屋后方追去，身后还跟着三个警察。

一路狂追，林乔生终于在后山的陡坡上将李培明抓住，因为这坡太陡，李培明跑丢了鞋，光脚被山上的荆棘刺到了，他哎哟一声便趴在地上走不了路，这是林乔生刚好赶到，一把摁住了他的脖子，将他压在身下。李培明顾不上痛，一个一个翻身侧踢，将林乔生踢倒。林乔生也不是吃素的，他速速爬起，翻身就骑在了李培明身上，上去就一拳抡向李培明的眼睛。视线模糊的李培明，吃力地挥动粗拳。

李培明边胡乱挥动双手，边狠狠道："你小子，来阴的！"

林乔生冷笑道："嘿嘿，听说，你也是练家子，没有见识过林氏抱拳吧？"

　　李培明根据声音，朝着林乔生的方向挥拳，却打在山坡旁的一棵松树上，疼得李培明龇牙咧嘴，直朝拳头哈气。

　　林乔生嫌李培明罗嗦，便一拳将他打倒，然后用脚踩住他的后背，气喘吁吁地等着支援。

　　民警们和郑岩速速赶过来。

　　李培明趴在地上拼命挣扎，双脚乱踢乱扫，无奈不敌林乔生。他大喊："臭小子，放开我，你凭什么抓我？！"

　　林乔生踩着他蹲下来冷笑道："凭什么？就凭你涉嫌杀人！"

　　李培明情绪更为激动地边挣扎边大喊大叫："我没杀人，我没杀人，赵红银不是我杀的！"

　　说完李培明突然安静下来，随即脑子里一片空白，几秒钟后他才清醒了，心里后怕得紧，因为他知道自己说错话了。

　　林乔生一喜，用严厉的语气说："你怎么知道赵红银被人杀了？你妻子说你们五月五号离开的滨海市，赵红银遇害是在十号，你怎么知道的？！还敢抵赖，带走！"

　　几个民警便上前铐住李培明双手，把他从坡地上拎起来，押着他往警车的方向走去。

　　罗玉红这时急忙抱着娃娃跑近前来带着哭腔对郑岩说："检察官同志，我家男人他真的没有杀人，是他弟弟杀的，培明只是帮他，给了钱让他逃跑！"

　　黑暗中郑岩双眼亮闪闪的，他低沉的声音在黑暗中显得格外有力："案件我们会进一步调查，现在我们会带他回滨海市协助调查。另外，你也安顿一下孩子，跟我们回去。还有，多谢你及时通知老钱。"

罗玉红这时哭了起来，一把眼泪一把鼻涕，她哭着说："我男人就是太护着他弟弟了。他弟弟就是个混账！把我家害惨了！"

经过这一番折腾，郑岩看了看手表，此时已是凌晨五点二十分了，远处的天空已经有了微微的亮光，群山都被雾笼罩着，路边的草叶上满是晶莹的露珠。

看着李培明被押上警车，郑岩长长地舒了一口气说："终于是见到曙光了，不容易啊！"

林乔生也开心地笑了，但瞬间他却又一脸愁闷，说："主任，现在赵红银被害的消息肯定是瞒不住了，咱们赶紧去通知老人吧。"

郑岩点点头，皱着眉头说："嗯，走，这就去！"

两人便一起走向赵红银家。

路上，郑岩对林乔声说："大林，你刚才实在太冒险了，你应该等我们，赵所长他们可带着家伙呢！你赤手空拳，太大意了！"

林乔生笑笑说："主任，我知道他练过，我也好久没有练过了，正好试试！"

二人来到赵红银的家，赵母已经起床，正在厨房灶台摸索着往灶里塞干柴，她打算煮点粥做早饭。

郑岩、林乔生走进厨房，看到黑瘦佝偻的老人摸索着点火，摸索着找灶口，两人的眼眶都湿润了，觉得老人家实在太不容易了。

老人听到脚步声和呼吸声，便停下手，似乎觉察出了什么说:"是昨天来的两位同志吧?是不是我家银娃子出什么事了,这几天外面人总是叨唠。"

郑岩上前一步,在灶台一根木棍上坐下来,望着老人说:"大娘,赵红银在滨海市被人杀害了,我们就是为了这事来的。大娘,您放心,我们一定会抓住凶手的!"

老人手中的干木柴突然掉落在地上,她两只干枯的手就这么僵在了空中,突然她跌坐在灶前,呼天抢地地哭起来,"我的儿啊,我的崽啊,我的银娃子啊,你怎么这么造孽,怎么忍心就这么丢下你老娘就走走了啊……"

郑岩急忙上前拉住老人的手,又蹲下身紧紧地抱住老人。

早上九点,郑岩、林乔生上车押着李培明和罗玉红启程回滨海市。回程跟赵明道别时,郑岩千叮万嘱,"赵所,拜托安顿好赵红银的老母亲!"

赵明用力地握着郑岩的手道:"我待会就去通知老钱,让村里做好妥善安排,您放心!"

22

在郑岩和林乔生在四川四处奔波忙碌的同时,慕容曦也每天忙得像陀螺。这不,为了尽可能彻底还原案件真相,找出真凶,夯实证据,她带着浩扬四处走访。

这天她和浩扬来到了汉江大学,在这里他们找到了刘宁。慕容曦把刘宁拉到了操场的一个僻静的角落,告诉她刘亮因涉嫌杀人现已被逮捕,即将被公诉。

刘宁一脸震惊,心急如焚地道:"什么,什么时候?"

慕容曦便把案件经过讲述了一遍。刘宁听完泣不成声,道"我哥是个特别胆小的人,人也特别老实,杀人的事情他决计干不出来。"

慕容曦和浩扬对视一眼,不知道该怎么安慰她。

为了更仔细地了解案情,又是午饭时间,慕容曦和浩扬将刘宁带到了学校旁边一家快餐店里,给她点了好些菜,可是刘宁却一口都吃不下,满脑子都是亲爱的哥哥。

慕容曦说:"确实,放谁也吃不下,说说你哥吧,说说你们的故事。"

刘宁掏出纸巾擦了擦眼泪,又低头擤了擤鼻涕:"我十二岁那年,父亲、母亲出车祸都过世了。那年,我哥正上高二,他的学习成绩很好,大家都说他肯定能考上名牌大学。父亲走了,家里的顶梁柱没了,我们一下没了经济来源,身边亲戚也都家里困难,我哥就辍学了,外出打工供我上学。他什么活儿都干过,吃了很多苦。我考上大学那年,他还省吃俭用给我买了一台笔记本电脑,我也开始找一些家教的活挣点钱。快毕业了,本以为日子终于能好过了,我哥怎么就出了这个事?慕容姐,你一定得帮帮我哥啊,他绝对不会杀人的!"

慕容曦递纸巾给刘宁擦眼泪,微笑但沉稳有力地道:"放心吧。我们绝不会放过任何一个坏人,也不会冤枉一个好人的!你快吃点东西吧,你哥也不想你饿坏了身子。"

刘宁这才红肿着眼睛微微笑了笑,拿起了筷子。

这时慕容曦的手机响了,她接通道:"喂,哪位?"

电话那端传来一个陌生的声音,用不标准的普通话急切又大声道:"慕容检察官,我是和老赵一起的工友……你快来,老板不给工钱,老赵撑不下去了,要跳楼!快来!"

慕容曦脑子一懵,吓得脸上红一阵白一阵,她速速说:"好的,我马上过去!"

说着她赶紧挂了电话,速速递给刘宁一张名片说:"这是我的电话,有个急事我需要赶紧去处理,你慢慢吃,账我已经结了!"

说毕,慕容曦拉着浩扬飞速跑出去,剩下刘宁一脸茫然地坐在饭店里看着他们俩匆匆离去的背影。

当慕容曦和浩扬开车飞快地赶到工地时,只见灰尘扑扑的工地上里三层外三层挤满了人,大家都仰着脖子望着一栋在建的十多层的高楼。

慕容曦速速扒开人群,大家也似乎感觉到重要人物到场了,自动自觉给她和浩扬让出一条小路来。慕容曦以救火的速度飞跑到楼下,仰着脖子艰难地想要看清楚楼顶的那个小黑点,可是本就有点近视的她根本看不清楼上那人的表情。

一个工友气喘吁吁跑到她身旁,她赶紧抓着那人问:"师傅,怎么回事?"

工友大喘了一口气道:"老赵他孩子病了,急需用钱,可工地上就是不发工资,这不,情急之下他就想跳楼。"

慕容曦往人群里搜寻,才发现沈富正站在人群的最后边,他裹了件黑色羽绒服,头上戴着羽绒服的帽子,以为躲在人群后就没人发现他。他也是担心真的出事才赶来看情况的。

慕容曦的视力看远处不行,但看近处可谓是火眼金睛。她迈着长腿三步并作两步就来到沈富身边,厉声说:"你欠人家多少钱?赶紧给他!出了事怎么办?你这人怎么这样?!"

沈富眼的眼神闪闪躲躲的,不敢直视慕容曦,他望着地面唯唯诺诺地说:"不是我不想给……只是,最近账上确实没钱……再说，如果每个人都用跳楼威胁我，那我岂不是得破产？"说完还委屈地瞥一眼慕容曦，又速速望着地面。

慕容曦一只手指着沈富气急败坏地说："你……哎……"瞬间她又放下那只指着他的手，两手叉腰，又气又急，根本说不出话来。

一筹莫展间，慕容曦突然跑到人群中的一个警察旁边，一把从这警察手里拿过扩音器对着楼上说："赵师傅，咱们有什么事想开点，你还有老婆孩子，大老爷们的有什么过不去？再说，孩子治病用多少钱，我们可以一起想办法解决，希望您想清楚！生命只有一次，人最可宝贵的就是生命，没了生命，就什么都没了！"

老赵听完，泪流满面，缓缓瘫坐在楼顶地面上，早已埋伏在楼顶储水池后面的民警迅速上前拉住了老赵。

这时候楼下聚集的人越来越多，电视台的记者也赶来了。

沈富很紧张，鬼鬼祟祟地把慕容曦拉到一边说："慕容小姐，我看今儿的事咱就大事化小小事化了，老赵的钱我会给的。"

慕容曦一听，松了一口气，道："算你还有点良心！那，其他人的呢？"

沈富这时又像个英雄一般拍了一下厚厚的胸膛，涎着脸笑说："放心，我肯定会给……这样吧，晚上我请你吃饭，细细谈这事！"

老赵双腿发软地被警察带了下来，人群也渐渐散去。

这天晚上，沈富请慕容曦在步行街五星级的云天国际大饭店吃饭。慕容曦完全是看在帮工人讨薪的份上赴约的，要不然她真是不想再见这个沈富。

席间,沈富不停地给慕容曦夹菜,但绝口不提工钱的事。

慕容曦忍了又忍,菜没吃几口,一心想着老赵等的工钱,见沈富还是王顾左右而言他,慕容曦义正词严地说:"沈老板,你是明白人,这钱早晚得给,何不及时给呢?再说,国家三令五申,不许拖欠农民工工钱。你说呢?"

沈富这时才收敛起他油滑的笑脸和讨好慕容曦而说的一些俏皮话,一本正经而又委屈兮兮地道:"你是不当家不知道油米贵,我已经垫资好几千万了,甲方不给我钱,我拿啥支付工钱?"

慕容曦表情格外严肃地道:"那是你和甲方需要沟通的,如果你不能及时给付工钱,我会用法律帮助工人追讨工钱!"

沈富苦着脸,用饭店毛巾擦了擦额头上冒出的细密汗珠,道:"这又何必呢?我保证,甲方的资金一到账,我马上付!"

慕容曦闻言勃然大怒,她噌的一下站起,愤然道:"沈老板,做人要有原则和底线吧?把事情做绝,就是把自己的路堵死,走着瞧吧。这饭,你自己慢慢吃吧!"

说完,她扬长而去。走出酒店,站在冷风里,她顾不上冷,立即打通了丁一楠的电话。

独自面对一桌丰盛饭菜的沈富小声地委屈地自言自语:"别,别啊……"

23

郑岩和林乔生带着李培明回到了滨海市检察院,法警支队队长吴豪带着法警们押着李培明到滨海市公安局看守所换押。

郑岩在走廊碰到慕容曦。看到师傅风尘仆仆地从四川回来了,慕容曦可开心了,要知道过去一周离开师傅就好比调皮娃儿离开了父母一般，什么都得自己来谋划，可操心了。

郑岩微笑着对慕容曦说："初步可以确定，刘亮不是杀人凶手。"

慕容曦脑海里浮现出张娜和刘宁哀求与泪水涟涟的脸来，由衷地感叹道："太好啦！"

回来后没多久，郑岩顾不上休息，带着办案组来到滨海市公安局看守所提审李培明。

郑岩说："李培明，我们看了公安方面提审你的笔录，我希望你能继续坦白交代，这样对你和对你的弟弟都有好处，不要一错再错。另外，我们已经掌握了充分的证据，你想再掩盖事实也只是徒劳。"

李培明一开始沉默着，大概十几分钟的沉默对峙后，他还是开口了，因为他知道他再负隅顽抗下去也是徒劳，只会使得自己和弟弟都陷入更深的泥淖，不如老老实实招供，还能争取个宽大处理。

于是他说："好吧，我都说，我主动交代。赵红银开始确实是在我的修车铺干过几天，后来他就去了台球室上班，也就断了联系。好几个月之后，我弟弟急匆匆地跑来找我，告诉我说他和几个混混把小四川给弄死了。我当时都蒙了，不知该咋办才好，于是我就骂他是混账，说他该死。我说我没带好他，对不起老母亲的在天之灵。他抱着我大腿痛哭流涕地说他知道错了，说要是再不跑就是等死。我问他是怎么把小四川给弄死的，他只说事情已经发生了，让我赶紧给他点钱。他是我亲弟弟，我不忍心他吃更多苦头，于是就拿钱给了他。他拿钱走的时候，说哥，你也赶紧回老家，我怕警察来调查你们……"

林乔生接着问:"跟你弟弟一起的那几人都是谁?"

李培明道:"景华升和赵二柱,他们也都是外来打工者,不过后来就不干了,总是干一些偷鸡摸狗的事,我弟弟就是跟他们一起学坏了。"

林乔生又问:"你和李培森平时怎么联系?"

李培明说:"都是他联系我,他没有固定的联系方式。"

郑岩正色道:"李培明,你要协助公安局抓捕李培森等三人,这样才能将功补过!"

李培明当即表态:"好,我一定积极配合!"

24

月亮湾岛上的景华升三人尽管成了过街老鼠,觉得风声鹤唳,草木皆兵,成日惶惶不安,但他们的内心依旧是不安分的。除了睡觉,景华升的脑袋一刻都没有停止过思考。而李培森和赵二柱的主要任务就是执行景华升的命令,他们偶尔会在夜深人静的时候悄悄走出月亮湾岛,来到滨海市郊或市区,寻找目标,或者偷鸡摸狗。

李赵二人出去转了几晚,没找到合适的目标,好几次都差点下手了,可是要么遇上警察巡逻,要么遇到男人起夜,要么就是目标突然警觉逃离。

这让景华升和李培明特别着急,他们可是一心想早点离开滨海,逃往云南的。

这天,李赵二人又趁黑来到了滨海市区。在比较偏僻的街角临时公交站牌下,一个身着粉色羽绒服的长发女孩拎着一个精致的白色手提包在等夜班公交车,一看就是附近工厂刚下班的。躲在公交站牌后面的一堵墙后的李培森警惕地左右看看，然后推了推身旁的赵二柱，下巴朝那女孩指了指，赵二柱心领神会，虽然有点怕，但他也发现冰冷的街道上灯光昏暗，一个人都没有，这下他胆子大了起来，来不及多想，他一个箭步冲过去拽了那女孩手中的包就死命往左边一条漆黑的巷子里跑去……

十几分钟后，李培森在上月亮湾岛的那条路的路口与赵二柱会合了，两人打开包包一看，数来数去，才四十多块钱，其余就是什么梳子纸巾口红橡皮筋啥的，气得赵二柱把那包往海里一扔了事，一屁股瘫坐在路边直叹气，"妈的……才……才这么点钱！累死老……老子了！"

俩人有些垂头丧气地回到了住处，景华升充满期望地看着他们，可是当看到两人一副蔫不拉几的样子，他便也泄了气，一拳砸在墙壁上，恶狠狠骂道"妈的！"疼得他又立即收回拳来哈气。

李培森坐在自己床上，抚着自己空瘪瘪的肚皮，有气无力地道："升哥，今天没啥收获，才四十来块钱。"说着，他就示意赵二柱把钱掏出来给景华升看，"不过也是，现在出门谁还带现金啊？看来这条路有些走不通啊……哦，对了，我今天给我哥打电话了，可是电话不通，不知道会不会出什么事了！"

景华升摩挲着疼痛的拳头，眉头挤出了一个"川"字："看来，你哥那边也不牢靠了，我看，咱们干票大的就赶紧离开滨海！"

李培森眼里突然放出光来，像黑夜里狼的眼睛："什么大买卖？！"

景华升咬牙切齿地吐出两个字："绑票！"

瘫在床上的赵二柱听到这两个字后，脑袋瓜高速运转起来，他一直都想在景华升面前表现表现，他想证明自己并不比李培森差。他一直都想找到机会在景华升面前证明自己不是个蠢货。嘿，还真让他想到了一个人！

他立马兴奋地爬起来，笑着对另两人说："我有个网友家里很……很有钱，咱们可以……可以绑架她，看……我手机里还有……有她照片！你们看！"

说着他便拿着手机里的照片给景华升和李培森看。

景华升看了看，点点头说："嗯，看她穿着打扮，确实像是有钱人家的孩子。就是她了，二柱，你上网摸清她家的住址，培森，你想办法去搞辆面包车，明天一早咱就行动！"

25

这天下班有些晚，林乔生和慕容曦起身准备回家，郑岩却没有动弹。

林乔生便关切地问："郑主任，你不回家？"

郑岩说："我先不回去了，还得研究下卷宗，今晚上就住在办公室了。"

走出门后，慕容曦问林乔生："我师傅，是不是家里有什么事，这几天情绪怎么不对呢？"

林乔生点点头，有点担心地说："嗯，看样子是跟家里吵架了。"

两人一路闲聊来到了检察院大门口，正要走出大门，林乔生突然看到一个熟悉的身影站在那儿，一袭蓝色套装，波浪长卷发，戴着棕色墨镜，拎着手袋，脚蹬月白色高跟鞋，红唇黛眉，珠光宝气，一看就是白富美！

林乔生拉着慕容曦就要躲进值班室，正欲进值班室门，却被眼尖的林芳发现了，她的高跟鞋得得得地响起，没过几秒钟就在他们跟前站定了，说道："哎哟哟，我说John，你这是要往哪儿藏啊，我有那么可怕吗？"

林乔生、慕容曦正走出门，这时看见林芳站在门口，林乔生止要拉着慕容曦躲开，但已经躲不过去了。

林乔生只得抬头来正色望着她，顺道来几句场面话："哦，林芳啊，你怎么来了……对了，这是我同事，检察官助理慕容曦。慕容曦，这是林芳。"

慕容曦主动伸手握住林芳的手："您好。"

林芳摘下墨镜，笑意盈盈地道："您好，慕容助理！"

慕容曦吐了一下舌头，朝林乔生说："对了，我还有事情，先走了，你们慢慢聊。"说完，一溜烟就跑远了。

林乔生尴尬地站在那里，不知眼睛该望哪儿，也不知该说点什么，他就这么两手插兜地望着前方马路对面的一个中学围墙发呆。

林芳两手拎着手提包站在他身侧，不好意思地朝他故作俏皮地笑着说："怎么？还介意啊，都过去了，翻篇儿了！"

林乔生这才转过脸来冲她大方地笑笑，同时他在心里忍不住嘲笑自己，心想自己的胸襟难道连女人都不如？人家林芳都不介意了，都翻篇儿了，自己要是还气鼓鼓的，倒显得自己比她更在乎对方，爱得更卑微似的。想到这儿他更加灿烂和轻松地对她笑了。

林芳看他笑得这么坦然，心里也放松了不少，对他笑说：

"既然都翻篇儿了,咱们是不是该去庆祝一下这历史性的转折,因为这标志着你我之间的关系从此进入新的阶段!"

林乔生抬抬眉毛微笑点头。两人并肩走着,一路寒暄,不出十分钟,来到附近的 Sara 咖啡馆。

选了一处靠窗的位置坐定后,等待咖啡上桌的时间里,林乔生问:"你父母还好吗?"

林芳望着窗外的一株满是粉紫红色不知名花儿的树,笑了笑,又望着林乔生的丹凤眼道:"还好,谢谢你关心他们!其实,在国外这些年,我一直都在想你……我不该那么绝情地和你分手!"说着这些话时,林芳的眼神里满含着幽怨和遗憾,林乔生知道其实在她心里,这段感情压根就没翻篇,这个自己曾深爱过的女人也许还将为此神伤下去,她只不过强装笑颜罢了。

林乔生只能尴尬地故作冷淡地道:"都过去了。不要再提了。"

林芳抿了一口咖啡,没有言语,过了十几秒钟后,她微笑着:"对了,我找到工作了。在丁一楠律师事务所。"

林乔生本来在喝咖啡,闻言突然差点喷出来,他惊讶道:"什么?"

林芳难以察觉地轻轻叹了一口气,又用显得很坦诚的语气道:"是啊。就是你对象的那个律所。我也给她讲了我和你的故事。我真的很佩服丁一楠。漂亮、聪明、能干,说真的,我真不如她,替你高兴。"

林乔生微笑着看着她的眼睛,轻轻点头道:"是的,我很爱她……我希望你们相处的愉快!"

林芳的嘴角抽动了一下,但她马上就调整好自己的状态,故作轻松地说:"会的。她今天还给我安排了一个帮工友们讨薪的案子呢。"

林乔生听了笑着点点头。

聊了一个多小时，天黑透了，两人走出咖啡馆。站在街角，林乔生跟林芳道别，然后往单位的方向走，林芳站在风里望着他远去的背影，泪水悄然滑下。她就这么站在黑夜的风里，站在车水马龙的街头，任泪水在脸上肆意飞扬。十几分钟后，她用手擦干了眼泪，笑着对自己说，林芳，你这个傻女人，忘记他吧，真的都过去了，你要开始新的生活了！林乔生，我曾经深爱过的人，再见了，傻女人林芳，再见了！

26

郑岩加了一晚上班，早上七点多，他终于扛不住了，趴在办公桌上睡着了，还做了个梦。梦里，刘亮戴着脚镣手铐被押着，见到他扑通跪地高喊着："检察官，我冤枉啊！"

郑岩忙起身去拉刘亮说："快起来……"

响亮的玻璃破碎声将他从睡梦中惊醒，原来是他的手将茶杯碰倒在了地上。他起身揉揉眼睛，望着窗外，天已经亮了。

林乔生兴奋地跑进办公室来，对郑岩说："主任，公安方面消息，李培明的弟弟给他打电话了，李培明说他现在就在滨海市，他弟弟没有怀疑还说，要让哥哥再准备点钱，看来是要准备逃跑了，二人约好下午再通电话，没有说在哪。我们只能等了。"

郑岩起身推开窗户道："看来这回是跑不了了，你带着慕容曦赶紧去见李培明！"

林乔生点头应允，立即跑出了郑岩的办公室，叫上刚来单位上班的慕容曦就开着车直奔滨海市公安局看守所而去。

在看守所的一间提讯室里,林乔生、慕容曦、几位刑警和李培明围着一张桌子,盯着桌上的手机出神。就在大家都要走神时,电话突然响了。

林乔生用眼神示意戴着手铐的李培明接电话。

李培明拿起电话便说:"培森,是我,大哥。"

李培森在电话那端说:"大哥,下午三点,在滨海市城市广场见面。"

李培明望了一眼林乔生,眼神里闪过一丝犹疑,还夹杂着一丝无奈和不甘,他缓缓地说:"好的。"

李培森又说:"带着钱来,越多越好!"

李培明木然而迟缓地点头说:"好的。"

他眼神空洞,李培森那边挂电话好一会儿了,他还没回过神来。

林乔生立即掏出手机给郑岩打电话,把刚才李培明跟李培森的对话告诉他,还补充说:"公安这边会立刻展开抓捕行动。"

郑岩有点兴奋起来,说:"好。我马上向许检汇报。"

下午两点多,李培明依约前往城市广场,几个便衣警察一直跟在他身后,随时做好抓捕李培森的准备。

而郑岩也来到许省身办公室门前,正准备推门进去,手机响了,是叶菡,他赶忙接起。

只听叶菡大哭着说:"女儿被绑架了,劫匪打来电话要100万赎金!怎么办,怎么办啊……"

郑岩闻言大惊失色,脑袋"嗡"一声响,瞬间差点失去意识,过了几秒钟才清醒了:"什么?你慢点说。"

叶菡定了定神，止住哭："我一早接到绑匪的电话，刚开始以为是开玩笑的，哪成想是真的。我打晓芸的电话，始终接不通。到家后，我才发现这孩子没带手机。"

郑岩焦急万分道："你现在在哪？"

叶菡这会镇定了很多："我在家。"

郑岩脚底发软，边接电话边转着圈道："我正准备给许检汇报工作呢……你在家等我。我马上回去！"

挂了电话后，他便往单位停车场走去，边马上给林乔生打电话，把女儿被绑架这事告知林乔生，并让他马上跟公安机关沟通，林乔生闻听此事大吃一惊，心想检察官平时专门打击犯罪分子，没想到这回犯罪分子倒是动到检察官头上来了！他也替郑岩捏把汗。

郑岩驾车以十万火急的速度往家里赶，连红灯都闯了，内心焦急无比，像是十万只蚂蚁在火上烤着，他在心里一个劲儿埋怨自己，责怪自己平时对女儿缺少关注和陪伴，才酿下如此大患。他又在想，女儿到底是怎么被绑架的，是被谁绑架的。他把自己身边认识的人都在心里排查了个遍，最后只是把脑袋弄得更晕更痛了，也没想出个所以然来。郑岩驱车疾驶，眉头紧皱。

郑晓芸恰恰是在郑岩晚上加班没回家的这天晚上出事的。当时叶菡也因出差尚未回来。晚上快九点，郑晓芸觉得肚子饿了，就想去附近自己经常逛的麦大麦超市买点面条回家煮着吃，于是她下楼走到小区外面的自行车停靠点正准备取车，就被一黑衣黑帽的高大男子捂住嘴拖上了停靠在路边的一辆白色面包车。面包车像一阵风一样疾驰而去。

当天晚上，郑晓芸被关在一个破败简陋的学校宿舍里，她被绑在一把破烂的歪斜的黄色旧椅子上，那椅子上还写满了各种歪歪扭扭的字和各种孩子气的简笔画。她嘴里塞着一块不知从哪儿找来的脏兮兮的毛巾。她扭来扭去地挣扎着，边上三个男人坐在各自床上，像看耍猴一样看着她。

就这样看了大概一两个小时，三个男人没兴趣看她了，随便她哼哼唧唧，扭来歪去，一个个倒头大睡。到后来，夜深了，天又冷，肚子又饿，郑晓芸实在困极了，竟也歪在椅子上睡着了。

第二天上午，三个男人睡到快十一点才起来，然后就是出去找东西吃去了。

郑晓芸饿得奄奄一息的，但意识却越来越清晰。她瞪着景华升，又用尽全身力气猛烈地扭了几下。

景华升吹胡子瞪眼，威胁道："你给我老实点，就能保命。我们就为了钱，等你爹妈把钱给我了，自然会乖乖地放你走的。"

李培明低声说："升哥，我跟我哥哥联系上了，他现在也回滨海了，一会我去见一面，再从他那拿点钱。"

景华升点点头，李培明拉开门离去。

景华升马上低声吩咐赵二柱："你暗中跟着他，一有不好的动静马上回来！"

李培森来到空旷的城市广场，这天倒是天气晴好，微风不燥，几个孩子正在放风筝，还有三三两两的更小的孩子在学轮滑。李培明把衣领竖了竖，又点了前几天在一个垃圾桶里捡到的半根烟，他紧张地四处看看，生怕遇见巡逻的警察。

过了大概五分钟，李培明从后面轻轻拍了拍弟弟的肩膀，李培森惊慌地转过身来。

李培森环顾四周后说："哥，长话短说，我们马上就要远走高飞了，以后估计也很难见面了，你跟嫂子多保重，钱带来了吗？"

李培明并没有马上掏钱，他定定地望着弟弟的眼睛，有点动容又想哭似的说："弟，哥劝你一句，还是赶紧投案自首吧。兴许还能有个宽大处理，这逃到哪天是头啊，你就听哥一句话！"

李培森皱着眉焦急地说："哥，你就别劝我了，等我混好了，这件事过去了，我会回来找你们的，钱我也不要了，你跟嫂子留着吧，我走了。"

李培森说完转身，胳膊被李培明牢牢抓住。

李培森不解道："哥，你这是干什么？"

李培明瞬间痛哭失声，说："弟，哥对不起你！"说完他上前紧紧抱住弟弟。

埋伏在四周的便衣警察们迅速围拢过来，抓捕了李培森。这一切都被远处的赵二柱看见，他心里疾呼"不好"，然后连滚带爬地逃跑了。

景华升在出租屋里正吃着花生米，喝着一个路边摊贩那顺过来的劣质酒，赵二柱慌慌张张地跑进来："升哥，不…不…不好了，李培森被…被…被警察抓走了！"

景华升速速扔掉酒瓶，惊得从床沿一把坐起说："什么？看来这地方是不能待了，二柱，出去发动车，快！"

景华升说完，回身赶紧一把抓起郑晓芸。

27

滨海市公安局看守所里，林乔生、慕容曦正在提审李培森。

李培森说，那天罗玉红正在车铺里收拾，赵红银走了进来。

罗玉红问："银娃子来了啊，可有日子没来了，啥事？"

赵红银说："没啥子事，这不发了工资3000块，我也没个银行卡啥的，就先把钱放你这，怎么也放心，麻烦了啊。那什么，我叔没在啊？"

罗玉红说："刚出去，那你就放这吧，都老乡，没事。"

说完，赵红银把钱递给了罗玉红。

这时李培森、景华升、赵二柱三人进来，正好看见罗玉红放钱。

李培森眼里放光地道："嫂子，哪来这么多钱啊？"

罗玉红说："这不小四川吗，发了工资没地方存，就先放我这了。你们几个先待着，我出去买点菜。"

罗玉红说完便离开了店里。

景华升用胳膊碰了李培森一下说："真是车到山前必有路，最近咱哥仨正缺钱呢，老天爷上门送钱！"

李培森急忙道："不行，这可是我哥家！"

景华升冷笑道："这不是小四川的钱吗？没事，再说，咱又不是偷，咱是借，等过阵子有钱了再给呗，别想了，赶紧拿起来吧。"

李培森迟疑地从盒子里拿出了钱。

过了几天，罗玉红打电话叫赵红银来把这些钱拿回去，她说自己有几天要出趟远门，没法帮他保管了。

赵红银来到店里，罗玉红不在，又碰到景华升这个坏家伙。赵红银道："嫂子让我过来取钱的！"

景华升嬉笑着说："兄弟，实话跟你说了吧，这钱，哥几个花了，过几天有钱了，一定还你。"

赵红银闻言气得火冒三丈："你们最好快点,老子认识的人很多,下次见面再不给,就别怪我不客气了!"

说毕,赵红银扬长而去。

景华升冷冷地但又狠狠道："赵红银确实认识些人,我们还不如先下手为强,先教训教训他!"

李培森点头道："我看行!"

赵二柱也一个劲地点头表示赞同："对……对……"

三个人便开始悄声合计,于是那天晚上三个人一起来到赵红银所在的台球室外,等待机会想要教训他。

等了大半天,才看到台球室里突然冲出来一人,那人手里还拿着棍子样的东西。躲在台球室斜对面的街角一堵墙后的三人看到这人跑出台球室不远便扔了那棍子。景华升给蹲在地上生闷气的赵二柱使了个眼色,赵二柱便犹犹疑疑把棍子捡了回来。

景华升三人把那人在巷子里东奔西窜的狼狈样子都看在了眼里,他们猜测这人之所以这么奔逃躲避定是跟赵红银有关,内心竟然对这素不相识的人高看一眼,把他引为朋友呢。

又过了二十多分钟,景华升抽完了第八根烟,正打算带着李培森、赵二柱打道回府算了,想着改天再来教训这赵红银,没想到赵红银这小子突然有点跌跌撞撞地从台球室出来了!

三个人便猫着腰鬼鬼祟祟地跟着赵红银,等他走到那条黑巷子里,景华升左右看看,确定没人时,三人上前截住他的去路。他看清是景华升三人时,嘴角冷笑了一声,很硬气地道:"哪里来的小毛贼,给老子滚一边儿去,今儿老子没空应付你们,咱们改天再理论!"说着就想越过三人的包围圈。

景华升狞笑着,右手拿着棍子在左手心重重地敲了好几下，恶狠狠地说："我说臭小子呃，死到临头了还这么嘴硬，真是不见棺材不掉泪呀！今儿哥几个就好好教训教训你，让你懂懂什么叫规矩！"说完就挥起棍子狠狠砸向赵红银的后脑勺。打了五六下后，赵红银倒地猛地蜷缩成一团不停抽搐着，景华升好似杀红了眼，似乎停不下来，蹲在地上又狠狠朝赵红银脑袋上打了几棍子。这下他发现赵红银弯曲成虾米状不再动弹了，他心里也"咯噔"了一下，后背开始冒冷汗了。他用手指探探赵红银的鼻息，发现赵已经没了呼吸，他便吓得一屁股跌坐在地上。

李培森和赵二柱没想到老大下手这么狠，他们二人只是跟着用拳头砸了赵红银几下，没想到老大真把赵红银给弄死了！这二人好歹也是读过初中的，知道景华升弄出的这人命自己也脱不了干系，便都吓得腿脚发软。

过了几分钟，景华升从地上爬起来，对李培森说："这……真没想到，这小子这么不经打……都这样了，要不咱赶紧找个地方把他埋了！"

李培森和赵二柱此刻啥主意也没有，只得木然地跟景华升一起拖拽着赵红银的尸体，他们在巷子里左拐右拐，总算走出了这巷子，来到一处偏僻的菜地，把赵红银的尸体拖进菜地旁的沟壑里，又扯了好些旁边的草给遮盖住，确信短时间没人会发现赵红银尸体后，几个人方才罢休。

回来路上，景华升狠狠地叹气说："看来事儿大了，培森，你赶紧回家跟你哥要点钱，我们几个人先躲起来。"

李培森内心里是很有些埋怨景华升把人打死的，但事已至此，他也无可奈何，只得答应。当晚，他匆匆赶回家，正好哥哥李培明在家。

李培森连滚带爬地扑过去抱住李培明的大腿跪着带着哭腔说:"哥,出大事了。景华升、赵二柱和我把……把赵红银杀了,我们要躲出去一下……大哥你拿些钱给我们跑路吧!"

李培明气得说不出话来,他想挣脱弟弟,甩了两次都没甩掉,李培森苦苦央求着,越抱越紧,生怕他跑了似的。他气得手发抖,指着弟弟的鼻子瞪大双眼道:"……你们,你们怎么能杀人呢?!……唉,赶紧起来!"

李培明气急败坏也心急如焚,更恨铁不成钢,他只得去里间拿了些钱给了弟弟。李培森一接过钱就立马像龙卷风过境一般消失了。

李培明一屁股跌坐在地上,哀叹道:"哎,作孽啊……滨海市是待不下啦……"

28

林乔生听李培森交代到这里,拍着桌子怒发冲冠地说:"你们居然为了3000块钱就把一个人杀了?!简直是丧尽天良!"

李培森吓了一跳,他低着头,不作声了。过了好一会儿,他抬眼瞥见林乔生似乎没那么生气了,他便说:"检察官同志,我想举报,戴罪立功,争取宽大处理!"

林乔生顿时来了兴致,眼里放光,道:"好啊,你举报什么?"

李培森说:"景华升、赵二柱昨天还绑架了一个女孩。"

林乔生和慕容曦对视了一下。

慕容曦赶紧追问:"他们绑架的女孩叫什么,哪里人?"

李培森道:"滨海人,名字好像叫……叫郑晓芸。"

林乔生和慕容曦惊讶又欣喜又焦急，两人速速结束审讯，赶紧将这消息电话告知警方和郑岩。

七八个警察立即驱车来到月亮湾岛上学校宿舍，发现这里早已人去楼空。不过警察在房间里捡到一个手链，正是郑晓芸的。

慕容曦、林乔生立即赶到郑岩家里，只见郑岩面色凝重，急得直在家里转圈，叶菡哭得已经没了力气，有气无力地瘫在沙发上。

半小时后，王警官来到郑岩家："扑了空，那伙人早就跑了，我在现场找到了这个手链，你们看看是不是你闺女的？"

叶菡拿过手链，哭得泪水涟涟："没错，就是晓芸的……我的宝贝啊，你在哪儿啊！不要让妈妈这么担心啊，你可一定要好好的啊……"

郑岩让慕容曦把叶菡搀扶进里间去休息，他看着客厅橱窗里女儿巧笑倩兮顾盼生姿的照片发呆。

景华升和赵二柱连夜将郑晓芸带到了靠近古城区的一片废旧厂房里。

景华升把郑晓芸重重地扔在地上，气喘吁吁，狠狠骂道："妈的，都怪李培森这小子，没事见什么哥哥啊，险些端了窝。我得打电话催钱了，二柱，把手机给我！"

景华升拨通郑岩电话："时间快到了，你们钱准备好了吗，到时候别怪我心狠手辣啊！"

郑岩虽然焦急万分，但还是非常沉稳有力地道："我们正在筹钱，尽快，请你千万别伤害孩子！"

景华升挂了电话，郑岩无奈地放下手机。

王队长微微蹙着眉头说："郑主任，通话时间太短，没法追踪到电话来源。"

郑岩无奈地点点头："能不能对这个号码上技术手段？"

王队长说："我已经联系网监部门了，应该没有问题。"

夜有点深了，已经好长时间没合眼的叶菡还在默默流泪，郑岩来到卧室抱着叶菡在她耳边轻声说："孩子出事，我也有责任。平时，我也没有时间管她。"

叶菡双手抱着丈夫的脖子，"你工作忙，我理解。这孩子上网的事情，我也是近期才知道。你是父亲，女孩子正处于青春期，有些叛逆，你也不好管得太多，主要是我耐心不足……岩，孩子要有个三长两短，我也不活了！"

郑岩握住叶菡的手，望着叶菡的眼睛："老婆，相信我，咱闺女不会有事的！别忘了，她是检察官的女儿！"

说着两个人紧紧相拥，泪水无声滑落。

一夜无眠。郑岩起得很早，林乔生和慕容曦在沙发上凑合着睡了几个小时，大家都在等绑匪再次打来电话。早上七点半，大家都起来了，一起坐在沙发上商量对策。

林乔生说："据李培森交代，郑晓芸是通过上网跟赵二柱认识的，而且赵二柱这个人酷爱上网，我们没准能通过郑晓芸的聊天记录找到线索。"

慕容曦点点头："对，我正好认识一个学计算机的人能帮上忙，我这就打电话。"

半个多小时后，刘宁打滴滴飞速赶到了郑岩家。她在网上捣鼓了一通，对众人说："我已经破译了郑晓芸的密码，只要赵二柱一上线我就能知道他在哪。"

大家的面色都没先前凝重了，放松了一些，叶菡双手合十，默默祷告，求菩萨保佑赵二柱赶紧上线。

正在这时，慕容曦的电话响了："赵师傅啊，什么？工钱讨回来了？那太好了，行，那我过去一趟吧。"

慕容曦便跟林乔生速速赶往工地，只见沈富垂头丧气地坐在工地上的一张桌子旁，财务人员正在码钱。

沈富一脸阴沉地指着桌子说："各位工友们，先签字再领钱。"

工人们便兴奋地往财务那边涌去。

慕容曦、林乔生正好赶来，工友们见到他俩都很是激动，鼓掌表示感谢。

慕容曦告诉大家："这都是应该做的，大家最主要还是得谢谢林芳律师。"说着她便指着正从工地围墙大门走过来的林芳。

一身宝蓝色紧身套装包裹住窈窕身段的林芳像个模特一样风光得意地走向人群，走到林乔生身旁时，她俏笑着，讨好地望着林乔生。

沈富见到慕容曦，简直像是猪八戒见到了仙女一般，他眼里放着光，脸上的沮丧阴霾一扫而光，取而代之的是容光焕发，他想让他心目中的女神看看他沈富今日的英雄风采呢！他搓着双手笑呵呵地绕过人群，企图上前搭讪，慕容曦见状，赶紧拉着林乔生说："大林，我们还有特别要紧的事情处理，赶紧走。"说着便拉着林乔生挤出人群。

沈富望着慕容曦远去的背影，张口结舌了半天，想要喊住她，但她头也不回，马尾辫甩得老高。最后沈富只能无奈地苦笑摇摇头。

29

　　为了不让警察发现自己，景华升可谓是绞尽脑汁。他和赵二柱放弃了废旧厂房，转而来到了古城区的环城高速附近的一栋废弃的烂尾楼待着。

　　这天他在电话里跟郑岩对接，郑岩说赎金已经准备好了，让他去古城区的阳新公园广场上碰面。

　　景华升脑海里冒出一堆堆钞票的图像来，他笑了一下，然后对百无聊赖的赵二柱说："我去拿赎金，赵二柱，你可得在这仔细看住了这丫头！"

　　赵二柱打了个响指道："升……升哥，没问题！"

　　景华升指着赵二柱的脑袋凶巴巴道："出了事情，老子弄死你！"

　　说毕，景华升迅速地离开了。

　　赵二柱翻着白眼望着郑晓芸："小…小丫头片子…老实点，拿到钱…你就没事了！"

　　上午十点三十分，慕容曦提着钱袋在阳新公园的广场上等着，周围没什么人，只有几个伪装成小摊贩的男女便衣警察在兜售着玩具。

　　带队的王队长笑着安慰慕容曦说："慕容，你可别紧张。我们警力都已经布置好了！"

　　慕容曦拍了拍装钱的蓝色牛仔帆布袋说："我还真紧张！紧张这帮绑匪不来！"

　　景华升穿着黑色卫衣，他把黑色帽子套在头上。在远远地望着广场上的一切，又环顾四周地挪近前一点，仔细看了看，发现没有人来接头，便离开了广场。

他走了十五分钟,来到一个公共电话亭里,拨通郑岩电话,"改天再交易,今天主要是看看你有没有报警。"

郑岩放下手机,林乔生一看号码,对一旁的警察小李说:"这是公用电话亭的电话号码,小李,麻烦查一下。"

林乔生又转过头来对郑岩说:"看来,这个景华升很狡猾!"

大家都对此状况感到很头痛,气氛更紧张了,大家的面色更凝重了,都在担心郑晓芸的安危,毕竟她落入犯罪分子手中的每一秒钟都有可能面临丧失生命的危险。

又是一个不眠之夜,几个人都在郑岩家守候。

景华升警惕地左拐右拐地回到烂尾楼,往地上的纸板上一躺,叹了一口气道:"哎,好累啊,饿死老子了……二柱,你出去买点吃的,注意点啊,别去网吧,去了的话,老子打断你腿!"

说着从裤袋里翻出几张皱皱巴巴的钞票递给赵二柱,赵二柱接过钱说:"升哥,放……放……放心吧,我不去,买……买……买完吃的,就……就……就回来。"

赵二柱到附近一家小吃店买了四个包子,三个糯米鸡,两根玉米,两杯豆浆。想着赶紧回来吃东西,但当他路过小吃店对面的一家网吧时,他的脑袋跟腿脚开始了艰难地斗争。脑袋里是景华升的狰狞面目和"去了的话,老子打断你腿",可脚底就是不愿离开。最后他还是走进了网吧,对着电脑,自言自语说:"就上一会儿……就一会儿而已……上…上…上会儿网怎么了,真……真……真是小……小……小题大做!"

刘宁发现赵二柱上线了,便迅速找到了他的确切位置。她马上告知郑岩,郑岩拿起电话赶紧将位置发给王队。

王队有点兴奋，回复说："我这就带人去抓捕赵二柱！"

烂尾楼里，景华升躺在纸板上睡着了，打起了鼾。手机就放在一旁的窗台上。

双手双脚被绑着的郑晓芸慢慢地挪动身子来到窗前，又艰难地站了起来，小心地拿下了手机。

郑晓芸给郑岩发出一条短信，说："我在一个烂尾楼里，旁边好像是一个高速公路。"

景华升咳嗽了一声，郑晓芸急忙删掉短信，把手机放回原位，慢慢挪回到原位去。

另一边，赵二柱玩游戏玩得正起劲呢，完全忘记外面的一切了，什么景华升，什么李培森，什么郑晓芸，统统都丢到爪哇国去了。

正当他在游戏王国玩儿得忘乎所以时，几个身形高大魁梧的男人上前就控制住了他，他蒙了，挣扎道："你们是……是谁？我不……不认识你们，你们……抓我干……干嘛？"

王队厉声喝道："老实点！"出了网吧，王队严厉地问："你们把孩子绑哪了？"

赵二柱装傻道："我…不知道！"

王队又逼问了几次，赵二柱仍然说自己不知道，王队只得将赵二柱押上了警车，并将情况电话告知郑岩。

林乔生在客厅转来转去，焦急地说："赵二柱要是不回去，景华升肯定会猜疑，恐怕会对孩子下毒手！"

郑岩眉头也皱着，黑眼圈很重，他已经很长时间没有睡觉了。他面色凝重地说："现在首要目标就是找到那栋烂尾楼。"

慕容曦也皱着眉坐在沙发上想办法，突然她跳起来，眼里闪着光道："我想起来，老赵他们曾经在那一带施工过！"

于是她速速打电话给老赵,让他带路,老赵二话不说就答应了,郑岩、叶菡等一行人急忙驱车赶往烂尾楼所在地。

经过一番观察和寻找,老赵带着大伙总算确定了这一片烂尾楼中景华升藏身的那栋楼房。

郑岩在楼下门洞里速速拨打王队电话,问他们到哪了,王队回复说:"还有五分钟,我们就到。你们别进去,让我们来处理。"

景华升睡了长长一觉,纸板下的水泥地硌人,他揉揉后背,又拍拍肩膀,抡起胳膊转两圈,还打了个大大的哈欠,摸摸肚皮,觉得好饿。睡眼惺忪的他看到郑晓芸还躺在原来的位置,只是这赵二柱还鬼影子都不见一个,他便有点急了,又等了二十多分钟,赵二柱还没回来,这下他急得直在空地上转圈。

郑晓芸一直暗中观察着景华升。她在想,不知道爸爸看到她发的信息没,看到了的话,能不能及时找到这儿来。万一这坏人等得不耐烦,或出什么别的叉子,说不定他会随时撕票,所以她警惕地望着眼前这个坏人,想着要做好脱身的准备才行,可是怎么才能脱身呢?

就在她胡思乱想间,一阵急促的脚步声在门外的楼道里响起,接着一声"咚"的巨响,房门被撞开了,景华升显然没料到眼前这一幕。他和郑晓芸看到一大堆高大魁梧、荷枪实弹的警察涌进了屋子,他们被枪口包围了。

说时迟那时快,景华升简直是朝着郑晓芸飞扑过去的,他一把从后面搂住郑晓芸的脖子,另一只手从后背裤腰带里抽出一把随时带着防身用的匕首对准郑晓芸的脖子,眼露无限凶光地大声对一屋子警察和郑岩他们说:"不要过来!要不然,我就杀了这孩子！"

被绑住手脚的郑晓芸害怕得大声哭泣起来。

景华升眼睛血红，满面涨得通红，脖子上青筋鼓起老大根，额头上都是冷汗，此刻的他就像一个亡命之徒。

郑岩不顾身边王队的阻拦挺身站了出来，他伸出右手作了一个禁止的手势："请你冷静！我是孩子的父亲，咱们通过电话，你应该听得出我的声音，你放了孩子，拿我作人质好吗？"

景华升拖着郑晓芸后挪了一下，用手中的匕首对着众人，厉声喝道："你骗谁？别过来！！！"

郑岩沉稳而严肃地道："我是滨海市人民检察院的检察官，我想要是我作为人质，你不吃亏吧？"

景华升想了想，说："那你过来，慢慢走过来！"

郑岩慢慢地走过去，看着害怕得瑟瑟发抖的女儿。当他一步一步缓缓接近景华升，来到景的身边时，景华升迅速勒住他的脖子用刀抵住。郑晓芸哭得稀里哗啦地朝着警察们扑过去，然后浑身瘫软在地，几近晕厥。

看到女儿安全了，郑岩心里的一块大石头总算落了地。这个时候景华升的注意力在警方和郑晓芸身上。趁着他分神，郑岩抱住景华升持刀的胳膊，然后用后脑勺猛地朝后面一磕，砸到了景华升的鼻子。景华升哎哟一声，不自主地收回了持刀的手，郑岩趁机再来个扫堂腿，景华升回过神来，立即朝郑岩扑过去，刀刺中了郑岩的右腹部，警察们一拥而上，将景华升控制住了。

郑岩左手捂着右腹部，血从指缝中流出来。郑晓芸在爸爸被刺伤的那一刻发出一声惊叫，待警察控制住景华升后，她立即扑向爸爸，抱住他的胳膊哭着，已经有人打了120通知医护人员前来救治。郑岩的嘴唇变得惨白，水泥地板上沾满了血。他望着女儿安全了，脸上露出了慈祥和蔼的笑。这笑容让慕容曦和林乔生都止不住流下了泪水。

30

滨海市公安局看守所第 13 号讯问室里，一身蓝色囚衣的景华升被剃成了光头。

王队和小李正坐在他对面。

王队严厉地说："景华升，你要老老实实交代自己的犯罪事实，不得隐瞒或欺骗！"

景华升冷笑道："人是我杀的，绑架也是我策划的……要杀要剐随便……"

这天十点多钟，两名法警护着一个穿着白色卫衣的寸头男青年走进了滨海市检察院的大门，法警按了电梯，他们直接上了二楼，走向走廊尽头的会见室。

林乔生、慕容曦、浩扬早已等在这儿。

男青年一进会见室的大门，就差点要跪在他们三面前，林乔生和慕容曦赶紧上前架起他的胳膊。

浩扬拿着笔记本电脑在一旁作势要记录。林乔生对两位法警说："把他手铐打开吧！"

待法警打开男青年的手铐后，林乔生从桌上拿起一个深绿色文件夹，他打开文件夹，从里面拿出一份"被不起诉意见书"，然后清了清嗓子，非常严肃地望着男青年，然后用富有磁性的声音沉稳地道："刘亮，检察机关经过认真审查，认为，你不构成犯罪，以绝对不起诉处理，今天对你予以正式释放。请签字……"

刘亮激动得热泪盈眶，不住地鞠躬点头说："谢谢！谢谢！……"

林乔生微笑着望着他："不用谢！应该感到愧疚的是我们！我代表检察官向你道歉。"

刘亮似乎还没完全回过神来，他有些不相信眼前发生的一切似的，再次问："……我真的无罪？"

慕容曦走过去拍了拍他的肩膀，像个大姐姐一样笑着道："无罪！你自由了，可以走了！"

刘亮又再次深深鞠躬致谢，当他走到门口时，又回头问："郑检察官呢……我也想向他表示感谢！"

慕容曦与林乔生对视了一眼，慕容曦说："郑主任正住院治疗。"

刘亮不相信似的，惊讶地道："啊？"

31

一个月后，公诉人林乔生带领检察官助理慕容曦、书记员浩扬对景华升等四人提起公诉。庭审进展非常顺利，景华升等对自己的犯罪事实供认不讳。

主审法官当庭宣判："被告人景华升伙同他人，故意非法剥夺他人生命，其行为已构成故意杀人罪。景华升犯故意杀人罪，判处死刑，缓期二年执行，剥夺政治权利终身；犯绑架罪，判处有期徒刑10年，数罪并罚，决定判处死刑。赵二柱、李培森犯故意杀人罪、绑架罪，数罪并罚，决定判处死缓。李培明犯包庇罪，判处有期徒刑三年。"

郑岩在医院躺了二十多天后出院了，回家继续养伤。

景华升案开庭的这天，他正躺在沙发上收看着电视转播。

女儿郑晓芸穿着一身粉色的带兔子耳朵的家居服坐在他身旁，很贴心地给他削了一只苹果，因为他受伤的右腹部还没好利索，所以郑晓芸用牙签将苹果一块一块送进他嘴里，妻子叶菡在厨房忙进忙出，她在做郑岩和女儿最喜欢吃的可乐鸡翅、宫保鸡丁、拍黄瓜。

这时门铃响了，郑晓芸蹦蹦跳跳地跑去开门，只见门外站着丁一楠、慕容曦、刘宁、刘亮、张娜。郑岩高兴地从沙发上站了起来，招呼大家进屋。

慕容曦开心地告诉大家："当地政府已经联系了一家养老院，把赵红银的母亲接了过去，会有人照顾老人的生活。"

郑岩听了微笑起来，欣慰地点点头。

刘亮有点羞涩腼腆地笑着说："我也是专程来感谢郑检察官您的……而且我还想告诉大家，我跟张娜订婚了！刘宁也找到了工作，你们猜哪儿？"

林乔生这时推门走了进来："哟，人都来齐了？……刘亮，你刚说刘宁在哪儿工作呢？"

郑岩笑着打趣道："你小子会分身？"

林乔生笑说："庭审一结束，我就赶来了。"

刘亮喜悦又自豪地笑着道："林检察官，刘宁被滨海市公安局网监大队录取了，我妹妹也是警察了！"

一旁坐着的刘宁红着脸腼腆地笑了。

林乔生望着刘宁笑说："好啊。我又有一个美女警察妹妹了!"

丁一楠捶了一下他的胸口,故意嗔怪道:"我可要吃醋了!不许有别的想法!"

林乔生故意摸摸胸口,装作很疼的样子道:"哎哟,我的律师大人,我可不敢。不过,据说浩扬还单身,浩扬呢?"

浩扬腼腆地从人群后走来,羞涩地笑道:"师傅,我在这呢!"

慕容曦走过去狠狠拍了林乔生肩膀一下,撅起嘴巴故意怒道:"林乔生,不带这样的,本姑娘还单身呢!"

丁一楠便抿嘴笑着逗她说:"别着急啊,我律所里,有个帅哥不错呢……"

慕容曦举着两只拳头跑过去捶丁一楠后背,笑道:"你们小夫妻,干脆开个婚介所吧!"

郑岩哈哈大笑道:"嗯嗯,我看,这主意可行!"

大家都哈哈大笑起来,笑声飞出了窗外,传得好远好远……

创作后记

　　检察机关作为我国的法律监督机关,是国家司法体系的重要组成部分,一直承担着法律监督的重要职能,在保障法律正确实施、促进社会公平和正义、加速我国法治国家建设、推动我国民主法治、公平正义、和谐社会实现等诸多方面发挥着不可替代的作用。具体来说,在审查批捕、起诉、控申、民事行政、监所检察,特别是出庭支持公诉等一系列司法、执法环节中,都肩负着法律赋予的重要职能。公诉人的主要职责是出庭支持公诉和对诉讼活动的各个环节进行法律监督。出庭支持公诉的成败,不仅关系到能否使被告人认罪伏法,达到法律效果和社会效果的有机统一,使旁听群众受到一次深刻的法制教育,而且直接关系到检察机关的形象和声誉。

　　滨海市只是我们虚构的一个地级市,按照我国的司法制度设计,各地地级市检察院公诉部门承担着特殊的使命,多年来代表国家公诉了一大批大案、要案,取得了良好的社会效果和政治效果,涌现出了一大批优秀的公诉人及公诉团队。他们在法庭上有慷慨陈词的风采、激锋善辩的雄姿,但这光环的背后却是沉甸甸的责任以及由此产生的感人事迹。这些都为文学创作提供了丰富的素材。

有鉴于此，我们认为，以长篇小说为载体，以公诉题材为主题，可以起到宣传公诉人、公诉职能进而全面宣传检察职能的作用，并由此折射出我国司法体制改革过程中的变革和成就，以及一代代检察官为此做出的不懈努力和贡献。

　　好的检察题材文学作品来源于鲜活的检察司法实践，在业已占有大量素材的基础上，我们计划创作展现检察官工作、生活的长篇小说《刑事检察官》系列，这也是为影视作品创作预热。

　　改革开放四十多年来，社会经济、政治的飞速发展大大激发了整个社会对于物质文化生活与精神文明的更高需求，在这一需求的刺激下也使我国的影视文化市场空前繁荣。伴随着公安、法院题材的影视作品大量涌现，越来越凸显了以检察工作为内容的文化产品的匮乏与滞后，亟需我们认清形势、瞄准时机、奋起直追，需要我们在面对这一挑战的同时把握这个绝好的机遇。

　　开发检察题材的影视文化作品，题材广泛内容丰富。但由于业外人士对检察工作缺乏了解，阻碍了检察题材影视作品的创作与发展。检察机关作为国家法律监督机关，在国家整个执法、司法体系中，对公安的侦查监督和对法院的审判监督、民行监督以及劳改、劳教等狱政监督，都担负着不可替代的法律监督职能。而这些关系到人民群众切身利益的职能却没有被广泛认知和了解。鉴于此，我们通过长篇小说或者影视剧的艺术形式向社会宣传，既是一种责任，也是对目前检察题材市场潜力的充分挖掘。

　　该长篇小说由海剑和蓝莲联手执笔，在写作过程中，一些资深检察官作为本书的法律顾问给了很多指点，在此一并致谢。

　　我们虽然努力地真诚完成了这部作品，肯定有不足之处，期待读者朋友的批评、指教。

海剑
北京 2021.7 第 2 稿